Mareike Krügel

Schwester

Für Kay

Sie mussten es anfangs ganz schön eng gehabt haben. Das Haus war ein Reihenhaus – weiß, die Fensterrahmen braun, dahinter gemusterte halbe Gardinen. Iulia hatte nur die Wohnung kennengelernt, die aus den ersten Jahren. Die Tür hatte einen Einsatz aus geriffeltem Glas in der Farbe von schwarzem Tee. Der Vorgarten war klein und bestand aus gemähtem Rasen und einem Plattenweg, ein niedriger Holzzaun grenzte alles zum Bürgersteig hin ab. Eine Zypresse stand dicht an der Hauswand, darunter ragte ein Hundehintern aus Plastik in die Luft. Iulia umklammerte die Tasche. Ihre Füße standen fest auf der Erde, sie war ein Baum.

Die Klingel ein kleines Knöpfchen in einem Messingkreis, daneben ein ovales Schild mit den Namen aller Bewohner – Mutter, Vater und drei Kinder, die inzwischen natürlich nicht mehr hier lebten und sicher längst schon selber Familien hatten. Hinter dem geriffelten Glas wurde ein Schemen sichtbar.

Der Mann, der die Tür öffnete, war lang und hager, hatte eine Glatze und einen weißen, gestutzten Vollbart. Sie hatte Mühe, ihn zu erkennen, er aber wusste sofort, wer sie war.

»Iulia. Endlich.«

»Guten Tag«, sagte sie und atmete tief ein. »Ich möchte gern meine Mutter sprechen.«

I

1 | Mrs. Robinson

Bevor Iulia sonntags zum Gottesdienst ging, wusch sie sich die Haare. Pastorenfrauen saßen in der ersten Reihe, viele Menschen starrten ihnen auf den Hinterkopf, und ihrer sah jedenfalls nur mit frisch gewaschenem Haar wirklich ordentlich aus. Heute war selbst in der Kirche die hochsommerliche Hitze zu spüren. Aus den Bankreihen stieg der Duft von erwärmtem Holz auf. Wie immer war der Gottesdienst gut besucht, was vor allen Dingen an Niels lag, der jetzt am Ende des Orgelvorspiels seinen Auftritt hatte.

Vorhin hatte Iulia wie üblich einmal in der Sakristei vorbeigeschaut und war vor der Tür beinahe mit der neuen Chorleiterin zusammengestoßen. Die hatte ihr einen seltsam komplizenhaften Blick zugeworfen, einen Blick, der leicht verächtlich *Männer* sagte. Iulia hatte freundlich gelächelt. Sie war keine Komplizin in irgendeinem Frauen-Komplott, das den Männern die Weltherrschaft neidete. Niels war gerade dabei gewesen, sich sein Hemd auszuziehen, es war so heiß unter dem Talar. Dabei hatte er sonderbare Grimassen geschnitten. Die Chorleiterin musste sie ihm gezeigt haben. Es lockere die Gesichtsmuskulatur, hatte er behauptet. Iulia hatte nichts dazu gesagt und ihm einfach viel Glück gewünscht.

An Sonntagen beneidete sie ihren Mann. Seine Arbeitskleidung war festgelegt und ließ keinen Zweifel an seiner Rolle. Sie hingegen musste selbst entscheiden, welche Bluse, welche Hose, welche Schuhe angemessen waren und die richtige Botschaft aussandten. Die Botschaft sollte lauten: Ich bin keine typische Pastorenfrau, also kommt nicht und fragt, wann der christliche Handarbeitskreis sich trifft, aber ich weiß trotzdem, was sich beim Kirchgang gehört.

Für ihre Arbeit in der Bank gab es immerhin einen Dresscode, an den sie sich halten konnte und der sogar einer der Gründe gewesen war, weshalb sie sich damals für diese Ausbildung entschieden hatte. Jede Art von Ordnung war ihr verlockend erschienen. In ihrem Schrank hatte sie Kleidung für Beerdigungen, Theaterbesuche, Feiertage, sie hatte etwas fürs Kranksein, für Wanderungen, die Gartenarbeit. Und dann besaß sie noch einen kleinen Rest an Freestyle-Kleidung, aus dem sie ihre Gottesdienst-Outfits immer neu zusammenstellen konnte. Wenn sie sich dabei einmal vertat, kam die Rückmeldung zuverlässig bei Niels an: Herr Richter, Ihre Frau hatte aber einen ziemlich tiefen Ausschnitt letzten Sonntag.

Sie wünschte, es wäre ihr egal, was die Leute dachten.

Die Blicke, die sie auf ihrem Hinterkopf spürte, ignorierte sie, stattdessen konzentrierte sie sich auf ihren Atem. Inzwischen beherrschte sie alles, was im Gottesdienst erforderlich war – das Aufstehen, das Kopfsenken, das Händefalten –, quasi vollautomatisch, sodass sie die Zeit anderweitig nutzen konnte. Im Internet gab es Yogalehrerinnen, die nützliche Techniken erklärten, und Iulia war neuerdings fasziniert von den Möglichkeiten ihres eigenen Ventilationssystems. Wenn man es richtig anstellte, konnte man seine Pulsfrequenz verlangsamen, die Verdauung anregen, die Durchblutung des Gehirns verbessern – alles durch Atmung. Da sie an Schlafstörungen litt und seit einiger Zeit auch an unerklärlicher Reizbarkeit, war die Aussicht, durch simple Atemtechnik innere Ruhe herzustellen, verlockend. Also ergänzte sie damit ihre altbewährten Gottesdienst-Routinen. Die Ujjayi-Atmung konnte sie während des Orgelspiels praktizieren. Auch die yogische Vollatmung eignete sich für die Gottesdienst-Teile, in denen die Geräuschkulisse gelegentliches Schnaufen übertönte – Löwen- oder Feueratmung sparte sie sich für zu Hause auf. Wenn gesungen wurde, übte sie, sich ganz auf den Moment einzulassen, eine Achtsamkeitsaufgabe mit Gesang. Beim *Vaterunser* schob sie im Stehen eine kleine Einheit Beckenbodentraining ein. Anspannen und Loslassen, Mikrobewegungen der Füße mit unsichtbarer Gewichtsverlagerung. Und wenn Niels für die Predigt auf die Kanzel stieg, machte sie autogenes Training. Angefangen beim rechten Arm, reichte die Zeit meistens genau, um bis zur Gesichtsmuskulatur zu kommen. Währenddessen hörte sie zu und registrierte dabei ihre Gedanken, ohne sie zu bewerten. Das war von allem das Schwerste: zuhören und sich nicht verlieren in der inneren Welt, nicht an gestern und morgen denken, sich keine Sorgen machen, keine Angst haben und auch kein schlechtes Gewissen. Viel zu oft fand in Iulias Kopf ein Jahrmarkt statt. Er lärmte dann ununterbrochen, spuckte eigenartige Ideen aus, ließ die Gedanken Achterbahn und Karussell fahren. Es war das Gegenteil von Ordnung. Wenn dann gar nichts anderes mehr half, formulierte sie Berichte, verwandelte Menschen, Situationen und Gedankenfolgen in sachliche Erzählungen. Am besten war es, das sogar schriftlich zu tun. Schreibend war sie eine andere, mutig und scharfzüngig, eine, die sich traute, die Dinge auszusprechen. Leider ließ sich das kaum noch in ihrem Alltag unterbringen, und manchmal war es, als würde diese Person, die sie schreibend war, ihr auf einmal im richtigen Moment Sätze auf die Zunge legen. Böse, zynische Sätze, die verhinderten, dass die Menschen ihr zu nahekamen. Es war ihr jedenfalls lieber, wenn sich das Ganze auch einfach durch Atmung regulieren ließ.

In der Bank hielten die ewig gleichen Vorgänge die

Fahrgeschäfte und verrückten Gedanken in Schach. Sie liebte es, Risiken zu erkennen und zu minimieren, war gut darin, Menschen zu beraten, die das Prinzip von Ursache und Wirkung zwischen all den Summen nicht erkannten, sie hatte einen Blick für Muster und Abweichungen. Letztlich wurde sie dafür bezahlt, die Ordnung zu bewahren und Zufälle zu Fehlern zu erklären. In der Bank brauchte sie weder autogenes Training noch Ujjayi-Atmung. Und die Zahlen standen zuverlässig und unanfechtbar zwischen ihr und den Kunden, ohne jemals andere zu beleidigen.

Während des Gottesdienstes hatte sie ihr Telefon in den Flugmodus gestellt. Hinterher, als Niels noch am Kirchenausgang stand und die Schäfchen einzeln verabschiedete, schlenderte sie über den Friedhof und stellte es wieder um. Sofort wurde sie darüber informiert, dass sie fünf Anrufe ihres Vaters verpasst hatte. Sie seufzte. Seit über sechzehn Jahren war sie sonntags zwischen zehn und elf Uhr nicht erreichbar, aber er hatte es bis heute nicht geschafft, aus dieser Tatsache eine einfache Konsequenz zu ziehen.

Sie sah Niels, von einer Damentraube umgeben. Wo immer er still stand, versammelten sich die Frauen. Er war der Hirte, er musste sie alle beachten. Iulia hingegen durfte sich davonmachen, von einer Bankangestellten erwartete im echten Leben niemand etwas. Sie war nicht gut darin, Small Talk zu machen, und sie fühlte sich unwohl zwischen den Frauen, die offenbar stets so viel besser aufgepasst hatten als sie und nun über jeden Aspekt des Lebens Bescheid wussten und sofort sahen, wenn sie etwas falsch machte. Sie umrundete die Kirche, bis sie sich unbeobachtet fühlte. Einige Gemeindemitglieder fanden Handynutzung auf Friedhöfen ungehörig: Herr Richter, Ihre Frau hat neulich neben dem Grab von Brodersen telefoniert.

Eine Krähe hoch oben in einer der Buchen beschwerte sich lautstark über Iulias Anwesenheit. Die Kirchenwand strahlte Wärme ab, und der Kies knirschte unter ihren Schritten, während sie zwischen den Gräbern auf und ab ging und die Freizeichen mitzählte. Schließlich nahm ihr Vater ab.

»Iulia, bist du das?«, fragte er. Er hielt es nie für nötig, sich mit seinem eigenen Namen zu melden.

»Du hast angerufen«, sagte sie. »Ist was passiert? Wie geht es deinem Fuß?« In der vergangenen Woche war ihm ein gefüllter, Gott sei Dank aber noch nicht erhitzter Wasserkocher heruntergefallen und hatte ihm einen Mittelfußknochen gebrochen.

Im Hintergrund hörte sie ihre Stiefmutter brüllen: »Werner, ich bin dann weg.«

»Ist gut«, rief er ebenso laut zurück.

»Weiß Monika eigentlich, dass sie klingt wie das schlimmste Klischee einer norddeutschen Ehefrau, wenn sie so durch die Gegend brüllt? Und ist dir klar, dass du gerade mein Trommelfell hättest ruinieren können?«

»Jetzt lass zur Abwechslung mal deine Sprüche und hör zu«, sagte er. »Es geht um deine Schwester. Sie hatte einen Unfall.«

Natürlich fuhr Iulia sofort ins Krankenhaus. Sofort nachdem Niels wieder ansprechbar war. Nachdem sie zu Hause ein Glas Orangensaft getrunken hatte. Nachdem sie mit Aaron, der noch immer im Bett lag, die Lage besprochen und ihm einen Platz im Auto seines Freundes Mattis organisiert hatte, damit er später auch ohne sie zur Kletterhalle kam. Sofort nachdem sie ihre Ersatzbrille, ihre Tasche, das Telefon, das Aufladekabel, das Navi, ein Buch und den Autoschlüssel zusammengesucht hatte. Nachdem sie Niels einen Kuss gegeben und sich von ihm tief in die Augen hatte schauen lassen, so als könnte er ihr Energie übertragen, eine Art Gott-Channeling via Augenkontakt mit ihm als Relaisstation. Niels hielt viel von solchen Gesten. Ein fester Händedruck, eine schweigende Umarmung, eine segnende Hand auf dem Scheitel zum rechten Zeitpunkt – früher hatte sie das unwiderstehlich gefunden, inzwischen beneidete sie manchmal Paare, die sich zum Abschied durch geschlossene Fenster zuwinken durften. Sie war in letzter Zeit so undankbar geworden. Oder einfach zu unruhig, um während der pastoralen Zuwendung still stehen zu bleiben.

Dann fiel ihr nichts mehr ein, was noch zu erledigen gewesen wäre, und sie fuhr los.

In der Stadt gab es überhaupt keine Parkplätze. Mehrmals fuhr sie in konzentrischen Kreisen um das Krankenhausgelände herum. Schließlich musste sie aufgeben und doch auf den Klinikparkplatz einbiegen, an dessen Schranke sie ein Kärtchen zog. Sie parkte so weit vom Eingang entfernt wie möglich. Von der Rückbank nahm sie ihre Handtasche, stellte sicher, dass das Lenkradschloss eingerastet war, putzte ihre Brille und überprüfte ihr Aussehen im Rückspiegel – irgendwie war das Gottesdienst-Make-up verblasst, und ihre weißblonden Wimpern waren so wenig zu sehen wie eh und je. Ein Blick auf die Uhr verriet ihr, dass die Radionachrichten fast zu Ende sein mussten, und sie schaltete gerade noch zum Wetterbericht ein. Regen würde weiterhin ausbleiben, sie musste unbedingt daran denken, gelegentlich den Vorgarten zu wässern. Die Schäfchen kommentierten mit Vorliebe den Zustand des Pastoratsgartens, aber vielleicht war das auch ihr gutes Recht, sie zahlten schließlich Kirchensteuer.

Iulia stieg aus. Es roch nach aufgeheiztem Asphalt, als sie zwischen den Autos entlangging. Vor dem Eingang des Hauptgebäudes hielt sie inne. Dort drinnen würde es angenehm kühl sein. Der Geruch von Desinfektionsmitteln würde wie kein anderer erzählen, dass man in guten Händen war, in Sicherheit. Sie befahl ihren Füßen, vorwärtszugehen. Sie würde sich auf die Desinfektionsmittelluft und die Kühle konzentrieren. Es würde sein wie in der Bank, wo die Klimaanlage alles auf die richtige Temperatur regelte, egal, ob es draußen warm oder kalt war. Wo es vertrauenerweckend nach Teppich und Computern roch, nach dem Feinstaub der Laserdrucker, nach Kaffee und Lufterfrischern der diskreteren Sorte.

Die automatische Tür öffnete sich, und sie machte einen Schritt hinein in das Mikroklima des Klinikfoyers. Ohne Vorwarnung wurde sie von einem Bild überwältigt. Sie sah blauen Stoff, ganz genau, wie durch ein Mikroskop. Sie sah die Struktur des Gewebes, das Muster der Kett- und Schussfäden. Sah die Oberfläche eines Handrückens, Haare auf Fingern und Poren, aus denen diese Haare wuchsen. Übelkeit stieg in ihr auf, in ihrem Kopf sirrte ein Alarm, sie musste etwas sagen, sich in Sicherheit bringen. Dann war es vorbei. Sie stand im Foyer, etwas zittrig, aber stabil. Sie hob die Füße an, und die gehorchten.

Ab jetzt blieb sie lieber nicht mehr stehen. Sie schaffte es, am Tresen, der einem Hotelempfang ähnelte, nicht zu verweilen, die Frau am Computer rief ihr den Namen einer Abteilung hinterher. Der Fahrstuhl war schon da und öffnete seine Türen, sobald Iulia den Knopf drückte. Er nahm sie mit auf die Intensivstation der Neurochirurgie. Dort atmete sie das Aroma von Gummihandschuhen, Alkohol, Pappe und Styropor, Spülmaschinendunst und Schuhsohlenabrieb auf Linoleum ein. Über allem lag ein wässriger Geruch nach Kräutertee.

Vor der Station musste sie klingeln. Sie war erleichtert, dass es eine Pflegerin war, die ihr öffnete. Sie hatte mit einem Arzt gerechnet.

»Guten Tag«, sagte Iulia. »Meine Schwester liegt hier irgendwo. Lone Fabricius.«

Die Frau gab ihr die Hand mit einem festen Druck, der das Beste war, was sie seit dem Telefonat mit ihrem Vater erlebt hatte. Er brachte sie beinahe aus der Fassung. Sie bekam einen Kittel und musste sich die Hände desinfizieren, danach durfte sie auf den Flur treten, und das schafften ihre Füße auch.

»Kommen Sie einfach mit«, sagte die Frau. »Ihre Mutter ist schon da.«

»Stiefmutter«, sagte Iulia.

Sie war sich nicht sicher, was von ihr erwartet wurde. Alles, was sie über Intensivstationen und Autounfälle wusste, hatte sie aus Filmen. Sie überlegte, ob man nicht doch nach einem Arzt fragte. In den Filmen waren es immer Männer, die Bescheid wussten, in einem eigenen Raum mit Regalen voller Fachliteratur. Eine Pflegerin war die Richtige, wenn es um Bettpfannen ging. Aber Iulia wollte mit keinem Arzt sprechen müssen. Sie wollte hinter dieser Frau mit dem guten Händedruck hergehen, am liebsten für immer.

Als sie vor einer Tür mit Sichtfenster stehen blieben, richtete Iulia ihren Blick fest auf die Frisur der Pflegerin. »Darf ich Sie noch etwas fragen, bevor ich da reingehe?«

Die Frau drehte sich um und schaute ihr mitten ins Gesicht, ohne Angst und ohne irgendeine kosmische Energie zu channeln. »Natürlich dürfen Sie.«

Iulia brauchte lange für die richtige Formulierung. Sie sollte höflich sein, aber auch nicht dämlich oder so vorsichtig, dass man meinte, sie bei der Antwort schonen zu müssen. Außerdem natürlich möglichst unironisch und irgendwie der Ungeheuerlichkeit der Situation angemessen. Schließlich fragte sie:

»Was ist eigentlich alles kaputt?«

Lone lebte noch. Wirklich am Leben aber war sie nicht. Es hatte sie im Schlaf erwischt – davon war jedenfalls auszugehen. Wenn jemand morgens um fünf auf der Landstraße ungebremst in einen Traktor hineinraste, lag die Vermutung nahe, dass derjenige entweder lebensmüde oder fest eingeschlafen war. Ob es einen letzten Moment des Bewusstseins gegeben hatte? Einen Augenblick, einen Wimpernschlag, in dem sie begriffen hatte, was gerade passierte? Iulia hatte sich das immer gefragt – spürte man, wenn etwas zu Ende ging und man Abschied vom Leben, das man führte, nehmen musste? Erkannte man diesen Moment?

Ihre Schwester dort liegen zu sehen, war einfach nur schockierend. Monika sprang von ihrem Stuhl auf, kaum dass Iulia das Zimmer betreten hatte, und umarmte sie, bis sie keine Luft mehr bekam, nur um sie ganz plötzlich loszulassen und wie ein Wasserfall auf sie einzureden. Iulia hörte zu, ohne die Worte zu verstehen.

Sie war sich nicht sicher, ob sie Lone je vorher in dieser Position gesehen hatte, liegend, schlafend. Die Augen waren geschlossen, die Lider wirkten wie aus Wachs gefertigt. Früher hatte es Zubettgehzeiten gegeben, gestaffelt nach dem Alter der Kinder. Monika hatte die Regeln aufgestellt und durchgesetzt, sie hatten selbst für Justus gegolten, als die beiden älteren Schwestern schon ausgezogen waren. Monika wusste, wie man eine Familie war. Selbst wenn Lone krank gewesen war, hatte sie zwischen Büchern und Taschentüchern auf dem Sofa gesessen. Aber flach auf dem Rücken hatte Iulia sie nie gesehen. Flach auf dem Rücken war falsch. Das Lone-Muster war aktiv und aufrecht, das flache Liegen war die Abweichung.

»Ist sie bei Bewusstsein?«

»Unter Narkose«, sagte die Pflegerin, die Iulia in den Raum begleitet haben musste.

Schweigend betrachteten sie alle drei die Schlafende.

»Wie Schneewittchen«, sagte die Pflegerin versonnen.

Iulia sah, wie recht sie hatte – rot wie Blut, weiß wie

Schnee und schwarz wie Ebenholz. Wunderschön, beinahe übernatürlich, schlief sie: entrückt und tief und unerreichbar. Nur lag sie nicht in einem gläsernen Sarg, sondern auf einem höhenverstellbaren Bett. Kein Apfelstück steckte in ihrem Hals, stattdessen führte ein Schlauch zur künstlichen Beatmung in ihren Mund. Statt roter Wangen hatte sie blaue Flecken und Abschürfungen am Kinn. Runde Pflaster hielten Kabel auf dem Brustkorb, unter der dünnen Decke ragten Katheter hervor. Auf Lones Kopf klebte eine Kompresse, aus der eine Art Antenne herausstand. Sie hatten die Stelle rasiert, natürlich.

Die Beatmungsmaschine machte ein leises Geräusch. Auf einem Monitor sah man Kurven und Zahlen, aber nichts piepte oder tickte, es war ganz anders als im Fernsehen und doch genauso.

Unwillkürlich streckte Iulia die Hand aus. Sie berührte Lones Arm, die kühle, weiche Haut, und erspürte den tiefen Abgrund, über dem ihre Schwester schwebte. Da passierte es erneut. Ihr Gesichtsfeld verengte sich, in ihren Ohren begann es zu rauschen, sie sah ein Gerät vor sich, eine Art Drucker, das sich nicht hier im Zimmer befand, es stand in Iulias Kopf. Die Oberfläche war von grünlichem Beige mit winzigen Einbuchtungen, so winzig, dass sie normalerweise mit bloßem Auge nicht zu erkennen waren. Sie roch Blut und Gummi, sie spürte eine Gefahr, der sie nicht entkommen konnte, sie sah wieder Hände, Poren, Haare, Fingernägel so flach wie Spaten. Die Übelkeit kam und schüttelte sie, sie wollte rufen, aber es ging nicht. Dann war das Bild verschwunden. Lone lag da wie zuvor, durch die Beatmung hob und senkte sich ihr Brustkorb. Zitternd hielt Iulia sich am Stiefmutterstuhl fest. Frische Luft wäre gut gewesen, aber so etwas gab es hier nicht. Nur Desinfektion und Jodtinktur und fürchterliche schwarze Abgründe.

Sie spürte, dass jemand sie unterhakte und mit sich zog.

Sie ließ sich auf den Gang führen und zum Aufenthaltsraum schräg gegenüber dirigieren.

»Sie sollte etwas trinken«, sagte die Pflegerin.

»Ganz genau«, sagte Monika und übernahm das Unterhaken. »Ich kann an ihrer Haut sehen, dass sie heute noch nicht genug getrunken hat.«

Iulia fasste sich ins Gesicht. Sie hatte die Falten bisher nicht mit Flüssigkeitsmangel in Verbindung gebracht. Immerhin ging sie auf die vierzig zu. Und bei ihrer unglaublich hellen Haut, die immer sofort einen Sonnenbrand bekam, würde sie im Alter vermutlich wie eine Dörrpflaume aussehen. Die trockene Luft in der Bank würde ihr Übriges tun und sie nach und nach mumifizieren.

Am Wasserspender holten sich beide etwas zu trinken – die Pflegerin war verschwunden – und setzten sich an den Tisch am Fenster. Die gedämpften Farben des Flanierparks draußen zeigten an, wie heiß es war. Iulia zitterte, die Gedanken sausten in ihrem Kopf rundherum, jagten einander und verschwanden, um nach einer schnellen halben Runde wieder aufzutauchen. Was war mit Lone geschehen? Was war es, das sie dort drinnen gespürt hatte? Iulia sehnte sich danach, ihre Gedanken anhalten zu können. Sie wollte den Anfang finden und das Ende, begreifen, was das für eine Geschichte war, die sich ihr hier präsentierte. Warum zur Hölle war Lone morgens um fünf mit ihrem Hebammobil, ohne zu bremsen, in einen Traktor gefahren?

»Was ist mit dem Auto?«, fragte sie und erkannte an Monikas verblüfftem Gesichtsausdruck, dass sie ihr offenbar mitten in einen Satz hineingesprochen hatte.

»Das hat ihr das Leben gerettet, hat Schwester Miriam gesagt. Das ist angeblich besonders stabil.«

»Hast du schon mit einem Arzt gesprochen?«

»Ja, direkt nach der Operation. Er meint, der Airbag sei

nicht ausgelöst worden. Das habe er bei dieser Automarke noch nie gehört. Sie war bewusstlos, als man sie da rausgeholt hat. Dann gab es hier ein paar Untersuchungen, um innere Verletzungen zu erkennen, danach die OP. Die ist offenbar gut verlaufen.«

»Was immer das heißt.«

»Wie meinst du das?«

»Man kann ja nicht wissen, was in so einem Fall *gut* bedeutet. Hätte Lone eine Blinddarmentzündung, wüsste ich ungefähr, was es heißt, die OP sei gut verlaufen.«

»Sie hat ein schweres Schädelhirntrauma, ein Thoraxtrauma, einen Leberriss. Lass mich nachdenken – was noch?« Monika tippte zu jeder Diagnose eine Fingerkuppe an.

»Wacht sie wieder auf?«

»Natürlich«, sagte Monika empört.

Und dann? Würde sie ihre Schwester wiedererkennen, würde sie noch immer Lone sein? Iulia wusste, sie durfte ihre Stiefmutter nicht mit solchen Fragen quälen. Monika liebte die praktische Seite des Lebens. Wenn es etwas gab, das sie buchstäblich hasste, dann war es Grübeln, Kopfzerbrechen und jede Art von Was-wäre-wenn-Spiel. Iulia wiederum hatte in diesem Bereich ihre Talente, das hatte sie von ihrer leiblichen Mutter geerbt, und ihr Vater – klug geworden aus Erfahrung – hatte sich beim zweiten Versuch lieber eine Frau mit Grübelphobie genommen.

»Man muss optimistisch bleiben.« Monika trank ihren Becher leer. »Außerdem habe ich gebetet.«

»Dann ist Gott ja bereits informiert.«

»Dass du aber auch nie ernst sein kannst. Komm, trink aus, wir müssen zurück.«

Iulia nahm kleine Schlucke, sie musste Zeit gewinnen. Sie spürte wieder das große Zittern. Ihr Oberteil, die Pastorenfrauen-Bluse vom vormittäglichen Kirchgang, war durchgeschwitzt. Unter keinen Umständen konnte sie erneut in dieses Zimmer gehen. Wenn sie noch einmal in den schwarzen Abgrund sähe, noch einmal Lones Haut berührte und eine Ahnung davon bekam, wo sich ihre Schwester gerade befand, sie würde den Boden unter den Füßen verlieren, im Chaos versinken und sich nie wieder erholen.

Beim Aufstehen hielt sie sich an der Stuhllehne fest. »Weißt du was?«, sagte sie munter, als sei ihr gerade etwas Gutes eingefallen. »Ich könnte doch zu Lone nach Hause fahren und ein paar Sachen holen. Zahnbürste und Handcreme. Für später, wenn sie aufgewacht ist.«

»Ja, mach das – sehr praktisch gedacht, Iuli-Kind.«

»Und jemand sollte ihren Frauen Bescheid sagen. Wann und wo gibt sie denn ihre Kurse?«

Monika runzelte die Stirn. »Das weißt du nicht? Ihr redet doch sonst so viel.«

»Nicht über so was. Nicht im Detail.« Iulia fühlte sich ertappt und wusste gar nicht genau, warum. »Ich erzähle dir doch auch nichts über Kontoeröffnungen und Dispokredite.«

»Ich denke immer, sie hat ja dich zum Reden«, sagte Monika. »Das hat mich ruhig schlafen lassen. Mir hat sie ja noch nie viel von sich erzählt.«

Für einen Moment waren sie beide still. Tatsächlich hatte Iulia schon länger davon abgesehen, ihre Schwester mit eigenen Problemen zu belästigen. Aber wann eigentlich hatte Lone damit aufgehört?

»Auf jeden Fall weiß ich, dass sie Rückbildungskurse im Gemeindezentrum bei sich im Ort gibt«, sagte Monika. »Vielleicht findest du eine Telefonliste. Ihr Ersatzschlüssel liegt unter dem Blumentopf.«

»Ha, das wusste ich.«

»Und bring gleich auch ein Paar von den warmen Socken mit, die ich ihr zu Weihnachten geschenkt habe, ja? Das Schlimmste im Krankenhaus sind doch kalte Füße.

Danke, dass du das übernimmst. Ich kann hier einfach nicht weg. Selbst wenn sie nicht bei Bewusstsein ist – stell dir vor, du bist in so einer fremden Umgebung ganz allein.« Monika bekam feuchte Augen. Der Satz verursachte Iulia Übelkeit. Und die feuchten Augen auch.

Sie murmelte: »Ich hätte eigentlich gar nichts dagegen, mal für eine Weile allein zu schlafen.«

»Ach du«, sagte Monika und stieß sie mit dem Ellbogen an. »Morgen kann ich gleich nach der Visite kommen. Ich muss mal rausfinden, wie das hier geregelt ist.«

»Und was ist mit Papa? Kommt der klar, mit seinem kaputten Fuß und allem?«

»Natürlich. Werner kriegt doch immer alles hin. Kennst ihn ja. Allerdings riechen seine Füße, weil er glaubt, er müsse auch den ungeschienten nicht waschen. Dieser Mann kann sich nur symmetrisch pflegen. Möge Gott ihm und uns niemals einen Schlaganfall zumuten.«

»Amen.«

»Außerdem ist Justus da. Der kann einkaufen.«

»Wieso ist er da?«

»Habe ich dir das noch gar nicht erzählt? Justus hat sich von Sarah getrennt oder umgekehrt, das durchschaue ich nicht ganz, und jetzt ist er wieder in sein altes Zimmer gezogen. Vorübergehend. Es ist so schwer, eine geeignete Wohnung zu finden. Und wir brauchen es so gut wie nie.«

»Ich dachte, du hast dir da ein Nähzimmer eingerichtet.«

»Wir haben viel zu viel Platz für zwei Personen«, sagte Monika. »Die Nähsachen sind jetzt in deinem alten Zimmer.«

»Aber Justus hätte doch auch dahin gehen können, dann hättest du nicht alles umräumen müssen.«

»Jaja, du hast immer so gute Ideen. Aber wenn eines Tages Aaron vor deiner Tür steht, krank vor Liebeskummer und völlig am Ende, weil die Welt ihn so fertigmacht, dann schickst du ihn bestimmt nicht ins Gästezimmer, sondern sorgst dafür, dass er genau dahin kommt, wo er sich am wohlsten fühlt. Männer brauchen ihre Höhlen. Nähen kann ich nun wirklich überall.«

Monika nahm ihr den Becher ab, steckte ihn in den eigenen und trug beide zum Papierkorb neben dem Wasserspender. Dabei sagte sie: »Ich will jetzt auch endlich das mit der Linde in Angriff nehmen. Die muss weg. Jeden Sommer ärgere ich mich, und damit muss Schluss sein. Hast du mal gesehen, wie klebrig die Einfahrt wird von dem Zeug, das dieser Baum absondert?«

Den Rest hörte Iulia nicht mehr. Ihre Gedanken waren zu laut.

2 | Lone

1. Versuch

Lone Fabricius konnte nicht schlafen. Selbst nachts war es in letzter Zeit zu heiß. Sie wälzte sich im Bett, und schließlich stand sie auf, als das erste Licht des Morgens dämmerte und die Vögel vor dem gekippten Fenster wie aufgezogen zu singen anfingen. Es gab eine Stelle in der Nähe, an der man mit dem Auto bis fast an die Steilküste heranfahren konnte. Die Ostsee hieß schließlich so, weil sie im Osten lag. Es musste also möglich sein, einmal im Leben einen anständigen Sonnenaufgang über dem Meer zu sehen.

Schon lange nicht mehr war sie freiwillig so früh auf den Beinen gewesen. Die Schichten im Krankenhaus seinerzeit hatten das natürlich erfordert, aber wie oft war sie in den frühen Morgenstunden nach dem Schichtwechsel durch die Ortschaften gerast, weil sie es nicht hatte erwarten können, endlich nach Hause in ihr Bett zu kommen. Einmal war sie dabei geblitzt worden. Sie hatte am Ortsschild kaum abgebremst, und später im Bußgeldbescheid hatte gestanden, dass sie über achtzig Stundenkilometer gefahren war. Sie bekam Punkte in Flensburg und musste ihren Führerschein für einen Monat abgeben. Einen Teil der führerscheinlosen Zeit legte sie in die kostbaren Ferien. Aber die restlichen Tage fuhr sie einfach trotzdem und hoffte, dass niemand sie erwischte. Sie hatte in diesen Dingen meistens Glück. Nur Blitzautomaten waren neutral, in der Bahn, bei Verkehrskontrollen oder am Zoll hatte sie kaum je etwas zu befürchten. Weder von männlichen noch von weiblichen Personen – alle lächelten, wenn sie Lone sahen, nickten freundlich, winkten sie weiter, machten eine Lass-gut-sein-Geste, wenn sie nach der Handtasche griff, um Ticket, Fahrzeugpapiere oder Ausweis hervorzuholen. Es war immer schon in Ordnung. Sie sah aus wie die Madonna aus einem Renaissance-Gemälde und war dadurch auffällig wie ein Mensch im Hühnerkostüm. Polizisten, Beamte, Kontrolleure trauten ihr keine Vergehen zu, manche waren wie geblendet.

Sie stieg ins Auto, ohne sich zu schminken oder auch nur die Haare zu kämmen. Sie trug praktische Kleidung, eine Sweatjacke warf sie auf den Beifahrersitz zu ihrer schwarzen Tasche, denn sie wusste, das Wetter im Norden war selten wie erwartet.

Eigentlich sollte man Sonnenaufgänge mit anderen Menschen zusammen ansehen. Am besten mit einem Partner, einem Herzensmenschen, einem Mann, wenn man, wie sie, heterosexuell war. Aber in letzter Zeit war ihr niemand über den Weg gelaufen, den sie bei einem Sonnenaufgang hätte dabeihaben wollen. Es würde auch alleine schön sein.

Die Straßen waren frei, niemand anders war unterwegs. Wie früher, wenn sie von der Schicht gekommen war, gab es um diese Zeit nichts außer hinterhältigen Blitzanlagen und Rehen, worauf man achtgeben musste. Sie gab Gas. Täglich hatte sie auf so vieles achtzugeben. Eine Hebamme konnte sich keine Fehler erlauben, musste stets alles im Blick behalten, durfte niemals nachlassen, niemals nur mit halbem Ohr zuhören. Eine Frau klagte über geschwollene Füße, das war nichts Ungewöhnliches am Ende einer Schwangerschaft. Aber wenn sie eine halbe Stunde später in einem Nebensatz auch noch Sehstörungen erwähnte, die sie am Vortag in der Schlange vor der Bäckereitheke gehabt hatte, musste Lone blitzschnell diese beiden Informationen zusammenbringen. Dann wurde ein Urintest nötig, und wenn Eiweiß nachweisbar war, musste sie eine Gestose ausschließen. Meistens aber wusste sie schon vor einem Test, was herauskommen würde, denn sie hörte gut zu. Es wurde immer alles Wichtige gesagt, nur eben selten dann, wenn man fragte, und oft nicht einmal im Bewusstsein, dass es wichtig sein könnte.

Die Frauen hier waren dazu erzogen worden, niemals zu viel von sich zu reden. Und nötigte man sie dazu, wie Lone es tat, wie jede Hebamme es tat, wichen sie aus oder wurden oberflächlich. Vielleicht war es anders in der Stadt oder weiter im Süden, aber in dieser Gegend musste man den Frauen die Dinge aus der Nase ziehen und wissen, dass jede echte Antwort auf eine Frage nach dem eigenen Befinden, wenn überhaupt, verzögert kam. Sie war ja selber so. In ihrem Fall wollte auch ohnehin niemand zuhören. Wenn man aussah wie eine Renaissance-Madonna, beklagte man sich am besten gar nicht. All die Menschen, die sonst so höflich und freundlich waren, wenn es darum ging, sie an der Grenze durchzuwinken oder ihr vor allen anderen den Kaffee zu servieren, stellten die Ohren auf Durchzug, wenn Lone über sich selbst sprach. Niemand wollte Madonnenprobleme hören.

Wenn sie die Sonne noch aufgehen sehen wollte, musste sie sich beeilen. Das Radio bot keinen passenden Soundtrack, es ließen sich überhaupt nur zwei Sender einstellen, und auf beiden verbreitete ein Moderator auf ungehobelte Weise gute Laune. Im Internet, wo es wirklich alles gab, hätte sich bestimmt ein Sender finden lassen, der Sonnenaufgangs-Soundtracks bereitstellte, freundliche Begrüßungen und gewaltfreie Lebensfreude. Aber damit kannte Lone sich nicht aus. Und ihr CD-Spieler im Auto war seit ein paar Wochen kaputt. Sie hatte es noch nicht geschafft, ihn reparieren zu lassen. Oder einen neuen zu kaufen, darauf lief es ja inzwischen immer hinaus. Sie verbrachte viel

Zeit im Auto, weil die Frauen so weit auseinanderwohnten, sie würde bald etwas wegen des CD-Spielers unternehmen müssen. Diese Fahrten über Land, die seit ihrer Entscheidung, freiberuflich zu arbeiten, dazugehörten, waren ohne die richtige Musik schwerer zu ertragen.

Jetzt also Radio. Aber die Beats der Popmusik waren zu nah an ihrer Herzschlagfrequenz, sie wirkten einlullend statt anregend. Zusammen mit dem Klangteppich, den die elektronischen Instrumente und die verzerrte Stimme der Sängerin erzeugten, glichen sie Geräuschen, die ein Fötus im Mutterleib hörte.

Lone merkte, wie ihr die Augen zufielen. Es war unmöglich, sich dagegen zu wehren, aber sie musste sich zusammennehmen. Sie riss die Augen auf, es war schwer einzuschätzen, wie viel Strecke sie in ihrer Wahrnehmung gerade verpasst hatte. Hier, jenseits der Ortschaften, sah alles so gleich aus. Die Straße ohne Mittelstreifen, voller Risse, rechts und links Felder, in denen der Mais mannshoch stand, darüber ein fahler wolkenloser Morgenhimmel. Die orangefarbenen Innenseiten ihrer Augenlider.

3 | Homeward Bound

Die ungewöhnliche Windstille dauerte nun schon seit Tagen an, und die gekippten Fenster bewirkten kaum einen Luftaustausch. Der Geruch ihrer Schwester stand so deutlich im Haus, dass Iulia für einen Moment vor Freude die Augen schloss. Lone benutzte kein Parfum, weil das die Babys irritierte. Umso deutlicher duftete sie nach sich selbst, zimtig und warm, wie das Innere eines Ofens nach der Weihnachtsbäckerei.

Iulia hatte schon an vielen Orten gewohnt, die den Namen *Zuhause* getragen hatten. Die längste Zeit davon im Pastorat, das der Kirche gehörte und in dem sie sich noch immer wie in einer Ferienwohnung fühlte, die man eines Tages im besenreinen Zustand für die nächsten Gäste hinterlassen musste. Am heimatlichsten war es für sie eigentlich immer in der Bank gewesen. In ihrem Lieblingsfilm *Frühstück bei Tiffany* sagte Audrey Hepburn als Holly Golightly, sie werde sich erst Möbel kaufen, wenn sie einen Ort finde, an dem sie sich so sicher fühle wie im Juweliergeschäft *Tiffany's*, und tatsächlich hätte Iulia schon als Kind in der örtlichen Bankfiliale wohnen mögen – dieser Teppich, dieser Geruch, diese Vertäfelung. Die Namensschildchen, die Kugelschreiber in Kugelschreiberbehältern, die Überweisungsformulare mit dem Durchschlag, der sich so mühelos und gerade abtrennen ließ. Als Kind hatte sie manchmal an Münzen gelutscht, natürlich nur heimlich, weil sich irgendein Erwachsener sonst mit Sicherheit aufgeregt hätte. Und an Papiergeld geschnüffelt.

Aber hier, in Lones Haus, war so viel Lone, dass Iulia zum ersten Mal in ihrem Leben eine Ahnung davon bekam, dass echtes Zuhausesein nichts mit Orten zu tun hatte, sondern mit Menschen. Hier, wo sich ein kleines bisschen Lone in jedem Winkel verbarg, war der Ort, an dem Iulia sein wollte.

Es roch außerdem nach verwelkten Blumen. Sie fand einen Strauß im Flur, einen im Wohnzimmer und einen in der Küche, alle in mitleiderregender Verfassung, mit niedrigem Wasserstand in den Vasen und schleimigen Stielen. Womit war Lone beschäftigt gewesen, dass sie sich nicht hatte um die Blumen kümmern können? Termine, Hebammen-Verpflichtungen, Verabredungen? Oder waren es Gedanken gewesen, die sie nicht losgelassen, die alles andere beiseitegedrängt hatten? Hatte sie zu viel gearbeitet und war in den frühen Morgenstunden vollkommen übermüdet am Steuer eingeschlafen? Oder hatte sie sich bereits seit Längerem ganz nach innen gewandt, wo die Dunkelheit gelauert und es ihr unmöglich gemacht hatte, rechtzeitig auf die Bremse zu treten?

Das Wohnzimmer roch nach Zitrone, Minze und Vanille. Lone bekam ätherische Öle zum Einkaufspreis. Dazu der Holzgeruch der Bodendielen, von der Sonne aufgeheizt, deren Strahlen durch die großen Türen vom Garten hereindrangen und alles in Licht badeten. Im Pastorat war es dunkel, Iulia hatte sich daran gewöhnt. Es war altehrwürdig, teilmöbliert, mit Reetdach und Fachwerk, ein Postkartenmotiv unter Denkmalschutz. Wenn man dort keine Lust auf Schimmel an den Wänden hatte, musste man die alte Kulturtechnik des Stoßlüftens beherrschen.

Iulia öffnete die Haustür und schob im Wohnzimmer die Glastüren zum Garten auf.

Sie sammelte die Sträuße ein und schleuderte sie mit einem gezielten Wurf auf den Komposthaufen an der Hecke zwischen den beiden Grundstückshälften des Doppelhauses. Nebenan wohnte eine alleinstehende Lehrerin, das wusste sie. Von solchen Dingen hatte Lone gesprochen – wer nebenan wohnte und was sie kochen wollte und wo sie unbedingt einmal zusammen hinfahren sollten. Nicht von den wichtigen Dingen.

Auf der Anrichte im Flur lagen Zettel, Flyer und Visitenkarten. Obenauf eine Geburtsanzeige mit Bild und handgeschriebenem Gruß. Iulia erkannte Till nicht sofort, seine Haare waren komplett ergraut, und er war breiter geworden. In einer Keramikschale fand sie den Briefkastenschlüssel.

Es gab mehrere Werbesendungen, die sie sofort in die Kiste für Altpapier warf. Einen Brief von einer Versicherung, eine Benachrichtigung, dass ein Paket am vereinbarten Ort abgestellt worden sei, eine Postkarte aus Florida – windzerzauste Palmen –, deren Rückseite vor allem von einer Kinderunterschrift eingenommen wurde.

Aus dem Carport holte Iulia das Paket eines Onlineversands, trug es ins Haus und stellte es im Wohnzimmer ab. Den Brief von der Versicherung legte sie dazu. Auf dem Anrufbeantworter waren drei Bitten um Rückruf von Frauen, die eine Hebamme für die Nachsorge suchten. Und eine Nachricht von Monika: »Iulia, bist du schon da? Hör mal, kannst du auch noch ein bisschen Musik mitbringen, also CDs und so was? Die haben hier ein Abspielgerät und Kopfhörer, ich habe gefragt. Lone hört doch so gern Musik. Und vielleicht findest du ein Buch, das sie gerade liest. Guck mal auf dem Nachttisch, ja? Und ändere unbedingt die Ansage auf diesem Gerät, das passt ja gar nicht mehr. Hier ist alles unverändert, die Narkose wirkt noch, ich hätte mir mein Strickzeug einpacken sollen. Na egal, wir sprechen uns später. Vergiss nicht, viel zu trinken. Ich mache mir Sorgen um dich. Du hast richtig zerknitterte Haut um die Augen.«

Iulia tastete ihre Schläfen ab. Da waren tatsächlich mehr

Unebenheiten als sonst. Sie straffte den Rücken. Es gab viel zu tun. Später würde sie Monika gegenübertreten müssen, da war es besser, alle Aufträge gewissenhaft erledigt zu haben.

Sie entschied, dass die Frauen, die angerufen hatten, nicht informiert werden mussten. Sie würden sich entweder ärgern, dass Lone sich nicht zurückmeldete, und daher eine andere Hebamme kontaktieren oder ein weiteres Mal anrufen. Und dann würden sie eine kurze, freundliche Ansage hören, die besagte, dass Lone vorübergehend *out of business* war. Iulia suchte die Funktion, mit der man den Anrufbeantworter neu besprechen konnte, stellte sich vor, sie stünde am Bankschalter und sagte mit ruhiger Stimme: »Dies ist der Anschluss von Lone Fabricius. Leider ist sie heute Morgen in einen Trecker gerast, und der Airbag hat nicht funktioniert. Sie liegt zur Zeit auf der Intensivstation. Wir wissen nicht …«

Was sollte sie sagen – sie wusste gar nichts.

Sie versuchte es noch einmal: »Dies ist der Anschluss von Lone Fabricius. Sie ist für unbestimmte Zeit nicht zu erreichen …«

Ihre Stimme brach. Dabei hatte sie gar nichts Schlimmes gesagt, nichts vom Sterben, von Bewusstlosigkeit, Hirnverletzungen, tiefer, abgründiger Schwärze. Nichts von den Ungeheuerlichkeiten, die in dieser Situation denkbar waren. Aber dieser letzte Satz war schlimmer als alles andere. Es war leichter, über Trecker und Airbags zu sprechen.

Iulia brauchte zwei weitere Anläufe, dann hatte sie das endgültige Ergebnis: »Dies ist der Anschluss von Lone Fabricius. Leider hatte sie einen schweren Unfall und wird für längere Zeit nicht beruflich tätig sein. Wenn Sie Hebammenhilfe brauchen, wenden Sie sich bitte an eine Kollegin. Dieser Anrufbeantworter wird nicht abgehört. Vielen Dank.«

Danach musste sie sich setzen. Worte zu finden konnte anstrengend sein. Sie nahm das Telefon mit ins Wohnzimmer und ließ sich auf das Sofa fallen. Sie hatte nicht allzu oft hier gesessen, viel zu selten eigentlich. Wo war sie in letzter Zeit gewesen?

Im Nummernspeicher des Telefons fand sie den Eintrag *Gemeindezentrum*. Dort rief sie an. In irgendeinem leeren Büro oder vielleicht auch in einem Privathaus klingelte jetzt das Telefon. Nach einiger Zeit sprang ein Anrufbeantworter an. Iulia konnte ihren Text bereits auswendig und erklärte, dass Lone einen Unfall gehabt habe und bis auf Weiteres keine Kurse geben werde. Ob man bitte so freundlich sein könne, alle per Aushang zu informieren? Vielen Dank.

Zwei Bücher lagen im Schlafzimmer auf dem Boden neben dem Bett – ein Regionalkrimi und ein Roman, den gerade alle lasen und der irgendeine düstere Zukunftsprognose enthielt; Iulia hatte davon gehört, aber sie mied diese Art von Büchern, sie waren nicht hilfreich, wenn man seine Gedanken zum Schweigen bringen wollte. In einer Schublade im Wandschrank fand sie gestrickte Socken, paarweise ineinandergestülpt, sie erkannte die bunte Wolle, die ihre Stiefmutter verwendete. Auch Iulia hatte solche Sockenbälle im Schrank. Sie nahm zwei davon und legte sie zusammen mit den Büchern an die Treppe.

Die Tür zum Arbeitszimmer stand offen. Auf dem Schreibtisch ein Bildschirm, der aufleuchtete, als sie die drahtlose Maus anstieß. Der Computer forderte ein Passwort, das Iulia nicht wusste. Papiere stapelten sich auf der Arbeitsfläche. Dahinter ein Aktenregal. Sie zog einen der dicken Ordner heraus und blätterte darin. Er enthielt Berichte von Geburten, getippt und abgeheftet, sowie kurze Einträge über Untersuchungen und Beratungen. Dazu Abkürzungen und unverständliche Daten, die womöglich ganze Schicksale beschrieben, wenn man in der Lage war, sie zu entziffern. In der Bank fasste man die Menschen in Zahlen zusammen, Iulia konnte einen Kontoverlauf lesen wie ein offenes Buch. Das hier jedoch blieb ihr unverständlich. Sie las und versuchte zu begreifen – *GMH, MM, sek. Sek., man. Bef., BEL, err. ET*. Ihr Kopf startete die Fahrgeschäfte. Das hier war es, womit Lone sich tagtäglich beschäftigt hatte. Nichts davon verstand Iulia. Dabei war sie selber Mutter. Irgendwo musste es Abkürzungen geben, die ihre eigene Geschichte beschrieben.

Manches war handschriftlich notiert in Lones eigenwillig steiler Schrift, die sich weder nach rechts noch nach links neigte, die aufragte wie Lone selbst. Wer so schrieb, musste interessant sein. Man brauchte nur die Schrift zu sehen und war gewissermaßen schon verliebt. Ihre eigene Schrift konnte Iulia nicht leiden, die Buchstaben sahen aus wie von einer Grundschülerin gemalt, unreif, viel zu rund, zu sehr darauf bedacht, alle Zeichen miteinander zu verbinden, es sah bemüht aus. Wie das Gegenteil von Charakter.

Sie stellte den Ordner zurück und zog eine Mappe heraus. Darin Bilder, von Kindern gemalt, mit rührenden Widmungen. Eine weitere Mappe enthielt Kassenbons, Rechnungen, Quittungen. In der nächsten fand sie Briefanfänge.

Liebe Familie Malina, es tut mir unendlich leid zu hören, dass Ihr Sohn …

Liebe Frau Karadeniz, ich kann nicht in Worte fassen, welches schreckliche Leid …

Liebe Familie Messerschmidt, ich kann Ihnen nicht sagen, wie fassungslos und traurig ich bin, wie unendlich leid es mir tut, was Ihnen …

Rasch legte Iulia die Blätter wieder zurück und schloss die Mappe. Stattdessen nahm sie eine Liste mit Namen und Adressen zur Hand, die oben auf einem Stapel lag.

Tatsächlich war es eher eine Tabelle, in der links in den Kästchen Namen standen, in der mittleren Reihe Adressen und Telefonnummern und rechts Daten und weitere unverständliche Abkürzungen, in manchen Kästchen dicht gedrängt, in einigen nur wenige. Vielleicht waren dies Frauen, die an Lones Kursen teilnahmen. Aber es standen nur vier Namen darauf, es hätten ja mehr sein müssen.

Auf der anderen Seite des Raumes befand sich eine Schrankwand, in der braune Arzneifläschchen aufgereiht waren, auf den Etiketten englische Pflanzennamen, sowie meterweise medizinische Fachliteratur. Eine Kommode enthielt Hebammenkram. Iulia zog die tiefen Schubladen auf und fand Binden und Wickelunterlagen. Außerdem merkwürdige Gegenstände, die sie nicht einzuordnen wusste. Sie schob die Fächer wieder zu. Weder die Abkürzungen noch die Briefanfänge und schon gar nicht diese irritierenden Hebammen-Utensilien begriff sie.

Die meisten Menschen dachten, der Wunsch, in einer Bank zu arbeiten, hätte damit zu tun, dass man eins und eins zusammenzählen konnte, im wörtlichen wie im übertragenen Sinn.

»Aber weißt du«, hatte Iulia zu Lone gesagt, damals, als sie zur Schulzeit ein Wirtschaftspraktikum bei der Bank absolvierte, »in der Mathematik wartet hinter jeder Tür nur wieder eine neue. Jede Lösung erzeugt weitere Rätsel, alles ist Schätzung, Rundung, Ungenauigkeit. Und das, was man für Muster hält, sind nur Konstruktionen für kleine Kinder, denen man die Erkenntnis ersparen will, dass es keine feststehenden Wahrheiten gibt.«

»Und in der Bank gibt es keine Rätsel?«

»Die Zahlen, mit denen man es dort zu tun hat, erzählen klare Geschichten. Sie lassen sich nicht auf tausend verschiedene Arten interpretieren. Wenn man ein Konto anschaut, muss man nicht mehr wissen als das, was man sieht.«

»Ich verstehe«, hatte Lone gesagt. »Du willst beschriftete, verschließbare Schubladen, in die du deine Erlebnisse wegsortieren kannst. Du hast Angst, dass sie dich angreifen, wenn du nicht weißt, wohin mit ihnen.«

»Geht es nicht allen so?«

Lone hatte gelacht. »Weißt du, was ich will? Das genaue Gegenteil. Ich will in Abgründe blicken und Schicksale kennenlernen. Ich will gar nichts verstehen, sondern bloß mit den Händen im Leben herumfuhrwerken.« Sie hatte eine Handbewegung gemacht, die an Teigkneten erinnerte.

»Als Ärztin?«

»Das sehen wir dann.«

Kurz darauf hatte Lone ihr Studium abgebrochen.

Neben der Tür befand sich die Stereoanlage. Eine von den großen, turmartigen aus den Hochzeiten der CD, auch wenn es immerhin schon ein aufklappbares Fach für einen MP3-Player gab. In den oberen Fächern des halbhohen Regals standen die Alben zweireihig.

Direkt neben der Anlage lag die Hülle der CD, die Lone zuletzt gehört haben musste. Iulia nahm sie in die Hand und spürte ein Kribbeln durch ihren Körper gehen wie nach einem Stromschlag. *The Concert in Central Park* von Simon & Garfunkel – der Konzertmitschnitt, der im Sommer von Iulias Geburt aufgenommen worden war, mehrere Jahre, nachdem die beiden Sänger sich offiziell getrennt hatten. Sie strich über die beschädigte Oberfläche und tippte auf die Gesichter der beiden Musiker auf dem Cover, zwischen denen ein Riss verlief.

Vor vielen Jahren hatte Iulia das Album auf CD in einem kleinen Plattenladen in Oslo entdeckt, nach einer fürchterlichen Fährfahrt, auf der Aaron sich mehrfach übergeben hatte. Sie hatte es Lone als Geschenk mitgebracht, zusammen mit einer Flasche Aquavit. Die Flasche hatte während des Transports das Plastik beschädigt, der lange Riss verlief schräg über das Cover.

Iulia öffnete die Hülle, aber sie war leer. In der Anlage war die CD nicht. Auch nicht im Regal, in keiner der anderen Hüllen, die sie aufklappte. Sie war nicht zu finden.

Iulia war elf und Lone gerade sechzehn geworden, als Monika und ihr Vater ihnen die frohe Botschaft von Justus' Existenz verkündet hatten. Seit einem guten Jahr lebten sie zusammen, aber ihr Altersabstand schien unüberwindbar, sie hatten sich so gut wie nichts zu sagen. Der Tag jedoch, an dem sie erfuhren, dass es ein weiteres Geschwisterkind geben würde, katapultierte Iulia unerwartet auf Lones Augenhöhe.

Sie freute sich, ja wirklich, wie sollte man sich auch nicht freuen, wenn bald ein süßes Baby im Haus sein würde. Wenn die Beziehung der Eltern so offensichtlich gut lief und sich auf eine langfristige Zukunft auszurichten schien. Aber ihre Freude fühlte sich merkwürdig an, es war eine graue Freude, an der etwas Schweres hing, das sie nicht benennen konnte. Sie saß allein in ihrem Zimmer und fühlte sich wie auf einem Floß im Meer. Immer unruhiger wurde sie, je mehr sie über die Nachricht vom Familienzuwachs nachdachte, immer einsamer. Es war draußen bereits dunkel, ein Novembertag, sodass im ganzen Haus Licht brannte und die einzelnen Zimmer in Aquarien verwandelte, in deren Scheiben nur das eigene Spiegelbild zu erkennen war.

Ihren Vater hatte sie wie immer nach Feierabend auf dem Sofa im Wohnzimmer vorgefunden. Er sah fern und bemerkte sie nicht. Es lief eine Dokumentation, Hannibal zog über die Alpen, Iulia erkannte es an den Elefanten. Sie betrachtete ihn von der Tür aus, seinen runden Bauch, seine dünnen Beine, die er von sich gestreckt hatte, sodass sie zusammen mit dem grafischen Muster des Teppichs ein perfektes Tortenstück aus Luft umrahmten. Sein unrasiertes Kinn. Seit ein paar Wochen versuchte er, sich einen

Bart stehen zu lassen, und auf einmal begriff Iulia, dass er von dem neuen Kind schon viel länger wusste und aufgehört hatte, sich zu rasieren, als Monika und er den positiven Schwangerschaftstest in Händen gehalten hatten. Dass sein Bart so weiterwachsen würde wie Monikas Bauch und ihr Vater sich verändern würde zum Zeichen, dass etwas Neues begonnen hatte, ein neuer Abschnitt, schon wieder. Der Vater des neuen Kindes würde einen Bart haben.

Der Raum füllte sich mit Wasser, es verschluckte alle Geräusche, Iulia bekam keine Luft.

In der Küche stand ihre Stiefmutter. Dort war es hell wie in einem Labor, wo Neonröhren hinter einer Sichtblende kaltes Licht auf die Arbeitsfläche warfen. Monika schnitt Berge von Gemüse in gleichmäßige Würfel. Iulia beobachtete sie eine ganze Weile. Als die letzten Gemüsestücke im Suppentopf verschwunden waren, begann Monika, Apfelsinen und Bananen zu schälen, um auch diese zu kleinen Würfeln zu verarbeiten.

Iulia dachte daran, dass im Bauch ihrer Stiefmutter etwas herumschwamm. Etwas, das dort hineingeraten war, weil Monika mit ihrem Vater Sex gehabt hatte in einem der anderen Aquarien, während Iulia geschlafen oder wach gelegen hatte, leise und heimlich, weil niemand wissen sollte, dass es auf diese Art geschah, dass ein Kind nur dann entstehen konnte, wenn zwei Menschen einander so nahe waren, dass niemand anderes mehr dazwischen passte.

Leise schlich sie weiter bis vor Lones Tür. Sie hörte die Gitarre, wie immer, wenn sie hier stand. Iulia blieb die Luft weg. Niemand würde sie wegen eines neuen Geschwisterkindes verlassen. Monika war anders als ihre leibliche Mutter, sie kümmerte sich um die Menschen direkt vor ihrer Nase und machte kleine Würfel aus allem, was gesund war. Es würde ganz anders sein, ganz normal, sie waren eine Familie und würden es bleiben, bis dass der Tod sie schied. Aber Iulia sank tiefer und tiefer, das Wasser drang ihr in die Nase, füllte den Mund, sie öffnete Lones Tür, wollte etwas sagen, etwas erklären, doch es ging nicht.

Ihre Schwester saß auf dem Bett, die Gitarre auf den gekreuzten Beinen, vor ihr auf der Tagesdecke lagen Notenbücher, Songbooks, es war dunkel im Raum, nur die Nachttischlampe brannte, und tatsächlich sah es aus, als säße auch sie auf einem Floß. Lone schaute auf, und als sie Iulia dort stehen sah, stumm und verwirrt, lächelte sie und hob die Hand von den Saiten, um sie heranzuwinken.

»Komm rauf«, sagte sie. Also stieg Iulia zu ihr aufs Bett und zog die Beine dicht an ihren Körper.

»Ist dir kalt?«

Iulia nickte.

»Mir auch.«

Iulia fasste sich an den Hals und krächzte.

»Hast du deine Stimme verloren?«, fragte Lone amüsiert. »Oder hast du sie eingetauscht? Vielleicht gegen ein Paar schöner Beine?« Sie stupste Iulia mit der Gitarre gegen die Knie. Iulia lachte. Lachen ging seltsamerweise.

»Sing mit«, sagte Lone und blätterte in dem Songbook, das direkt vor ihr lag. »Singen hilft immer, ob gegen die Kälte an so einem Abend oder gegen erstarrte Stimmbänder. Pass auf, hör zu, der Text ist ganz leicht.«

Lone begann, ein Lied zu spielen. »I'm sitting in the railway station, got a ticket for my destination ...«, sang sie leise, und beim zweiten Refrain konnte Iulia tatsächlich mitsingen, ihre Stimme klang rau, aber sie funktionierte einwandfrei: »Homeward bound, I wish I was.« Auch wenn ihr Schulenglisch nicht ausreichte, um alle Worte zu verstehen. Mit jeder Wiederholung ging es etwas besser.

Lone hatte recht gehabt, und Iulia hatte zum ersten Mal

eine Ahnung davon bekommen, was für ein besonderes Wesen ihre Schwester war. Eines, das wusste, wie man half.

Als sie zum Abendbrot gerufen wurden, stellte Lone die Gitarre sorgfältig in die Ecke und sagte: »Das machen wir bald mal wieder, ja?«

Von da an trafen sie sich auf Lones Bett und sangen, wann immer das Wasser um Iulia herum anstieg oder die Einsamkeit auf ihrem Floß für sie unerträglich wurde. Über das, was sie beide zusammengeführt hatte, sprachen sie allerdings nie. Was gab es da auch zu bereden? Es war das gleiche Unglück, das ihnen beiden widerfahren war, das gleiche Unglück, das Tausenden von Kindern widerfuhr. Und eigentlich war es gar kein Unglück, sondern nur eine Variante von Leben.

Jetzt, mit der CD-Hülle in der Hand, dachte Iulia, dass sie es sich zu leicht gemacht hatte. Spätestens seit *Anna Karenina* wusste man, dass Lones Unglück ein anderes gewesen sein musste als das ihre – nicht, dass sie über das erste Drittel dieses Romans je hinausgekommen war –, denn auch wenn sie alle so getan hatten, als sei es anders, so waren sie doch in Wirklichkeit gar keine echten Schwestern gewesen. Nur zwei Kinder, die man in die gleiche Familie gesteckt hatte.

Vielleicht war die CD gar nicht hier, sondern ganz woanders: in Lones Auto, dem Hebammobil, wo immer sich seine Überreste jetzt befanden. Iulia schob die leere Hülle in ihre Handtasche. Was hätte sie darum gegeben, die Musik abspielen zu können, die Stimmen der beiden Sänger zu hören. Den Lone-Geruch einzuatmen und sich von den Songs beruhigen zu lassen, die sie so gut kannte, dass sie ihr Gedächtnis nicht anstrengen musste, weil ein Wort einfach natürlicherweise auf das nächste folgte. Sie hatte die Musik so lange nicht gehört – inzwischen waren Jahrzehnte vergangen. Würde sie noch immer die Kraft zu trösten haben? Hatte sie Lone trösten können?

Sie verspürte den Drang, sich die Hände zu waschen, ihre Handflächen schwitzten, sie schwitzte am ganzen Körper. Im Badezimmer ließ sie kaltes Wasser über ihre Handgelenke und Unterarme laufen, ging aufs Klo, und während sie dort saß, dachte sie daran, dass hier vielleicht seit Jahren niemand anderes als ihre Schwester gesessen hatte. Unten gab es ein winziges Gäste-WC. Hier oben aber pinkelte aller Wahrscheinlichkeit nach nur die Hausherrin selbst. Oder höchstens mal ein Liebhaber. Es musste nach Till noch weitere Männer in Lones Leben gegeben haben, wenngleich sie anscheinend nicht wichtig genug geworden waren, um vor Iulia Erwähnung zu finden. Till war jedenfalls der Letzte, von dem Iulia wusste, und nun lag auf der Anrichte unten sein Familienfoto mit herzlichen Grüßen. Zu denken, dass Lone es angesehen und dort abgelegt hatte, erzeugte in Iulia eine flirrende Unruhe. War sie verletzt gewesen, weil Till weitergezogen war? Hatte sie das Foto mit einem traurigen Gefühl von Versäumnis auf die Anrichte gelegt oder, ganz im Gegenteil, mit der erleichterten Gewissheit, dass sie im richtigen Leben steckte und nichts entbehrte?

Es war Zeit, die Fenster zu schließen und ins Krankenhaus zurückzufahren, aber alles in Iulia sträubte sich dagegen. Allerdings wurde sie von Monika erwartet. Mit warmen Socken. Iulia konnte sich nicht erinnern, diese Socken je an Lones Füßen gesehen zu haben. Sie hoffte, Monika würde sie ihr nicht einfach ungefragt überziehen, jetzt, wo sie sich nicht wehren konnte.

Sie nahm die Shampooflasche vom Wannenrand und schnupperte daran. Es war unparfümiert, roch aber dennoch nach Seife, so wie auch Blumen ohne Duft immer nach Blumen rochen.

Sie drehte die Dusche auf. Das Wasser rauschte und erzeugte einen feinen Sprühnebel, wie ein Wasserfall. Sie stellte sich vor, wie Lone nach einem langen Arbeitstag unter der Dusche stand. Sie versuchte, dem Gedankenkarussell in ihrem Kopf mit der besten Strategie zu begegnen, die sie hatte. Wo war der Anfang, wo konnte sie mit dem Erzählen beginnen, um Ordnung in die Sache zu bringen?

Während sie sich fragte, was sie da eigentlich tat, zog sie sich aus und legte schließlich auch die Brille ab. Sie stieg in die Wanne und stellte sich unter den Strahl, der von viel zu weit oben kam, weil Lone größer war als sie und den Duschkopf hochgeschoben hatte. Mit geschlossenen Lidern ließ sie das Wasser auf sich herabregnen. In ihr entstand die Geschichte, die sie suchte: Gerade hatte sie eine Reihe von Hausbesuchen bei Müttern von Neugeborenen gemacht, hatte vereiterte Nabelschnurreste gereinigt, wunde Babypos eingecremt, schlaffe Frauenbäuche abgetastet und sich all die Sorgen, Nöte und Klagen anhören müssen, die aus den Mündern gesprudelt waren, all die Wörter und Sätze, die irgendwo hinmussten, wenn die Frauen nicht platzen wollten.

Sie spürte, wie das Wasser all das von ihr abspülte, wie es die Stimmen mit sich nahm, die in ihren Ohren klangen, das Säuglingsgeschrei und die Tränen der vom Babyblues geplagten Mütter. Sie hörte das Rauschen der Dusche, sonst nichts.

Doch. Da war noch ein anderes Geräusch, eine irritierende Störung. Iulia öffnete die Augen. Das Telefon klingelte.

Es war Lones Festnetzapparat, nicht das eigene Handy, insofern war sie nicht zuständig. Wer auch immer anrief, wollte nicht sie sprechen. Gleich würde Iulias neue Sprachnachricht auf dem Anrufbeantworter anspringen. Und trotzdem konnte sie nicht anders. Sie stieg aus der Dusche, nass und nackt, griff sich ein Handtuch und rannte zum Arbeitszimmer.

Sie rannte immer los, wenn es irgendwo klingelte. Niels sagte, sie sei wie die Goldmarie, die das Rufen der Brote aus Frau Holles Ofen nicht ignorieren konnte.

Sie erreichte das Telefon, das auf der Binden-und-Gegenstände-Kommode stand, gerade noch rechtzeitig, und sie hielt sich das Handtuch vor den Oberkörper, als müsste sie dem Anrufer eine Peinlichkeit ersparen.

Atemlos sagte sie: »Hallo, hier ist …« Dann wusste sie nicht weiter. Alles war so kompliziert – Stiefmütter, leibliche Väter, Halbgeschwister und Überhauptnichtgeschwister, Pastorate und Mietwohnungen, fremde Duschen und unvertraute Geschichten.

Eine weibliche Stimme sagte: »Lone? Gott sei Dank. Ich warte schon den ganzen Tag auf die Pumpe, die du mir versprochen hast. Wo warst du? Ich werd hier noch wahnsinnig. Ich hab einen Stau.«

Iulia atmete tief durch. »Hier ist nur Lones Schwester. Ich muss Ihnen leider sagen …« Sie schluckte. »Leider hatte Lone einen schweren Unfall. Sie ist noch nicht wieder bei Bewusstsein und …«

»Was? Aber das sagt man doch nicht einfach so. Spinnst du? Ich sitz hier mit einem Kind auf dem Arm. Fast wär ich vom Stuhl gekippt.«

»Es tut mir leid«, sagte Iulia.

»Das ist in mehrfacher Hinsicht eine wirklich schlechte Nachricht. Das muss ich erst mal sacken lassen. Ich brauch für so was immer ein bisschen länger als andere Leute. Und wie zum Geier komm ich jetzt an eine Pumpe? Und zwar heute noch? Wie heißt du?«

»Iulia.«

»Ich heiße Maren«, sagte die Frau. »Maren Marxen. Und ich frage mich gerade, ob du wohl ein Auto hast.«

»Das habe ich, ja.«

»Und du bist in Lones Haus? Könntest du dir vorstellen, die Gegend mal nach einer schönen Milchpumpe für mich abzusuchen?«

»Ich bin nicht sicher, wie so was aussieht«, sagte Iulia. »Aber ich will gerne nachschauen. Einen Moment.«

Sie sah sich im Zimmer um, dann wandte sie sich wieder zur Kommode und öffnete eine der Schubladen.

»Hier sind diese Wochenbettdinger«, sagte sie. »Und hier so komische Plastikschalen mit Löchern in der Mitte. Moment mal, hier. Ach, nein, das sind Stillhütchen. Hier sind Fläschchen, brauchen Sie auch Fläschchen?«

»Es müsste ein Karton sein«, sagte Maren.

Iulia öffnete die nächste Schublade. Mit dem einen Arm versuchte sie, das Handtuch vor ihre Brust zu drücken, aber es hing mitten zwischen die Sachen, wenn sie sich vorbeugte, also ließ sie es zu Boden fallen und suchte nackt weiter. Sie fand Sauger und Ersatzsauger in verschiedenen Größen und Formen, Pipetten, Spritzen, Spritzenaufsätze und schließlich auch mehrere Packungen mit Pumpen.

»Hier sind sie, glaube ich«, sagte sie. »Ja, das muss es sein. Es gibt unterschiedliche Sorten.« Sie hatte ihre Brille nicht auf, aber allein die Einzelteile, die sie durch die Sichtfenster der Verpackungen erkennen konnte, wirkten unerfreulich. Behälterchen und Aufsätze, Schläuche und Hebel, alles in Gelb und Weiß und aus Plastik, wie Kinderspielzeug, aber mit einem Beigeschmack von fragwürdigen medizinischen Praktiken.

»Super«, sagte Maren. »Die Sorte entscheiden wir später. Pack ein, was du findest, und dann komm, sobald du kannst. Ich würde sie ja abholen, aber an Autofahren ist in meinem Zustand nicht zu denken. Ich glaub, ich hab Fieber.«

Iulia klemmte sich das Telefon zwischen Ohr und Schulter, um mit beiden Händen die Packungen aus der Schublade zu heben. Aus ihren Haaren tropfte das Wasser.

»Alles klar«, sagte sie. »Ich mach hier nur noch rasch die Fenster zu, dann komme ich zu Ihnen. Versprochen. Behalten Sie einfach die Nerven.«

»Du hast gut reden«, sagte Maren, und sie klang wirklich verzweifelt. »Meine Hebamme hatte einen Unfall, und ich habe fast keinen Weißkohl mehr im Haus.«

4 | America

Marens Haus lag in einem winzigen Dorf, knapp zwanzig Minuten Autofahrt von der Stadtgrenze entfernt.

Iulia hatte es versäumt, die Adresse zu erfragen. Die Nummer war unterdrückt worden und ließ sich nicht zurückrufen. Dann aber war ihr die Liste auf Lones Schreibtisch eingefallen, die mit den vier Namen. Und tatsächlich hatte dort *Maren Marxen* gestanden, an dritter Stelle. Sie hatte die Liste eingesteckt, die Socken und Bücher zusammengerafft, war ins Auto gestiegen, hatte es gestartet und dann begriffen: Auch Goldmarie hätte sich entscheiden müssen, wenn die fertig gebackenen Brote und die reifen Äpfel gleichzeitig nach ihr gerufen hätten. Verbrannte Brote musste man wegwerfen. Aus Fallobst konnte man immerhin noch Apfelmus herstellen. Sie entschied, dass eine fiebernde Frau mit Milchstau dringender eine Pumpe benötigte als eine sedierte Person bei über dreißig Grad im Schatten ein paar Wollsocken.

Sie brauchte keine Navigationshilfe, es gab so wenige Straßen, dass es reichte, langsam die Hauptstraße entlangzufahren und sich an den Schildern zu orientieren.

Vor dem Gartentor des gesuchten Hauses, das breit und geduckt auf einem bewachsenen Grundstück stand, war Halteverbot. An Lones Autofenster hatte ein Storch geklebt und im Heck immer ein Schild mit der Aufschrift *Hebamme* gelegen. Sie hatte damit an den unmöglichsten Stellen parken dürfen, ohne einen Strafzettel zu riskieren. Inzwischen musste das Hebammobil auf dem Schrottplatz sein, mitsamt der schwarzen Tasche, die immer auf dem Beifahrersitz mitfuhr. Und mitsamt der CD von Simon & Garfunkel, wenn ihre Vermutung stimmte.

Sie parkte hundert Meter weiter am Straßenrand, und während sie zu Fuß zur Gartenpforte ging, in der einen Hand die Tasche mit den Milchpumpen – von jeder Sorte eine und zur Sicherheit auch noch ein Brusternährungsset, das Ensemble mit dem verstörenden Schlauch im Sichtfenster –, wählte sie mit der anderen Hand die Nummer ihrer Stiefmutter. Sofort sprang die Mailbox an. Sie sagte: »Monika, ich kann die Sachen für Lone heute wahrscheinlich nicht bringen, es ist etwas Dringendes dazwischengekommen. Eine von Lones Frauen, keine Ahnung, wie lange das dauert. Ich komme sonst einfach morgen nach der Arbeit, ja? Ich habe im Gemeindezentrum angerufen, die machen einen Aushang. Melde dich, sobald Lone aufgewacht ist, bitte.«

Wahrscheinlich dachte Monika, dass sie sich drücken wollte. Oder schlimmer: dass sie nicht mehr alle Tassen im Schrank hatte. Nach allem, was sie heute getan hatte, wäre das jedenfalls kein ganz unberechtigter Verdacht.

Durch den Vorgarten führte ein Kiesweg zwischen Brennnesseln und Hagebutten. Überall an den Blättern und Zweiglein der Büsche konnte sie in der Nachmittagssonne Netze von Kreuzspinnen sehen. Wenn endlich der längst überfällige Altweibersommer kam, würde dieser Vorgarten ein bezaubernder Anblick sein, mit seinen tautropfenschweren Silbergespinsten. Für jemanden, der sich vor Spinnen fürchtete wie etwa Frau Schilling aus dem Kirchenbüro, war dieser Weg eine große Herausforderung.

Sie schrieb eine Nachricht an Niels, die besagte, dass sie zum Abendbrot zurück sein würde und dass es über Lones Zustand ansonsten nichts zu berichten gebe, was er nicht schon wisse.

Danach steckte sie umständlich das Telefon in ihre Handtasche, was der Nachbar von gegenüber zum Anlass nahm, sie anzusprechen. Er lehnte am Zaun seines Gartens, ein Mann in kurzen Hosen und ohne Hemd. Er hatte sie ganz offen interessiert beobachtet, seit sie aus dem Auto gestiegen war.

»Moin, junge Frau«, rief er, als sie nun vor dem Hagebuttengarten stand. »Sind Sie die werte Verwandtschaft?«

»Nein, ich bin nur eine Bekannte.«

»Sagen Sie denen da mal, sie sollen das Unkraut vom Rinnstein wegmachen. Das gibt sonst bald einen Brief von der Gemeinde.«

»Meine Bekannte ist gerade im Wochenbett.«

»Ist der Mann wieder unterwegs?«

»Das nehme ich an.«

»Dann soll der das mal machen, wenn er zurück ist. Der kann das auch. Das ist ein ordentlicher Mann, so ein anständiger. Wissen Sie, ich hab ja immer zu meiner Frau gesagt, der arme Kerl, das ist ein Büchsenmacher. Aber jetzt hat er einen Jungen hingekriegt, was? Ist doch ein Junge, der Kleine?«

»Das weiß ich nicht.«

In diesem Moment wurde die Haustür geöffnet. Ein rotzverschmiertes Kleinkind grinste Iulia breit an.

»Guten Tag«, sagte sie, hakte die Pforte auf und ging zum Hauseingang. Das Kind sagte nichts und wich auch keinen Schritt zur Seite, aber dann wurde es von einem etwas größeren Kind weggeschoben, das die Tür weiter öffnete, und als Iulia eintrat, erwartete sie dort ein noch größeres Kind. Im Dämmerlicht des Hausflurs wirkten seine Gesichtszüge unter den kurzen Haaren scharf. Das zweite Kind trug einen rosafarbenen Tutu und war ansonsten nackt, am Rücken hatte es zarte Feenflügel aus transparentem weißem Stoff. Die Haare des rotzigen Kindes sahen so aus, als seien sie noch nie geschnitten worden. Es trug ein geringeltes T-Shirt über einer blauen Unterhose, an einem Fuß hing ein grauer Socken. Wenn man der Bemerkung des Nachbarn glaubte, mussten es alles Mädchen sein.

»Du bist sicher Lones Schwester«, sagte das größte der Kinder. »Herzlich willkommen. Bitte lass deine Schuhe einfach an. Ich zeige dir, wo das Wohnzimmer ist. Meine Mutter freut sich schon sehr auf dich.« Dann wandte es sich an die Kleineren und schnauzte mit völlig veränderter Stimme: »Verpisst euch, aber ganz schnell.«

Noch bevor Iulia mit ihren Pumpen das Wohnzimmer betrat, wusste sie, dass sie kurz davor war, mit den Händen im Leben herumzufuhrwerken. Sie spürte sehr genau den inneren Widerstand, als sie einen Schritt über die Türschwelle tat. Allein der Geruch war verwirrend – welkes Gemüse, feuchte Kleidung und etwas Süßliches, wie Verwesung. Darunter, wie die Basisnote eines Parfums, duftete es wundervoll warm und freundlich, ohne dass Iulia gewusst hätte, wer oder was auf der Welt so ein Aroma erzeugen konnte. Vielleicht war es der Geruch von Kindern, ungewaschenen, unparfümierten Kindern, und in einer Art olfaktorischem Flashback erinnerte sie sich plötzlich an Aarons Kindergeruch, den Duft seiner Haut – Nugat und Bittermandel.

Im Wohnzimmer lag eine Frau auf dem Sofa, Maren, die selbst wie ein Kissen aussah, weich und dick, und so mütterlich und zugleich würdevoll wie die Venus von Willendorf. In einer Art Tragetasche auf dem Fußboden schlief ein Säugling.

»Es tut mir leid, dass ich nicht selbst zur Tür kommen konnte«, sagte Maren. »Aber du siehst ja …« Sie deutete auf ihre Brüste. Sie trug kein Oberteil, hatte dafür aber ihren riesigen BH mit irgendetwas ausgestopft. Und plötzlich konnte Iulia auch diese spezielle Geruchskomponente zuordnen, die in der Luft hing: Weißkohl.

»Hast du eine Pumpe gefunden?«

Iulia stellte die Tasche ab und holte die Pakete heraus. »Mechanisch oder elektrisch oder etwas mit Schlauch?«, fragte sie.

»Was am billigsten ist«, sagte Maren.

Iulia betrachtete die Verpackungen. »Hier steht kein Preis, aber ich nehme an, die Mechanische ist am günstigsten. Ich schreibe einfach eine Notiz für Lone, und wenn sie wieder gesund ist, kann sie dir eine Rechnung machen. Gut?«

»Wird sie denn wieder gesund?«

Iulia zögerte. Das Baby gab einen kleinen Laut von sich und wurde wieder still.

»Davon gehen wir jetzt einfach aus. Aber wenn nicht: Bei einer Summe von so geringer Höhe wäre eine Rückzahlung …« Sie biss sich auf die Zunge. »Was ich sagen will: Wenn nicht, wäre eine unbezahlte Pumpe das geringste Problem.«

»Dann müsste ich mich ja fast ärgern, nicht die teurere genommen zu haben.« Schnaufend setzte Maren sich auf, griff sich den Karton und begann, ihn zu öffnen. »Eins ist jedenfalls sicher: Wenn Lone sich jetzt aus dem Staub macht, ist dies hier mein letztes Kind.«

Auf dem Sofatischchen neben der Armlehne lagen bald die einzelnen Bestandteile der mechanischen Pumpe, Iulia hockte sich hin, um sie gemeinsam mit Maren zu betrachten. Ein babyflaschenartiger Behälter lag dort, ein Pumpaufsatz zum Schrauben, ein kleiner Standfuß, eine Art Saugnapf von der Größe einer Handfläche.

»Am besten, wir desinfizieren das erst mal«, sagte Maren nachdenklich. »Und dann sehen wir weiter.«

Wie aufs Stichwort erschien das große Kind im Türrahmen. Neben ihm tauchten die beiden anderen auf, das mittlere und das rotzige, sie mussten wie die Hunde vor der Tür gelungert haben.

»Das übernehme ich«, sagte das große Kind.

»Es reicht, wenn du alles einmal überbrühst«, sagte Maren und stöhnte. Sie schien Schmerzen zu haben. »Du musst es nicht fünf Minuten kochen.«

Das Kind nickte, sammelte die Einzelteile ein und verschwand. Die anderen Kinder folgten. Iulia lächelte ihnen unsicher nach.

»Ich habe so was bisher nie gebraucht«, sagte Maren. »Komisch eigentlich. Aber mit dem Junior hier ist alles ein bisschen anders. Als die Große geboren wurde, hatte ich keine Stillprobleme, und bei den anderen war dann eigentlich immer noch eine Schwester da, die mitgetrunken hat. Keine Chance für Milchstau. Aber Mimi hat sich während der Schwangerschaft selbst abgestillt, und jetzt kann sie es nicht mehr.«

Iulia überschlug im Kopf, wie lange die Kinder jeweils Muttermilch bekommen haben mussten. Sie hatten offensichtlich jeweils mehrere Jahre Altersabstand.

»Wann ist der Kleine denn gekommen?«

»Lass mich rechnen«, sagte Maren. Sie drehte die Augen nach oben und ließ die Zungenspitze sehen. »Vor fast genau fünfzig Stunden.«

»Dann ist er ja wirklich noch winzig.«

»Der Milcheinschuss war auch etwas unerwartet. Er schläft noch so viel, da kommt er natürlich nicht gegen an mit dem Trinken. Ausstreichen klappt gar nicht, ich war schon völlig verzweifelt. Das ist echt Rettung in letzter Minute, dass du gekommen bist. Es fühlt sich an, als würden meine Möpse jeden Moment platzen.«

Iulia rechnete wieder. »Dann bist du ja gerade erst aus dem Krankenhaus wiedergekommen.«

Da sah Maren sie in einer Art an, dass Iulia sich auf der Stelle dumm fühlte.

»Ich hab tatsächlich mal im Krankenhaus entbunden, ist schon lange her. Das hat mir gereicht als Erfahrung. Willst du's hören? Und dann die Sache mit den Babys vor fünf Jahren. War ja angeblich alles Zufall, aber ich habe eine Cousine, die damals ihr Kind verloren hat. Wenn Lone nicht wieder auf die Beine kommt, krieg ich jedenfalls kein weiteres. Sie ist in dieser Gegend die Einzige, die noch Hausgeburten macht.«

»Sie macht Hausgeburten?«, fragte Iulia und rückte mit beiden Händen ihre Brille zurecht, als könnte ihr das einen Durchblick verschaffen.

»Nicht offiziell natürlich. Die Versicherung wär viel zu teuer. Aber sagen wir, für ausgewählte Kundinnen ist sie da, wenn sie gebraucht wird.« Maren stöhnte und verschob den Kohl in ihrem BH. »Ach, es tut gut, mit dir zu reden. Bleib ruhig noch ein bisschen. Ich sprech viel zu selten mit erwachsenen Menschen, und manchmal hab ich Angst, dass ich demnächst verlern, vernünftige Sätze zu bilden.«

»Wo ist denn der Vater deiner Kinder?«

»Der Vater meiner Kinder ist tatsächlich auch mein Mann«, sagte Maren amüsiert. »Und im Moment müsste er irgendwo in Indonesien sein. Er fährt zur See.«

»Das stelle ich mir anstrengend vor für dich. Alles ganz alleine schaffen müssen.«

»Im Gegenteil. Eigentlich ist es hier nur richtig gemütlich, wenn er weg ist. Nichts gegen ihn, er ist ein toller Mann, aber es ist einfach alles so schön eingespielt ohne ihn. Er kann einem fast leidtun. Er wird niemals in den Genuss kommen, uns alle kennenzulernen, wie wir sind, wenn er nicht da ist.«

»Das gilt allerdings für jeden von uns.«

»Er wird den Junior erst sehen, wenn er schon sechs Wochen alt ist«, sagte Maren. »Und das ist ja nun wirklich unbestreitbar beschissen.«

»Er war also nicht bei der Geburt dabei?«

»Nee, da war er im Indischen Ozean. Wir haben geskypt, aber die Verbindung war unterirdisch, irgendwann haben wir's aufgegeben. Dabei wollte er diesmal wenigstens zugucken.«

»Und wer hat auf die Kinder aufgepasst?«

»Die haben geschlafen.«

»Alleine?«

»Natürlich nicht. Ich war ja da. Und Lone auch.«

»Und was war mit den Babys, vor fünf Jahren? Mit dem, was angeblich Zufall war? Ist das in Lones Klinik gewesen?«

Vor etwa fünf Jahren hatte ihre Schwester sich selbstständig gemacht, weil sie mehr Freiheit wollte. So war es doch gewesen. Iulia jedenfalls wusste nichts von irgendwelchen Babys.

Maren schien etwas einzufallen. »Iulia«, sagte sie eindringlich. »Hast du allen Bescheid gesagt, dass Lone einen Unfall hatte?«

Iulia verschluckte sich und musste husten. Es dauerte, bis sie antworten konnte.

»Wegen der Kurse habe ich im Gemeindezentrum angerufen«, sagte sie heiser und kam wieder zu Atem. »Und dann habe ich eine Liste gefunden, auf der auch dein Name steht. Ich nehme an, das ist die Liste der Frauen, um die Lone sich aktuell kümmert. Vor- und Nachsorge. Die muss ich wohl noch irgendwie benachrichtigen.«

»Wie viele stehen drauf?«

»Vier.«

»Dann sind das die Spezialkundinnen. Die Hausgeburten. Du musst denen allen extra Bescheid sagen, das ist klar. Aber vorsichtig, okay? Guck bitte, ob meine Cousine auf der Liste steht. Kristin heißt sie. Hat in ein paar Wochen ihren Termin und dreht durch, wenn sie hört, dass sie keine Hausgeburt haben kann. Du darfst es ihr nicht am Telefon sagen. Versprichst du mir das? Du musst zu ihr fahren und es ihr irgendwie schonend beibringen. Schonender als bei mir jedenfalls.«

»In Ordnung. Ich sag es ihr persönlich.«

»Und vergiss nicht, irgendeine Notfallmedizin mitzunehmen. Es gibt solche Bachblütentropfen.«

»Vielleicht nehme ich einfach meinen Mann mit. Der ist Seelsorger.« Iulia lachte. Das alles machte sie nervös.

»Nichts gegen deinen Mann, Iulia. Aber ich glaub, den lässt du am besten in seiner Kirche. Mit Bachblüten hab ich jedenfalls bessere Erfahrungen gemacht als mit Pastoren, wenn's um diese Themen geht.«

In diesem Augenblick kam die Kinderkarawane ins Wohnzimmer zurück. »Schneller, Didi«, sagte das Kind mit den Flügeln und schob ihre große Schwester vorwärts. »Mama wird bald wahnsinnig.« Das kleinste Kind lachte glucksend.

Und dann pumpte Maren. Es war das Seltsamste, was Iulia je gesehen hatte. Während der Säugling weiter in seiner Tasche schlief, schob Maren sorgfältig ihren BH nach unten. Die Weißkohlblätter legte sie auf den Beistelltisch, nahm die Pumpenteile und setzte sie konzentriert zusammen. Ihre Brüste waren gigantisch, sie sahen aus wie das pralle Euter einer Kuh. Deutlich sah man die Adern unter der Haut. Sie setzte die Pumpe an, mit der freien Hand drückte sie fest gegen die andere Brustwarze. Die Pumpe machte kleine ächzende Geräusche, es klang wie das schnelle Atmen eines Kindes mit hohem Fieber. Und dann plätscherte plötzlich Milch in den kleinen Behälter, zunächst nur tröpfchenweise, auf einmal aber änderte sich der Klang und wurde zu einem Sprühen wie von einem Zerstäuber. Iulia sah Milch gegen die Innenwand des Behälters spritzen und die Flüssigkeit darin rasch ansteigen.

Je mehr Milch in den Behälter floss, desto freundlicher wurde die Atmosphäre im Zimmer. Vorher war da etwas Scharfes, Gefährliches gewesen, und sicherlich war das der Grund, weshalb die Kinder lieber vor der Tür gewartet hatten. Iulia, als Fremde, hatte nicht gewusst, dass es da war, aber nun spürte sie, wie sich der ganze Raum veränderte, wie sich etwas auflöste. Und als Maren anfing, die zweite Brust abzupumpen, legte sich Frieden über alles. Die beiden kleinen Kinder kamen näher und näher, setzten sich zuletzt zu ihrer Mutter aufs Sofa und lehnten die Köpfe an.

Seufzend stellte Maren die Pumpe mit dem vollen Behälter beiseite und ließ sich zurückfallen. Auch sie hatte sich verändert. Weich sah sie aus. Freundlich, und fast ein bisschen unscharf. Sie zog den BH wieder hoch und legte die Arme um ihre Kinder. Der Säugling schlief noch immer, aber er regte sich und machte Geräusche.

»Soll ich ein Fläschchen holen oder so was? Er wird bestimmt gleich wach«, sagte Iulia. Sie wollte helfen. Und sie wollte, dass die Szene auf dem Sofa noch andauern konnte.

»Nee, danke. Fläschchen brauchen wir nicht«, sagte Maren. »Die abgepumpte Milch friere ich gleich ein. Oder wartet mal: Wollt ihr heute baden, Mädchen?« Sie lachte über Iulias verständnislosen Gesichtsausdruck, warm und tief und ein bisschen schadenfroh. »Muttermilch ist der beste Badezusatz.«

In diesem Moment wachte der Säugling auf und fing sofort an zu greinen. Alle Figuren auf dem Sofa bewegten sich gleichzeitig in seine Richtung. Maren hob ihn aus der Tasche, unendlich zärtlich und vorsichtig. Sie murmelte beruhigend; in ihren großen, nackten Armen sah das Baby winzig aus. Sie setzte sich zurecht, zupfte wieder an ihrem BH herum, legte sich ein großes Sofakissen auf den Schoß und den Säugling darauf, und sofort begann er zu trinken. Er machte Schmatzgeräusche und schnaufte leise.

Aber war überhaupt noch genug Milch in der Brust? Und musste das alles nicht eigentlich ganz anders gehandhabt werden? Dunkel erinnerte Iulia sich an einen Schreibblock, den sie stets griffbereit gehalten hatte, als Aaron wenige Wochen alt gewesen war. Sie hatte Uhrzeiten notiert. Und Seitenangaben: links und rechts. Gewichtskurven gemalt. Diese ganze Sache mit Aaron hatte keinen Anfang und kein Ende, sie war zerflossen, verwischt, hatte sich in anderes hineingemogelt, und wies große, unerzählbare Lücken auf. Aber alles war gut gelaufen, Aaron war prächtig geraten. Damit war es ja letztlich abgehakt. Kein Grund, sich jetzt noch anzustellen, nur weil man selbst fünfzig Stunden nach der Geburt in einem Krankenhausbett gelegen hatte, unfähig, sich zu bewegen, statt mit Gemüse in der Unterwäsche auf dem Sofa.

»Guck mal, Iulia.« Maren saß jetzt ganz entspannt. »Fast keine Nachwehen. Was sagst du dazu? Die sind bei mir von Kind zu Kind schlimmer geworden. Ich hatte vor denen mehr Angst als vor der Geburt selbst. Bei den beiden mittleren hab ich das Stillen in den ersten Tagen nur mit einer ordentlichen Portion Schmerzmitteln ertragen. Aber diesmal? Nicht der Rede wert. Weißt du, warum?«

Iulia schüttelte den Kopf.

»Lone hatte die rettende Idee. Die ist wirklich eine Zauberin, deine Schwester. Ich hab einfach nach der Geburt ein bisschen Plazenta gegessen.«

5 | Maren

Maren Marxen und ihr Mann Volker hatten geheiratet und eine Familie geplant, obwohl sie wussten, wie viel er als Seemann unterwegs sein würde. Er hatte nie in Erwägung gezogen, sich beruflich zu verändern, und Maren war eine bodenständige Frau, die wusste, was sie aushalten konnte. Sie arbeitete in einem Textilfachgeschäft mit eigenem Nähmaschinen-Reparaturdienst und hatte reichlich soziale Kontakte, wenn auch wenig tief greifende Freundschaften, so wie es auf viele Frauen zutrifft, die an dem Ort bleiben, an dem sie aufgewachsen sind. Maren war groß, rothaarig und sommersprossig, eine lebenslustige Person, aber sie konnte auch unbequem werden, wenn es dazu Anlass gab. Volker und sie kannten einander aus der Schule, später trafen sie sich wieder, als er gerade zwischen zwei Fahrten bei seinen Eltern wohnte. Das nächste Mal kam er nach Hause und verabredete sich sofort mit Maren, verbrachte die freie Zeit beinahe vollständig in ihrer Wohnung, und als er das übernächste Mal Landgang hatte, zog er direkt bei ihr ein. Er fuhr weiter zur See als Maschinist, sie nahm kaputte Nähmaschinen entgegen und verkaufte Garne und Patchworkstoffe.

Sie wurde schwanger und arbeitete bis zum Mutterschutz. Als Didi in den Kindergarten kam, hatte das Textilgeschäft Konkurs angemeldet, und Maren fand keinen vergleichbaren Arbeitsplatz. Ihre ausgeprägten Kenntnisse in Bezug auf Wolle, Stoffe, Nadeln und Co. qualifizierten sie nicht für die Stellen, auf die sie sich bewarb.

Irgendwann gab sie auf, zumal Didi wenig vom Kindergarten hielt und das auch deutlich zeigte, indem sie sich winters hinter dem Sofa und sommers im Baumhaus versteckte, wenn es Zeit war loszufahren. Maren meldete ihre Tochter also ab und blieb mit ihr zu Hause.

Erst als sie wieder schwanger war, mit Lulu, bemerkte Maren, dass es etwas gab, das sie nicht unter Kontrolle hatte. Sie wurde sonderbarer, je weiter die Schwangerschaft voranschritt – reizbar, unruhig, schreckhaft. Und schließlich gestand sie es sich ein: Sie hatte Angst vor der zweiten Geburt. Eine Heidenangst.

Didis Geburt war für ein erstes Kind nicht ungewöhnlich verlaufen. Viel Schweiß und Erbrechen und Unsicherheit. Das war normal. Erste Geburten dauerten oft lange. Maren war keine empfindliche Frau, aber die Wehen waren schon zu Hause so heftig gewesen, dass sie nicht jede hatte kontrolliert veratmen können. Sie nahm ein Taxi ins Krankenhaus, eine unangenehme Fahrt, während der sie ihre Lippe zerbiss, um den Fahrer nicht mit ihrem Gestöhne zu belästigen. Als sie im Kreißsaal ankam, eigentlich der Geburtsabteilung – warum hieß es Kreißsaal, es war kein Saal, es gab mehrere Gebärzimmer, dazwischen die üblichen Krankenhausflure, Bilder von Babys in Obstschalen und Bienenkostümen, Pinnwände mit Dankeskarten, Fotogalerien der Kinder, die hier zur Welt gekommen waren, *Nele, 53 cm, Timo, 3200 g* –, als Maren also dort ankam, meldete sie sich bei einer der diensthabenden Hebammen, und als sie sagen wollte, dass sie regelmäßige Wehen in Fünfminutenabständen habe und davon ausgehe, dass sie in dieser Abteilung an diesem Abend genau richtig sei, entfuhr ihr ein tiefes Gurgeln, und sie musste sich an dem Geländer festhalten, das wie in einem Ballettstudio die Wände entlanglief.

»Na, na«, sagte die Hebamme. »Da wollen wir erst mal gucken, ob so etwas überhaupt angebracht ist.«

In einem Untersuchungszimmer half die Hebamme Maren aus Hose und Unterwäsche und untersuchte den Muttermund. »Zwei Zentimeter. Sind Sie sicher, dass Sie seit heute Morgen schon Wehen haben? Manchmal kommt einem die Zeit sehr lang vor. Jedenfalls haben Sie noch gut was vor sich. Sparen Sie sich die Dramatik besser für später auf. Gehen Sie ruhig ein bisschen spazieren.«

Und Maren ging durch das Krankenhaus. Immer wieder musste sie sich irgendwo festhalten, krümmte sich, konnte sich kaum auf den Beinen halten. Fremde Menschen schauten sie entsetzt an. Sie kam sich dumm vor. Irgendwann ging sie zurück, klingelte wieder am Kreißsaal und sagte der Hebamme, sie wolle sich nun bitte hinlegen.

»Bewegung ist das Beste unter der Geburt«, sagte die Frau, deren Namen Maren nicht verstanden hatte. »Haben Sie eigentlich schon vor der Schwangerschaft so viel gewogen?«

Im Gebärzimmer, das genauso aussah, wie man sich so etwas vorstellte – groß und leer mit einem Bett, das mit aufstellbaren Beinstützen ausgestattet war, und ein paar Schränken –, war Maren erst einmal allein. Sie übergab sich in die Nierenschalen aus Pappe, die neben dem Bett bereitstanden, und lief umher, so viel sie konnte. Sie stöhnte, wenn die Wehen kamen, es war ja niemand da, der sie hörte.

Als die Hebamme das nächste Mal nach ihr schaute, war Maren bereits sehr erschöpft. Die Stunden verstrichen. Sie kotzte und stöhnte und lag auf dem Bett und fürchtete sich vor dem nächsten Besuch dieser Frau, die so tat, als sei es ihre Schuld, dass der Muttermund sich so langsam öffnete.

»Wollen wir hoffen, dass die Ultraschallmessungen in etwa stimmen und das Kind normal groß ist«, sagte die Hebamme beim nächsten Mal. »Bei einem Gewicht wie

Ihrem sind Geburten nicht immer einfach. Kaiserschnitte sind allerdings auch nicht ohne, wegen des Bauchfetts. Essen Sie mal Traubenzucker oder so was. Sie brauchen noch viel Kraft heute Nacht.«

Maren konnte keinen Traubenzucker essen, sie spie alles sofort wieder aus.

Irgendwann gab es einen Schichtwechsel. Die alte Hebamme war verschwunden, eine neue kam, untersuchte noch einmal den Muttermund, und Maren kam sich vor wie ein Stück Vieh, das zum Verkauf stand und von dessen Gesundheit man sich überzeugen wollte. Immerhin war die neue Frau freundlicher. Drückte ihre Hand. Sprach Maren Mut zu. »Das wird bald was, in ein paar Stunden können Sie frühstücken und dabei Ihr schlafendes Baby angucken.« Dann ging sie und kam nicht wieder. Zwischen den Wehen döste Maren immer wieder ein.

Schließlich tauchte die letzte Hebamme doch wieder auf, untersuchte noch einmal, ihr Kopf zwischen Marens Schenkeln tauchte kurz auf und sagte: »Das ist mir jetzt zu langsam hier, ich öffne die Fruchtblase, dann geht es endlich voran.«

Schon spürte Maren, wie das Fruchtwasser schwallartig aus ihr herauslief. Sofort begannen die Wehen schmerzhafter zu werden. Sie versuchte, durch tiefes Atmen die Kontrolle zu behalten, aber sie war zu kraftlos, die Wehen überrannten sie, hatten sie erbarmungslos im Griff, und sie schrie.

»Auch meine Oma war Hebamme«, sagte die Frau. Maren schrie wieder. »Wissen Sie, was die immer gesagt hat, wenn eine Frau so laut war? Sie hat gesagt: ›Haben Sie auch so gebrüllt, als es reingekommen ist?‹«

Maren nahm sich vor, ab sofort alle Geräusche zu unterdrücken, doch da rollte schon die nächste Wehe an, und der Schrei brach aus ihr hervor, ohne dass sie etwas dagegen tun konnte.

Als es fast Morgen war, holte die Hebamme einen Arzt hinzu. Maren war unendlich müde, die Wehen machten mit ihr, was sie wollten. Sie presste, wenn man es ihr sagte, atmete, wenn man es ihr sagte, drehte sich auf die Seite oder kniete sich hin, wenn man es ihr sagte, irgendwann lag sie auf dem Rücken, weil nichts anderes mehr ging, weil ihre Beine sie nicht mehr trugen. Sie war heiser vom Schreien, aber ihr Körper brachte noch immer Geräusche hervor, die sich nicht kontrollieren ließen.

»So ein Geschrei zur Begrüßung habe ich ja lange nicht mehr gehört«, bemerkte der Arzt.

Maren presste und schwitzte, und er sagte: »Jetzt arbeiten Sie aber mal ein bisschen mit, sonst wird das hier nichts.«

Und als die Hebamme wieder den Kopf zwischen Marens Schenkel steckte und vermeldete: »Es rutscht immer wieder zurück«, murmelte der Arzt ein »Achtung!« und warf seinen Körper mit solcher Wucht auf Marens Bauch, dass der Schrei ihr im Hals stecken blieb und sie nur noch winseln konnte. Das Baby schoss aus ihr heraus, der Schmerz war unvorstellbar, und alles, was Maren sah, als die Welt wieder scharf wurde, war das zufriedene Gesicht dieses fremden Mannes, zufrieden mit sich und nicht mit ihr. Während sie Didi auf dem Bauch liegen hatte, in ein Tuch gewickelt und so wunderschön wie nichts sonst auf der Welt, wurden ihre Beine auf die Stützen verfrachtet und die Verletzungen genäht.

Als ihre Nachbarin sie und das Kind zwei Tage später abholte, war Maren voller Angst. Sie hatte bis dahin nicht gewusst, was für eine schwache, dicke, laute Versagerin sie war. Wie sollte sie ein Baby versorgen können? Wie konnte sie wissen, was es brauchte, wenn sie nicht einmal wusste, wie man richtig gebar? Wenn es eines Mannes bedurfte, der sich auf sie warf, um das Kind aus ihr herauszudrücken?

Mit der Zeit wurde die Unsicherheit weniger, irgendwann schien sie ganz verschwunden, das Leben mit Didi war aufregend und voller Freude, sogar leicht. Doch in der nächsten Schwangerschaft brach alles erneut hervor. Maren wusste, sie würde wieder zu laut sein, noch immer zu dick und viel zu schwach. Sie hatte solche Angst vor der Demütigung und dem großen Versagen, das ihr bevorstand, dass sie nachts schweißgebadet hochschreckte. Die alte Nachsorgehebamme war in Rente gegangen, in ihrer Verzweiflung rief Maren sie trotzdem an.

Gleich am nächsten Nachmittag schickte diese ihre Nachfolgerin vorbei, und schon als Maren die Tür öffnete, wusste sie, dass hier eine Lichtgestalt stand, gekommen, um zu helfen und alles wiedergutzumachen. Auch wenn die Frau aussah wie Pocahontas und behauptete, leider keine Hausgeburten zu betreuen.

Maren war die erste Frau, für die Lone eine Ausnahme machte, nachdem sie ihr zugehört hatte.

Von jetzt an bekam sie ihre Kinder zu Hause. Auch diese Geburten waren keine Spaziergänge, aber trotz allem überaus kraftvolle Erfahrungen. Sie mochte laut und dick sein, doch es stellte sich heraus, wenn man sie ließ, konnte sie gebären wie eine Göttin. Der Stolz darauf imprägnierte sie und machte sie furchtlos. Und nie wieder betrat sie das Krankenhaus, und niemals wieder ließ sie einen Mann auch nur in Reichweite ihres Bauchs. Abgesehen von Volker natürlich.

6 | Me And Julio Down By The Schoolyard

Es gab zwei Möglichkeiten, das Pastorat zu betreten. Hinter dem offiziellen Eingang führte ein längerer Flur mit Garderobe zur Küchentür, dort begann der private Bereich. Die Schäfchen respektierten die geschlossene Tür, jenseits davon war Iulia vor guten Ratschlägen sicher. Gegenüber der Garderobe befand sich Niels' kleines, vollgestopftes Büro, daneben gab es noch ein Gäste-WC und einen selten genutzten Raum für Gespräche und Zusammenkünfte, der an ein Bestattungsinstitut erinnerte.

Die zweite Möglichkeit war die Haustür, die direkt in die Küche führte und so verborgen hinter einer vorspringenden Wand lag, dass niemand sie nutzte. Immerhin aber gab es sie, und bei ihrem Einzug hatte Iulia von einer Keramikerin sogar ein Türschild anfertigen lassen: *Familie Richter* stand dort – ihren Doppelnamen hatte sie der Künstlerin erspart. Und weil sie damals noch nicht gewusst hatte, wie viele Kinder sie und Niels bekommen würden, war es am sichersten gewesen, nicht ins Detail zu gehen.

Ihr Magen knurrte grimmig, als sie an diesem Abend die offizielle Tür aufstieß und das Pastorat betrat. Es roch schon im Flur nach Rosmarin, geschmolzenem Käse, Räucherpaprika und einem Hauch Lavendel. Niels hatte eines seiner erstaunlichen Abendessen gekocht. Leider hatte sie überhaupt keinen Appetit. Monika hatte sich noch nicht gemeldet, zweimal hatte Iulia auf dem Rückweg von Maren versucht, sie zu erreichen. Einen Moment lang blieb sie vor der Küchentür stehen und sammelte sich. Dort drinnen würde es aussehen wie im Stall von Bethlehem auf einer Kinderbuchdarstellung. Kerzen auf dem Tisch würden die Küche in ein mildes, freundliches Licht tauchen. Besorgte Gesichter würden sich ihr entgegenrecken, ganz sicher war Aaron von Niels instruiert worden, Anteilnahme zu zeigen, auch wenn sein Teenager-Gehirn möglicherweise keine Kapazitäten hatte, echte Betroffenheit über den Unfall seiner Tante hervorzubringen. Oder würde er weinen, verzweifelt sein, weil er mit seinen knapp sechzehn Jahren noch keine Katastrophe dieser Art hatte erleben müssen und nun gewaltsam auf die Tatsache aufmerksam gemacht wurde, dass alle Menschen – er eingeschlossen – jederzeit sterben konnten, und zwar ohne Vorwarnung? Iulia fühlte sich wie aus Stein. Sie würde sich in den Arm nehmen lassen, im vergeblichen Versuch, sie zu trösten. Aber alles in ihr, was sich hätte verflüssigen und überlaufen können, war erstarrt. Dort, wo ihr Magen sein sollte, war ein Findling.

Der Geruch aus der Küche vermischte sich irritierend mit dem der Garderobe – verschwitzte Turnschuhe, ungelüftete Regenjacken, sommerlang getragene Caps. Das Aroma von Familie. Es kam ihr jetzt so fremd vor, als wäre sie hier nur zu Besuch. Als bewegte sie sich in der Matrix, nachdem sie die blaue Pille geschluckt hatte.

Es gab Gemüseauflauf. Das bedeutete, Niels hatte locker eine Stunde in der Küche gestanden zur Vorbereitung und dann noch eine Dreiviertelstunde im Ofen eingeplant. Sein Timing war perfekt. Andererseits war es leicht, perfekte Zeitpläne zu machen, wenn man mit jemandem wie Iulia verheiratet war. Manchmal witzelte er, sie müsse als Kind eine Uhr verschluckt haben. Sie lachte dann, aber sie dachte auch an das Krokodil, das Käpt'n Hook verfolgte, und dessen Näherkommen er am Ticken hören konnte. Nichts fürchtete Hook mehr als den Tag, an dem die Uhr im Innern des Krokodils kaputtging.

In einer tiefen Kasserolle hatte Niels Süßkartoffel, Paprika, Tomate, Zwiebel, Fenchel, Karotte und Aubergine gemischt – die Schalen und Abschnitte lagen mit Sicherheit noch in einer der unbeleuchteten Ecken. Die Soße, die er separat vorgekocht und abgeschmeckt hatte, würde im Ofen herrlich dick geworden sein, der Käse zerlaufen und kochend heiß. Es war ein wärmendes Essen, ein Yang-Essen, das ihr Chi beruhigen sollte nach einem aufwühlenden Tag. Ein Seelsorgeressen für Angehörige von Unfallopfern. Sie würde es keinesfalls an dem Stein in ihrem Inneren vorbeibringen.

Sie ließ sich von ihrem Mann umarmen und zärtlich küssen. Ließ sich zu ihrem Stuhl bringen. Ließ sich Essen auffüllen. Aaron schenkte ihr Wasser ein und beugte sich über sie, um sie von oben in den Arm zu nehmen. Er roch nach Schweiß und Shampoo, irgendwie beherrschte er nicht die richtige Duschtechnik, aber es war keine schlechte Mischung, wenn man männlich wirken wollte. Seit wann war ihr kleiner Sohn männlich? Im Zwielicht von Kerzenschein und Abendsonne erschien sein Kiefer kantig, die Brauenbögen warfen Schatten über seine Augen. Gleichzeitig leuchtete er von innen. Das tat er oft nach dem Klettern und dem Krafttraining. Sie hielt ihn einen Moment länger an sich gedrückt, als es ihm recht schien. Dann schob sie ihn von sich, und er setzte sich ihr gegenüber.

»Wie war es im Krankenhaus?«

»Wie erwartet. Schläuche und Monitore und ein Pflegebett.«

»Das kann ich mir einfach nicht vorstellen. Nicht bei Lone.«

Iulia wusste genau, was Aaron meinte. »Aus ihrem Kopf steht ein Kabel raus«, sagte sie.

Niels, der gerade eine Salatschüssel auf den Tisch stellte, hob warnend seine rechte Braue.

»Eine Hirndrucksonde«, erklärte er. »Die ist nur zur Überwachung da. Ganz normal.«

Eine unangenehme Pause entstand. Aaron hatte die Haltung aller Jugendlichen eingenommen, den Hundertzwanziggradwinkel, den der Körper in der Schwerelosigkeit angeblich automatisch anstrebte.

»Wusstest du, dass Volvo die besten Autos für Auffahrunfälle baut?« Iulia blickte unauffällig zu Niels, der dieses Thema jedoch nicht zu missbilligen schien. »Die haben einen extra stabilen Rahmen, mit denen kann man sich sogar überschlagen. Eigentlich ist es total unwahrscheinlich, dass der Airbag nicht auslöst. Das kommt sonst nie vor. Andererseits ist dieser ganze Unfall total unwahrscheinlich.«

»Heißt das«, fragte Aaron interessiert, »wäre Lone Mercedes gefahren, wär sie jetzt tot?«

»Vermutlich«, sagte Iulia und imitierte seine Haltung in der Hoffnung, ein bisschen Entspannung zu finden. »Aber besser tot als gar nicht Mercedes gefahren, oder?«

Niels platzierte den Auflauf genau in der Mitte des Tisches. Er trug riesige Ofenhandschuhe. »Ist dir eigentlich selbst bewusst, wie zynisch du wirst, wenn etwas dir wirklich nahegeht?«

»Natürlich nicht, Herr Paster«, sagte sie. »Aber es würde mich brennend interessieren, was Sie darüber denken.«

Er legte ihr einen schweren, warmen Handschuh auf die Schulter, und sie spürte die Härte und Kälte in ihrem Inneren wie einen physischen Schmerz. Er tat ihr auf – viel zu viel, aber sie ließ ihn machen. Man konnte sich nicht an mehreren Fronten gleichzeitig wehren.

»Willst du auch etwas Salat?«, fragte er sanft. Stumm schüttelte sie den Kopf, nahm die Gabel auf und versuchte, einen Bissen zu essen.

Sonntags gab es Sex. Wenn man länger verheiratet war, konnte eine solche halbwegs feste Vereinbarung etwas ziemlich Praktisches sein. Niels war ein Mensch, der sich beim Sex entspannte, und an Sonntagabenden, vor allem an denen der Vorweihnachtszeit, hatte er üblicherweise ein großes Entspannungsbedürfnis. Iulia hingegen liebte es nicht, unvorbereitet überfallen zu werden – leider oft die einzige Art, wie in einem Pastorenhaushalt Erotik möglich war.

»Heute ist vermutlich ein Lieber-nicht-Sonntag«, sagte Niels und setzte sich an seiner Seite auf die Bettkante. Iulia hatte ein weiteres Mal geduscht, saß bereits mit einem Kissen im Rücken im Bett und blätterte in einer Wellnesszeitschrift mit dem Namen *HappyBuddha*. Darin stand ein Artikel über einen buddhistischen Bäcker in Kalifornien, der im Teigkneten seine Erfüllung gefunden hatte und nun Knet-Seminare anbot. Sie stellte sich vor, wie ihre Hände Teig bearbeiteten, im Takt des eigenen Atems zogen und pressten, und sie nahm sich vor, demnächst einmal selber Brot zu backen.

»Nein, heute ist ein ganz normaler Sonntag.« Sie legte die Zeitschrift auf den Nachttisch. »Nur weil meine Schwester sich in einen Trecker manövriert hat, muss sich nicht das ganze Leben ändern.«

Das war eine Wendung, die Niels und sie häufig benutzten. Alle ihre Freunde hatten sie, bevor sie Kinder bekommen hatten, wörtlich oder sinngemäß ihnen gegenüber geäußert. Sie war zu einem geflügelten Wort zwischen ihnen geworden und ließ sich auf unzählige Situationen anwenden. Nur weil man sich neue Socken kauft, muss sich nicht das ganze Leben ändern. Nur weil man Curry zum Mittag hatte, muss sich nicht das ganze Leben ändern. Nur weil man Möwenkot auf dem Talarärmel hat, muss sich nicht das ganze Leben ändern.

Niels streckte den Arm aus und legte ihr seine Hand an

die Wange. »Nein, Goldmarie, das muss es nicht«, sagte er. »Aber es darf.«

Offenbar hatte sie aus Versehen den Pastor in ihm auf den Plan gerufen. Als Nächstes würde er wollen, dass sie ihm von ihren Gefühlen erzählte. Hastig fing sie an, sich das T-Shirt über den Kopf zu ziehen. Da Niels das Ausziehen seiner Frau als Teil des Vorspiels betrachtete und es für seine ureigene Aufgabe hielt, rutschte er sogleich über das Bett bis zu ihr heran und übernahm. Der Ausschnitt blieb an ihrer Brille hängen. Sie bestritten einen kleinen Kampf, dann war ihr Gesicht vom Stoff befreit. Niels nahm ihr die Brille ab und legte sie auf den Nachttisch. Iulia blinzelte wie eine Eule bei Licht, sie wusste, dass er das unwiderstehlich fand. Er küsste ihren Hals.

»Erzähl mir, was Monika gesagt hat«, murmelte er und arbeitete sich, Wirbel für Wirbel küssend, ihren Rücken hinab. Sie hob den Hintern, damit er ihr auch noch die Unterhose ausziehen konnte. Mehr hatte sie nicht an.

»Ich hab sie noch nicht erreicht«, sagte Iulia und begann, nun wiederum ihm das T-Shirt über den Kopf zu ziehen. »Ich rufe sie morgen früh an.«

Tatsächlich hatte sie es noch mehrfach versucht. Auch bei ihrem Vater auf dem Festnetzanschluss hatte niemand abgenommen, was allerdings damit zusammenhängen konnte, dass keiner das Telefonklingeln hörte. Ihr Vater hatte es leise gestellt, weil ihn das Gedudel nervte, wie er sagte, er pflegte dafür den Fernseher umso lauter zu drehen. Weil Monika gesagt hatte, Justus wohne wieder zu Hause, hatte Iulia auch ihn angerufen, aber eine freundliche Frauenstimme hatte ihr mitgeteilt, die Nummer sei nicht länger vergeben.

»Nimm dir frei morgen«, sagte Niels in den T-Shirtstoff hinein.

»Auf keinen Fall. Montags ist immer viel los, ich kann Florian da nicht alleinelassen.«

»Deine Bank kommt schon auch mal ohne dich klar.«

»Hast du nach Aaron geschaut?«, fragte sie, um das Thema zu wechseln.

Ihr Sohn ging an den Abenden vor Schultagen gegen zehn ins Bett, stets mit Kopfhörern auf den Ohren. Er brauchte normalerweise um diese Zeit keine Ansprache von Erwachsenen mehr und ließ seine Eltern im Schlafzimmer in Ruhe. Er achtete auf genügend Schlaf, um fit zu bleiben, und in den letzten Jahren hatte er sie lediglich ein einziges Mal an einem Sonntagabend mit einem diskreten Klopfen an der Tür unterbrochen, weil er Hilfe dabei brauchte, eine Zecke zu entfernen, die sich während eines Waldlaufs an seiner Oberschenkelrückseite festgebissen hatte. Niels hielt es außerdem für unerlässlich in einer gesunden Entwicklung, wenn Teenager eine Ahnung davon bekamen, dass ihre Eltern Sex miteinander hatten.

»Natürlich«, sagte er und öffnete seinen Gürtel. Im Gegensatz zu ihr hatte er noch die Kleidung an, die er den ganzen Tag getragen hatte. Sie dachte an Maren, deren Mann zur See fuhr. An die Kinder, die so wunderbar gerochen hatten, das Tableau vivant auf dem Sofa, dem sie hatte beiwohnen dürfen. Sie zog Niels die Hose aus, er half mit, erst das eine Hosenbein, dann das andere, und Iulia kam sich vor wie Alice, die aus dem Wunderland in die Realität zurückgekehrt war. Vielleicht war das alles nur ein Traum gewesen. Vielleicht hatte sie heute gar nicht wirklich eine Frau getroffen, die sich Kohlblätter auf die Brüste gelegt hatte. Die sich selbst gemolken hatte wie eine patente Kuh. Die von ihrer eigenen Plazenta gegessen haben wollte. So eine Welt konnte eigentlich nur in einer Zeitfalte existieren, am Grunde eines Kaninchenlochs, an einem Ort, den es bloß für eine kurze Weile geben durfte. Und zugleich war diese Welt wie ein Fenster gewesen, das ihr einen kleinen Blick auf Lones Leben ermöglicht hatte.

Dort gab es etwas, nach dem Iulia sich sehnte, wie sie sich noch nie nach etwas gesehnt hatte.

Sie kniete jetzt neben dem Bett und zerrte an den schwarzen Pastorensocken, die Niels trotz der Hitze des Tages anbehalten hatte und die wie am Fuß festgeklebt waren. Sie hatte ihm nichts von Maren erzählt. Sie hatte nicht gewusst, wie.

»Das war eine gute Predigt heute«, sagte sie.

»Tatsächlich habe ich mehrere positive Rückmeldungen bekommen. Es hieß, sie sei herausfordernd, aber nicht langweilig gewesen. Ich will allerdings unbedingt versuchen, noch bildhafter zu werden.« Er zog Iulia wieder aufs Bett, legte sie neben sich wie eine Puppe, fuhr mit dem Finger ihre Ohrmuschel entlang und sprach leise hinein. »Ich probiere an den kommenden Sonntagen die Predigten aus, die ich für die Radiosendung verwenden will. Wenn sie gut ankommen, kann ich sie einfach kürzen.« Dann drehte er sie auf den Bauch und begann, sie zu massieren. »Gut so?« Iulia machte ein Geräusch, und er war zufrieden. Manchmal, wenn sie nicht aufpasste, vergaß sie, dass er eine Rückmeldung brauchte. Er gab sich immer solche Mühe. Ein besserer Mensch als sie würde das mehr zu schätzen wissen. Früher war das alles irgendwie einfacher gewesen.

»Ich dachte, ich nehme immer das gleiche Thema und finde verschiedene Antworten. *Was ist Glaube.* Was meinst du?«

»Das klingt toll«, sagte Iulia.

Sie drehte sich auf den Rücken, sie hatte genug von der Massage. Sofort begann Niels, sie ausgiebig zu küssen. Er hatte eine besondere Technik, die er einzusetzen pflegte, wenn sie es zuließ. Mit der Zunge tastete er ihre Zähne ab, das kribbelte ganz eigenartig, und in Iulia entstand eine Unruhe, die es ihr schwer machte, stillzuhalten. Sie ließ ihre Hand in seine Unterhose wandern, um ihn abzulenken, und er ließ tatsächlich von ihrem Gesicht ab. Doch so schnell gab Niels nicht auf, auch wenn sie alles tat, um seine Aufmerksamkeit auf ihn selbst zu lenken. Sie fasste fest zu, aber er entwand sich. Er war noch nicht fertig mit ihr. Seiner Überzeugung nach musste für eine Frau beim Beischlaf mehr herumkommen als eine gut durchdachte Einkaufsliste. Er glitt weit nach unten und griff nach ihrem Fuß. Er begann, ihre Zehen der Reihe nach zu küssen.

Iulia dachte an Lones Wohnung, die jetzt wartete. Keiner kam heute nach Hause. Die Dielen hatten sich ganz umsonst mit Sonne vollgesogen, die ätherischen Öle dufteten für niemanden, das Paket stand ungeöffnet und völlig überflüssig auf dem Tisch, dabei war es bestellt worden, womöglich sehnsüchtig erwartet. Sie dachte an die CD-Hülle in ihrer Handtasche, die leer bleiben würde, wenn es stimmte, was sie glaubte, nämlich dass ihr Inhalt zerbrochen und für immer unbrauchbar in einem Autowrack feststeckte.

Sie merkte, dass Niels aufgehört hatte, ihre Zehen zu bearbeiten, und sie ansah. Sie stöhnte, schloss die Augen und warf den Kopf zurück. Sie spürte, wie er über sie hinwegkroch, an ihr hochkrabbelte, spürte seine Hand ihren Oberschenkel entlangstreichen, bis ganz nach oben und noch ein Stückchen weiter, wo sie prüfend zwei Finger ausfuhr. Offenbar war er zufrieden mit dem Zustand, den er dort vorfand, denn er zog seine Unterhose aus und tat das, was ein Mann tun musste, um seine Frau glücklich zu machen. Er tat es mit Zartgefühl und Leidenschaft, seine Aufmerksamkeit blieb dabei nach wie vor ganz auf ihre Reaktion gerichtet, und sie lächelte und seufzte und öffnete die Augen, um ihn bedeutungsvoll anzublicken, und wünschte sich, er würde bald fertig werden, aber das Ende hing immer von ihr ab, Pastor Richter gab nicht auf, bis seine Frau befriedigt war. Sie warf einen verstohlenen Blick auf die Uhr am Nachttisch. Das Licht, das durch die Vorhangritzen drang, war dämmerig, körnig.

Was Maren wohl gerade tat? Schlief sie? Trug sie ihr Baby herum und summte beruhigend? Las sie den großen Mädchen eine Geschichte vor, nachdem sie in Muttermilch gebadet hatten? Sie waren so lebendig gewesen, Maren und ihre Kinder.

Niels bewegte sich jetzt mechanisch, er hatte einen Rhythmus gefunden, Atmung und Bewegung arbeiteten zusammen, wie beim Yoga, und Iulia passte sich ihm an, keuchte, feuerte ihn auf diese Weise an, damit er fertig wurde, damit er sah, wie gut er alles machte, damit kein Zweifel mehr blieb, dass er großartig war, und sie flüsterte es sogar: »Du bist unglaublich«, und sie sah die Freude in seinem Gesicht über diesen kurzen, banalen Satz, in den sie erstaunlicherweise sogar noch sein derzeitiges Lieblingsthema hatte mit einbauen können. Ein Klagelaut entfuhr ihr, ein knirschendes Wimmern, tektonisch, als würde der Fels in ihrem Innern sich verschieben. Niels nahm es als Zeichen, sein Ziel erreicht zu haben. Er kam. Und Iulia schloss die Augen.

Danach lag er auf ihr, schwer und warm, der Schweiß bildete einen Film zwischen ihnen, sie würden wie die letzten Nächte bei geöffnetem Fenster schlafen, ohne dass die Luft im Raum sich dadurch abkühlen würde.

Er murmelte Worte in ihr Ohr, das tat er immer, und in diesem Moment klingelte endlich Iulias Mobiltelefon.

»Eckhardt-Richter«, sagte sie, obwohl sie an der Nummer auf dem Display hatte sehen können, dass es tatsächlich Monika war.

»Iulia.« Ihre Stiefmutter rang nach Atem. »Ich fahre jetzt nach Hause.«

»Darum könnte man dich beneiden.«

»Wie bitte?«

»Ich sagte: Das ist sicher eine gute Idee.«

»Ich habe mit dem Arzt gesprochen«, sagte Monika. »Er meint, ich solle lieber ordentlich schlafen. Das Ganze kann noch ewig dauern. Sie halten Lone jetzt in diesem Zustand, bis sie entscheiden können, ob sie über den Berg ist. Erst dann machen sie einen Aufwachversuch.«

Iulia spürte das Herz in ihrer Brust wie einen nutzlosen Klumpen. Es schien überhaupt nicht zu schlagen.

II

7 | Scarborough Fair

Schlaf war eine Kunst, die Iulia nicht mehr allzu gut beherrschte. Sie erinnerte sich durchaus an ihre frühe Kindheit, an tiefen, traumlosen Schlaf, an das verwirrende Gefühl, morgens aufzuwachen und nicht zu begreifen, dass sie überhaupt geschlafen hatte. Einmal hatte sie im Scherz zu Niels gesagt, ihre Mutter habe ihren Tiefschlaf mitgenommen. Er hatte gelacht und sie in die Arme geschlossen. Und Aarons Geburt hatte dem nächtlichen Wachliegen das Wissen um die Dunkelheit hinzugefügt, die in Iulia existierte wie ein geheimer, verschlossener Keller.

Die Ziffern des Weckers leuchteten und machten den Rest des Zimmers unsichtbar. Das erste Mal lag sie gegen halb eins eine Weile wach. Das zweite Mal gegen Viertel nach drei. Um kurz vor fünf schreckte sie hoch, als hätte sie einen Knall gehört.

Das Ehebett war gigantisch, sowohl Niels als auch sie konnten sich darin in alle Richtungen ausstrecken, ohne einander zu berühren. Wenn sie nicht schlafen konnte, robbte sie zu ihm hin, dann streckte er, ohne aufzuwachen, einen Arm aus und zog sie dicht heran. Seit einiger Zeit gelang ihr das Wiedereinschlafen allerdings besser, wenn sie Abstand hielt. Wenn Niels den Arm um sie legte, hatte sie das Gefühl, sich nicht bewegen zu können.

Sie rollte sich auf den Rücken und atmete gleichmäßig in den Bauchraum. In der Mitte ihres Körpers war ein dumpfer Schmerz, dorthin lenkte sie den Atem. Durch ihren Kopf ratterten die Fahrgeschäfte. Und mit ihnen fuhr die Angst, in den Brunnenschacht des Ungeordneten gezogen zu werden, den Verstand zu verlieren, für immer in die Dunkelheit zu wirbeln. Dort, wo der Schmerz saß, war ein Berg, sie konnte ihn vor sich sehen, wenn sie die Augen schloss.

Als Kind hatte ihr Vater sie auf Höhenwanderungen mitgenommen. So hatte sie Gipfel um Gipfel erobern müssen, als seine treue Gefährtin, bis Justus alt genug gewesen war, um sie in dieser Aufgabe abzulösen. Werner Eckhardt, der freundliche Installateur aus der Nachbarschaft, hatte einen gewaltigen Ehrgeiz, wenn es um das Sammeln von Gipfelfotos ging. Iulia sei leichter mitzunehmen als ein Stativ, sagte er immer, und so war sie zuständig für die obligatorischen Bilder von ihm neben den Gipfelkreuzen. Zwar bot er ihr stets an, im Gegenzug auch sie zu fotografieren, aber sie legte keinen Wert darauf. Sie war nur ein Kind, die Fotos bedeuteten ihr genauso wenig wie die Gipfel. Ihr Stolz bezog sich ausschließlich auf die Tatsache, mit ihrem Vater mitgehalten, ihn zufrieden gemacht zu haben. So etwas ließ sich nicht auf einem Bild festhalten. Aber mit der Zeit war es nicht mehr der Stolz, der sie die Berge hochtrieb, sondern die Pflicht. Und sie erinnerte sich gut an das Gefühl, das sie überkommen hatte, wenn sie am Anfang einer Tour zum Gipfel hochgeblickt hatte. Sie wusste, sie würde es schaffen, so wie immer, aber bei der Vorstellung, es in Angriff nehmen zu müssen, war in ihr augenblicklich eine enorme Müdigkeit aufgekommen, so durchdringend und überwältigend, als wäre der Berg in sie hineingewandert und würde dort mit seiner massiven, mitleidlosen Präsenz einfach alles lahmlegen.

Irgendwann döste Iulia doch noch ein. Sie erwachte vom Fiepen des Weckers und bemerkte, dass ihr rechter Arm über die Bettkante hinaushing und ihre Stirn den Nachttisch berührte. Obwohl ihre Glieder schwer waren wie Blei, war sie froh, dem Bett zu entkommen. Sie wäre lieber früher als später in die Bank gefahren.

Zuerst jedoch musste sie Aaron wecken, sich bankfein machen, sich bemitleiden lassen und einen Kaffee trinken. Auf dem Weg nach unten hörte sie Niels bereits in der Küche werkeln. Sie konnte ihn pfeifen hören, und sie versuchte, die Melodie zu erkennen – *Don't pay the Ferryman*. Sie seufzte, öffnete die Küchentür und stellte sich der Gesellschaft.

Auf dem Tisch stand ein Schnapsglas mit frisch gepflückten Gänseblümchen, am Tresen lehnte Niels und hielt ihr die rosafarbene Kaffeetasse entgegen, die besondere Tasse, die er ihr im Urlaub gekauft hatte, und die seitdem von niemand anderem benutzt wurde, weil Niels fand, dass jede Frau eine eigene Tasse brauchte. Angeblich gab es fünf Sprachen der Liebe, so hatte sie es in einem Buch gelesen, und Niels beherrschte sie alle fließend.

»Wie geht es dir? Wie war die Nacht?«, fragte er.

Iulia nahm die Kaffeetasse schnell an sich und suchte sich einen Stuhl.

»In Ordnung«, sagte sie. »Wie sieht dein Tag heute aus?«

»Erst mal Büro, ich muss irgendwie mit diesen Predigten zurande kommen. Um sechzehn Uhr habe ich ein Angehörigengespräch wegen einer Beerdigung am Freitag. Die hatten es so eilig, ich konnte sie nicht auf morgen vertrösten.«

Normalerweise versuchte Niels, sich den Montag von Terminen freizuhalten. Iulia hatte ihm zum letzten Geburtstag für seine Bürotür ein Schild mit der Aufschrift *Montag Ruhetag* geschenkt, das sie im Spezialladen für Schilder und Stempel gefunden hatte. Er hatte gelacht, es aber nicht aufgehängt. Er hatte gesagt, damit es für ihn passe, müsse dort wenigstens *Montag idealerweise-mehr-oder-weniger-Ruhetag* stehen, und das sei zu lang und unübersichtlich für ein Schild. Außerdem wären die Schäfchen überfordert. Wo das Schild jetzt war, wusste sie nicht.

»Wer ist gestorben?«

»Thomsen, der alte. Von Iversbyholz. Der mit den ganzen Hühnern, die sie damals wegen der Vogelgrippe keulen mussten.«

»Das vergesse ich nie. Ich habe Torben Thomsen beim Einkaufen getroffen, und er hat erzählt, er habe Sehnenscheidenentzündung vom Hühnerhälse-Umdrehen. Grüß Torben, wenn er nachher dabei ist. Sag ihm mein Beileid.«

»Und du?«

»Ich bin in der Bank.«

»Du solltest vielleicht besser ins Krankenhaus fahren«, sagte er. »Nimm dir frei und sei bei deiner Schwester.«

»So früh darf man da bestimmt noch gar nicht hin.« Sie trank einen Schluck von dem sehr heißen Kaffee. Für den Moment war das Brennen im Mund groß genug, um sie abzulenken.

»Das ist doch Quatsch. Man geht eben kurz raus, wenn die Ärzte irgendwas untersuchen. Soll ich dich fahren? Ist es das? Willst du da nicht alleine hin?«

»Ich will in die Bank«, schrie Iulia.

Für einen Augenblick war es still in der Küche. Sie beide horchten, als könnte irgendwoher ein Echo kommen. Niels hob beschwichtigend die Hände. Iulia dachte an das, was ihre Mutter immer gesagt hatte: Wer schreit, hat unrecht. Aarons Schritte polterten auf der Treppe, kurz darauf öffnete sich die Tür. Ohne seine Eltern richtig wahrzunehmen, latschte er zum Tresen, nahm einen Apfel aus der Obstschale – Niels sorgte dafür, dass sie stets eine gefüllte Obstschale hatten – und murmelte: »Ich muss los. Ich nehme heute den längeren Weg. Ich will meine Zeiten verbessern.«

»Guten Morgen, lieber Sohn«, sagte Niels.

»Jaja«, knurrte Aaron.

»Du weißt, was *jaja* heißt«, sagte Iulia. »Sprich nicht so mit deinem Vater.«

»*Jaja* heißt jaja, und sonst nichts.« Immerhin lächelte Aaron jetzt.

»Sollen wir das mit dem Begrüßen dann einfach noch mal versuchen?«, fragte sie.

Aaron grinste. »Guten Morgen und Gottes Segen, Herr Pastor.« Kurz blieb er vor seinem Vater stehen und ließ sich eine Hand bedeutungsvoll auf den Scheitel legen. Danach klemmte er den Apfel zwischen seine Zähne, um sich mit beiden Händen durch die Haare zu fahren. Auf dem Weg in den Flur warf er den Apfel in die Luft und pfiff dabei. *Don't pay the Ferryman*.

»Hab einen schönen Tag«, rief Iulia ihm hinterher. »Und lass dich nicht mit den Drogen erwischen.«

»Keine Sorge.« Er klopfte sich auf den Hosenbund. »Ist alles sicher verpackt.«

»Ich zähle das Geld später genau nach«, rief sie, bevor er die Tür schloss.

»Macht ihr jetzt eigentlich nur noch Witze?«, fragte Niels.

»Wenigstens reden wir miteinander.«

»Wir reden auch.«

»Nein«, murmelte Iulia. »Du redest.«

Niels hatte sie offenbar nicht gehört. Er goss sich Tee ein, irgendeinen Oolong mit lustigem chinesischem Namen, den er über einen Versandhandel bezog.

»Weißt du«, sagte er. »Du könntest aufpassen, dass du deine Sprüche nicht so oft in der Öffentlichkeit machst. Gerade wenn es um Drogen geht. Ich habe schon wieder ein paar Rückmeldungen bekommen.«

Iulia nahm einen Schluck Kaffee, er war nicht mehr so heiß. Sie hätte es sich denken können. Die Schäfchen hörten alles: Herr Richter, ich mache mir Sorgen, dass Ihre Frau mit der Erziehung überfordert ist.

»Ist der Kaffee heute eigentlich anders als sonst?«, fragte Niels. »Fällt dir was auf?«

Sein Kaffee war ein besonderer Kaffee, der auf besondere Art an einem besonderen Ort geröstet wurde. Sie hatte keine allzu empfindlichen Geschmacksnerven – eine befremdliche Tatsache, wenn man bedachte, dass sie eine so feine Nase hatte. Vielleicht lag es daran, dass sie sich als Kind einmal sehr heftig die Zunge an einem heißen Kakao verbrannt hatte, den ihre leibliche Mutter ihr in einem Anfall von Mütterlichkeit gemacht hatte. Jedenfalls war es nicht leicht, sich diesen unsensiblen Geschmackssinn im Zusammenleben mit einem Mann wie Niels einzugestehen. Er schmeckte bei jedem Wein die besonderen Fruchtaromen heraus und entdeckte selbst die flüchtigsten Lakritz-, Schokolade- oder Rauchnoten. Iulia hatte gelernt, das zu schmecken, was er ihr vorschlug. Seit Jahren probierte er sich durch Rot- und Weißweine, Honig-, Tee- und Kaffeesorten, um die besten zu finden, die passenden, die, die *seine* sein würden. Genauso suchte er nach *seiner* Musik, *seinem* Buch und *seiner* Art, Kartoffelspalten zu würzen, sodass er alle anderen Möglichkeiten mit einer herablassenden Handbewegung kommentieren konnte.

Iulia trank noch einen vorsichtigen Schluck, um wenigstens guten Willen zu zeigen. Der Kaffee schmeckte sauer und bitter und ein wenig angebrannt, wie Kaffee eigentlich immer schmeckte, in unterschiedlicher Gewichtung der Anteile. Aber die Frage war eindeutig gewesen, sie musste nur eine Antwort finden, die sie nicht in irgendeine Falle tappen ließ.

»Ja«, sagte sie und schaute nachdenklich und konzentriert auf den Küchenschrank hinter seinem Kopf. »Jetzt, wo du es sagst … Irgendwas ist anders.«

Die Strecke zur Bank, die Iulia mit dem Fahrrad zurücklegte, führte mitten durch die Öffentlichkeit, im besten Morgenverkehr. Heute würde es wieder heiß und trocken werden, das war schon jetzt zu spüren, obwohl die

Luft noch frisch und fast ein bisschen zu kühl war. Sie trug einen engen, kurzen Rock, zum Radfahren zwar unpraktisch, aber sie hatte mit Aarons Hilfe verschiedene Tests durchgeführt und war sich sicher, dass man auch während der Fahrt ihre Unterwäsche nicht würde sehen können.

Sie grüßte und grüßte, und als sie bei der Bank ankam, fühlte sie eine heimliche Erleichterung, wie die Steinzeitmenschen sie in früherer Zeit erlebt haben mochten, wenn sie nach einem im Grunde vollkommen harmlosen Trip durch die Blaubeeren ihre Höhle wieder erreichten. Sie schob das Rad auf den Hof hinter dem Gebäude und sicherte es mit einem Zahlenschloss.

Florian war bereits da. Er wirkte klein und schmächtig hinter dem Servicetresen. Im Herbstsemester würde er ein BWL-Studium beginnen, und Iulia war bereits wehmütig deswegen.

»Sei froh, dass du einen Rock tragen kannst«, sagte er zur Begrüßung. Seine Stimme klang hoch und weich. »Spätestens heute Mittag rettet auch die Klimaanlage nichts mehr. Da ist Luft von unten sicher gut.«

»Soll das ein Kompliment werden?«

»Sag bloß, du bist jetzt auch so eine, der man nicht mal mehr die Tür aufhalten darf und die im Minirock mit dem Arsch wackelt und einen dann anpflaumt, wenn man hinguckt.«

»Wir können ja tauschen.« Iulia verstaute ihre Handtasche unter dem Schreibtisch, sodass sie vom Kundenbereich aus nicht zu sehen war. »Deine Hosen haben wenigstens Taschen.«

»Ob Hose oder Rock«, sagte Florian, »das Arschwackeln müssen wir uns sowieso für den Chef aufsparen. Der will dich sehen, und zwar jetzt gleich. Aber beeil dich. Der morgendliche Run hat schon begonnen.«

Tatsächlich standen draußen vor der Tür bereits zwei

ältere Damen und probierten aus, ob sie ziehen oder drücken mussten, um hereinzukommen. Es herrschte Einigkeit unter allen Mitarbeitern, dass alte Damen die reinste Pest waren – unfähig auch nur das simpelste Formular auszufüllen, starrköpfig, ausgestattet mit einem unstillbaren Redebedürfnis und außerdem stets bereit zu meckern, sich vorzudrängeln und einen mit säuerlichem Mundgeruch anzuatmen –, aber in Wirklichkeit waren alte Damen, jedenfalls wenn sie Iulia gegenüberstanden, immer auch für eine Überraschung gut. Darüber hinaus machten sie inzwischen einen großen Teil der Kundschaft aus, die noch persönlich in der Filiale auftauchte. Allein dafür liebte sie die alten Damen.

»Kaffee hab ich schon gemacht«, rief Florian ihr nach, als sie durch die gläserne Zwischentür verschwand.

In der winzigen Küche, die sie durchqueren musste, um zur Treppe in die sogenannte *Chefetage* zu gelangen, rumorte die Kaffeemaschine. Jeden Abend, wenn die Putzfrau hier sauber machte, legte diese einen frischen Filter ein und zählte die Löffel Kaffeepulver ab. Sie füllte Wasser in den Tank und klappte den Deckel zu. Wer morgens als Erster in die Küche kam, brauchte nur den Knopf zu drücken, um die Maschine in Gang zu setzen. Aus irgendeinem Grund war das fast immer Iulia.

Die Chefetage selbst bestand aus einem Lagerraum, einem Sitzungsraum und dem Büro von Salinger, den Niels immer den *Fänger im Roggen* nannte. Iulia dachte kurz daran, dass sie Aaron das Buch bald einmal auf den Nachttisch legen sollte, aber vermutlich würde es ihm nicht gefallen. Ihr Sohn las lieber irgendwelche Geschichten über Expeditionen. Shackleton, Amundsen, Thor Heyerdahl – das waren seine Helden.

»Frau Eckhardt-Richter, schön, dass Sie Zeit haben«, sagte Salinger zur Begrüßung. Natürlich hatte sie Zeit, sie war schließlich herbeordert worden, aber der Chef verbuchte jede Form der Aufmerksamkeit als Anstieg auf seinem persönlichen Beliebtheitsbarometer. Er war wirklich zum Chef geboren, zum Chef von irgendwas.

»Sie sehen großartig aus heute Morgen«, sagte er. »Ich weiß nicht, wie Sie das immer machen.«

»Make-up und Gottes Segen.«

»Wollen Sie uns einen Kaffee holen?«

Spätestens jetzt wusste Iulia, dass es bei diesem Treffen um gar nichts ging. Manchmal war dem Chef einfach ein bisschen langweilig, und er fühlte sich nicht cheffig genug. Dann bestellte er Mitarbeiter ein, machte sich bei einer Tasse Kaffee »ein Bild von der Lage« oder hatte irgendeinen lächerlichen Auftrag zu vergeben.

Unten auf Iulias Schreibtisch wartete ein Haufen Arbeit. Womöglich klingelte in diesem Augenblick in der Handtasche ihr Mobiltelefon, und Monika rief an, um ihr mitzuteilen, dass Lone über den Berg sei, was immer das hieße. Iulia spürte ihren Unmut über Salinger körperlich. Ihre Zellen schienen zu vibrieren, ihre Atemzüge zitterten, während sie hinausging, um Kaffee zu holen.

Sie zog den Glasbehälter unter dem Filter hervor und goss einen Teil des Inhalts in eine silberne Thermoskanne. Kaffee tropfte auf die leere Warmhalteplatte und verdampfte zischend. Auf ein Tablett stellte sie zwei Tassen mit Untertassen, ein Zuckerdöschen und einige Einwegpäckchen Kaffeesahne, legte kleine Servietten und Löffel dazu. Dabei versuchte sie, sich selbst davon zu überzeugen, dass ein Tablett mit Kaffeegedecken für die Chefetage zu richten zu ihrem Aufgabenbereich gehörte.

Aber simples Kaffeetablettrichten konnte sie nicht ablenken von der in ihr vibrierenden Unruhe. Sie sehnte sich nach richtiger Arbeit, nach Zahlen und Vorgängen, bei denen man sich konzentrieren musste. Sie sehnte sich danach, einen Fehler zu finden und zu beheben. Und die gab es an Montagen zur Genüge. Es war, als würden an den Wochenenden alle Fäden fallen gelassen. Maschinen gingen kaputt, Druckerpatronen entleerten sich auf wundersame Weise, Überweisungen gingen ins Nirwana, Transaktionsnummern wurden falsch verschickt, und alle Fragen und Zweifel kamen den Menschen an Wochenenden in die Köpfe, weshalb sie montags gleich in die Filiale kamen und Dinge klären wollten.

Oben angekommen, schenkte sie in beide Tassen eine Pfütze Kaffee und setzte sich an den niedrigen Tisch Salinger schräg gegenüber.

»Wie laufen die Geschäfte?«, fragte er, und Iulia betete herunter, was in der letzten Woche Erzählenswertes passiert war. Viel war es nicht. Ein größerer Buchungsfehler von Florian, den sie hatte ausbügeln können, bevor der Kunde etwas gemerkt hatte, die üblichen Kontoeröffnungen, Kleinkredite, Vermittlungen von Beratungsgesprächen – die wirklich interessanten Sachen passierten woanders. Aber auch die Risiken passierten woanders. Ihre Kleinstadt-Filiale war verglichen mit den großen Häusern wie ein Tante-Emma-Laden neben einem Supermarkt. Solange jedoch die alten Damen kamen und sich am Auszahlungsautomaten dusselig anstellten, war die Existenz des Standorts gesichert.

»Frau Eckhardt-Richter«, sagte Salinger. »Sie wohnen doch auch schon ewig hier, nicht wahr?«

Iulia nickte vage.

»Kennen Sie den Hof von Thomsen, hinten bei Iversbyholz? Geflügel hauptsächlich, einige Hektar Land, zwei Ferienwohnungen? Die wollen eine Biogasanlage bauen und brauchen ein bisschen Unterstützung. Sie kennen so etwas ja. Wir sind als Bank auch für die Region verantwortlich, sage ich immer. Und deshalb verstehe ich nicht, wieso diese Nullen aus der Zentrale immer nur auf die Ratings gucken und Anträge ablehnen, die vollkommen sauber sind. Thomsens alter Ansprechpartner ist in Rente gegangen – Detlefsen, den kennen Sie sicher, der Mann ist eine Legende –, und jetzt hat Thomsen sich an mich gewandt, und ich kann da sicher was für ihn tun. Was wissen Sie denn über den Hof?«

»Da gab es gerade einen Todesfall«, sagte Iulia. »Der Vater ist verstorben, letzte Woche.«

»Sehen Sie, deshalb habe ich Sie zu mir gebeten«, rief Salinger begeistert. »Das ist doch eine sehr gute Nachricht. Also nicht für die Familie natürlich. Aber da werden jetzt Energien frei, denken Sie nicht? Das ist doch eine wertvolle Information. So was verstehen die Leute in der Zentrale einfach nicht, da ist immer alles nur Rating und Scores und Risiko. Aber wir Bankmenschen vom alten Schlag, wir haben ein Bauchgefühl. Wir kennen unsere Pappenheimer. Oder was meinen Sie?«

Iulia schaute unauffällig auf ihre Armbanduhr. Sie brauchte länger als gewöhnlich, um das Ziffernblatt zu erkennen. War Monika bereits im Krankenhaus, hatte sie mit einem Arzt gesprochen? Sie bekam eine Gänsehaut, als sie an Lone und das Kabel in ihrem Kopf dachte. An die wächsernen Augenlider. Der Kaffee reizte ihren Magen. Wenn sie noch länger untätig in diesem Büro sitzen musste, würde sie schreien. Salinger anschreien, dass er die Klappe halten sollte, weil sie heute vor allem hergekommen war, um den Geruch von Druckerfeinstaub und statisch aufgeladenem Teppich einzuatmen, während sie Dinge in Ordnung bringen und Menschen helfen wollte, ihre Finanzen zu regeln, und nicht, um sich etwas über gutes Bauchgefühl bezüglich Investitionen in Biogasanlagen anzuhören. Aber natürlich würde sie nicht schreien. Nicht in echt.

»Frau Eckhardt-Richter?«, fragte Salinger.

Iulia hob abrupt den Kopf, um ihn anzusehen. Aber er war nicht irritiert. Sie war nur sein Publikum, von ihr wurde nicht mehr erwartet als ein Lächeln und Nicken. Sie lächelte.

»Eine Bank ist dazu da, Geld zu verteilen, nicht, es den Leuten vorzuenthalten, meinen Sie nicht? Herr Detlefsen hat da einen ganz großartigen Job gemacht, der kannte sie alle, der ist noch mit dem Rad durch die Gegend gefahren und hat geguckt, wie gerade die Ackerfurchen sind, bevor er einen Kredit genehmigt hat. Jetzt, wo er in Rente ist, brauchen die Leute hier einen neuen Ansprechpartner, der sich kümmert und Bescheid weiß. Ich kenne Thomsen, seine Frau geht mit meiner Frau zum Zumba. Wenn der eine Biogasanlage baut, dann ist das für alle gut, auch für die Region. Das ist im Grunde eine Win-win-Situation mit Regionalbonus. Oder was meinen Sie?«

Sie war also doch mehr als nur Publikum. Bei größeren Beträgen musste ein zweiter Mitarbeiter mit draufgucken, und wenn es um eine Biogasanlage ging, war das ein ziemlich großer Betrag. Und ein großes Risiko, egal, wie gut die Ehefrauen einander kannten. Eigentlich wusste sie jetzt schon, dass das eine ziemlich dumme Idee von Torben war. Vermutlich hatte er tatsächlich gewartet, bis sein Vater ihm nicht mehr reinreden konnte, aber es würde den Chef in seiner Haltung nur bestärken, wenn sie ihm jetzt widersprach. Er hielt sich offenbar für Robin Hood. Iulia lächelte und nickte.

»Sehen Sie«, sagte Salinger und lehnte sich zurück. »Ich dachte mir, dass Sie meine Einschätzung teilen. Vielleicht könnten Sie sich den Antrag von Thomsen einmal ansehen? Bis Ende der Woche? Ist es in Ihrem Büro eigentlich auch so stickig zu dieser Jahreszeit?«

»Ich habe gar kein Büro«, sagte Iulia. »Mein Schreibtisch steht unten im Kundenbereich.«

»Natürlich tut er das«, sagte Salinger. »Und das völlig zu Recht. Schließlich sollten Sie das Erste sein, was unsere Kunden erblicken, wenn sie das Haus betreten.«

»Das Erste, was die Kunden erblicken, ist der Kontoauszugsdrucker.«

»Aber Sie sind das erste Lebewesen. Menschen wie Sie, liebe Frau Eckhardt-Richter, sind die beste Konkurrenz zum Onlinebanking.«

»Vielen Dank.«

Und dann machte Salinger es sich gemütlich, nahm einen Schluck Kaffee und hielt einen langen, cheffigen Monolog über Kryptowährungen und FinTech-Unternehmen, während Iulia schon einmal unauffällig die Augen über die Papiere wandern ließ, die vor ihr auf dem Tisch lagen. Bereits das wenige, was sie überfliegen konnte, zeigte ihr, dass das Rating für Thomsens Hof zu Recht mies war und die Zahlen, die der Chef als monatlichen Überschuss ausgerechnet hatte, seiner wohlwollenden Fantasie entsprungen waren. Letztlich konnte ihr das egal sein, solange ihr Name aus dieser Kreditvergabe herausgehalten wurde. Aber es war ihr nicht egal. Der Berg in ihrem Inneren machte sie steif und unbeweglich, er machte es ihr unmöglich, die Unzulänglichkeiten der Welt und ihrer Bewohner nicht als Zumutung zu sehen. Sie brauchte Ordnung, sonst würde sie zerbröseln, und alle um sie herum schienen immer nur Chaos erzeugen zu wollen. Von allen Tagen war heute der letzte, an dem sie einfach irgendein Gemauschel durchwinken mochte. Und dabei konnte sie, ohne zu blättern, noch nicht einmal die Jahresabschlüsse und bereits laufenden Darlehen einsehen, die vermutlich nichts an diesem Antrag besser machten. Vor Nervosität krümmte sie ihre Zehen.

Als endlich die Kaffeepfützchen ausgetrunken waren, hatte der Chef genug erzählt.

»Sie haben ja sicher viel zu tun«, sagte er. »Halten Sie da unten weiterhin wacker die Stellung. Denken Sie daran: Sie sind das Salz des Finanzwesens.«

Iulia stand auf und wandte sich zum Gehen.

»Ach, Frau Eckhardt-Richter …« Sie drehte sich um. »Würden Sie den Kaffeekram gleich wieder mitnehmen, wenn Sie nach unten gehen?«

Auf der Treppe konnte sie es nicht mehr abwarten. Ihr ganzer Körper kribbelte, sie fühlte sich wie gehäutet. In der Küche stellte sie das Tablett ab, musste sich bremsen, damit sie nicht rannte, schnappte sich unten das Telefon vom Schreibtisch und hatte die Nummer ihrer Stiefmutter eingetippt, bevor sie wieder die Küche erreichte. Die Mailbox sprang sofort an, offenbar hatte Monika ihr Telefon ausgestellt. Also wählte Iulia die Nummer des Festnetzanschlusses im Haus ihrer Eltern. Während sie dem Freizeichen lauschte, räumte sie die Tassen in den kleinen Geschirrspüler, stellte das Tablett weg, klemmte sich das Telefon zwischen Schulter und Ohr, um mit einer Hand den Behälter anheben zu können und mit der anderen die Flecken auf der Platte wegzuwischen, die sie vorhin hinterlassen hatte.

»Hallo?«

»Papa?«, sagte sie und richtete sich auf. Sie schlüpfte aus ihren Schuhen, spannte den Beckenboden an, hob den linken Fuß und stellte seine Sohle gegen die Innenseite ihres rechten Oberschenkels. So hielt sie das Gleichgewicht. Sie war ein Baum. »Ist Monika schon bei Lone?«

»Natürlich«, sagte er.

»Und wie geht es ihr?«

»Den Umständen entsprechend, würde ich sagen. Angespannt, besorgt, aber ganz tapfer. Willst du auch wissen, wie es mir geht?«

»Ich meine Lone, Papa. Wie geht es Lone? Hat Monika sich schon bei dir gemeldet?«

Sie wechselte das Standbein. Ein Baum konnte im Wind wanken, aber er war fest verwurzelt. Sie spürte die Kraft, die in ihrem Bein steckte.

»Ach, Iuli-Kind, da hat sich nichts verändert. Für mich ist das schwer auszuhalten, dass man da offenbar nicht einfach etwas austauschen kann und dann läuft die Sache wieder. Aber es sieht so aus, als müssten wir alle jetzt erst mal viel Geduld haben.«

Sie schloss die Augen, so war es viel schwerer, das Gleichgewicht zu halten. Sie wankte, aber sie stand. Bis sie Florian von der Zwischentür her hörte: »Du wirst gebraucht, Iulia. Der Auszugsdrucker hat Papierstau.«

Zu Hause entledigte sie sich, so schnell es ging, der verschwitzten Bankkleidung und schlüpfte in kurze Hose und T-Shirt. Dann stellte sie sich ein Video an, es hatte den Titel *After-Work-Yoga* und versprach, besonders die Schultermuskulatur zu berücksichtigen. Die texanische Lehrerin erklärte viel und legte den Kopf mal nach rechts, mal nach links, und schließlich stellte Iulia das Video wieder aus.

Sie holte ihre Tasche, nahm die CD-Hülle heraus und betrachtete sie eine Weile. Klappte sie auf. Darin lag die Liste mit den Namen und Adressen der vier Frauen, die sie von Lones Schreibtisch mitgenommen hatte. An letzter Stelle stand *Kristin Messerschmidt*. Sie musste Marens schreckhafte Cousine sein, der man die Nachricht von Lones Unfall nur persönlich überbringen durfte, am besten gleich mit einem Döschen Riechsalz im Gepäck. Wie würde es bei ihr sein? Würden dort ebenfalls rotzverschmierte Kleinkinder herumlaufen und gut riechen und Lebendigkeit versprühen? Iulia sehnte sich so nach Lebendigkeit.

Auf dem Weg nach draußen klopfte sie an Niels' Bürotür.

»Darf ich stören, Herr Paster?«, fragte sie und steckte nur den Kopf durch den Türspalt. Sie wusste, das sah von drinnen sehr lustig aus. Und tatsächlich machten viele der Schäfchen es genauso – Kopf reinstecken, Füße auf dem Flur.

Niels, der hinter seinem Schreibtisch saß, die Lesebrille auf der Nase, stand auf. Das tat er sonst nie.

»Was ist los? Gibt es schlechte Nachrichten?«

»Das ist nichts, was man hier so zwischen Tür und

Angel besprechen kann, Herr Paster. Sie haben doch – wie heißt das noch – eine Verschwiegenheitsklausel?«

Er seufzte und setzte sich. Er legte die Lesebrille ab. »Dann kommen Sie mal rein, junge Dame. Erzählen Sie nur. Keine Angst. Einem Seelsorger ist kein menschlicher Abgrund fremd.«

Iulia schloss die Tür. In verschwörerischem Tonfall sagte sie: »Also, als ich neulich Kartoffeln gestampft habe, für Kartoffelbrei, Sie wissen schon, da hatte ich so ... besondere Gefühle. Untenrum. Und jetzt wollte ich mal hören, was die Bibel dazu sagt. Ob das okay ist. Oder ob ich in Zukunft lieber dieses Pulver aus dem Supermarkt kaufen sollte, weil man das nicht stampfen muss.«

Niels streckte eine Hand aus, um ihr zu signalisieren, dass sie zu ihm kommen sollte. »Du siehst blass aus.«

Sie blieb stehen. »Ich sehe immer blass aus, Herr Paster. Was ist denn nun mit dem Pulver?«

Er holte den Arm wieder ein und murmelte kopfschüttelnd: »Du hast doch wirklich einen Sprung in der Schüssel.« Aber er konnte ein Grinsen nicht unterdrücken. »Also lassen Sie mich nachdenken ... Römer 18, Vers 32: *Das Weib sei fröhlich und stampfe Kartoffeln, denn es gefällt Gott, wenn das Weib die Hausarbeit liebt.* Reicht Ihnen das?«

»Sie haben mir so geholfen, Herr Paster, vielen Dank. Wo mein Mann doch so gerne Kartoffelbrei isst.«

»Das verstehe ich gut«, sagte er. »Kartoffelbrei ist etwas Feines. Besonders, wenn er mit Liebe gestampft wurde.« Dann setzte er die Brille wieder auf. »Du bist wirklich verrückt, das weißt du, oder? Und jetzt sag mir, wie es Lone geht.«

»Unverändert. Noch nicht übern Berg. Was machst du gerade?« Iulia spähte auf den Schreibtisch. »Die Radiopredigt?«

»Korrekturlesen. Gemeindebrief. Daten abgleichen.«

»Kann das nicht Frau Schilling machen?«

»Das kann sie, ja. Aber ich lese es hinterher zur Sicherheit immer noch mal, da kann ich's auch gleich selber machen. Frau Schilling übersieht neuerdings ständig etwas, und dann stehen hier die Geflüchteten am falschen Tag mit irgendeinem afghanischen Reisgericht vor der Tür, oder ich bekomme wütende Anrufe von der frigiden Chorleiterin.«

Die neue Chorleiterin reagierte aus irgendeinem Grund anders auf Niels als die meisten Frauen. Sie war kratzbürstig zu ihm, geradezu aggressiv. Sie hatte einen unaussprechlichen polnischen Nachnamen, der mit den Buchstaben *Grz* begann, und er vermied es, ihn öfter als nötig zu gebrauchen. Sie war *die frigide Chorleiterin*, und damit hatte es sich. Es irritierte ihn sichtlich, dass sie ihn so offensiv ablehnte. Noch dazu war sie jung, gerade mit dem Studium fertig, und es war klar, dass sie die Kantorenstelle nur als notwendige Zwischenstufe im Streben nach Höherem ansah.

»2. Korinther 13, Vers 1: *Wer nicht delegieren kann, soll sich nicht über zu viel Arbeit beklagen.*«

»Die Bibel hat einfach immer recht«, sagte Niels. »Und du? Fährst zu Lone?«

Iulia zögerte. Sie erinnerte sich an den gemeinen Moment, wenn bei ihren Einsätzen als lebendes Stativ der Aufstieg begonnen hatte und der Berg vor ihr aufgeragt war, von allen perspektivischen Illusionen befreit, die aus der Ferne das ganze Unternehmen hatten gnädig herunterspielen können. An die Müdigkeit, die so viel Ähnlichkeit mit Angst gehabt hatte. Und bereits viel zu viele Schritte vor ihr war ihr Vater gelaufen, und man hatte seinem Gang und dem Schlenkern seiner Arme angesehen, wie sehr er gerade diesen Moment genoss.

»Ja«, sagte sie, aber ihre Stimme war zu leise, sie merkte es selbst. »Ja«, sagte sie noch einmal, diesmal lauter. Lone würde vermutlich gar nicht wollen, dass sie an ihrem Bett herumsaß und niemand sich um ihre Frauen kümmerte, die allesamt schwanger und hochemotional waren und Riechsalz brauchten, weil die Hormone sie in unberechenbare Säugetiere verwandelten.

Kurz wurde ihr schwindlig. Sie fasste nach einem Regal, auf dem eine Sammlung von Devotionalien stand, die Niels geschenkt bekommen oder von Reisen mitgebracht hatte – bronzene Buddhas, Weihrauchschwenker, eine Schneekugel mit dem Petersdom, ein handgeschnitzter afrikanischer Schutzgeist, ein Stück der Berliner Mauer, eine Nachbildung der Pietà von Michelangelo aus Ton oder Gips und noch einiges mehr, in unterschiedlichen Graden der Verstaubung. Alles schien von innen zu leuchten, die Farben, besonders das Weiß, stachen ihr ins Auge. Offenbar kam und ging der Schock in Wellen. Sie hörte ihre eigene Stimme.

»Aaron kommt gegen fünf nach Hause. Bist du dann hier?«

Witze und Organisatorisches gingen trotz allem noch.

»Ich werde hier sein, wenn mich nicht irgendein Notfall ereilt. Und ich werde mich mit dem Glauben auseinandersetzen und meine Gedanken aufschreiben, und am Ende alles auf Fünfminuten-Häppchen zusammenkürzen, damit sie morgens um halb sieben von einer Handvoll übermüdeter Mütter im Radio gehört werden können, während sie ihren schulpflichtigen Kindern die Pausenbrote schmieren.«

Während er sprach, schien er weiterzulesen. Niels hatte das Gehirn eines Simultanübersetzers, aber wenn er wollte, konnte er so fokussiert sein, sich so sehr auf eine Person oder eine Aufgabe konzentrieren, dass es einschüchternd war. Er war so unglaublich gut ausgestattet, ihr Mann. Sie hatte ja solches Glück.

Er schaute hoch. »Möchtest du vielleicht den Besuch bei deiner Schwester noch etwas hinauszögern und dir stattdessen anhören, was ich heute Morgen geschrieben habe?«

Iulia lächelte und nickte. Ihr Vater hatte von allen römischen Kaisern Caesar am liebsten, aber die besten Geschichten pflegte er über Nero zu erzählen. Der hatte gesungen und Monologe rezitiert für ein Publikum aus bezahlten Applaudierern. Im Grunde wurde auch sie gut bezahlt, mit Gemüseaufläufen und ausgesuchtem Kaffee.

Während Niels seine Skizzen aus dem Durcheinander seines Schreibtischs hervorsuchte und ihr vorlas, immer wieder unterbrochen von störendem Räuspern, das seine Anspannung zeigte, dachte Iulia, dass Lone niemandes Applaudiererin gewesen war. Sie hatte keinen Chef und keinen Mann, und egal, wie viel sie den Frauen zugehört hatte, sie hatte es nicht als Publikum getan. Was für eine Freiheit musste das sein. Ob Lone es auch so gesehen hatte?

8 | Lone

2. Versuch

Sie konnte bereits die Vögel zwitschern hören. Es war nicht unwahrscheinlich, dass sie kurz geschlafen hatte, aber es fühlte sich nicht so an. Gestern Abend hatte Lone keine Ruhe finden können. Um diese Jahreszeit war es noch spät so hell, dass das Licht sogar an den Seiten des Rollos vorbei ins Zimmer drang und jeden Gegenstand sichtbar machte. Sie konnte immer schlafen, unter den widrigsten Bedingungen. Sie besaß eine Augenmaske, aber die war unters Bett gerutscht oder lag ganz hinten in der Nachttischschublade, weil sie sie normalerweise nicht brauchte. Ihre Glieder waren so schwer gewesen, die ganze Nacht lang, dass sie immerzu glaubte, jetzt werde es gleich so weit sein. Nur noch eine Minute. Man konnte nicht Hebamme sein, wenn man nicht richtig schlief. Es gehörte sozusagen zu den Berufsvoraussetzungen, dass man überall und jederzeit schnell einschlafen und wieder aufwachen konnte. Hebammen und Außenminister würden andernfalls keine zwei Jahre durchhalten.

Dass sie keine Ruhe fand, lag nicht am Licht, es lag an Till. Es lag an der Geburtsanzeige, die sie im Briefkasten gefunden hatte, als sie nach der Entbindung von Marens viertem Kind nach Hause gekommen war. Es lag an dem Foto, auf dem sie alle drei zu sehen waren: Till, die nagelneue Tochter und die Frau, frisch entbunden und immer noch ein bisschen verquollen von der Schwangerschaft, so eine vergnügte, spitzbübisch schauende Frau mit Pferdeschwanz. Es lag an der Stille im Haus, in die sie – erschöpft und zugleich euphorisch – zurückgekommen war. Zum ersten Mal hatte diese Stille sie wirklich gestört.

Till und Lone hatten sich vor fünf Jahren getrennt. Ihre Beziehung war ernst gewesen, so ernst, wie es für sie beide hatte werden können. Till war Chirurg, sie hatten sich im Krankenhaus kennengelernt und sehr viel Spaß miteinander gehabt. Und jetzt hatte er geheiratet und ein Kind bekommen, und natürlich hatte er ihr eine Geburtsanzeige geschickt, schließlich waren sie im Guten auseinandergegangen. Eine Hebamme und ein Chirurg – wahrscheinlich war das von Anfang an eine idiotische Kombination gewesen.

Sie war Hebamme. Sie konnte schlafen, nachdem sie einem Kind mit schweren Beeinträchtigungen auf die Welt geholfen hatte, das den nächsten Tag nicht überleben würde. Sie konnte schlafen, nachdem ihr eine Frau fast gestorben war, weil die Plazenta sich nicht von selbst hatte lösen wollen und der Krankenwagen viel zu lange gebraucht hatte. Sie konnte nach jedem überflüssigen nächtlichen Anruf schlafen, in dem sie ein werdender Vater aufgebracht darüber informierte, dass seine Frau eine Wehe gehabt hatte. Sie konnte nach Untersuchungsergebnissen, die nichts Gutes verhießen, schlafen, und sie konnte vor Terminen schlafen, an denen sie fröhlichen Eltern schreckliche Nachrichten überbringen musste. Ausgerechnet eine Geburtsanzeige aber – schon aus beruflicher Sicht ein Grund zu tiefer Dankbarkeit – raubte ihr jetzt die Ruhe.

Ein ganzer Vogelchor schien direkt vor ihrem Fenster zu proben, und schließlich gab sie es auf. Im Nachthemd lief sie durch die Räume. Tills Blick schien sie dabei zu verfolgen. Das Foto lag auf der Anrichte im Flur, wo sie Autoschlüssel, Sonnenbrille und allerlei Zeugs aufbewahrte, das sich ansammelte. Münzen, Steinchen, Gummibänder. Sie machte sich einen Kaffee, legte eine CD ein, wusch sich im Bad das Gesicht. Zog sich schließlich an und tigerte weiter durch das Haus. Die Musik der dänischen Sängerin, deren Album sie sich neulich gekauft hatte, machte sie nicht ruhiger, im Gegenteil. Sie klang wie die aus dem Jazzklub, irgendwo in San Francisco. Till und sie hatten sich bis dorthin durchfragen müssen, und waren auf dem Rückweg zum Hotel einfach so lange durch die Straßen gelaufen, bis sie etwas wiedererkannt hatten. Es war nicht schlimm, sich in San Francisco zu verirren. Irgendwann kam man auf eine Straße, die abschüssig war und in Richtung Wasser führte.

Sie stellte die Anlage aus, nahm kurz entschlossen den Autoschlüssel vom Tischchen und sagte zum Foto: »Ich hau jetzt ab. Ich fahr in die Stadt und gönn mir ein Frühstück, üppig und ungesund und amerikanisch. Und du, mein Lieber, bleibst hier liegen.«

Um diese Zeit waren die Landstraßen so leer, dass sie Gas geben konnte. Sie wollte Geschwindigkeit spüren, sie wollte spüren, dass sie allein war und frei, dass sie tun und lassen konnte, was sie wollte. Sie brauchte keinen Menschen neben sich, um sich gut zu fühlen. Sie brauchte keinen Mann, der für sie das Steuer übernahm. Und wie froh war sie, dass sie sich jetzt nicht um ein winziges Baby kümmern musste, das aus unerfindlichen Gründen nachts greinte, ihre Brust anbrüllte und sie dazu verdammte, immer wachsam zu sein. Wie froh, dass sie eine Beckenbodenmuskulatur hatte, mit der sie hätte Nüsse knacken können. Wie froh, dass sie Till nicht dabei zusehen musste, wie er gelblichen Muttermilchstuhl von einem Babypopo schrubbte und pfeifend Strumpfhöschen auf kleine dicke Speckbeine fädelte.

Er hatte keine Kinder gewollt: Er sei kein Vater-Typ. Er liebte seine Arbeit, und sie liebte ihre, keiner von ihnen hatte etwas aufgeben wollen, und diese Jobs machte man nun einmal nicht halb. Wäre sie einfach schwanger geworden, sie hätten es irgendwie geschafft, da war sie sich sicher, und manchmal hatte sie es sich gewünscht. Aber sie war Hebamme – sie wurde nicht ungeplant schwanger.

Sie hatten sich ihre Pausen und Auszeiten genommen, das schon. Ihre längste Reise hatte in San Francisco begonnen. Zweitausendirgendwas hatten sie sich beide ihren Jahresurlaub aufgespart und waren nach Kalifornien geflogen. Fast vier Wochen lang waren sie herumgefahren, mit einem Mietwagen, der am Ende so staubig gewesen war, dass man seine Farbe kaum noch hatte erkennen können. Sie hatten mit den Fingern ihre Namen auf die Motorhaube geschrieben. Lone ärgerte sich, dass ihr der Jazzklub eingefallen war. Sie hatte nicht an San Francisco denken wollen. Die ganze Fahrt über hatte Till am Steuer gesessen, immer nur er. Das sagte doch schon alles.

Nur ein einziges Mal war sie gefahren, und es war herrlich gewesen. Durch die Wüste, am frühen Morgen, während die Sonne aufging, so wie jetzt. Und die Straße war so gerade gewesen, so gerade.

Da hatten sie Kalifornien bereits hinter sich gelassen, waren in Nevada. Sie hatten eine Tour gemacht, erst San Francisco mit Jazzklub und Museum, mit Theater und Cable-Car-Fahrt. Mit dem Mietwagen waren sie zum Yosemite-Park gefahren, Hunderte Höhenmeter in wenigen Stunden, und sie hatten keine Pausen eingelegt, wie es der Reiseführer wegen der Höhenkrankheit empfohlen hatte. Sie hatten es drauf ankommen lassen, denn Till hatte gesagt, wenn zwei Menschen unverwüstlich seien, dann ja wohl sie, der Chirurg und die Hebamme. Behielten sie etwa nicht in jeder Situation die Nerven? Sie seien die Besten, und was in Reiseführern stände, gelte nur für alle anderen. Tatsächlich bekamen sie keinen Höhenkoller, alle beide nicht. Sie wanderten durch die Berge und übernachteten in einer primitiven Hütte an einem Fluss, und als Till nachts auf die Toilette musste, weil sie abends so viel Bier getrunken hatten, wagte er sich nicht hinaus aus Angst, einem Bären zu begegnen. Lone war aufgewacht, und, halb lachend, halb grummelnd, hatte sie ihm geholfen, eine leere Flasche zu finden, in die er hatte pinkeln können.

Und weiter waren sie gefahren, wieder all die Höhenmeter hinab zum Mono Lake, einer Mondlandschaft mitten im Grünen, die Lone so traurig gemacht hatte, dass sie nicht lange dort geblieben waren. Einmal hatten sie ihr kleines Zelt unter Bäumen aufgebaut, weit weg von Campingplätzen und Siedlungen, sie hatten das Oberzelt weggelassen, es war warm und trocken, und durch den Netzstoff des Innenzelts hatte man zwischen den Zweigen die Milchstraße sehen können. Sie hatten miteinander geschlafen, und währenddessen war ein kleines Tier gekommen, eine Art Hörnchen, und hatte sich an der Zeltwand aufgerichtet, die winzigen Pfoten gegen den Stoff gedrückt und ihnen zugesehen. Lone war vor Lachen beinahe von Till heruntergefallen.

Und sie waren durchs Death Valley gefahren. Till hatte die Klimaanlage abgestellt und die Fenster geöffnet, weil er die Hitze hatte erleben wollen. Es hatte sich angefühlt, als säßen sie in einem Trockenofen für Dörrobst, und Lones Haut hatte am Abend im Motel derart gespannt, dass sie sich komplett mit Kokosöl einreiben musste. Von dort aus fuhren sie nach Las Vegas, wo die Hotelzimmer so billig und dabei so groß waren, dass es wieder zum Lachen war. Till legte fünfzig Dollar auf den Nachttisch und sagte, die wolle er aufs Spiel setzen. Nicht mehr und nicht weniger. Also gingen sie in ein Casino und versuchten sich an den Einarmigen Banditen. Später wollte Till zum Roulette, aber Lone fand das uninteressant und ging allein zu Bett. Am nächsten Morgen stand Till vor ihr, in aller Herrgottsfrühe, und es stellte sich heraus, dass er überhaupt nicht geschlafen hatte. Er hatte gespielt, die ganze Nacht, mal hatte er mehr Geld gehabt, mal weniger, und am Ende zweiundzwanzig Dollar Gewinn gemacht.

»Komm, ich lade dich zum Frühstück ein«, hatte er zu ihr gesagt. »Mit Pancakes und Hash Browns, Eggs und Bacon on the side – was immer du willst. Aber nicht hier. Wir müssen schleunigst aus dieser Stadt verschwinden, sonst verspiele ich das Geld noch auf dem Weg zum nächsten Café.«

Sie hatten gepackt und bei einer erstaunlich munteren Concierge ausgecheckt, und als die Sonne am Horizont erschien, lag die Stadt bereits hinter ihnen. Dieses eine Mal hatte Till auf dem Beifahrersitz gesessen, weil er zu müde gewesen war. Und sie war in den Sonnenaufgang hineingefahren, durch die Wüste, immer geradeaus, auf der Suche nach dem nächsten Restaurant, das um diese Zeit Frühstück servierte.

Sie hatten auch den Grand Canyon gesehen, die Mojave-Wüste, San Diego und hatten für einen Tag die Grenze nach Mexiko überquert. Sie waren die Küstenstraße nach Los Angeles entlanggefahren, hatten in Big Sur übernachtet und in Ventura zwei volle Tage am Strand gelegen und den Surfern zugeschaut. Am Ende, zurück in San Francisco, hatte Till für sie beide bei einer Hippiefrau Kupferarmbänder gekauft, die eine positive Wirkung auf die Gesundheit haben sollten, wegen irgendwelcher Ionen oder Magnetfelder. Sie hatten so gelacht, aber als sie die Armreifen umgelegt hatten, war etwas zwischen ihnen gewesen, das Lone anrührte. Näher an ein sichtbares Zeichen ihrer Liebesverbindung waren sie nie gekommen.

Hätte sie Till geheiratet, wenn er sie gefragt hätte? Vermutlich nicht. Wozu wäre das gut gewesen? Aber abgesehen davon, dass sie in der Ehe keinen Sinn für sich erkennen konnte, hatte Lone vor allem Angst davor gehabt, geheiratet zu werden. Eingefangen von jemandem, der fand, sie müsse eingefangen werden. Denn sie hatte die

Erfahrung gemacht, dass man sie für eine Jagdtrophäe hielt. Wer sie erbeutete, stieg auf im Ansehen der anderen. Wie konnte man von Liebe sprechen, wenn eine Beziehung zu ihr bereits eine Prestigeverbesserung darstellte? Dabei hatte sie Liebesbeteuerungen aller Art bekommen, so viele, dass sie den Überblick verloren hatte.

Ihr Aussehen war am Ende auch einer der Gründe gewesen, weshalb Till keine Familie mit ihr hatte haben wollen, dessen war sie sicher. All das Gerede davon, kein Vater-Typ zu sein, war nur dummes Geschwätz gewesen. Sie war für ihn ganz einfach nicht als Mutter seiner Kinder infrage gekommen. Sie war eine schöne Verzierung seines Lebens gewesen, eine Errungenschaft, auf die er hatte stolz sein können wie auf sein schnelles, teures Auto. Verzierungen sollten nicht schwanger sein.

Sie ließ die Fensterscheiben herunter und schob eine CD in die Anlage. Ed Koch sagte: »Ladies and Gentlemen: Simon and Garfunkel«, und der Applaus und der Jubel der Menschenmenge brandeten auf. Übergangslos setzte die Gitarre ein. Lone summte mit und verpasste auch den etwas überraschenden Gesangseinsatz nicht.

Sie hatte die Musik lange nicht mehr gehört, erst gestern hatte sie die CD im Regal gefunden, aus der Hülle mit dem Riss genommen und sie der kleinen Auto-Musik-Sammlung in ihrer Hebammentasche hinzugefügt. Ein bisschen war sie darauf vorbereitet, enttäuscht zu sein, aber obwohl die Stimmen der beiden Sänger ihr tatsächlich ungewohnt zart erschienen, selbst bei dem schnelleren Anfangssong, stellte sich sofort ein vertrautes Gefühl ein. Vielleicht würde sie später Iulia anrufen.

Sie trommelte den Takt auf dem Steuerrad. Die Straße war schnurgerade und führte durch endlose Maisfelder, mannshoch ragten rechts und links die Pflanzen auf. Die Sonne stand niedrig hinter den grünen Wänden, und Lone gab Gas. Als sie die Augen schloss, sah sie die Wüste vor sich, die gerade, gerade Straße, spürte den Wind, der durch die offenen Fenster hereinwehte und ihre Haare durcheinanderwirbelte, die Kraft, die sie durchfloss, weil sie gelernt hatte, sich nur auf sich selbst zu verlassen. Sie war stark, nicht obwohl, sondern weil sie allein war. Sie war niemandes Jagdtrophäe.

Als sie die Augen öffnete, sah sie den Traktor, der wie aus dem Nichts aufgetaucht war. Ihr Fuß stieg auf die Bremse, aber es war zu spät. Der Wagen fuhr über hundert Stundenkilometer.

9 | April Come She Will

Der Hof lag außerhalb des Dorfes an einer Straße, die in einen von Knicks gesäumten Feldweg mündete. Iulia bog mit dem Auto in die Einfahrt und hielt unter einer Kastanie. Der kiesbestreute Platz wurde an drei Seiten von Gebäuden umstanden. An der Kopfseite ein prächtiges altes Bauernhaus, strahlend weiß gestrichen und mit kunstvoll bemalter Tür. Das Gebäude auf der rechten Seite mochte Schuppen und Hallen beherbergen, es hatte mehrere verschlossene Tore, das linke Gebäude sah aus wie ein Stall.

Es war nicht möglich, unbemerkt zu bleiben. Der Kies knirschte unter den Reifen, als das Auto zum Stehen kam, der Hof war gut zu überblicken, und zu allem Überfluss kam auch noch ein bellender Hund um die Ecke, um Iulia direkt an der Wagentür abzuholen. Er hörte überhaupt nicht auf zu bellen, wirkte allerdings nicht feindselig, mehr wie eine Art Türsteher, der lautstark die Ankunft eines Besuchers vermeldete. Tatsächlich öffnete sich jetzt die Haustür, und eine zierliche Frau mit deutlicher Sommerbräune und einem auffälligen Kugelbauch erschien. Iulia ging quer über den Hof auf sie zu, der Hund begleitete sie schwanzwedelnd und bellend. Ihre Schritte knirschten. Er wurde erst still, als sie die Schwelle erreichte. Von dort an übernahm die Frau den Besuch, und der Hund fühlte sich nicht mehr zuständig.

»Kristin Messerschmidt?«, fragte Iulia und kam sich dämlich vor.

»Das bin ich. Worum geht es?«

Iulia atmete ein und aus. Sie wünschte, sie hätte vorher im Auto die wechselseitige Nasenatmung praktiziert, dann wäre sie jetzt sowohl gelassener als auch aufgeweckter gewesen.

»Ich bin die Schwester von Lone Fabricius. Darf ich kurz reinkommen?«

Von Niels hatte sie gelernt, dass man schlechte Nachrichten niemals zwischen Tür und Angel überbrachte. Man nötigte die Menschen in die Nähe einer Sitzgelegenheit, zwang sie am besten dazu, sich zu setzen, verbreitete möglichst viel düstere Vorahnung mithilfe von Andeutungen und trieb damit den Adrenalinspiegel des Gesprächspartners bereits kräftig in die Höhe. Niels behauptete, das helfe gegen Schock.

»Natürlich«, sagte Kristin mit der erhofften Irritation in der Stimme. »Komm rein. Möchtest du was trinken? Hat Lone dich geschickt? Ist irgendwas nicht in Ordnung?«

Dabei ging sie voran ins Haus, und Iulia folgte ihr. Drinnen war es sehr still und kühl. Es roch ganz leicht nach feuchtem Putz. Der Hund war draußen geblieben und bewachte weiterhin den Hof. Sie gingen durch einen Eingangsbereich mit Terrazzoboden, in dessen Mitte ein antiker Tisch stand. Darauf eine Blumenvase, an der Wand ein Spiegel und ein verzierter Bauernschrank, in dem sicherlich Tweedmäntel und Barbourjacken hingen.

Die Küche war blitzsauber, hell und modern mit riesigem Esstisch und viel Arbeitsfläche. Gerne hätte Iulia einen Blick in die Besteckschublade geworfen. Ganz sicher war sie makellos sortiert und sauber. Sie selbst kämpfte zu Hause einen aussichtslosen Kampf gegen die Krümel. Glücklicherweise kamen die Schäfchen niemals bis in ihre Küche. Sie konnte sich genau vorstellen, was Niels sich andernfalls würde anhören müssen: Herr Richter, Ihre Frau arbeitet doch ohnehin nur Teilzeit, nicht wahr?

Kristin Messerschmidt lehnte sich gegen die Arbeitsfläche und fragte: »Worum geht es?«

Iulia zog sich einen Stuhl heran. »Lone hatte einen Unfall«, sagte sie. »Sie ist auf der Intensivstation und …« Sie verstummte. Sie wollte das alles nicht aussprechen.

Kristins Gesicht wurde aschfahl. Sie griff hinter sich, ihre Hände umklammerten den Rand der Arbeitsfläche. »Wird das wieder?«, fragte sie.

Iulia gefiel die norddeutsche Art vor allem dann besonders gut, wenn es um ernste Themen ging. Norddeutsche wussten, wie man unangenehme Wörter vermied.

»Das hoffen wir. So oder so werden Sie sich leider eine neue Hebamme suchen müssen.«

»Aber es gibt keine«, sagte Kristin. »Es gibt doch keine.«

Sie nahm eine Hand von der Arbeitsfläche und presste sich die Fingerkuppen gegen die Stirn, Iulia konnte Schweißtropfen auf ihrer Oberlippe erkennen.

»Ich muss mal kurz raus«, sagte Kristin und verschwand in den Flur. Iulia wartete und ärgerte sich. Niels hätte das natürlich alles viel besser gemacht.

Sie konnte hören, wie Kristin im Flur randalierte. Mehrmals ertönte dumpfes Dröhnen, als boxte sie dort mit der Faust gegen eine Wand. Iulia stand auf und holte zwei Gläser aus einem der Küchenschränke, im Kühlschrank fand sie Mineralwasser. Sie öffnete gerade die Flasche, als Kristin zurückkam. Sie schenkte ein und hielt ihr ein Glas hin.

»Danke.« Kristin trank einen großen Schluck. Dann lächelte sie verlegen und sagte: »Ich bin gerade allgemein etwas durch den Wind. Eine von meinen Starken wird dieser Tage völlig außerplanmäßig zum ersten Mal kalben, normalerweise sind die alle im Frühjahr durch. Aber der eine Bulle hat ein Testosteronproblem. Der geht durch jeden Zaun, wirklich durch jeden. Ich hab sie jetzt erst mal in den Stall geholt, damit ich ruhiger schlafen kann. Aber mit dem Bauch kann ich das alles nicht mehr schaffen, das macht mich fertig. Und dann die Nachricht, dass ich ohne Hebamme auskommen soll. Dass es Lone schlecht geht. Es ist so lieb von dir, dass du extra vorbeikommst. Dabei geht es dir bestimmt selber nicht gut. Deine Schwester liegt im Krankenhaus. Du solltest bei ihr sein und nicht mit hysterischen Landfrauen Sprudelwasser trinken.«

Iulia schwieg eine Weile. Sie wollte nicht von sich sprechen. Dann fiel ihr etwas ein: »Vielleicht kann ich dabei helfen, eine andere Hebamme zu finden. Es muss doch eine geben, die noch einen Platz hat.«

»Keine für Hausgeburten«, sagte Kristin und setzte sich. Sie legte beide Hände auf ihren Bauch. Sie seufzte. »Irgendwie muss es eben ohne gehen. Meine Kühe schaffen das schließlich auch.«

»Man kann doch nicht komplett ohne Hilfe ein Baby bekommen.«

»Warum nicht?«, fragte Kristin angriffslustig.

Iulia beschloss, das Thema zu wechseln.

»Schön hier«, sagte sie. »Und so sauber.«

»Das ist der Nestbautrieb. Gepaart mit einem schrecklichen Perfektionismus, der alle, mich eingeschlossen, in den Wahnsinn treibt. Aber entschuldige bitte. Ich habe dich eben einfach geduzt. Weil du doch die Schwester von Lone bist. Stört dich das?«

»In Lones Umgebung wird immer geduzt, hab ich recht?«, sagte Iulia. Maren hatte das auch getan. Sie hatte das für eine Marotte gehalten. Manche Menschen waren so, die entblößten ihre Brüste und duzten jeden. In Iulias Welt wurde gesiezt. Sie wusste, dass das altmodisch war. Aber Pastorenhaushalte waren Orte der Traditionsbewahrung, und Bankhäuser waren das letztlich auch.

Eine Uhr tickte. Es war wirklich sehr still im Haus.

»Ist hier denn sonst niemand?«, fragte Iulia.

»Ein Hund und zwei Katzen. Aber die Katzen gehen mir

aus dem Weg, seit ich schwanger bin und sie nicht mehr füttere. Die lassen mich im Stich, weil sie finden, dass ich sie im Stich lasse.«

»Warum fütterst du sie nicht mehr?«

»Ich habe keine Immunität gegen Toxoplasmose«, sagte Kristin schlicht.

»Aber ein anderer füttert sie, richtig?« Iulia musste herausfinden, ob jemand da war, falls Kristin tatsächlich einen Schock hatte. Seit sie aus dem Flur zurückgekehrt war, wirkte sie gefasst, aber das konnte täuschen. Niemand wusste das besser als Iulia.

»Na klar. Mein Mann. Meine Mutter.«

»Sind die in der Nähe?«

»Mein Mann ganz sicher nicht, der hat einen Außendienst-Job. Meine Mutter ist einkaufen. Ich bin zur Zeit süchtig nach Buttermilch.« Kristin lachte. Sie hatte ein kindliches Lachen, als wäre sie naiv und unschuldig und als läge ihr jede Hinterhältigkeit fern. Unverfälscht war das Wort, das Iulia einfiel. Wenn sie selbst lachte, spürte sie gleichzeitig mit der Freude über den Witz eine grundlegende Traurigkeit darüber, dass der kurze Moment, in dem die Welt so hell war, gleich wieder vorbei sein würde.

»Wohnt ihr zusammen?«

»Ja, klar. Glaubst du, ich lebe allein in diesem Riesenhaus? Hier unten sind mein Mann und ich, meine Eltern wohnen oben. Genau wie früher meine Großeltern.«

»Du bist hier aufgewachsen?«

»So einen Hof kauft man nicht. In den wächst man rein.«

»Und du bist Bäuerin?«

Kristin lachte wieder, so heiter diesmal, dass Iulia mitlachen musste.

»Ich glaube, das ist wirklich nicht die richtige Bezeichnung.«

»Landwirtin dann eben.«

»Nee, nee. *Landwirt* war zuletzt mein Vater. Alles Land, das nicht als Weide taugt, haben wir verpachtet. Ich habe nur noch ein paar Rinder. Mehr so als eine Art Hobby.«

»Rinder als Hobby?«, fragte Iulia. »So wie andere Leute Pferde haben oder Hunde?«

»Nein, das ist schon auch eine Einnahmequelle für uns.«

»Also werden die Rinder verkauft?«

»Verkauft werden die schon«, sagte Kristin und grinste. »Aber nicht im ganzen Stück.«

»Das ist in der Tat ein eher skurriles Hobby.« Iulia machte eine kleine Pause. »Erzählst du mir, warum du nicht ins Krankenhaus willst?«

»Möchtest du es denn hören?«

Auf diese Frage war Iulia nicht vorbereitet. Und sie war sich weiß Gott nicht sicher. Eigentlich hatte ihr das, was Maren erzählt hatte, schon gereicht. Aber es hatte etwas mit ihrer Schwester zu tun, und der Drang, etwas über Lone zu erfahren, fühlte sich an wie Durst, den man viel zu lange ignoriert hatte. »Es ist wegen der Babys, die gestorben sind, nicht wahr? Ich habe es gegoogelt und nichts dazu gefunden. Aber ich habe deinen Namen auf einem Brief gelesen, den Lone angefangen hat. Erst habe ich das alles gar nicht zusammengebracht …«

Draußen fing der Hund an zu bellen. Er schlug regelrecht Alarm. Kristin stand auf und schaute aus dem Fenster in den Hof.

»Ich muss zum Stall«, sagte sie. »Tut mir leid. Ich erzähle es dir ein andermal.«

Der Hund stand nun offenbar direkt vor der Haustür. Er bellte laut und ausdauernd.

Iulia folgte Kristin in einen Nebenraum, eine Art Waschküche, in der Schuhe und Jacken hingen. Kristin stieg in ein Paar grüner Gummistiefel und band sich ein Tuch um den Kopf. »Im Stall stinkt es«, sagte sie zur Erklärung. »Und meine Haare sonst hinterher auch.«

Sie gab Iulia rasch die Hand. »Es war nett von dir, extra herzukommen.«

Sie wandte sich ab und eilte über den Hof. Der Hund war still, sobald Kristin im Stall verschwunden war, jetzt konnte man deutlich die Kuh hören, ein tiefes lang gezogenes Muhen, wie der Ton eines Nebelhorns. Unentschlossen blieb Iulia auf dem Hof stehen.

Plötzlich rief jemand ihren Namen. Kristin stand in der Tür. »Komm mal, bitte, ganz schnell. Ich brauche deine Hilfe!«

Im Stall stand einsam eine Kuh, die übrigen Boxen waren leer. Sie war schwarz, hatte gelocktes Fell und war viel kleiner, als Iulia sie sich aufgrund des Nebelhorn-Tons vorgestellt hatte. Der Hund war mitgekommen und beäugte aufmerksam die Box. Die Kuh hatte mit dem Brüllen aufgehört und den Hintern zur Wand gedreht. Kristin ging auf das Tier zu und drückte an ihm herum, bis es eine halbe Drehung machte. Und dann sah auch Iulia, was los war: Aus der Kuh ragten zwei Beine heraus. Es sah absurd aus, irgendwie komisch, wie ein Scherz, aber zugleich auch furchterregend und verstörend.

»Das Kalb liegt verkehrt herum«, sagte Kristin. »Das schafft sie nicht allein, und ich krieg das nicht hin mit meinem dicken Bauch. Ich darf nichts Schweres heben oder ziehen. Iulia, du musst bei ihr bleiben und sie beruhigen. Ich geh kurz telefonieren, meine Mutter müsste jeden Moment zurück sein. Sie heißt Sandra. Die Kuh, nicht meine Mutter.«

Während Kristin hastig den Stall verließ, stieg Iulia über die Absperrung, stellte sich ganz dicht neben die Kuh und sprach sie leise an: »Ganz ruhig, Sandra. Wir zwei machen das schon. Ich bin die Schwester von Lone.«

Sandra wirkte wie weggetreten, von Panik gelähmt. Es war ihr erstes Kalb, und sie begriff wohl, dass dies nicht der richtige Vorgang war. Wäre Sandra ein Mensch, würden sie jetzt irgendwo einen Operationssaal vorbereiten. Angeblich konnte das innerhalb von zehn Minuten erfolgen. Dann eine Vollnarkose und fertig. Wenn man wieder zu sich kam, war das Kind entweder am Leben oder nicht. Vorausgesetzt, man kam zu sich. Für den Bruchteil einer Sekunde sah Iulia eine Kerze, die nie angezündet worden war. Ein Chiffontuch in warmem Weinrot, daneben eine Handvoll Glassteine. Sie konnte die Kordel des Dochts erkennen, die einander umwindenden Fäden. Sie wollte etwas sagen, es war nötig, etwas zu sagen, aber es ging nicht. Sie spürte, dass sie zitterte, genau wie die Kuh neben ihr.

»Atmen«, murmelte sie und wunderte sich darüber, ihre eigene Stimme zu hören. Vorsichtig legte sie eine Hand an den Hals des Tieres. Das Fell war warm und feucht vor Schweiß. »Versuch, tief in den Bauch zu atmen. Ganz ruhig und gleichmäßig. Komm, wir atmen zusammen. Ein … Aus …«

Es dauerte quälend lange, bis Kristin wieder erschien. Sandra und Iulia atmeten gemeinsam, hinten hingen die Kalbsbeine heraus.

»So eine Riesenscheiße«, sagte Kristin. »Mein Mann ist im Auto irgendwo Richtung Westküste unterwegs, Funklöcher überall. Er kommt, sobald er kann, aber das wird dauern. Mein Vater ist irgendwo, keiner weiß, wo genau. Angeblich ist Ausschusssitzung vom Gemeinderat, aber doch nicht mitten am Tag. In Wirklichkeit sitzt er gerade mit lauter anderen alten Männern auf irgendeiner überdachten Terrasse und zischt ein Bier nach dem anderen weg. Verfluchter Mist.«

Die Tür sprang auf, und eine ältere Frau kam herein.

»Mama, das ist Iulia. Hast du nebenan jemanden erreicht?«

»Nee«, sagte die Frau. »Bernd muss draußen unterwegs sein. Soll ich die Koppeln absuchen?«

»Ich fürchte, wir haben keine Zeit mehr, um irgendeinen Mann aufzutreiben. Ich kann mit dem dicken Bauch nicht viel machen, also bleibe ich hier vorne bei Sandra. Iulia, Mama, kriegt ihr das hin mit dem Geburtshelfer?«

Iulia und Mama nickten artig, sie würden es hinkriegen, was auch immer der Geburtshelfer war. Und dann kam Bewegung in die Sache. Aus einem Nebenraum holte Kristin zunächst einen Eimer und wies Iulia an, ihn mit Wasser zu füllen, und dann ein Gestell, das wie eine Mischung aus riesigem Greifer und Armbrust aussah. Sie schob an Sandra herum, bis diese sich so weit gedreht hatte, dass man hinter sie treten konnte. Dort band sie sehr flink und geschickt zwei Schlingen um die heraushängenden Kälberbeine, setzte das Metallgestell gegen Sandras Hinterteil und die lange Stange schräg gegen den Boden. Dann ging sie rasch nach vorn zu Sandras Kopf, um sie zu beruhigen und festzuhalten. Ihre Mutter packte den nach oben stehenden Griff und zog ihn vorsichtig zu sich. Wie bei einer Ratsche schwang der Griff immer wieder zurück und musste nach hinten gezogen werden, sobald eine Wehe kam. Sandra keuchte. Vor der Box hechelte der Hund. Iulia sah, wie Kristins Mutter der Schweiß ausbrach, obwohl sie mit Gefühl zog, Zentimeter für Zentimeter. Offenbar brauchte sie viel Kraft, musste aber zugleich aufpassen, dass sie den Griff nicht zu heftig oder zu schnell bewegte.

»Wird das was, bei euch dahinten?«, fragte Kristin. Ihre Stimme klang ganz ruhig.

»Keine Sorge«, sagte ihre Mutter gepresst. »Wir schaffen das.«

»Iulia«, sagte sie dann, ohne den Blick vom Kalb zu nehmen, das bereits zur Hälfte geboren war, »kannst du es stützen, bitte?«

Iulia trat an das Kalb heran, das nass und blutverschmiert aus der Kuh heraushing, und legte ihre Hände unter den Leib, damit er nicht unkontrolliert herausstürzen konnte.

»Alles klar?«, fragte Kristin wieder, und die Ruhe in ihrer Stimme war Iulia unheimlich. Sandra entfuhr ein Laut, es klang wie Monica Seleš auf dem Centre Court in Wimbledon.

»Wir haben's gleich«, sagte die Mutter. »Iulia, stütz das Kalb, jetzt kommt der Kopf.«

Und Iulia hielt das Kälbchen und geleitete es Richtung Boden. Dann flutschte alles mit einem Schwall von Flüssigkeit heraus, das Kalb entglitt ihr, sie trat einen Schritt zurück, und es fiel ins Stroh.

»Wir haben es«, sagte die Mutter. Sofort kam Kristin zu ihnen herum, hockte sich neben das Kalb und griff ihm in die Nüstern.

»Wasser«, sagte sie. »Jetzt.«

Die Mutter hob den Eimer auf und kippte dem Tier den Inhalt über den Kopf. Es zuckte zusammen und schnaufte erschrocken. Aber es schnaufte. Schleim spritzte aus den Nasenlöchern. Und dann atmete es. Iulia sah den Unterschied. Erst als das Kalb atmete, begriff sie, dass es das zuvor nicht getan hatte.

Sie ließ sich ins Stroh sinken, lehnte sich mit dem Rücken an die Zwischenwand der Box und sah das Neugeborene an. Seine Mutter drehte sich langsam und begann, es abzulecken. Kristin streichelte zärtlich ihren Hals und sagte leise: »Das hast du gut gemacht, Mädchen.«

In Iulias Mitte, dort, wo der Findling saß, drückte es und machte das Atmen schwer. Drei Frauen hatten gereicht, um das Leben des Kälbchens zu retten. Bei ihr hatte es einer Armee von Maskierten bedurft. Zu ihr hatte später niemand gesagt, sie habe es gut gemacht. Hatte sie ja auch nicht.

Kristin und ihre Mutter ließen sich neben ihr nieder und waren ganz still. Es roch nach Blut und Dung, der Strohstaub tanzte im Licht der Sonnenstrahlen, die durch die Stallfenster fielen.

Sie fühlte eine Feierlichkeit wie nur ganz selten in der Kirche. Das Kalb hob die staksigen Beine an, kam langsam auf die Füße, und dann richtete es seinen kleinen, perfekten Körper auf und machte seine ersten Schritte, um etwas zu trinken zu finden.

Iulias Hosenbeine waren nass, an ihren Sandalen klebten Stroh und Mist, sie war durchgeschwitzt und erschöpft, und ihr Kopf fühlte sich an, als hätte man ihr Gehirn kräftig geschüttelt.

Sie blickte zu Kristin, die alles zugleich zu sein schien: zäh und zart, kraftvoll und müde, erleichtert und verzagt.

Kristin lächelte ihr zu. »Siehst du, Iulia? Eine echte Hausgeburt«, sagte sie und zog sich das Hemd über dem Bauch zurecht.

10 | Kristin

Kristin hieß ursprünglich Paulsen mit Nachnamen, und weil ihre gesamte Sippschaft so hieß, ihre beiden Brüder, ihre Vorfahren und noch so einige andere Menschen in den verstreuten Ortschaften der Umgebung, hatte sie nie an diesem Namen gehangen. Als sie Martin heiratete, mit weißem Kleid und Schleier in der Dorfkirche und mit dem Segen des Pastors, von dem sie schon als Säugling getauft worden war, hatte sie selbstverständlich seinen Namen angenommen, Messerschmidt. Ihr Mann war ein Einzelkind, und es war ihm wichtig, seine Namenslinie weiterzuführen. Außerdem hing er an der Alliteration. Zwei verschiedene Namen zu haben oder gar die Doppelnamen-Lösung fanden sie beide lächerlich.

Einige Jahre lang wohnten sie in Hamburg, aber sobald Martin den Außendienstjob für die gewünschte Region bekommen hatte, zogen sie in das alte Anwesen, das Kristins Familie seit Generationen gehörte. Ihre Brüder waren ausgeflogen, hatten moderne Berufe gelernt und sich weit weg niedergelassen, und ihr Vater war froh, dass wenigstens eines seiner Kinder bleiben und ein bisschen Landwirtschaft betreiben wollte. Die Äcker hatten sie verpachtet, aber die üppigen Koppeln eigneten sich hervorragend für die Rinderzucht in Freilandhaltung.

In dieser Zeit, in der sie viel mit Menschen reden musste, um ihre Pläne darzulegen, begegnete Kristin dem typischen Misstrauen der Norddeutschen gegen alle, die sie nicht einzuordnen wussten. Aber sie musste nur beiläufig bemerken, dass sie eigentlich Paulsen hieß, schon öffneten sich die Gesichter ihrer Gesprächspartner wie Türen, ihre Hand wurde ein zweites Mal geschüttelt, manchmal packten die Leute sie an den Schultern und hielten sie von sich weg, um sie genauer zu betrachten. Und alle, alle befürworteten ihre Pläne und sagten ihre Unterstützung zu. Kristin begann sich zu fragen, wie sie darauf gekommen war, den Namen von jemandem anzunehmen, der so ein Gewese um eine armselige Alliteration machte.

Kurz nachdem sie ihre Pläne für die Viehhaltung ausgearbeitet hatte und bereit war loszulegen, wurde sie schwanger. Den Start ihres persönlichen Landwirtschaftsabenteuers musste sie deshalb aufschieben, denn um Rinder zu züchten, hatte man am besten die Hände frei, und wer hatte das schon mit einem neugeborenen Baby. Die Schwangerschaft verlief gut, Symphysenschmerzen machten ihr in den letzten Wochen das Leben etwas schwer, aber ihr Körper war jung und kräftig und bestens in der Lage, das Kind auszutragen. Bei den Vorsorgeterminen mit und ohne Ultraschall gab es ein paar Unkereien, weil ihr Becken so schmal war, aber Kristin hatte keine Sorgen. Ihre Mutter hatte bei gleicher Statur problemlos drei Kinder auf die Welt gebracht, von denen die zwei männlichen sie inzwischen um mehrere Köpfe überragten.

Sie stellte sich in beiden Krankenhäusern vor, die sich in akzeptabler Distanz befanden und Kreißsäle hatten, am Ende entschied sie sich für das mit der Neonatalstation und der Verbindung über die Bundesstraße, weil die Geburt in die Zeit der Maisernte fallen würde, und sie wusste, wie lange man hinter einem Erntewagen festhängen konnte, der sich voll beladen auf dem Weg vom Feld zur Biogasanlage die schmalen Landstraßen entlangschob.

Die Geburt war lang und schweißtreibend. Das erste Kind zu bekommen konnte dauern, so was bekam man überall erzählt, und Kristin und Martin waren zur Sicherheit etwas früher losgefahren als empfohlen – Wehenabstand sieben Minuten statt nur fünf –, weil auch auf der Bundesstraße zur Erntezeit gerade am frühen Abend viel Verkehr sein konnte. Martin war sogar aufgeregter als Kristin, die wusste, dass ihr Körper für diese Situation gemacht war und sich in alle Richtungen abgesichert hatte, wie man es eben tat, wenn man gut zu planen wusste. Und das wusste sie. Ihre Rinderzucht würde funktionieren und diese Geburt ebenso. Sie hatte nichts gegen technische Geräte, sie hielt viel von Daten und Statistiken, Wehenschreiber und CTG faszinierten sie und beunruhigten sie nicht.

Es dauerte Stunden. Kristin atmete und atmete, und je weiter die Nacht voranschritt, desto deutlicher wurde das Gemurmel der Umstehenden, dass eine Saugglocke nicht die schlechteste Idee wäre. Aber Kristin hörte nicht auf sie. Rinder bekamen ihre Kälber ohne Hilfe, vorausgesetzt, sie lagen richtig herum und waren gesund, und für Menschen galt das schließlich auch. Mit ihr war alles in Ordnung, ebenso mit dem Kind, und bei aller Liebe zur Technik hielt sie wirklich nichts davon, in Geschehen einzugreifen, die ihren natürlichen Gang gingen. Sie riss sich zusammen und arbeitete, wie sie es noch nie getan hatte, obwohl sie mit zwei Brüdern auf einem Hof aufgewachsen war, wo jede körperliche Schwäche Spott hervorgerufen hatte. Wenn die Landwirte der Umgebung entdeckt hatten, dass sie es war, die am Steuer des Traktors saß, hatten sie ihr absichtlich keinen Platz gemacht oder ihr die Zufahrt zum Silo zugeparkt. Sie jammerte nicht, wenn es drauf ankam.

Um neun Uhr fünfunddreißig am Morgen kam Konrad zur Welt. Die Apgarwerte waren drei mal zehn, er schrie kräftig und fing schon nach kurzer Zeit an, auf ihrem Bauch nach oben zu robben in Richtung Brust. Ein wundersamer und feierlicher Moment. Sie hatte nicht einmal gewusst, dass Menschenkinder so etwas konnten. Dieses

Kind war stark und gesund und bestens auf das Leben vorbereitet. Das Frühstück, das Martin und sie noch im Kreißsaal serviert bekamen, schmeckte so gut wie nichts zuvor.

Später fuhr Martin nach Hause, um sich auszuruhen. Kristin und Konrad wurden in ein Zimmer verlegt. Konrad hatte ein eigenes Bettchen aus Plexiglas, das man auf Rollen herumschieben konnte. Seine Bettdecke war gelb mit hellblauen Sternen. Er trug ein Armband, auf dem sein Name stand, und am Fußende seines Bettchens hing eine Karte, die blaue Seite war nach vorn gedreht, darauf waren seine Daten verzeichnet: Geburtszeit, Gewicht und Kopfumfang. Er schlief, die beiden Fäuste lagen neben seinem Köpfchen. Kristin war so erschöpft, dass sie das Glück kaum fühlen konnte, das in ihr wütete wie ein Buschbrand. Alles war gedämpft von einer wahnsinnigen Müdigkeit. Sie war froh, als sie endlich mit Konrad alleine war und schlafen konnte.

Kurze Zeit später erwachte sie von seinem Greinen. Sie nahm ihn aus dem Bettchen und versuchte, ihn zu stillen. Aber er wollte nicht und weinte nur noch mehr. Das Weinen war nicht laut, doch es ging ihr durch Mark und Bein, schien mit seiner Frequenz ihr eigenes Blut in Wallung zu bringen, sodass ihr Puls schneller und schneller wurde. Sie stand mit ihm auf, ging mit wackeligen Beinen im Zimmer auf und ab. Trug ihn auf hundert verschiedene Arten, auf dem Bauch, auf dem Rücken liegend, über die Schulter gelegt, aufrecht, gekrümmt, den Blick nach vorn, den Kopf an ihrer Brust, legte ihn ins Bett und schob ihn herum, bot ihm immer wieder die Brust an, wechselte seine Windel, sang, flüsterte, massierte den kleinen Bauch. Das Greinen hörte nicht auf.

Kristin klingelte nach einer Pflegerin, später noch einmal, und dann noch einmal, weil sie hoffte, dass es inzwischen einen Schichtwechsel gegeben hatte. Zwei verschiedene Frauen besahen sich den Kleinen und erklärten, alles sei normal, er verarbeite eben die Geburt. Die eine half ihr, das Bett an die Wand zu schieben, damit Konrad bei ihr würde schlafen können, ohne rauszufallen. Körperkontakt sei gut, Muttermilchgeruch und Haut, und vor allen Dingen eine ruhige, besonnene Bezugsperson. Die andere Pflegerin bot ihr an, den Kleinen mit ins Schwesternzimmer zu nehmen, damit Kristin etwas schlafen konnte, holte einen Schnuller, machte ein Fläschchen, weil es ja offensichtlich mit dem Stillen nicht klappen wollte, riet ihr, Konrad möglichst abzulegen, da er in seinem eigenen Bett den wenigsten Reizen ausgesetzt sein würde, half dabei, ihr Bett wieder von der Wand abzuschieben, weil das Personal so viel besser durchkomme, und sagte, das Wichtigste sei eine kompetente Mutter, die sich nicht von allem und jedem aus der Ruhe bringen lasse. Babys weinten nun mal, und wenn man Hunger, Fieber und Müdigkeit ausgeschlossen habe, sei es eben manchmal einfach nur der Frust, der seinen Ausdruck finden müsse.

Aber Hunger und Müdigkeit ließen sich nicht ausschließen. Konrad wollte weder gestillt werden noch aus der Flasche trinken, er musste unheimlich erschöpft sein nach der Geburt, aber er schlief nicht. Und Kristin schlief ebenfalls nicht.

Martin kam und ging, er konnte nichts ausrichten. Auch bei ihm wurde der Kleine nicht ruhig, Kristin fand keinen Frieden, obwohl ihr Mann sich liebevoll kümmerte, und als er schließlich ebenfalls dafür plädierte, Konrad ins Schwesternzimmer zu verfrachten, damit Kristin schlafen könne, bat sie ihn, so freundlich sie konnte, wieder nach Hause zu fahren. Sie wusste einfach, dass irgendetwas nicht stimmte. Und sie konnte gegen Pflegerinnen und Ärzte kämpfen, aber nicht gegen Martin. Sobald er weg war, klingelte sie ein viertes Mal. Diesmal sagte sie das, was sie schon seit Stunden sagen wollte: »Hier ist was nicht in Ordnung. Das gehört nicht so. Bitte holen Sie einen Arzt.«

Die Pflegerin versuchte noch einmal, ihr weiszumachen, dass Mütter, besonders Erstgebärende, immer dächten, alles müsse ganz anders sein, sie würden zum Teil geradezu aus allen Wolken fallen, wenn sie plötzlich allein mit ihren Babys wären, weil sie nicht mit den intensiven Gefühlen gerechnet hätten, die ihnen da entgegengeschleudert würden, das sei heutzutage, wo niemand mehr Routine im Umgang mit Kindern habe, ein großes gesellschaftliches Problem. Unfassbar, dass manche Frauen, die hier in der Klinik entbänden, noch nie einen Säugling gehalten hätten.

Diesmal aber ließ Kristin sich nicht einlullen. Sie wusste, wie man einem sturen Bullen gegenübertrat. Sie platzierte ihre Füße fest auf den Boden, sah der Frau in die Augen und stählte ihren gesamten Körper. Zu einem Bullen hätte sie jetzt gesagt: »Du kannst hier nicht vorbei, Freundchen.« Zu der Pflegerin sagte sie: »Sie holen jetzt sofort einen Arzt.«

Zwei lange Wochen lag Konrad auf der Neonatalstation. Die Blutwerte, die die Ärzte überprüft hatten, nachdem Kristin sich auch ihnen wie hormongetriebenen Bullen gegenübergestellt hatte, waren so besorgniserregend, dass sich jemand zu der Bemerkung hinreißen ließ, Konrad hätte die Nacht ohne ärztliche Intensivbetreuung nicht überlebt.

Zwei Wochen lang verbrachte Kristin jede wache Minute bei ihrem Sohn. Sie hatte kaum Augen für die anderen kleinen Patienten auf der Station. Für die Frühchen in ihren Brutkästen. Das kleine Mädchen mit dem frisch operierten Herzen. Das Kind mit dem Schädelhirntrauma. Vier Säuglinge kämpften gegen Infekte, zu denen man leider keine genauen Angaben machen konnte. Solche Dinge passierten. Die Kleinen kamen mit Keimen in Kontakt, manche bereits auf dem Weg durch den Geburtskanal, ihr unausgereiftes Immunsystem machte ein Drama aus allem, zum Glück gab es Antibiotika. Mit den Eltern der anderen Babys sprach Kristin wenig, keiner von ihnen hatte den Kopf frei für Konversation.

Eines der vier Kinder überlebte, drei schafften es nicht.

Konrad wurde auf dem Dorffriedhof neben der Kirche beerdigt. Den Trauergottesdienst hielt der Pastor, der schon Kristin getauft und getraut hatte. Auf den Grabstein ließ sie einen kleinen fliegenden Vogel gravieren, dazu den Namen ihres Jungen: *Konrad Messerschmidt Paulsen.* Martin widersprach nicht.

11 | Wake Up Little Susie

Iulia besaß einen Schlüssel zu ihrem Elternhaus, aber sie benutzte ihn nie. Es wäre ihr falsch vorgekommen, solange jemand darin lebte. Sie klingelte und wartete.

Es war schwül geworden. Sie atmete durch die Nase, sog die beinahe unangenehm feuchte Luft tief ein und stellte sich das leuchtende Gelb vor, das von ihrem Nabelchakra ausgehend in jeden Winkel ihres Körpers strahlte. Es löste die kalte Starre in ihrem Innern nicht auf.

Nach einem ereignislosen Vormittag in der Bank, noch im Hausflur des Pastorats, hatte sie ihre Stiefmutter angerufen, und diesmal war sie durchgekommen. Sie hatte es geschafft, den Small Talk zu überspringen und gleich nachzufragen. Die Antwort: Zustand unverändert. Das hieß übersetzt, dass es keine Verschlechterung gegeben hatte, und doch holten diese Worte sie buchstäblich von den Füßen. Sie musste sich an der Garderobe festhalten und setzte sich mit einem hörbaren Plumps auf das Schuhregal.

Ihr ganzes Leben lang hatte sie sich nach diesen Worten gesehnt: Zustand unverändert. Aber das sollte doch nicht für Lone gelten. Lone war die Königin der Veränderung, sie war diejenige, die auf die Frage, wie es weitergehen sollte, mit »Das sehen wir dann« antwortete. Und nun war das Beste, was man über ihren Zustand sagen konnte, dass er gleich blieb.

»Sag Niels, er soll für sie beten«, sagte Monika.

»Meinst du, er hat bei Gott mehr zu melden als du?«

Von ihrem Vater wusste Iulia, dass die Römer eine Zeit lang so zahlreiche Götter und Untergötter gehabt hatten, dass das Beten und Opfern eine kleine Wissenschaft geworden war, in der die Priester wie Versicherungsagenten fungierten. Womöglich hätte es Niels gefallen, in so einer Zeit zu leben. So viele heilige Handlungen.

»Wie bitte?«

»Ich sagte: Gottes Wege sind unergründlich.«

»Wie recht du hast.« Monika schniefte. »Das sage ich mir ständig.«

»Es tut mir übrigens leid, dass ich die warmen Socken noch nicht vorbeigebracht habe.«

»Mach dir keine Gedanken. Ich stricke sowieso gerade neue.«

»Ich weiß auch noch nicht, ob ich es heute schaffe …«

Monika hatte ein kleines Geräusch gemacht, das akustische Äquivalent zu einer wegwerfenden Geste. »Lone hatte schon viel Besuch heute. Dein Vater war vorhin hier. Der hat übrigens einen ganz kläglichen Eindruck gemacht. Angeblich hat Justus die falschen Staubsaugerbeutel gekauft. Dabei kann er mit seinem platten Fuß eh nicht saugen, der Dussel.«

»Aber du sagtest doch, der kommt immer klar.«

»Das habe ich bis dahin auch gedacht.« Sie seufzte.

»Soll ich mal bei den beiden vorbeifahren und nachsehen, was das für ein Staubsaugerbeutelproblem ist?«

»Das ist eine sehr gute Idee, Iuli-Kind. Es würde mich wirklich entlasten.«

»Vielleicht schaffe ich es danach dann noch ins Krankenhaus.«

»Das tut gar nicht not. Ich bin ja hier.«

Die Tür wurde geöffnet, ihr Vater stand auf zwei Krücken gestützt da und sagte zur Begrüßung: »Hast du keinen Schlüssel?«

»Ave Papa«, sagte sie und umarmte ihn vorsichtig. Er roch etwas abgestanden, hatte aber reichlich Rasierwasser aufgelegt. »Kann ich reinkommen?«

»Aber klar, Iuli-Kind. Ich schau gleich, ob wir noch Kaffee haben.«

Er setzte die Krücken um und machte sich auf den Weg in die Küche. Iulia folgte ihm. Im Haus roch es ungelüftet und nach Mensch, dazu eine Note, die keinen eigenen Charakter hatte, die Abwesenheit von Frische in den Räumen. Das Wohnzimmer war ordentlich, wie immer, aber trotzdem verändert. Farbloser irgendwie, fahler, als wäre alles mit einer hauchdünnen Schicht überzogen. Vielleicht lag es einfach an dem schwülen Wetter. Iulia war lange nicht hier gewesen. Der Fernseher lief, Menschen in Kostümen stellten irgendetwas Historisches nach.

»Papa«, rief sie in Richtung Küche. »Hast du was dagegen, wenn ich kurz die Fenster aufmache?«

»Mach nur, Iuli-Kind. Mach nur, was du meinst.«

Er schaffte es stets, ihre Hilfsangebote wie eine großzügige Geste seinerseits aussehen zu lassen.

Sie öffnete zwei Fenster, klopfte die Kissen auf dem Sofa zurecht. Dann rief sie wieder: »Kriegst du das hin mit dem Kaffee?«

»Aber klar. Kein Problem.« Ihr Vater steckte den Kopf ins Zimmer und sagte: »Aber ich weiß natürlich nicht, wie du ihn gerne trinkst.«

Sie tauschten die Plätze. Er kam mit seinen Krücken ins Wohnzimmer und ließ sich aufs Sofa fallen. Iulia widmete sich der Kaffeemaschine. Immerhin hatte er bereits Wasser in die Maschine gefüllt. Wasser für ungefähr acht Tassen.

Während der Kaffee durchlief und ihr Vater vor dem Fernseher wartete, sah sie sich um. Sie blickte in den Gefrierschrank, der quasi leer war – dafür quoll der Müll unter der Spüle über. Im Besenschrank fand sie eine größere Menge geöffneter Staubsaugerbeutel-Verpackungen, von denen keine zu dem vorhandenen Gerät passte. Monika war gerade mal ein paar Tage nicht am Platz. Es war erstaunlich, als wie wenig nachhaltig ihr zuvor täglicher Einsatz sich jetzt erwies. Aber vielleicht – und das war ein irritierender Gedanke – war hier schon länger etwas im Argen, und ihre Stiefmutter hatte lediglich geschickt die Fassade aufrechterhalten.

Als Iulia den Müll nach draußen brachte, sah sie, dass auch in der Restmülltonne beinahe kein Platz mehr war. Ganz obenauf lag ein Topf mit angebranntem Essen. Natürlich war es rührend zu sehen, wie ihr Vater sich bemühte, den Alltag ohne die Hilfe seiner Frau zu bewerkstelligen, damit diese so lange wie möglich bei ihrer Tochter bleiben konnte, doch das alles machte Iulia auch ein wenig fassungslos. Hatte sie wirklich nicht gewusst, dass er diese Dinge nicht konnte? Als Kind hatte sie ihn so bewundert für all seine Fähigkeiten. Aber die Tatsache, dass er Rohre reinigen und Dichtungen reparieren konnte, war seit seiner Verrentung zu etwas ähnlich Unnützem geworden wie die Fähigkeit, Origami-Kraniche falten zu können. Sie hatte ihr Leben lang einen Mann bewundert, der noch nie seine Wäsche selbst gewaschen hatte. Und schlimmer noch: Die Wahrscheinlichkeit, dass dies auf zahlreiche andere Männer zutraf, die sie bewunderte, war enorm hoch. Das ganze Land wurde seit Jahrzehnten von Menschen regiert, die vermutlich nicht einmal Fieber messen konnten und keine Ahnung von Vorratshaltung hatten. Sie klappte den Deckel der Mülltonne zu und nahm sich vor, ein Wörtchen mit ihrem Bruder zu reden, für den Abfalltrennung ein Herzensthema hätte sein müssen.

Sie schaffte es noch, die Waschmaschine zu bestücken und anzustellen, die Spuren im Klo zu beseitigen und die Bettdecken im Schlafzimmer aufzuschütteln, bevor der Kaffee durchgelaufen war. Dann holte sie zwei Tassen und setzte sich zu ihrem Vater.

»Warst du heute auch schon bei Lone?«, fragte er, ohne den Blick vom Bildschirm zu nehmen. Er war ein Mann vom alten Schlag und führte emotional fordernde Gespräche niemals mit Augenkontakt.

»Nein«, sagte sie. »Ich arbeite vormittags.«

»Du könntest dir freinehmen.«

»Du hast doch auch immer gearbeitet, egal, was war.«

»Für Moni ist es die Hölle«, sagte er. »Aber irgendwie muss sie da wohl allein durch. Sie will mich gar nicht um sich haben. Ehrlich, sie hat mich buchstäblich wieder weggeschickt. Da lebt man zusammen und macht seit Jahren alles gemeinsam, aber wenn die Katastrophe kommt, muss sie plötzlich allein sein.«

»Wir sind alle allein. Wie die Schnecken.«

»Mhm.« Seine Aufmerksamkeit war schon wieder auf das Geschehen am Bildschirm gerichtet.

»Was guckst du da?«

»Was über Caesar. Die Schlacht um Alesia.«

»Ach, Alesia«, sagte Iulia und forschte in ihrem Gedächtnis nach Stichpunkten. Vercingetorix fiel ihr ein, ein Asterix-Heft, in dem die Leute kein *s* sprechen konnten.

»Wie läuft es denn für Caesar gerade?« Sie reichte ihm das Kännchen mit der Sahne, die er sorgfältig in seinen Kaffee rührte.

»Großartig natürlich. Der Mann ist ein Fuchs. Siehst du, dass er die Stadt mit einem befestigten Belagerungsring umgeben hat? Demnächst sind die Gallier so ausgehungert, dass sie Frauen, Kinder und Alte aus der Stadt schicken, um länger durchzuhalten. Normalerweise werden sie dann von den Belagerern durchgelassen, das ist so üblich, aber Caesar verweigert ihnen den Abzug. Verstehst du? Die Frauen und Kinder und alten Leute stehen schutzlos im inneren Belagerungsring und können nicht vor und nicht zurück. In der Stadt gibt es für sie nichts mehr zu essen, und ins Römerlager dürfen sie nicht. Also bleiben sie im Niemandsland. Das gibt den Galliern moralisch den Rest. Caesar hat immer auch psychologisch gedacht.«

»Für mich klingt das nach Kriegsverbrechen«, sagte Iulia.

Sie hörte den Schlüssel im Schloss der Haustür, aber ihr Vater redete einfach weiter: »Aber schlau von ihm, oder? Er weiß, er muss die Gallier irgendwie brechen. Ihre größte Waffe ist ihre Zähigkeit. Solche Schlachten werden am Ende immer im Kopf gewonnen.«

»Und wer sind die jetzt?« Auf dem Bildschirm erschien ein Haufen kostümierter Komparsen mit verdreckten Gesichtern.

»Das gallische Ersatzheer, das von außen anrückt. Caesar wird gleich in die Zange genommen.«

»Aber am Ende gewinnt er doch immer«, sagte Justus, der im Türrahmen aufgetaucht war.

»Justus.« Iulia stand auf, um ihren Bruder zu umarmen. Dann ging sie in die Küche, um ihm eine Tasse zu holen.

»Der Mann ist eben ein Fuchs«, hörte sie ihren Vater sagen.

Sie brachte ihrem Bruder die Tasse und reichte ihm die Kanne. »Ganz frisch«, sagte sie und kam sich im gleichen Moment dämlich vor. Als wäre sie die gute Hausfrau in einer altmodischen Kaffeewerbung.

»Haben wir auch Pflanzenmilch im Haus?«, fragte Justus.

»Keine Ahnung. Hab keine gesehen.«

»Pflanzenmilch?«, sagte ihr Vater. »Hat er Pflanzenmilch gesagt? Pflanzen geben gar keine Milch. Erklär ihm das, Iuli.«

»Mach doch selber. Und erklär ihm auch gleich, dass wir Menschen uns nicht durch Windbestäubung fortpflanzen.«

Justus verzog beleidigt das Gesicht.

»Ich mach euch eine Einkaufsliste«, sagte sie schnell.

»Der Gefrierschrank ist fast leer. Und ich schreibe auch Pflanzenmilch auf, versprochen.«

Sie spürte, wie die Kraftlosigkeit sie überkam, die sie früher oder später stets in Gegenwart ihres Bruders empfand. Es schien immer leichter zu sein, alles selber zu übernehmen. Wenn Justus etwas tat oder zu tun versuchte, wurde es sofort kompliziert. Selbst Einkaufen war schwierig für ihn. Er las all die Zutatenlisten, die Herkunftsorte, er brauchte ewig, um zu entscheiden, ob er die Äpfel aus der Region aus konventionellem Anbau oder lieber die Bio-Äpfel aus Übersee kaufen sollte, ob es besser war, den Joghurt im Glas oder im Becher zu nehmen, und es quälte ihn, wenn er für andere Menschen, zum Beispiel seinen Vater, Dinge kaufen sollte, die ihm unethisch erschienen. Allein die Entscheidung, welche Pflanzenmilch er nehmen sollte, wenn Iulia lediglich diesen Begriff auf die Einkaufsliste schrieb, würde ihm graue Haare wachsen lassen. Erst musste er sich darüber informieren, ob Hafer-, Soja-, Mandel- oder Reismilch die beste Ökobilanz hatte, musste überlegen, ob es sinnvoll war, mehrere kleine Verpackungen zu kaufen, da ja schließlich nur er die Milch für den Kaffee wollte, oder ob es müllvermeidungstechnisch besser wäre, ein großes Tetra Pak zu nehmen, dessen Inhalt vielleicht schneller verdarb, als man ihn verbrauchen konnte, und am Ende musste er entscheiden, welche Marke er bevorzugte, ob er die Demeter-Ideologie wirklich unterstützen wollte, und ob die kleine Marke mit dem bunten Logo nicht möglicherweise die Tochterfirma eines Großkonzerns war, der in Atomkraft investierte.

Während im Fernsehen das Barbarenheer anrückte und gleichzeitig in der belagerten Stadt Vercingetorix, das Haar wirr vom Kopf abstehend, mit lauter Stimme seine Männer motivierte, fragte Iulia: »Wie war es denn heute Vormittag im Krankenhaus?«

»Unglaublich tragisch«, sagte ihr Vater. »Und unglaublich langweilig. Justus war auch dabei, Gott sei Dank. Der konnte mich dann wieder mitnehmen. Sonst hätte ich auf Moni warten müssen, und die kommt immer erst nach Hause, wenn es dunkel wird. Wir waren fast eine Stunde da, bevor sie uns weggeschickt hat.«

»Du kennst ja Mama«, sagte Justus. »Die war wie ein aufgescheuchtes Huhn. Hat uns was zu trinken besorgt und einen weiteren Stuhl und einen Arzt, der uns alles erklären sollte. Tüddeltüddel die ganze Zeit.«

»Für Moni ist es besser, wenn wir ihr hier zu Hause den Rücken freihalten«, sagte ihr Vater.

»Die war bestimmt richtig froh, als wir wieder abgezogen sind.«

»War noch anderer Besuch da?«, fragte Iulia.

»Till ist gekommen, hab ich gehört. Für den ist es ja nur eine Fahrstuhlfahrt. Und ehemalige Kolleginnen, für die es auch nur eine Fahrstuhlfahrt ist. Es ist also nicht so, dass Moni nicht mal aufs Klo gehen könnte.«

»Im Gegenteil«, sagte Justus. »Ich wette, diese Leute fänden es sogar ganz nett, wenn sie mal eine Minute mit Lone allein sein könnten. Aber das ist mit Mama nicht zu machen. Die ist so eine Art Komapatienten-Zerberus.«

Beide Männer lachten, dann schwiegen sie wie auf Kommando betroffen und schauten Iulia an. Caesars Soldaten verstärkten in strömendem Regen die Schutzwälle.

»Ich guck mal nach der Wäsche.« Sie stand auf. Ihre Kaffeetasse nahm sie mit.

Während sie durchs Haus ging, registrierte sie, was noch zu tun war. Das Bad musste mal wieder geputzt werden – auf dem Spiegel waren Zahnpastaspritzer, auf dem Boden lagen abrasierte Barthaare –, ein Blick aus dem Fenster zeigte, dass der Rasen länger nicht gemäht worden war. Äpfel und Mirabellen lagen am Boden, die Triebe der Rosen neigten sich bedenklich. Sie wollte gern helfen, deshalb war sie gekommen. Aber das Helfen musste wohldosiert und unauffällig erfolgen, sonst fasste ihre Stiefmutter es als Kritik auf.

Iulia warf einen Blick in Justus' Zimmer, in dem aus einem offenen Koffer Kleidung quoll. Ein Anzug hing an einem Bügel außen am Schrank. Das Bett war zerwühlt. Sie unterdrückte den Impuls, hineinzugehen und das Laken glatt zu ziehen.

Dann betrat sie ihr früheres Zimmer, das seit Jahren als Gästezimmer herhielt. Stoffe lagen stapelweise herum, auf dem alten Schreibtisch stand die Nähmaschine. Die Regale waren noch da, das schmale Bett, der alte Teppich, ein drehbarer Schreibtischstuhl mit rotem Frotteebezug. Dies war ihr eigenes Jugendzimmer gewesen – und davor Lones. Sie hatten Poster an die Wände gepinnt und Fotos an die Schranktüren geklebt. Sie hatten Tücher über die Schreibtischlampe drapiert, Schilder außen an der Tür angebracht – *Bitte klopfen* –, einen Spiegel gegen die Wand gelehnt. Jede hatte auf ihre Art das Zimmer zu einem markierten Territorium gemacht, erst Lone, dann sie, und jetzt war davon nur noch eine geschmacklich gewagte Sammlung an Kissen übrig, die das Bett belegten. Iulia schnüffelte an ihnen, sie rochen muffig, nach altem Stoff. Vor Enttäuschung hätte sie schreien mögen.

Da fiel ihr etwas ein. Sie schraubte die Klemmlampe vom Betthaupt, hockte sich auf den Boden und leuchtete unter dem Lattenrost gegen die Wand. Es reichte nicht. Sie musste sich flach auf den Bauch legen und unter das Bett strecken, um die Buchstaben zu finden, die sehr klein und sehr sorgfältig mit wasserfestem Stift an die Raufasertapete geschrieben worden waren: *E and F*. Dahinter ein Datum.

Es war Lones Abschiedsgeschenk gewesen, als sie schließlich – endlich – ausgezogen war, noch bevor das Herbstsemester losging. Sie hatte nicht länger warten wollen. Sie war ausgeflogen, sobald es keinen offiziellen

Grund mehr gegeben hatte, in diesem Haus zu bleiben. Iulia erinnerte sich genau daran, wie sie gemeinsam unter das Bett gekrochen waren, das bald ihr Bett sein sollte, wie sie die Dynamo-Taschenlampe gehalten und unermüdlich gepumpt hatte, um das Licht in Gang zu halten, während Lone schrieb.

»Das hier ist ein geheimer Kraft-Schrein für dich«, hatte ihre Schwester geflüstert. »Er ist ungefähr auf der Höhe deines Kopfes, wenn du schläfst. Er wird positive Energie aussenden, und du musst nie traurig sein. Okay?«

Dass Lone wegwollte, hatte Iulia nicht verstanden. Da hatten sie nun endlich eine halbwegs normale Familie, warum wollte sie diese Situation nicht so lange wie möglich auskosten? Nach all den Turbulenzen und dem Bäumchen-wechsel-dich in der Elternbesetzung war *Zustand unverändert* doch etwas Gutes.

Statt zu antworten, hatte Iulia die Buchstaben berührt. Sie hatte so laut geschluckt, dass sie beide es gehört hatten.

»Kannst du nicht verstehen, dass ich irgendwo neu anfangen muss?«, hatte Lone sanft gefragt. »Schau mich an – ich habe mich in ein Monster verwandelt. Alle Männer reagieren auf mich wie Roboter, die man auf ein bestimmtes Ziel programmiert hat. Inklusive meinem Stiefvater. Und die Frauen wenden sich ab. Ich habe keine einzige Freundin mehr, für alle scheine ich eine potenzielle Bedrohung zu sein. Ich muss weg und etwas anderes werden als das, was ich jetzt bin.«

»Aber wenn du gehst, bin ich die einzige Mitbewohnerin der dreiköpfigen Familie Eckhardt«, hatte Iulia gesagt. Was sie nicht gesagt hatte, war, dass sie nicht wusste, wie sie es ertragen sollte, nicht mehr bei Lone klopfen zu können, wenn das Wasser das ganze Haus füllte und sie wieder auf einem einsamen, rettungslos treibenden Floß hockte. Sie hatte nicht geweint, sie hatte schon länger aufgehört zu weinen. Leise hatte Lone angefangen, ein Lied zu summen. Sie hatten nebeneinander unter dem Bett gelegen und gesummt und wie schnurrende Katzen ihre Verletzungen geheilt.

Draußen donnerte es kräftig. Iulia streckte die Hand aus und berührte die kleinen Buchstaben.

In diesem Moment hörte sie von der Tür her die Stimme ihres Bruders: »Was wird das denn, wenn es fertig ist? Unter-dem-Bett-Yoga?«

Sie rappelte sich auf. »Ich suche nur meine Kontaktlinse.«

»Du trägst eine Brille.«

»Das erklärt, warum ich sie nicht finde.«

Iulia stand auf, weil er ebenfalls stand.

»Und? Was ist los? Warum kriechst du hier unter dem Bett herum, statt bei Lone zu sein? Monika hat gesagt, du warst am Sonntag nur ungefähr fünf Minuten da. Sie macht sich Sorgen um dich.«

»Und? Was ist bei dir los? Hat Sarah dich endlich rausgeschmissen?«

Für einen Augenblick bekam Justus' Gesicht etwas Wildes, er sah aus, als würde er gleich zuschlagen. Wut war die Wächterin der Angst, pflegte Niels zu sagen.

»Tut mir leid«, sagte Iulia. Sie spürte die Müdigkeit in sich aufsteigen. Es war leichter, sich rasch zu entschuldigen, als den lang anhaltenden Groll auszuhalten, den ihr Bruder jederzeit und aus dem nichtigsten Anlass mit sich herumtragen konnte. »Das war blöd von mir. Du bist wahrscheinlich völlig neben der Spur. Und dann auch noch das mit Lone. Manchmal kommt alles auf einmal, was?«

»Sagen wir mal, manchmal ist es schwer, Frauen zu begreifen. Die eine rast derartig unvorsichtig durch die Gegend, die andere trampelt ohne Rücksicht auf Verluste auf den Leuten herum …«

Er musste sehr verletzt sein. Iulia konnte kein Mitleid

fühlen, in ihr war alles kalt und steif, aber sie konnte immerhin begreifen, dass es ihn beinahe umbringen musste, so zurückgewiesen zu werden.

»Erinnerst du dich an das Schneckendorf, das wir früher mal im Garten zusammen gebaut haben?«, fragte sie.

Irritiert schüttelte Justus den Kopf. »Du hast nie mit mir im Garten irgendwas gebaut.«

Sie hatten früher ständig im Garten gespielt, Iulia hatte sich viel um Justus gekümmert. Und einmal – sie wusste es noch genau – hatten sie Schnirkelschnecken gesammelt und in einer Pappkiste aus Moos und Stöcken und allerlei Steinen eine Art Terrarium für sie gebaut. »Hier ist das Haus für die ganze Familie«, hatte Iulia gesagt und aus zwei Steinen als Wänden und einem breiten Stück Birkenrinde als Dach einen Verschlag gebaut.

»Nein«, hatte er gesagt. »Die wohnen nicht zusammen.«

»Aber natürlich«, hatte sie gerufen. »Die sind doch eine Familie. Guck: Die große hier ist der Vater, die gelbe die Mutter …«

»Aber die leben alle allein«, hatte ihr Bruder beharrt. »Jede hat ein eigenes Haus.«

Vor dem Fenster blitzte es, und eine Sekunde später kam der Donner. Das Gewitter war beinahe über ihnen. Es zog unheimlich schnell heran.

»Ich muss nach Hause«, sagte Iulia. »Wenn Aaron vom Bouldern kommt, hat er immer Hunger wie ein Wolf.«

»Eigentlich wollte ich dich gerade um einen Gefallen bitten. Könntest du bei meiner alten Wohnung vorbeifahren und meine Trainingsbank abholen?«

Iulia lachte vorsichtig. »Traust du dich nicht mehr nach Hause, weil Sarah dir auflauern könnte?«

Es blitzte erneut.

»Quatsch«, sagte er. »Die ist zwar verrückt, aber nicht gemeingefährlich. Sonst würde ich dich da doch nicht hinlassen, oder? Immerhin bin ich dein Bruder, der dich beschützt und so weiter. Ich muss keine Frau vorschicken …«

Iulia unterbrach ihn. Wenn man das nicht rechtzeitig tat, konnte so etwas in einen Vortrag münden, um den niemand gebeten hatte. »Und ich soll da jetzt hinfahren, weil du einen kaputten Rücken hast?«

»Nein, mein Rücken ist super, und er wird noch besser sein, wenn ich endlich diese Bank hier habe. Du sollst da für mich hinfahren, weil du ein Auto hast.«

»Und du nicht?«

»Schon, aber ich benutze es nicht mehr.«

»Abgesehen von heute Vormittag.«

»Ich benutze es ab jetzt nicht mehr.«

Und dann kam der Vortrag doch, Iulia konnte nichts dagegen tun. Justus hatte in einer Zeitschrift im Krankenhaus eine Grafik gesehen, auf der deutlich gemacht worden war, wie viel Quadratmeter Energiepflanzen angebaut werden mussten, um einen Kilometer Autofahrt zu ermöglichen. Jeder einzelne Quadratmeter, den er auf diese Weise für sich und sein Auto beanspruche, so erklärte er, stehe nicht mehr für Futterpflanzen zur Verfügung. Menschen hungerten, weil Leute wie sie beide Auto fuhren.

Am Ende des Vortrags war Iulia müde. Ihre Arme hingen schwer herab, ihre Füße waren wie aus Blei.

»Schon gut«, sagte sie. »Ich hol dir deine Streckbank. Fährst du dann zum Einkaufen mit dem Rad?«

»Bei dem Wetter?«

12 | Still Crazy After All These Years

Es war nicht das erste Mal, dass ein Mädchen das Pastorat aufsuchte, um mit Niels zu sprechen, aber es war das erste Mal, dass eines in der Küche saß.

Es wirkte kaum älter als fünfzehn, vielleicht gehörte es zu den Groupies, die nach ihrer Konfirmation immer freiwillig im Gottesdienst saßen. Es war schwer zu sagen, ob Iulia es schon einmal gesehen hatte. Die Jugendlichen ähnelten einander heutzutage auf frappierende Weise. Oft glichen sich auch ihre Namen oder reimten sich sogar: Paulina, Ina, Sina, Josephina und Nina.

Über Nacht war es wieder unerträglich heiß geworden, die Fahrt mit dem Rad von der Bank nach Hause hatte dafür gesorgt, dass Iulia durchgeschwitzt war. An der Garderobe war sie stehen geblieben, um ihre Stiefmutter anzurufen, bevor sie die Tür zum privaten Bereich des Hauses öffnen und durchatmen konnte. Sie erreichte niemanden. Vermutlich war davon auszugehen, dass die neuesten Lone-Nachrichten nicht *übern Berg* lauteten, sondern *Zustand unverändert*. Sie würde es später noch einmal versuchen. Ins Krankenhaus würde sie es heute jedenfalls nicht schaffen. Es standen zwei weitere Namen auf der Liste in der CD-Hülle. Und jemand sollte dieser Tage unbedingt noch einmal zu Lones Haus fahren, um dort zu lüften und nach der Post zu sehen. Diese Dinge waren schließlich auch wichtig, und wer außer ihr würde sie erledigen.

Das Mädchen saß ihrem Mann gegenüber und trank

selbst gemachte Limonade. Niels hatte Zitronen ausgepresst und auch ein paar Limetten, wie Iulia an den Überresten sehen konnte. Er hatte Eis zerstoßen und in hohe Gläser gefüllt, den Saft und genau die richtige Menge Wasser dazugegeben, alles mit braunem Zucker gesüßt, es war Limonade, keine Frage, aber es sah aus wie ein Cocktail.

Iulia streckte ihre Hand aus, und das Mädchen gab einen schwachen, prinzessinnenhaften Druck zurück.

»Das ist Serafina«, sagte Niels. »Sie hilft mir bei der Jugendarbeit. Wir besprechen gerade die Konfer-Fahrt im nächsten Jahr.«

»Damit kann man gar nicht früh genug anfangen«, sagte Iulia. »Dänische Ferienhäuser sind schnell ausgebucht, da sind zehn Monate Vorlauf echt gar nichts, was?«

»Sie macht Witze«, sagte Niels zu dem Mädchen. Und dann: »Wir dachten diesmal an was Neues. Stimmt's, Serafina?«

»Heuhotels«, sagte das Mädchen.

Iulia brauchte einen Moment, um zu begreifen, dass es sich um ein deutsches Wort handelte. Niels fuhr jedes Jahr mit einer kleinen Gruppe handverlesener Konfirmandinnen und Konfirmanden nach Dänemark. Das Ganze nannte sich zwar Konfer-Fahrt, war aber nur wenigen Kandidaten vorbehalten, nämlich denen, die sich freiwillig meldeten, am Konfirmationsgottesdienst aktiv mitzuwirken. Wer durchhielt und dabeiblieb, wurde mit einer kleinen Gruppenreise belohnt, auf der Niels Gesprächsrunden anleitete und Psychospielchen spielte, die den Jugendlichen das Gefühl gaben, es mit einem wahren Seelsorger zu tun zu haben. Und vor dem Einschlafen las er ihnen Hermann Hesse vor.

Bisher hatte er die Vorbereitung dieser Fahrten alleine bewältigt. Aber natürlich konnte Niels durchaus Hilfe bei der Jugendarbeit gebrauchen, und schaden konnte es nicht, wenn auch eine weibliche Person mitkam, die bei Unterleibsbeschwerden und vergessener Pilleneinnahme beraten konnte. Es wäre allerdings besser, fand Iulia, wenn diese Person volljährig wäre.

»Heuhotel ist nichts für Allergiker«, sagte sie. »Und bedenkt bei allem auch die Anreise mit. Ich rechne euch das gerne mal durch. Jetzt will ich aber duschen und diese Bank-Klamotten gegen möglichst wenig möglichst dünne Kleidung eintauschen.«

»Soll ich dir auch eine Limonade machen?«, fragte Niels.

»Nicht nötig. Plant ihr mal schön weiter eure Heustadl-Fahrt.« Sie lächelte Serafina zu, die von ihrem Auftritt eingeschüchtert wirkte. Vielleicht lag es an Iulias verschwitztem Aussehen, vielleicht hatte ihr Kommentar über leichte Bekleidung das Mädchen irritiert, wahrscheinlich aber hatte Serafina bei kaltem Zitronencocktail in der Küche des Pastorats sitzend im intensiven Gespräch mit Pastor Richter einfach vergessen, dass es dazu auch noch eine Ehefrau gab.

Iulia stellte die Dusche an, zog sich aus, hielt eine Hand in den Wasserstrahl, um die Temperatur zu prüfen. Dann betrat sie die Kabine und begann ihr ausgedehntes Programm.

Wenn Niels duschte, dauerte es wenige Minuten. Nachdem er einmal eine Bemerkung darüber gemacht hatte, wie lange sie brauchte, wenn sie *mal eben* unter die Dusche stieg, hatte sie die einzelnen Arbeitsschritte gezählt, die sie währenddessen und hinterher absolvierte, und war auf siebzehn gekommen. Dabei hatte sie zwar das Rasieren verschiedener Körperpartien als einzelne Vorgänge gewertet, nicht mitgezählt hatte sie hingegen das ewige Händewaschen, das die Pflege-Schritte nach dem Duschen und vor dem Anziehen voneinander trennte – Deocreme hatte schließlich im Gesicht nichts zu suchen und Körperöl nichts im Haar.

Sie war schon erschöpft, wenn sie nur an all das dachte. Aber sie erinnerte sich selbst daran, wer gerade jetzt dort unten in der Küche saß und Cocktails trank, und riss sich zusammen.

Als sie eine ganze Weile später in die Küche zurückkam, war das Mädchen verschwunden. Niels stellte gerade die Gläser in die Spülmaschine. Das Fenster stand offen, im Garten sah Iulia zwei staubige Spatzen an der ausgetrockneten Vogeltränke sitzen.

»Musste deine junge Assistentin plötzlich los?«

»Ich habe sie nach Hause geschickt.«

»Aber warum denn? Du hättest ihr doch das Gästezimmer anbieten können.«

Iulia sah, dass Niels sich sammelte. Wie ein Therapeut, der es mit einem hysterischen Patienten zu tun hatte, dessen Weltsicht er sich nicht zu eigen machen wollte. Meine Frau hat zur Zeit viel auszuhalten, man darf ihre Sprüche nicht ernst nehmen. So etwas hatte er garantiert zu Serafina gesagt, während sie unter der Dusche gestanden hatte. Und diese hatte voller Verständnis genickt. Verständnis für ihn.

»Fährst du gleich zu Lone?«, fragte Niels wie beiläufig.

»Natürlich«, sagte sie, ohne ihn anzusehen. Sie trug das Gläschen mit den Gänseblümchen zur Spüle. Sie waren alle verdorrt. Sie warf sie weg und fing an, das Glas auszuwaschen. Das Wasser hatte einen Kalkrand hinterlassen. »Und du? Was machst du, jetzt, wo die Konfer-Fahrt ins Heu mit einem Dreivierteljahr Vorlauf geplant ist?«

»Heute Morgen hat einer der Afghanen Suizidgedanken geäußert, die Helfer haben mich angerufen. Die wollten eine Einweisung um jeden Preis vermeiden. Wenn es schwierig wird, muss ich nachher noch dahin. Aber da ich bis jetzt nichts gehört habe, ist wahrscheinlich alles wieder ruhig.«

»Wie hast du das gemacht? Hast du ihn aus der Ferne geheilt?«

»Vermutlich habe ich das«, sagte er und trat dicht neben sie.

Selbst mit der rauen Seite des Schwammes ging der Wasserrand nicht weg, obwohl sie schrubbte wie verrückt.

Sein Arm berührte ihre Schulter. »Monika hat eben angerufen, als du unter der Dusche warst. Sie wollte dir erzählen, wie es Lone geht.«

Vielleicht sollte man das Glas einweichen, sie griff nach der Flasche mit dem Handspülmittel. Aber er fasste ihren Arm, bevor sie die Flasche erreichte.

»Wir zwei holen jetzt Aaron von der Schule ab, und dann fahren wir ins Krankenhaus. Abgemacht?«

Abgemacht hieß in seiner Sprache: *Keine Widerrede.* Das hatte Niels schon mit Aaron so gehalten, als der klein war. Du putzt jetzt deine Zähne, abgemacht? Wir steigen jetzt gemeinsam in dieses Auto und schnallen uns an, abgemacht? Ich fahre dich jetzt zum Krankenhaus und bringe dich in das Zimmer deiner Schwester auf der Intensivstation. Abgemacht?

Er hatte sie reingelegt. Hatte sie überführt wie ein Polizist in einem billigen Krimi. Iulia wollte ihn anbrüllen – was fiel ihm ein? Sie war kein Kind. Sie konnte selbst entscheiden, was wichtig war. Er wusste nichts von den Frauen, die sie besuchte, er dachte nicht an die ungeöffnete Post. Sie hatte doch Gründe, weshalb sie nicht mitkommen konnte. Aber statt zu schreien, schlüpfte sie in ihre Sandalen, an denen noch immer Stroh klebte und sich vermutlich auch Spuren von Sandras Fruchtwasser befanden, folgte ihm durch die Tür, stieg ins Auto, schnallte sich an.

Er startete und fuhr rückwärts aus der Garage.

»Willst du mir erzählen, wo du die letzten Nachmittage warst?«

Sie öffnete den Mund, aber dann schloss sie ihn wieder. Diese Welt, diese Zeitfalte, dieses langsame Begreifen, wer Lone eigentlich war – wenn sie ihm jetzt davon erzählte, würde er ein Teil davon werden. Er würde Fragen stellen und seine Gedanken dazu äußern, und alles würde eine Niels-Färbung annehmen. Außerdem wusste sie noch gar nicht, was die Geschichten der Frauen, was Lones Geschichte bedeuten sollte. Sie konnte nicht darüber sprechen, bevor sie es herausgefunden hatte. Man musste den Berg besteigen, um auf die andere Seite schauen zu können. Sie schwieg und sah aus dem Fenster.

»Lone wird vielleicht nicht wieder gesund, das weißt du, oder?«, sagte Niels. »Es ist wichtig, dass du bei ihr bist, wann immer es geht. Ich verstehe ja, dass du dich nicht beurlauben lassen möchtest, du willst dir so viel Struktur wie möglich erhalten, aber du solltest oft bei ihr sein. Sie kann jeden Augenblick von uns gehen. Es ist eine unglaubliche Chance, die du da hast. Ich sehe täglich Familien, denen jemand entrissen wurde, die sich nicht verabschieden konnten. Bei Mackenroths ist vor einem halben Jahr die Tochter nach Amerika gefahren und kam in einer Urne zurück. So etwas ist kaum zu verarbeiten. Niemand ist gern bei den Kranken, wir alle haben Angst und fühlen uns verunsichert, wenn wir einen geliebten Menschen so sehen müssen, aber ich finde es, wenn ich so sagen darf, ein wenig unerwachsen von dir, dass du diese Herausforderung einfach vermeidest.«

»Da lehnst du dich aber ziemlich weit aus dem Fenster für deine Verhältnisse«, sagte sie. »Das klingt ja beinahe wie Kritik.«

»Reg dich nicht auf, Goldmarie. Ich bin ja dabei.«

Iulia wandte ihr Gesicht ab. Sie fuhren an der Bankfiliale vorbei, am Kindergarten, am Uhrengeschäft. Dann spürte sie Niels' Hand auf ihrer Schulter, schwer, warm, vertrauenerweckend und niederdrückend. Es war eine gute Hand, er war ein guter Mann, sie hatte diese Geste immer gemocht, dennoch stieg jetzt etwas in ihr auf – ein Entsetzen, eine Angst, ein Ekel. Sie würde zum Krankenhaus fahren, weil er es beschlossen hatte. Abgemacht? Sie saß in der Falle. Warum nur hatte sie dieser guten Hand nicht mehr entgegenzusetzen?

Sie hatte Niels auf dem Internationalen Markt kennengelernt, bei einem Regenguss, der sie beide unter die Markise eines dänischen Softeisstandes hatte flüchten lassen. Er war Dozent für Althebräisch gewesen, dunkelhaarig und glutäugig, das genaue Gegenteil von ihr. Sie war im dritten Ausbildungsjahr zur Bankkauffrau, was für ein Wunder, dass sie sich dort gefunden hatten. Später hatte er sie überredet, am Israelstand Falafel zu probieren, nur um ihr gleich darauf zu erklären, dass Falafel in Israel hundertmal besser schmeckten. Sie hatten sich dann noch durch die skandinavischen Stände hindurchprobiert, hatten Blaubeersuppe und Elchburger gegessen und Multebeerlikör getrunken. Durchziehende Regengüsse hatten sie immer wieder unter Sonnenschirme und Vordächer gezwungen, und während auf der Bühne eine estnische Trachtengruppe tanzte, hatte Niels sie auf den nassen Stufen am Österreich-Stand geküsst, wo es nach Kaiserschmarrn und Germknödeln roch, einem Aroma, das so hervorragend zu seinem Parfüm passte, dass sich in ihrem Kopf neue Synapsen gebildet hatten, die Mehlspeisen fortan mit Erotik verbanden.

Einige Wochen später befand Niels, dass es Zeit war, Lone kennenzulernen. Er hatte schnell begriffen, wer für Iulia am wichtigsten war. Sie hingegen hatte es bisher tunlichst vermieden, ihre Freunde und Lone zusammenzubringen – viel zu riskant.

Es war schwierig, überhaupt einen Termin zu finden. Ihre Schwester war sehr beschäftigt. Am Ende verabredeten sie sich nach ihrer Schicht für ein Picknick im Park in der Nähe der Klinik. Das Wetter war herrlich, wattige Wolken zogen über den blauen Himmel, Kinder spielten in der Nähe und erzeugten genau die richtige Menge Kinderlärm. Iulia breitete eine Decke aus und wartete gemeinsam mit Niels, der einen Couscous-Salat und Weißwein mitgebracht hatte.

Lone verspätete sich, und als sie endlich über die Wiese auf sie zugeeilt kam, sank Iulia das Herz. Lone trug nicht wie erwartet Krankenhauskleidung, sondern etwas Blau-Weißes Gebatiktes, das um sie herumflatterte und vom Wind an ihren Körper gedrückt wurde, sodass ihre schmale Silhouette schon von Weitem zu erkennen war. Ihr Haar trug sie offen, und auch das tat, was es sollte, nämlich umherwallen und sich strähnenweise über ihr Gesicht pusten lassen, damit sie es mit filmreifer Geste fortschütteln konnte. Bange blickte Iulia zu Niels hinüber. Dessen Gesichtsausdruck zeigte genau die Ungläubigkeit, vor der sie sich gefürchtet hatte. Er würde in ihren Bann geraten. Selbst wenn er sich vornahm, es nicht zu tun. Er würde Lone ansehen und ihre Stimme hören, ihre klugen Sätze, ihre Witze, und er würde sich zu Iulia umwenden und das Gefühl haben, nur ein Schwarz-Weiß-Foto zu sehen, ein zweidimensionales, nichtssagendes Abbild.

Seufzend hob sie den Arm, um ihrer Schwester zuzuwinken. Hier sind wir.

Lone umarmte zuerst Iulia und murmelte eine Entschuldigung, weil sie zu spät kam. Sie duftete nach Lone und nach dem Stoff ihres Kleides. Dann hauchte sie Niels Küsschen auf beide Wangen.

»Du bist das also«, sagte sie. Und dann: »Ich habe Kuchen mitgebracht.«

Mit großer Geste entfernte sie das Papier von einem Pappträger mit Erdbeerschnitten, deren Belag mehr aus Tortenguss als aus Früchten bestand. Iulia schaute zu

Niels, der abwechselnd auf den Kuchen und ihre Schwester starrte.

»O nein«, sagte Lone. »Ich hab nicht an Besteck gedacht. Ich gehe noch mal los und klaue irgendwo ein paar Kaffeelöffel.«

»Ich habe Gabeln dabei«, sagte Niels. Und er hatte auch Schüsseln, Weingläser und eine Rolle Küchentücher. Sorgfältig arrangierte er alles auf der Picknickdecke, stellte seinen Salat in die Mitte, riss drei Papierstücke ab und faltete sie zu Servietten.

»Dieser Mann kann so einiges«, sagte Lone anerkennend. »Jedenfalls wenn es um Stil geht. Dann wollen wir mal sehen, ob er auch Salat kann.«

Niels tat ihnen auf, sie aßen, und Lone stöhnte schon nach dem ersten Probieren wohlig.

»Das Rezept ist pakistanisch, glaub ich«, sagte er. »Eine Bekannte hat es mir aufgeschrieben, aber die ist Polin. Sie hat es von ihrer Schwester, die in Pakistan war oder mit einem Pakistani verbandelt ist oder mal einen getroffen hat. Also sicherlich kein Original. Aber mit Rezepten verhält es sich wie mit der Heiligen Schrift – jede Kopie hat ihre eigenen neuen Fehler und Ergänzungen hinzugefügt.«

Lone lachte. Weiter hinten im Park begann eine Gruppe junger Männer, Fußball zu spielen. Die Kinder lärmten weiterhin entzückend, und tatsächlich watschelte auch noch eine Entenfamilie durchs Bild und glitt lautlos in den See.

»Kann ich den Wein aufmachen?«, fragte Lone. »Ich habe eine Schicht hinter mir, das glaubt ihr nicht. Ich kann gut einen Schluck vertragen.«

»Lass nur, ich mach schon«, sagte Niels und nahm ihr die Flasche und das Schweizermesser aus der Hand.

»Warum denn? Weil du ein Kavalier bist?«

»Ich kenne diesen Wein, da braucht man ziemlich viel Kraft, um den Korken rauszuziehen.«

»Und Frauen haben ja weniger Muskeln«, sagte Lone versonnen.

»Das stimmt doch auch, oder?«, fragte er.

»Ich habe gelesen«, sagte Iulia, »dass Frauen eigentlich nichts tragen sollten, das schwerer ist als ein Baby.«

»Ja, das ergibt Sinn«, sagte Niels.

Lone hielt ihm ihr Glas hin. »So ein Baby«, sagte sie freundlich, »verdoppelt im ersten Lebensjahr sein Körpergewicht. Es kann aber üblicherweise noch nicht laufen. Wenn Frauen es dann nicht tragen dürften, wäre das ziemlich schwierig.«

»Auch wieder wahr«, sagte er und zog den Korken mit einem satten Geräusch aus der Flasche.

Iulia wusste nicht genau, ob es gerade gut lief oder eher nicht. Lone war wie immer schön und betörend, sie hatte Kuchen mitgebracht und sich für ihre Verspätung entschuldigt, und wenn sie lachte, schienen alle anderen Geräusche wie heruntergeregelt. Andererseits konnte Iulia erkennen, dass Gelatine-Kuchen vom Bäcker und ohne Gabeln nicht das war, was Niels für erstrebenswert hielt, und für einen winzigen Moment konnte sie erkennen, dass man an ihrer Schwester auch etwas auszusetzen haben könnte, wenn man es wollte. Sie wischte ihre Schüssel mit Küchenpapier aus und nahm sich ein Stück Kuchen.

»Sag mal«, sagte Lone. »Macht man während der Ausbildung zum Pastor eigentlich auch Stimmtraining?«

»Na sicher.« Niels atmete tief ein und sang laut und getragen: »Ein feste Burg ist unser Gott.« Die fußballspielenden Männer blieben stehen und schauten herüber. Seine Stimme klang kehlig, aber sie hatte Volumen, das war keine Frage.

»Ich muss ja bei Kirchenliedern immer fürchterlich lachen«, sagte Lone. »*Ins Wasser fällt ein Stein, ganz heimlich, still und leise* – ja, warum platscht es denn nicht? *Danke, mein Herz kennt keine Schranken, danke, ich halt mich fest daran* – woran denn? An den nicht vorhandenen Schranken? *Und bis wir uns wiedersehen, halte Gott dich fest in seiner Hand* – hoffentlich drückt er nicht zu fest zu. So was denke ich dann.«

Niels runzelte die Stirn und lächelte zugleich.

»Aber das Singen ist trotzdem das Wichtigste am Gottesdienst, finde ich«, sagte Lone.

Er nickte. »Studien haben gezeigt, dass Singen sogar das Immunsystem stärkt.«

»Siehst du«, sagte Lone zu Iulia, als hätte die je anderes behauptet. Sie wies auf den Kuchen, aber Niels winkte ab.

»Aber du bist gar kein Pastor, oder?«

»Eigentlich habe ich nur Theologie studiert, um meinen Vater zu ärgern«, sagte er. »Sogar das Vikariat habe ich gemacht, das fand er so richtig doof. Aber dann gab es keine Stelle, die mir zusagte, und eigentlich wollte ich auch gar kein Pastor sein. Stattdessen habe ich angefangen, Hebräisch an der Uni zu unterrichten. Das klappt seit ein paar Jahren wirklich gut, es macht Spaß und liegt mir auch. Aber es ist unterirdisch schlecht bezahlt, davon kann man schon als Single kaum über die Runden kommen.«

»Ich fürchte, Hebamme ist auch nicht viel besser. Iulia ist wahrscheinlich die Einzige von uns, die einen anständigen Lebensplan hat«, sagte Lone.

Iulia spürte, dass sie errötete.

»Aber jetzt werden auf einmal händeringend Pastoren gesucht. Man kann sich die Gemeinden quasi aussuchen. Vielleicht hat es auch etwas mit dem Älterwerden zu tun. Ich glaube nämlich, ich möchte in absehbarer Zeit eine Familie gründen.« Und er schaute tatsächlich zu Iulia, die sich gerade eine Gabel voller Erdbeer-Gelatine in den Mund zu schieben versuchte. Vor Überraschung fiel ihr eine Beere in den Schoß. Hatte sie ihn richtig verstanden? Freudige Ungläubigkeit machte sie sprachlos. Eine echte, intakte Familie war schließlich besser als jede Bankfiliale.

»Wenn man Kinder möchte und die Möglichkeit, die Welt, in der diese Kinder aufwachsen, mitzugestalten, dann ist Pastor sein auf einmal keine so schlechte Idee mehr«, sagte Niels.

»Kommt natürlich darauf an, ob man an Gott glaubt«, sagte Lone.

Er lachte. »Das ist natürlich ein entscheidender Punkt. Und jetzt darfst du mir erzählen, warum du dein Medizinstudium abgebrochen hast.«

»Darf ich das?« Sie lächelte freundlich.

»Ich meine, warum zieht man es nicht durch, wenn man es schon so weit geschafft hat? Wieso willst du Hebamme sein, wenn du auch Ärztin hättest sein können? Ist das nicht, als hätte man sich entschieden, doch nicht Lokführer, sondern nur Schaffner zu werden?«

Lone sah ihn eine Weile an. Nicht so, als überlegte sie, was sie antworten sollte, sondern als fragte sie sich, ob sie ihm die Wahrheit zumuten konnte. Schließlich sagte sie: »Ich wollte nicht für die nächsten vierzig Jahre mit Männern zusammenarbeiten.«

Dann gähnte sie, stand auf, lang und dünn in ihrem Kleid, hob ihre Arme über den Kopf und streckte sich.

»Ich muss gehen, ihr Lieben«, sagte sie. »Ich gehöre ins Bett.«

Iulia sah ihr nach, wie sie durch den Park ging, ohne sich umzudrehen.

Eine ganze Weile sagte keiner von ihnen etwas, nur die Fußballspieler waren zu hören, die Kinder waren verschwunden, ein Hubschrauber knatterte über sie hinweg, Iulia vermied es, Niels anzuschauen.

»Deine Schwester ist unheimlich schön«, sagte er endlich. »Ich glaube, so eine Frau hab ich noch nie gesehen. Sie sieht aus wie ein Fabelwesen. Ein gutes natürlich, wie ein Einhorn oder eine Nymphe.«

»Ich weiß.«

»Aber sie ist kompliziert. Man merkt, dass sie dir viel bedeutet. Du bewunderst sie sehr, hab ich recht?«

»Wahrscheinlich. Und so kompliziert ist sie gar nicht.«

»Es ist jedenfalls gut, dass sie dich hat. Ich wette, sie hat nicht viele Freunde.«

»Wie kommst du darauf?« Iulia hob das Kinn.

»Ich glaube nicht, dass man es lange mit ihr aushält. Deine Schwester ist so ...«, er dachte kurz nach, »traurig.«

Sie begann, das Geschirr zusammenzustellen, um seinem Blick auszuweichen. »Ist das denn so? Hält man es nicht aus mit jemandem, der traurig ist? Denn wenn das wirklich wahr ist, wenn du meinst, dass das nicht geht, dann sag es mir besser jetzt. Ich bin nämlich auch nicht gerade von der fröhlichen Sorte. Lone und ich, wir sind schließlich Schwestern.«

»Du bist anders«, sagte Niels. »Nicht traurig, sondern verloren. Du suchst nach einem Ort, an dem alles seinen Platz hat, sodass man selbst dann, wenn jemand etwas durcheinanderbringt, hinterher einfach wieder aufräumen könnte.«

Er legte ihr eine Hand auf die Schulter. Iulia spürte ihr Gewicht, ihre Wärme, sie war so groß, umfasste ihr Schultergelenk wie eine Frucht. Diese Hand markierte sie, würde sie dorthin führen, wohin er sie haben wollte. Und sie wollte gehen, wohin auch immer er ging. Sie ergab sich dieser Hand und legte ihren Kopf darauf.

13 | American Tune

Direkt an der Tür des Krankenhauses überwältigte Iulia ein Bild: das Rad eines Bettes, grau und aufgeraut, die Metallnabe in der Mitte stumpf, sie konnte die Oberfläche des Gummireifens in allen Details erkennen, es sah aus, als hätte man einen abgenutzten Radierer unter ein Mikroskop gelegt. Panik wallte in ihr auf, sie wollte rufen, aber ihre Stimme steckte im Hals fest. Dann verschwand das Bild, und sie merkte nur, wie sehr sie zitterte und schwitzte. Sie musste stehen geblieben sein, denn sie spürte das sanfte Ziehen an ihrem Arm.

Niels hatte sie untergehakt, sie fühlte sich, als würde sie abgeführt. »Du hast Lone doch schon gesehen. Und wenn du nicht reden willst, musst du das auch nicht. Hauptsache, du bist da. Sie spürt das. Glaub mir.«

Iulia bewegte die Füße. Die ließen sich gerade weit genug anheben, um über die Schwelle zu kommen. Die automatische Tür öffnete sich. Augenblicklich umgab sie der Geruch: Desinfektionsflüssigkeit, Putzmittel, gestärkte Wäsche und Abwaschwasser.

Sie löste sich von Niels und wandte sich Aaron zu. Wenn man unsicher war, half es, jemanden zu finden, der noch unsicherer war. Aber die Haltung ihres Sohnes war locker. Offenbar war er mit sich im Reinen. Und warum auch nicht? Aaron würde seine Tante sehen und begreifen, dass seine Jugend, seine Gesundheit, seine Zukunft ein Geschenk waren. Er würde nicht das Düstere an sich heranlassen, nicht den Abgrund spüren, die Schwärze und die

Auslöschung. Und sollte er sie doch erahnen, würde sie die Helligkeit seines eigenen Lebens nur umso deutlicher zutage treten lassen. Hoffentlich war es so. Es war schwer einzuschätzen, ob er noch genug Kindheit in sich hatte, um die Zumutungen der Erwachsenenwelt an sich abprallen zu lassen.

»Hast du Angst?«, fragte sie.

Aaron verzog das Gesicht. »Wieso das denn?«

»Der Anblick eines Menschen auf der Intensivstation ist verstörend. Gerade in Lones Fall …« Sie musste stehen bleiben. Fieberhaft überlegte sie, was sie Witziges sagen konnte, damit er nicht merkte, wie es ihr ging.

»Ich schaff das schon, Mama. Mach dir keine Gedanken.«

»Dein Vater meint, du wirst dran wachsen.«

»Der muss es ja wissen.« Aaron grinste.

Sie spürte, wie ihre Mundwinkel sich verzogen. Die Lippen drückten sich gegen die vorderen Zähne, die Wangen schienen irgendwie nach oben zu wandern, die Haut über der Nase spannte ganz leicht. Anscheinend lächelte sie.

An den Aufzügen drückte Niels auf den Knopf, dann hakte er Iulia wieder unter, als ahnte er, dass sie am liebsten wegrennen wollte. Als die Fahrstuhltüren sich öffneten, stand dort ihre Stiefmutter.

Einen Moment lang waren alle wie festgefroren, aber schließlich war es Monika, die sich bewegte und zu ihnen heraustrat.

»Da seid ihr ja.«

Sie umarmte jeden von ihnen stumm und lange, und Iulia fiel auf, dass Schweigen in Monikas Fall eine viel größere Wirkung hatte als jeder pathetische Satz. Iulias Knie gaben nach, sie sah sich nach einem Stuhl um, aber da war keiner. Sie stellte sich vor, ihre Füße hätten Wurzeln, die tief in die Erde reichten. Sie zogen Kraft aus dem Boden, stabilisierten die Beine, sie kippte das Becken leicht nach vorn, sodass die Wirbelsäule automatisch gerade wurde und sich Wirbel über Wirbel ausrichtete, schob das Kinn nach hinten. Sie war ein Baum, sie stürzte nicht einfach so um.

»Ein ungünstiger Zeitpunkt«, sagte Monika. Sie hatte einen Arm auf Aarons Schulter liegen lassen, tat so, als würde sie ihm Geborgenheit bieten, aber in Wirklichkeit suchte sie seine Nähe.

»Da seid ihr extra alle gekommen, das ist so lieb von euch. Zu dumm. Gerade jetzt können wir nicht zu Lone. Sollen wir vielleicht einen Spaziergang machen, alle zusammen, und vielleicht könnt ihr dann später noch zu ihr?«

Iulia, der Baum, gab ihren Knien Entwarnung. Lone lebte noch. Es gab schlechte Nachrichten, aber keine der ultimativen Art.

»Was ist los? Warum geht es jetzt nicht?«, fragte Niels.

»Ihre Werte sind schlecht, der Arzt vermutet eine Sepsis. Sie machen da oben jetzt alle zusammen an den Zugängen herum und haben mich gebeten, aus dem Weg zu gehen. Sie haben vorgeschlagen, ich könnte mich mal mit dem Krankenhausseelsorger treffen, das hatte ich gerade vor. Aber ich hab ja meinen eigenen Seelsorger direkt hier.«

Monika zog Niels zu sich heran, sodass sie ihren Enkel und ihren Schwiegersohn dicht neben sich hatte. Man hätte ein hübsches Foto machen können, es war eine perfekte Pose des Familienzusammenhalts. Iulia dachte an die Gipfelfotos ihres Vaters. Noch immer war sie das Stativ der Familie.

»Spazieren gehen ist sicher eine gute Idee«, sagte Niels.

Also setzten sie sich in Bewegung. Iulia lockerte ihr Becken, hob die Fersen an und wippte kurz. Die Wurzeln lösten sich, und sie konnte den anderen folgen.

»Was heißt das denn?«, hörte sie Aaron fragen. »Muss Lone operiert werden oder was?«

»Ehrlich gesagt, weiß ich es auch nicht«, antwortete Monika, deren Haare am Hinterkopf aussahen, als seien sie toupiert worden. »Die sind jetzt da oben zugange und tun, was nötig ist. Meistens muss man ihnen jede Information derartig aus der Nase ziehen, dass ich einfach nicht mehr frage.«

»Soll ich nachher versuchen, mit einem der Ärzte zu sprechen?«, fragte Niels. Sein Haar sah von hinten und mit ein paar Schritten Abstand schon ziemlich grau meliert aus, das war Iulia noch nie so stark aufgefallen. Nicht mehr lange und er wäre silberfarben. Das würde zum Talar ganz großartig aussehen.

Monika drehte im Gehen ihren Kopf und schaute zu Niels auf.

»Ja, bitte. Würdest du das tun?«

Und Iulia versuchte, sich nicht gerade jetzt die Frage zu stellen, was schlimmer war – die Tatsache, dass man anscheinend einen Mann brauchte, um an entscheidende Informationen zu kommen, oder die Ergebenheit, mit der ihre Stiefmutter diese Tatsache hinnahm.

Die Hitze draußen war gewaltig, man konnte die Luft über den geparkten Autos flimmern sehen.

Sie steuerten das Wasser an, ganz automatisch, weil Menschen das immer taten, wenn sie in einer Stadt waren und spazieren gehen wollten. Schon nach wenigen Minuten wurden sie langsamer, es war einfach zu heiß. Es roch nach Algen, Verwesung und Benzin, und als Aaron sich zu ihr umdrehte, erreichte Iulia eine Dosis seines Teenager-Geruchs, das Aroma von irgendetwas Animalischem.

»Wir könnten in ein Eiscafé gehen«, sagte sie und blieb stehen. »Da ist es garantiert kühl.«

»Ich kenne eins, das hat das beste Vanilleeis überhaupt«, sagte Niels. »Ist gar nicht weit.«

Das Café war winzig, eine echte altmodische Eisdiele. Ein Tresen mit Eisbehältern dominierte den Raum, dahinter Regale mit Glaspokalen für die verschiedenen Kreationen. Sie setzten sich an einen Tisch mit abgerundeten Ecken. Obwohl es Nachmittag war, waren sie die einzigen Gäste, die blieben. Alle anderen kauften Eis in der Waffel und gingen weiter. Eine kleine Schlange reichte bis hinaus auf die Stufen vor der offen stehenden Tür.

»Nehmt Vanilleeis mit heißen Himbeeren«, sagte Niels. »Das ist wirklich gut hier.«

Er nahm immer Vanilleeis mit heißen Himbeeren, egal wo. Iulia konnte nichts essen und entschied sich für ein Mineralwasser. Aaron nahm nach einem ausführlichen Studium der Karte das Gleiche wie sein Vater.

»Und ich hätte gern einen Bananensplit«, verkündete Monika der jungen Bedienung, die so italienisch aussah, dass sie sofort in einem Kinofilm der Fünfzigerjahre hätte mitspielen können – Gina Lollobrigida in Farbe. Iulia bemerkte, dass Aaron sie aufmerksam anschaute. Und sie bemerkte auch, dass die junge Frau ihren Mann aufmerksam anschaute. Sie spürte einen Anflug von Kopfschmerz.

»Banane macht lange satt«, erklärte Monika. »Ich komme meist erst abends richtig zum Essen.«

»Du musst besser auf dich achten«, sagte Niels. »Körperlich und auch sonst. Du darfst dich nicht so verausgaben.«

Sie streckte eine Hand aus und drückte über den Tisch hinweg seinen Arm. »Tu ich doch gar nicht. Hauptsächlich sitze ich rum und stricke.«

Er lächelte gütig. »Iulia wird ab jetzt öfter kommen. Dann kannst du auch mal durchatmen und ein bisschen rausgehen.«

Iulia wollte etwas sagen, sie verschluckte sich und musste nach Luft ringen.

»Das ist nett von euch«, sagte Monika. »Aber ich will ja

gar nicht rausgehen. Ich will bei Lone sein, verstehst du? Am liebsten ganz allein. Ich halte es kaum aus, wenn Werner mal da ist oder Till, der ständig vorbeischaut, dann fühle ich mich wie eine Gastgeberin. Es treibt mich in den Wahnsinn, bei meiner Tochter zu sein und nichts tun zu können, aber weg will ich auch nicht. Auf absurde Weise wäre ich sogar froh, wenn sich das mit der Sepsis bewahrheiten würde. Ich will auf keinen Fall, dass sich Lones Zustand verschlechtert. Aber wenigstens würde sich etwas ändern, und dann müsste jemand handeln. Ich weiß, das ist neurotisch. Aber wenn ich sie so daliegen sehe, erinnert es mich daran, wie ich früher an ihrem Bett saß, wenn sie Fieber hatte.«

Auch Iulias Mutter hatte an ihrem Bett gesessen. Aber sie erinnerte sich nicht daran, jemals krank gewesen zu sein. Wenn ihre Mutter sich an ihr Bett gesetzt hatte, dann, um ein wichtiges Gespräch zu führen.

Aaron, der ein zweites Mal die Eiskarte studierte, fragte, ohne aufzublicken: »Wie lange wartet man eigentlich, bevor man die Geräte abstellt?«

»Welche Geräte sollten das sein?«, fragte Niels.

Aaron blickte auf. Er sah betroffen aus, wie jemand, der es mit Leuten zu tun hat, die sich gerade als vollkommen uninformiert zu erkennen gegeben hatten. »Na, die Geräte eben. Es hat ja keinen Sinn, jemanden ewig am Leben zu erhalten, wenn sich keine Verbesserung zeigt.«

»Sie behalten Lone jetzt erst mal im künstlichen Koma, bis sie über den Berg ist«, erklärte Niels deutlich artikuliert, so wie er wahrscheinlich auch mit seinen Konfirmandinnen redete, wenn die ihn fragten, ob er der Meinung sei, dass es ein Leben nach dem Tod gebe. »Dann machen sie einen Aufwachversuch, da zeigt sich dann, ob sie zu Bewusstsein kommt. Wir müssen Geduld haben. Das ist hier keine Vorabendserie.«

Aaron faltete die Eiskarte zusammen und steckte sie zurück in den Ständer auf dem Tisch. Er blickte düster und verletzt.

»Aber wären wir in einer, würde Lone vermutlich aufwachen und im Oberarzt ihre lange verschollene Jugendliebe erkennen«, sagte Iulia schnell.

Erfreut griff Aaron ihre Vorlage auf. »Oder einen Mörder identifizieren.«

»Oder das lang gehütete Familiengeheimnis ausplaudern, weil sie während des Komas alle Stimmen hören konnte«, sagte Iulia.

»Oder …«, begann Aaron.

Monika wuschelte ihm durchs Haar, eine echte Oma-Geste, die bei einem breitschultrigen Jugendlichen unfreiwillig komisch wirkte. »Wo Leben ist, da ist jedenfalls Hoffnung, hab ich recht?«

Wie aufs Stichwort kam Gina Lollobrigida und brachte die Eisbecher. Es gab eine Verwechslung, Aaron bekam den Bananensplit, Monika fiel der Löffel herunter, sie hob ihn auf und wischte ihn an einer Serviette ab.

»Gibt es eigentlich eine Patientenverfügung?«, fragte Niels. Pastoren kannten die richtigen Fragen. »Wir könnten nachher zu ihrem Haus fahren und dort ein bisschen suchen.«

Unwillkürlich fasste Iulia sich an den Hals.

»Du hast nichts dergleichen gefunden, oder Iuli?«, fragte Monika.

Für einen langen Moment schaute Niels Iulia direkt an. Mit seinem Röntgenblick, der ihr zeigen sollte, dass Gott alles sah. Sie hatte ihm nichts von ihrem Besuch in Lones Haus erzählt. Es hatte sich einfach nicht ergeben.

»Was ist eigentlich mit Frank?«, fragte sie. »Ist der schon benachrichtigt?«

»Wer ist Frank?«, wollte Aaron wissen, doch niemand schien ihn zu hören.

»Du, der ist gestorben«, sagte Monika. »Gerade erst.

Das ist in all dem Trubel total untergegangen. Ich habe völlig vergessen, es dir zu erzählen. Eigentlich ein Wunder, dass er so lange durchgehalten hat.«

Niels verständigte sich mit der Bedienung über Iulias Kopf hinweg per Zeichensprache darüber, dass er einen Cappuccino bestellen wollte. Monika aß ihren Bananensplit mit betonter Fröhlichkeit, sie schwang ihren Löffel.

»Wie läuft es denn in der Schule, Aari?«, fragte sie, den Mund voller Banane.

»Mattis und ich bereiten gerade ein Referat vor«, sagte er, und er wirkte jetzt regelrecht begeistert. »Es geht um Namibia.«

Die Scheiben des Cafés waren getönt, trotzdem blendete das Tageslicht so sehr, dass es Iulia hinter den Augen schmerzte. Das Fenster eines geparkten Autos reflektierte die Sonnenstrahlen und stach ihr damit direkt ins Gehirn.

»Ein Cappuccino«, sagte die Bedienung, die plötzlich hinter Iulia aufgetaucht war. Der Löffel klapperte, als sie die Tasse auf dem Tisch abstellte.

»Möchte noch jemand etwas bestellen?«, fragte Monika. »Das geht heute alles auf mich.«

In Iulias Ohren rauschte es. Die Menschen redeten und aßen Banane und versuchten, ein Theaterstück zu spielen, das den Titel *Alles ist normal* trug. Und sie wusste ihren Text nicht. Sie hörte Gesprächsfetzen, Sätze und Stimmen, die sich mit ihren eigenen Gedanken mischten, mit Bildern, die aus irgendwelchen tiefen Verliesen ihres Unterbewusstseins an die Oberfläche drängten und wieder verschwanden, und sie hielt es nicht mehr aus, sie musste sich konzentrieren und Ordnung schaffen, aber dazu mussten alle still sein, sämtliche Bewegung musste einfrieren, sie brauchte einen Moment ganz ohne neue Informationen und Eindrücke, sonst würde es passieren, hier und jetzt, es würde das passieren, was sie immer schon befürchtet hatte: Sie würde verrückt werden.

»Stopp«, flüsterte sie, aber sie konnte ihre Stimme selber kaum hören.

Einmal – ihr Vater war bei der Arbeit gewesen und Monika mit dem kleinen Justus beim Arzt – hatte es an der Haustür geklingelt. Vor Iulia hatte ein sonderbarer Mann gestanden. Er hatte stark nach Alkohol gerochen und nach so einigem anderen, seine Kleidung war fleckig und nachlässig, sein Haar hing ihm in die Augen, und er blickte sie so überrascht an, als hätte er vergessen, dass er gerade selbst an der Tür geklingelt hatte, damit man ihm öffnete. Gleichzeitig war er unglaublich schön. Er sah aus wie ein Südländer, groß und schmal, mit einer geraden langen Nase und Augen wie mit Kajal umrandet. Hätte man ihn in Jeans und T-Shirt gesteckt, er hätte Werbung für alles Mögliche machen können, das Menschen versprach, sie lässig und begehrenswert zu machen. Iulia begriff sofort, dass dies der Vater ihrer Schwester sein musste.

»Ich hole Lone«, sagte sie daher, ohne abzuwarten.

»Allerherzlichsten Dank, kleine Dame«, sagte er und verbeugte sich leicht.

Lone saß in ihrem Zimmer und zupfte an den Saiten der Gitarre. Sie starrte in ein Notenheft, das vor ihr auf der Bettdecke lag, und hörte auch nicht auf zu spielen, als Iulia eintrat. Sie wartete, bis Lone hochguckte.

»Ich glaube, dein Vater ist draußen.«

Sofort legte Lone die Gitarre beiseite und sprang auf. Sie rannte zur Tür, Iulia folgte ihr langsam, und als sie den Windfang erreichte, war Lone schon dabei, sich eine Jacke anzuziehen.

»Ich bin später wieder da«, sagte sie. »Wenn Mama fragt, sag ihr, ich musste mit Britta spazieren gehen, weil sie Liebeskummer hat. Sag ihr, sie hat mich angerufen, und ich bin sofort los, aber ich bin ganz sicher zum Abendbrot zurück. Kapiert?«

»Alles klar«, sagte Iulia. »Du bist mit Britta unterwegs.«

Dann fiel die Haustür ins Schloss, und sie schaute aus dem Küchenfenster zu, wie Lone den Mann an der Hand über die Straße führte. Er ging mit unsicheren Schritten, und sie sah ihn die ganze Zeit an und redete auf ihn ein. Die Ähnlichkeit der beiden war frappierend, und gleichzeitig wirkten sie wie zwei Enden eines Spektrums, wie Beispiele für verschiedene Lebensentscheidungen. Willst du lieber sein wie die Frau auf der linken Seite oder wie der Mann auf der rechten? Na, dann streng dich in der Schule mal ordentlich an.

Britta gab es tatsächlich. Aber Iulia wusste, dass die Telefonate mit der Klassenkameradin ebenso vorgetäuscht waren wie die Besuche bei ihr oder die Spaziergänge, Ausflüge, Lerngruppentreffen. So schlug Lone zwei Fliegen mit einer Klappe. Ihre Mutter erfuhr nie, wie viel Kontakt sie wirklich zu ihrem Vater hatte, und zugleich glaubte Monika, dass Lone wenigstens eine enge Freundin hatte.

Obwohl Iulia den Mund gehalten hatte, war die Sache irgendwie ans Licht gekommen, und am Abend hatte es, nachdem Lone ohne ihren Vater zurückgekehrt war, Streit gegeben. Iulia hatte Justus in seinem Zimmer herumgetragen und leise in sein Ohr gesungen, während sie versucht hatte, die Stimmen im Wohnzimmer zu verstehen. Irgendwann war sie mit ihm in den Flur geschlichen, um besser hören zu können.

»Du hast ihn einfach im Stich gelassen und dir ein bequemes Leben angeheiratet.« Sie hatte Lone noch nie so mit ihrer Mutter sprechen hören, kalt und hart. Sie wirkte wie ein anderer Mensch.

»Im Stich gelassen hat er uns beide.« Monika klang nicht so ruhig wie sonst. »Das weißt du auch. Wie viele Jahre habe ich versucht, ihm zu helfen, bin bei ihm geblieben und habe jeden seiner Pläne, auf die Beine zu kommen, unterstützt. Immer habe ich gehofft. Und wenn ich jetzt das Pflegeheim bezahle, ist das mehr, als er je für dich oder mich getan hat.«

»Aber er ist krank. Wenn ich mal krank werde, sperrst du mich dann auch einfach weg? Damit du die Hände freihast für deine neue kleine Familie und das blitzsaubere Einfamilienhaus mit Garten?«

»Von Wegsperren kann keine Rede sein, Lone. Sein Gehirn war von all den Drogen und dem Alkohol so zerfressen, dass er nicht mehr für sich selbst sorgen konnte. Und ich konnte es auch nicht. Ich habe immer versucht, dich da rauszuhalten. Du weißt nicht, wie er ist.«

»Doch, das weiß ich. Er liebt mich.«

»Das tut er allerdings. Er liebt dich abgöttisch. Dir zuliebe hat er sich so oft zusammengerauft. Aber auch du hast ihn nicht retten können. Niemand konnte das.«

»Weil sich alle aus dem Staub gemacht haben, als es unangenehm wurde.«

Hier hatte sich Iulias Vater eingemischt, seine Stimme aufgebracht: »Du kannst froh sein, dass deine Mutter dich vor ihm beschützt. Er ist eine Gefahr, für sich selbst und auch für dich, Lone. Siehst du das nicht?«

Dann Stille. Schließlich Monikas Stimme: »Sie redet nicht, wenn du dabei bist, Werner. Das weißt du doch.«

Justus in Iulias Armen hatte verzweifelt an ihren Haaren gezogen. All diese Stimmen ohne die dazugehörigen Menschen verwirrten ihn. Er sah verängstigt aus und machte leise, katzenhafte Geräusche. Sanft hatte sie in sein rotes, heißes Kinderohr geflüstert: »Ich weiß, das ist alles schwer zu verstehen, wenn man nicht die ganze Geschichte kennt.«

Das Rauschen in ihren Ohren ließ allmählich nach, aber sie spürte den Kopfschmerz jetzt heftig, er drückte von innen gegen die Schädelplatte. Ihr Gehirn schien anzuschwellen und seinen Käfig sprengen zu wollen. Ihre Hand zitterte sichtlich, als sie das Wasserglas anhob.

Aaron saß zufrieden vor seinem Eisbecher und widmete sich akribisch der Aufgabe, die letzten Himbeerreste vom engen Grund des Glases zu kratzen. Der Löffel klirrte, und Aaron hob den Becher an und schaute hinein wie ein Piratenkapitän in ein Fernrohr. Monika und Niels unterhielten sich – worüber? Sie hatte den Faden verloren. Ihr fehlten offenbar ganze Teile der Unterhaltung.

»Nein, das ist der Oberarzt«, sagte Monika gerade. »Das ist ein ganz Netter. So ein großer, bäriger, zu dem man gleich Vertrauen hat.«

»Dann werde ich mir genau den nachher vornehmen«, sagte Niels. »Ich bekomme jeden zum Reden. Bist du bereits als Vormund eingesetzt?«

»Vormund?« Aaron prustete los. »Ist das so was wie ein Vorkoster?«

Niels seufzte. Monika schaute, als hätte sie etwas akustisch nicht verstanden.

Aber Iulia begriff, wie es ihrem Sohn ging. »Wer will schon Vorkoster sein, wenn es um Flüssignahrung geht«, murmelte sie.

»Überhaupt sind alle da ganz nett und reizend«, sagte Monika und hielt ihren Blick fest auf Niels gerichtet: Herr Richter, Sie sollten Ihrer Frau mal sagen, dass manche Witze einfach unangemessen sind.

Iulia sah, dass Aaron mit gesenktem Kopf grinste.

Die anderen führten ihr ernstes Erwachsenengespräch weiter, Niels legte seine schwere, warme Pastorenhand auf Monikas Arm, sie legte ihre kurzen, rosigen Finger dankbar darüber und zwinkerte Tränen aus den Augenwinkeln.

Wie sollte man es ertragen zu denken, dass ein bäriger, vertrauenerweckender Oberarzt womöglich gerade jetzt an Lones Bett stand und die Stirn runzelte?

Iulia beugte sich zu Aaron und flüsterte ihm zu: »Pass auf, ich hab noch einen Neuen. Paulus sprach zu den Korinthern: Wischt euch auf dem Klo den Hintern.«

Er lachte leise und flüsterte zurück: »Paulus schrieb an die Hebräer: Tragt niemals T-Shirts mit Aufnäher.«

»Nicht schlecht«, wisperte sie. »Bloß mit der Betonung …«

»Nur gut, dass Lone in einem Einzelzimmer liegt«, hörte sie Monika reden. »So kann ich ihr vorlesen, ohne dass jemand meckert. Es ist so seltsam ruhig auf der Station.«

»Jesus sprach zu den Zeloten: Gucken erlaubt, anfassen verboten«, flüsterte Iulia.

»Na ja«, sagte Aaron. »Apropos Betonung.«

»Und Schwester Miriam ist ein Goldstück. Sie hat mir gestern auch geholfen, Lone die Haare abzuschneiden, obwohl sie eigentlich gar keine Zeit hatte«, sagte Monika. »Das konnte ich nicht alleine, da ist ja immer noch diese Sonde.«

»Moses schrieb an die Ägypter …«, flüsterte Aaron.

Aber Iulia beachtete ihn nicht mehr. »Wie bitte? Du hast Lone *die Haare* abgeschnitten?«

»Im Moment sind sie nur im Weg.«

»Haare wachsen wieder«, sagte Niels und entzog Monika seine Hand, um sie Iulia aufzulegen.

»Die wollten von sich aus die Haare nicht abschneiden, wegen der Würde, aber ich wette, die sind heilfroh, dass ich es getan habe – eine Sorge weniger. Die müsste sonst ja auch jemand kämmen und so. Und ich darf überhaupt nichts helfen. Nicht waschen oder Nägel schneiden, höchstens ein bisschen die Mundwinkel eincremen, alles andere machen die, weil sonst irgendwelche Kabel verrutschen könnten. Aber man kann doch nicht immerzu nur stricken, nicht wahr?«

Aaron wollte wieder etwas flüstern, offenbar war ihm

ein richtig guter Reim eingefallen, er rieb sich buchstäblich die Hände. Aber Iulia winkte ab und fragte heiser: »Du hast Lone die Haare abgeschnitten, weil du eine Pause vom Stricken brauchtest?«

Alle schauten sie an. Sie musste einen entsetzlichen Anblick bieten, Aaron riss die Augen weit auf, der Druck der Pastorenhand wurde beinahe schmerzhaft.

Sie stieß eine Entschuldigung hervor, stand auf und warf dabei den Stuhl um. Gerade noch rechtzeitig erreichte sie die Tür und übergab sich gleich neben dem Eingang.

14 | Lone

3. Versuch

Drei Mal hatte in dieser Nacht das Telefon geklingelt. Ein Vater hatte angerufen – sie konnte sich die Vornamen so schlecht merken, aber viele von ihnen hießen Michael –, weil seine Frau Fruchtwasser verloren hatte. Lone hatte ihn beruhigt, dann mit der Mutter gesprochen, die zwar beteuerte, Wehen zu haben, allerdings gut aushaltbar, und die Fruchtwassermenge habe lediglich ausgereicht, um ihre Unterhose zu durchnässen, sodass Lone sie wieder schlafen schickte. Kurz darauf klingelte ihr Handy erneut, der Vater berichtete, seine Frau lasse ausrichten, es sei jetzt recht viel Wasser abgegangen, gleichzeitig mit einer schmerzhaften Wehe, und gerade komme offenbar eine zweite, weshalb sie auch nicht selber telefonieren wolle. Lone hatte den beiden aufgetragen, sich so gut wie möglich auszuruhen und sie wieder anzurufen, sobald die Wehen einen Takt gefunden hätten.

Als die ersten Vögel vor ihrem Fenster lärmten, klingelte es zum dritten Mal, und der Vater gab mit ruhiger, gefasster Stimme durch, dass seine Frau nun die Anwesenheit einer Hebamme wünsche, da die Wehen seit einer halben Stunde alle drei Minuten kämen. Seine Zeitmessungen interessierten Lone dabei weniger – die waren etwas für die zur Passivität verurteilten Männer –, vielmehr hörte sie an der Stimme des Vaters, dass die Geburt tatsächlich in Gang gekommen war. Er wusste, was er da sah, wenn er seine Frau anblickte, Lone konnte es hören.

Die Straßen waren frei, die Sonne war noch nicht über dem Horizont aufgetaucht, vielleicht konnten die frühen Vögel, die das erste Licht begrüßten, sie von höheren Zweigen aus bereits sehen. Lone fuhr zwischen Maisfeldern hindurch, der Weg war schmal und gerade, sie spürte die Mischung aus Müdigkeit und Adrenalin, eine Art verschwommene Überwachheit. Sie stellte Musik an, doch auch die klang verschwommen. Die Stimmen von Paul Simon und Art Garfunkel vermischten sich zu einem einzigen Klang, wurden zu etwas Neuem, etwas Drittem, das Lones Gehirn nicht mehr in einzelne Teile zerlegen konnte.

Eigentlich hatte sie vorgehabt, heute ihren Vater zu besuchen. Gestern hatte sie wie immer vorsichtshalber in der Pflegeeinrichtung angerufen. Es gab Zeiten, in denen er nicht gut zuwege war. Dann halluzinierte er, erkannte sie nicht und wurde mitunter ausfällig. Später konnte er sich dann an ihre Besuche nicht mehr erinnern. Es war besser – für sie beide –, in solchen Phasen nicht zu ihm zu fahren.

Die Pflegekraft am Telefon hatte nicht gewusst, wer sie war, und das war kein gutes Zeichen. Entweder wechselte das Personal zu häufig oder sie hatte sich zu lange nicht blicken lassen.

»Lone Fabricius«, hatte sie gesagt. »Mein Vater ist Frank Fabricius.«

»Oh, Frau Fabricius, das ist jetzt aber … Bitte warten Sie einen Moment.« Es raschelte und knisterte in der Leitung, dann wieder die Stimme: »Frau Fabricius? Leider habe ich traurige Nachrichten. Ihr Vater ist gestern Morgen verstorben.« Kurze Pause. »Hat man Sie denn gar nicht benachrichtigt?«

»Nein«, hatte Lone gesagt, und ihr ganzer Körper war steif geworden, nur das Sprechen hatte noch funktioniert. Sie hätte das Telefon nicht vom Ohr wegbewegen können, selbst wenn sie es gewollt hätte, sie war eine Eisstatue, die eine Frau darstellte, die telefonierte. »Man hat mich offenbar nicht benachrichtigt.«

»Ich bin mir sicher, dass wir angerufen haben.«

»Aber nicht mich.«

»Es tut mir sehr leid, Frau Fabricius. Es war eine Lungenentzündung.«

Lone hätte gern geschrien, es war ungeheuerlich, aber diese arme Person am Telefon war ganz sicher nicht diejenige, die sie hätte anbrüllen sollen. Der Gedanke, dass ihr Vater krank geworden war, dass sein Zustand sich langsam verschlechtert hatte, bevor er gestorben war, dass es folglich möglich gewesen wäre, bei ihm zu sein, ihn noch einmal zu sehen, seine Hand zu halten, machte sie schier wahnsinnig. Er war durch seine Krankheit dazu verdammt gewesen, einsam zu bleiben, selbst unter all den Leuten in der Einrichtung, und nun war er einsam gestorben, und sie hätte es verhindern können. Wozu lebte sie eigentlich, wenn sie es nicht schaffte, die Einsamkeit ihres Vaters zu lindern? War das nicht das Einzige, was sie hätte tun sollen?

Im Stich gelassen hatte sie ihn ja schon lange. Und es war auch nicht so, dass sie alles getan hätte, um ihm zu helfen. Im Gegenteil. Sie hatte deutlich mehr Zeit damit verbracht, Ausreden zu erfinden, weshalb sie ihn nicht besuchen konnte, als es wirklich zu tun. Nicht nur, weil es schwierig war, mit ihm zusammen zu sein, weil sie hinterher meist sehr erschöpft war und nicht wusste, wo sie wieder Kraft herholen sollte – manchmal hatte sie einen Tag im Bett bleiben müssen. Und nicht nur, weil es in seinen schlechten Phasen Überwindung kostete, überhaupt in seiner Nähe zu sein und sich all den paranoiden, aggressiven Unsinn anzuhören, dass die Frauen schuld seien an all seinen Problemen. Sondern vor allem, weil sie sich ihrer eigenen Einsamkeit jedes Mal mit voller Wucht bewusst geworden war. Ihn zu besuchen war, als würde sie einen

Besuch in dem sonst gut verschlossenen Keller ihrer eigenen Ängste und Schuldgefühle machen. Und das Zudrücken der Tür war hinterher nicht immer leicht.

Sie mussten ihre Mutter benachrichtigt haben. Und die hatte es offenbar für nicht wichtig erachtet, es ihr sofort zu erzählen. Es war so ungeheuerlich, dass Lone jetzt, am Steuer ihres Wagens, auf dem Weg zu einer Geburt, verzweifelt aufheulte. Sie würde nicht zulassen, dass man ihn vergaß, weil man ihn für nicht wichtig hielt.

Ein Denkmal würde sie ihm bauen. Einen massiven Grabstein, ein Beet davor, auf dem das ganze Jahr über irgendetwas blühte, schöner als alle anderen Bepflanzungen auf dem Friedhof. Jeder sollte den Ort sehen, der ihren Vater beherbergte. Er hatte sein Leben im toten Winkel der Gesellschaft verbracht, aber jetzt sollte er für alle sichtbar werden. Dafür würde sie sorgen.

Aber auch das würde ihr nicht gelingen, sie wusste es schon. Wem wollte sie etwas vormachen? Wenn es um ihn ging, war sie machtlos. Sie war machtlos gegen ihre Mutter. Sie war eine durch und durch unzulängliche Tochter gewesen, war es noch immer, und jetzt war es zu spät, um irgendetwas zu berichtigen.

Und ihre Strafe kannte sie längst: Sie hatte ihn im Stich gelassen, und dafür musste sie selbst allein bleiben.

Als Kind hatte Lone es nicht bemerkenswert gefunden, dass sie keine Freunde hatte. Die Idee von Freundschaft war viel zu abstrakt für sie gewesen. Sie hatte Spielpartnerinnen gehabt, Kinder, die zum Geburtstag eingeladen werden konnten, sie hatte nichts vermisst. Es waren Bücher gewesen, die ihr das Defizit vor Augen geführt hatten. Während sie Buch um Buch las, war in ihr die Erkenntnis gewachsen, dass ein Mensch, der keine Freunde fand, ein Problem darstellte. All die verwaisten, verlassenen, sich durch dystopische Welten kämpfenden Helden der Jugendliteratur fanden Freunde und bildeten Banden, um zu überleben. Aber für jemanden wie sie war das unmöglich. Schon in der Grundschule waren die ersten Verehrer auf den Plan getreten und damit die ersten Neiderinnen, ganz ohne ihr eigenes Zutun. Natürlich verbündeten sich Mädchen mit ihr, wollten ihr nahe sein, aber sie waren nicht an ihr selbst interessiert, sondern nur an dem, wofür sie in ihren Augen stand. Die Reaktionen der Erwachsenen auf sie sprachen Bände, und die Mädchen in ihrer Umgebung hatten einen präzisen Blick für das, was wirklich zählte: die Meinung der Großen, das Urteil der Lehrkräfte, Eltern, Betreuer. Wer das entschlüsseln konnte, konnte sich Zuneigung sichern. Und so war sie für die einen das Objekt der eigenen Aufwertung, für die anderen das der eigenen Abwertung. Selbst ihre Mutter hatte sich mit ihr wie mit einem kostbaren Ornament geschmückt.

So war sie ohne Freundschaften geblieben, und niemand hatte ihr bei der Aufgabe helfen können, zu lernen, wie man sich schützte. Nach der Grundschulzeit mit ihren schüchternen, rotwangigen kleinen Verehrern, die von ihrem Taschengeld Kettenanhänger für sie kauften, kamen die Männer, die in ihr etwas erahnten, was sich noch entwickeln würde. Die Biologie, die dem männlichen Homo sapiens diktierte, möglichst viele gesunde Nachkommen hervorzubringen und zu diesem Zweck seinen Samen in junge, gut gebaute, symmetrische Frauenkörper einzupflanzen, machte es den armen Männern unmöglich, in Lones Gegenwart ruhig zu bleiben. Nirgends war man sicher, auch nicht zu Hause, wo die neuen Freunde der Mutter gehemmt und irritiert waren, wenn sie mit am Tisch saß, und später ein eigentlich herzlicher, Cicero zitierender Stiefvater in ihrer Gegenwart steif und altmodisch streng wurde.

Sie konnte die anderen Mädchen ja verstehen. Sie war nicht weniger neidisch auf sie, und im Rückblick betrachtet konnte sie erkennen, dass diejenigen von ihnen, denen sie ihre Freundschaft ganz besonders hartnäckig angetragen hatte, meistens die Mädchen waren, die sie als maximal durchschnittlich identifiziert hatte. Sie wollte teilhaben an deren Normalität, und folglich hatte sie von ihnen genau das Gleiche gewollt wie diese von ihr – Abfärben, Zweckgemeinschaft, Aufwertung. Alles, nur keine Freundschaft wie in den Büchern beschrieben. Jemand wie sie musste allein bleiben, das wurde ihr zunehmend klar.

Bis eines Tages ein Kind vor ihrer Zimmertür gestanden hatte, um ihr beim Gitarrespielen zuzuhören. Ein Kind, das so erpicht darauf war, eine Familie zu haben, dass es bereit war, in Lone etwas anderes zu sehen als alle anderen – eine Schwester.

Jetzt lebte Iulia mit Mann und Sohn in einer Gemeinde, arbeitete in ihrem angestrebten Beruf, machte neuerdings Yoga, war glücklich. Sie hatte alles Gesuchte gefunden, brauchte sich nicht mehr davor zu fürchten, nicht geliebt und ohne eine Erklärung zurückgelassen zu werden. Wer einen Pastor heiratete, war sicher vor dem Aussortiertwerden.

Niemanden hatte sie je so nah an sich herangelassen wie Iulia. Die Musik, die sie jetzt hörte – die beiden körperlosen Stimmen, die sich miteinander vermischten und wieder voneinander trennten auf einem Konzert, das Jahre nach dem Auseinanderbrechen des Duos stattgefunden hatte –, erinnerte sie daran, dass sie selbst Teil eines Duos gewesen war, und sie hatte lange geglaubt, nichts könnte daran etwas ändern. Doch wahrscheinlich, das dachte sie jetzt, waren Eckhardt und Fabricius schon vor längerer Zeit endgültig auseinandergegangen. Und alles, was sie zusammenbrachte, konnte nur noch ein Revival sein.

Manchmal fragte sie sich, ob sie deshalb Hebamme geworden war – wegen der Nähe. Die Argumente hatten damals auf der Hand gelegen: die von so vielen Männern dominierte Welt der Medizin, die schrecklichen Mitstudenten, die Arroganz der Ärzte und ein unter ihnen vorherrschendes, generell unangenehmes Bild vom Menschen. Aber Argumente, die auf der Hand lagen, waren nie die ganze Wahrheit. Wenn sie ehrlich zu sich selber war, hier und jetzt, mit der aufgehenden Sonne als Zeugin, dann musste sie zugeben, dass sie Hebamme geworden war, weil sie gebraucht werden wollte. Wenn man schon nicht geliebt wurde, so konnte man sich wenigstens unentbehrlich machen. Ärzte mit Kittel und Schreibbrett vor der Brust waren austauschbar. Dr. X wird gleich für Sie da sein. Oh, tut mir leid, Dr. X kann gerade nicht, aber Dr. Y wird die gleichen Schlüsse aus den Abkürzungen in Ihrer Krankenakte ziehen. Eine Hebamme aber, die ließ sich nicht einfach austauschen, auch wenn das unmenschliche Schichtsystem es so vorsah. Hebammen begleiteten die Frauen und deren Männer, sie zogen ihre Schlüsse nicht aus Kürzeln in Akten. Wer Hebamme war, ging Beziehungen ein.

Inzwischen war sie zu alt, um sich noch selbst einreden zu können, dass das, was sie zurückbekam, für ein gutes Leben ausreichte. Sie war wie ein Vampir, lebte von der Lebendigkeit anderer, und nie war es genug, um zufrieden zu sein, aber auch nie so wenig, um aufzugeben. Ein Halbleben führte sie, eine Schattenexistenz.

Was würde passieren, wenn sie jetzt einfach nicht bei dem Paar auftauchte, zu dem sie unterwegs war? Würde dadurch irgendetwas Furchtbares in Gang gesetzt? Nein, vielmehr würde die Mutter, die kerngesund war, genau wie das Baby, das sich in dieser Nacht auf den Weg gemacht hatte, einfach das tun, was ihr Körper ihr diktierte, sie konnte gar nicht anders. Sie würde schreien und atmen und die Hand ihres Mannes drücken, dass er meinte, sie würde ihm die Mittelhandknochen zermalmen, und irgendwann würde ihr Körper ihr befehlen zu pressen, er würde einen so starken Drang aufbauen, dass sie sich dem nicht würde widersetzen können, ganz ohne die Ansage einer Hebamme, und sie würde das Kind aus sich hinauspressen, und der Vater würde es ihr auf den Bauch legen. Es war nicht ihr erstes, sie würden wissen, was dann zu tun war. Und wenn sie sich unsicher wären, würden sie einfach googeln. Vermutlich gab es auf YouTube Anleitungen, wie man eine Nabelschnur abklemmte. Die Plazenta würde irgendwann geboren werden, auch das erledigte der Körper ganz von allein, die Mutter musste nur seinen Signalen folgen. Für die Hausgeburt war alles vorbereitet, es würden Handtücher und eine Schüssel bereitstehen, Malerfolie, Bettlaken, Müllsäcke. Wozu eine Hebamme? Damit sie ihnen bestätigte, was sie ohnehin schon wussten, weil sie gelernt hatten, dass es nur so sein durfte. Und sie, Lone, würde sich daran berauschen können, dass sie einmal mehr alles richtig gemacht hatte. Dass Menschen sich ihr anvertraut hatten, sie so dicht an sich herangelassen hatten, wie es eben ging. Und sie würde das Gefühl zulassen, dass es ohne sie nicht geklappt hätte, aber sie würde wissen, es war gelogen. Ein Schmarotzer war sie, mehr nicht. Und wenn sie jetzt verschwände, in dieser Sekunde, nichts würde der Welt entgehen.

Jetzt, wo ihr Vater tot war, konnte sie noch nicht einmal mehr behaupten, seine einzige Chance zu sein, der Einsamkeit zu entkommen. Jetzt, wo er tot war, gab es wirklich nichts mehr, was sie hielt.

Wie oft auf ihren nächtlichen Fahrten über Land hatte sie daran gedacht, Gas zu geben und einfach die Augen zu schließen? Manchmal war es wie ein Zwang gewesen. Als gäbe es ein Programm in ihrem Kopf, das diesen Vorgang jederzeit für sie durchspielen konnte. Das Gute an einem Unfall war, dass niemand sich schuldig fühlte. Einen Unfall konnte wirklich jeder haben. Hinterher fragte sich auch keiner, ob er vielleicht etwas übersehen hatte, und am Grab konnten alle sich gegenseitig versichern, dass der verstorbene Mensch noch so viel vor sich gehabt hatte.

Die Sonne steht jetzt über dem Horizont, sie scheint Lone direkt ins Gesicht. Sie schließt nicht die Augen. Sie schaut direkt hinein.

III

15 | Late In The Evening

Die Nacht war einigermaßen furchtbar gewesen. Mit heißer, feuchter Luft und einem Ehemann, der sich unruhig gewälzt hatte. Die Fahrgeschäfte waren durch Iulias Kopf gerast, als gäbe es kein Morgen.

Offenbar hatte sie am Tag zuvor eindrucksvoll genug gekotzt, um für dieses Mal aus der Verantwortung entlassen zu werden, ihre verkabelte Schwester betrachten zu müssen. Während Niels' Gespräch mit dem bärigen, sympathischen Oberarzt hatte sie gnädigerweise im Auto warten dürfen. Schließlich – so hatte er es verkündet – würde sie in der nächsten Zeit viel öfter kommen, länger bleiben, sich nützlich machen. Der Oberarzt hatte bestätigt, dass irgendwelche Werte auf eine Sepsis hindeuteten, sodass Lones Organismus nun durch die bereits vorhandenen Zugänge mit allem, was die Abteilung an Antibiotika zu bieten hatte, bombardiert werden würde. Früh entdeckt, war so etwas gut behandelbar – allerdings konnte es, wenn man Pech hatte, dazu kommen, dass der geschwächte Körper einzelne Organe abschaltete. Vielleicht war dies schon die freundliche Pastorenversion gewesen, für Iulias Ohren aufbereitet und verharmlost. Letztlich war es egal. Sie musste die Details nicht kennen, um zu begreifen, dass ihre Schwester sich immer weiter von ihr entfernte.

Irgendwann war sie dank autogenen Trainings und ordnender Geschichten – ein Anfang, ein Ende – doch noch eingeschlafen, nur um gegen kurz vor fünf hochzuschrecken, wie in all den Nächten zuvor auch. Diesmal war sie einfach aufgestanden und hatte sich im Gästezimmer darangemacht, die Gemeindefinanzen durchzusehen, bis der Wecker klingelte.

Jetzt war sie müde. Niels hatte schon mehrfach angemerkt, dass zwischen ihrem Kaffeekonsum und den Schlafstörungen ein Zusammenhang bestehen könnte. Tatsächlich hatte sie mehrere Testreihen durchgeführt – mit Getreidekaffee und Yogitee zu verschiedenen Uhrzeiten –, die allesamt gar nichts bewiesen hatten.

Hier, in Lones Haus, gab es niemanden, der ihre Trinkgewohnheiten kommentierte. Im Hängeschrank der kleinen Küche fand sie eine Stempelkanne für Singles, so etwas hatte sie noch nie gesehen. Der Kaffee, den sie darin aufbrühte, reichte exakt für einen Becher. Sie entschied sich für eine Tasse mit dem Logo einer Apotheke. Ein Werbegeschenk, ganz offensichtlich, keine handgemachte Töpferware, aus irgendeinem Urlaub mitgebracht, an der romantische Fürsorge klebte. Die Milch im Kühlschrank war noch in Ordnung und färbte den Kaffee herrlich mittelbraun. Es war ein unerhörter Luxus, so eine Egoisten-Kanne zu benutzen. Wie konnte man nur auf die Idee kommen, Lone zu bemitleiden, weil sie allein lebte?

In der Wohnung war es kühler als sonst. Iulia öffnete die Wohnzimmerfenster und roch sofort den Regen: nasse Erde, Gras und irgendetwas Schweres, Metallenes, wie Eisen oder Kupfer. Sie fühlte sich schmutzig, vielleicht sollte sie duschen.

Am Morgen war der Himmel bereits bedeckt gewesen, eine feuchte Wärme hatte über allem gelegen wie eine Decke, alle Bäume und Büsche schienen in Erwartung des Regens zu sein. Alles hatte sehr grün geleuchtet. Blätter hingen herab wie Hundeohren, bereit, sich sofort aufzustellen, wenn die ersten Tropfen den Weg durch die obersten Erdschichten gefunden hatten.

Der Vormittag in der Bank war herrlich ereignislos verlaufen, hatte aber nicht die erhoffte gedankenberuhigende Wirkung gehabt. Sie war froh, als es zwölf wurde und sie die Bank verlassen konnte. Aber sie war nicht froh über den Gedanken, ins Pastorat zu fahren. Was, wenn dort wieder ein Mädchen in der Küche saß, dessen Name auf *ina* endete?

Inzwischen hatte der Regen eingesetzt. Dazu ein orkanartiger Wind, mit dem die Pflanzen vermutlich nicht gerechnet hatten. Auf dem Parkplatz, wo ihr Rad angeschlossen stand, hatte Iulia zwei nasse und überforderte Männer vorgefunden. Der Fänger im Roggen beugte sich gerade gemeinsam mit Florian in den offen stehenden Motorraum seines Wagens. Sie versuchten, ein Starthilfekabel anzubringen. Florian beschirmte sein Smartphone mit der Hand und schrie Anweisungen gegen den Wind. Iulia war näher herangetreten, aber der Chef hatte sie nervös weggewedelt.

»Fahren Sie nach Hause, Frau Eckhardt-Richter, Herr Wiegandt und ich machen das schon.«

»Der Gemeindewagen springt im Winter morgens ständig nicht an«, hatte sie gesagt, vom Wind war ihr die Hälfte der Wörter aus dem Mund gerissen worden. »Starthilfe kann ich im Schlaf.«

»Sind Sie wirklich sicher mit den Farben?« Salinger hatte sie einfach ignoriert. »Ich will hier nicht den Stromschlag meines Lebens bekommen.«

»Jaja«, hatte Florian gerufen. »Hier steht: *Erst das Rote Kreuz, dann der Leichenwagen.*«

Also war Iulia auf ihr Rad gestiegen und losgefahren. Wenigstens war sie um das Grüßen der Schäfchen auf der Straße herumgekommen bei diesem Wetter.

Der Regen rauschte vor der Gartentür, sonst war es still. Der Kaffee entfaltete seine Wirkung und verlangsamte das Karussell in ihrem Kopf. Ihre Bankhose zwickte am Bauch,

Iulia öffnete den Knopf an der Seite, bevor sie sich auf Lones Sofa fallen ließ. Hatte ihre Schwester es genauso gemacht, wenn sie von der Arbeit nach Hause gekommen war?

Vorsichtig streckte sie den Arm aus und nahm die Gitarre vom Ständer. Mit der flachen Hand strich sie über Hals und Korpus. Vorsichtig zupfte sie an den Saiten.

Der Staub, der dabei aufwirbelte, kitzelte sie in der Nase. Alles, was sie riechen und einatmen konnte, waren Moleküle. Wenn sie sich auf das Sofa setzte, über die Gitarre wischte, Saiten anschlug, dann beförderte das Millionen abgestoßener Hautschüppchen in die Luft, die sie wiederum einatmete. Ihre Hände kamen in Kontakt mit Lones unsichtbaren Spuren. Sie schnupperte an dem Instrument: Holz und Staub, Lack und das Metall der Saiten und Bünde. Sie spürte den absurden Drang, an der Gitarre zu lecken.

Am Pastorat angekommen, hatte sie das Wasser auskippen müssen, das sich im Regencape gesammelt hatte. Beim Abstellen des Fahrrads in der Garage hatte sie auf einmal ein alarmierendes Gefühl überkommen. Irgendetwas war nicht in Ordnung. Sie fühlte sich beobachtet. Ein schwacher Güllegeruch streifte sie. Sie blickte sich um. Dort stand ihr Auto, dort Aarons Kinderschlitten, dort der Metallschrank mit den halb leeren Farbeimern und Lackdosen und steif gewordenen Pinseln. Und dort stand Torben Thomsen mit einer Tüte in der Hand.

»Ich hab dich auf dem Rad gesehen.«

»Und der Anblick hat dich so beeindruckt, dass du mir folgen musstest. Das ist verständlich.« Sie nahm den Helm ab.

»Ich war eigentlich auf dem Weg zur Bank, wollte sowieso mit dir sprechen.«

»Weshalb?«

»Salinger sagt, du prüfst meinen Antrag.«

Den Kreditantrag für den Bau der Biogasanlage hatte Iulia sich noch einmal in Ruhe angesehen, so wie es ihr vom Chef aufgetragen worden war. Sie hatte dabei ihre wohlwollende Brille aufgesetzt, hatte Ratings und Scores beiseitegeschoben und versucht, in Kontakt zu ihrem Bank-Bauchgefühl zu treten. Der Todesfall in der Familie. Die lange Tradition des landwirtschaftlichen Betriebs. Die Erfahrung des Bauern. Weitsicht sollte ihr Urteil beeinflussen, die Sicherheit für die Bank lag in der Langfristigkeit der Investition. Wer Geduld hatte mit der Natur, wurde belohnt. Aber es hatte alles nichts geholfen. Das, was Thomsen sich vorstellte, war ökonomisch betrachtet naiver Unsinn. Manche Landwirte wuchsen in einen Betrieb hinein, waren schon als Kinder Könige ihrer Ländereien, fuhren als Teenager Traktoren und Quads und alte Autos über Stoppelfelder, definierten ihr Selbstbewusstsein über die Größe der Nutzfahrzeuge in ihrem Besitz und verharrten am Ende in einer ewigen Adoleszenz, gefangen im permanenten Schwanzvergleich.

»Dein Antrag wird noch geprüft«, hatte Iulia so ruhig wie möglich gesagt. »Du musst dich gedulden.«

Er hatte direkt im hellen Ausschnitt zwischen Wand und Auto gestanden und ihr den einzigen Ausgang aus der Garage versperrt. Hinter ihm peitschte der Wind den Regen schräg durch die Luft.

»Es wäre wirklich besser, wenn es diesmal ein bisschen schneller geht. In einigen Wochen ist Maisernte, und ich habe Gänse dieses Jahr, die sich schon auf den Martinstag freuen. Ihr Banker denkt immer, jeder Tag ist wie der andere, aber wenn man sich die Hände schmutzig macht, so wie unsereins, dann weiß man, dass es für alles eine Zeit gibt, und die Zeit für mein Geld ist leider jetzt.« Thomsen lächelte plötzlich und versuchte, charmant auszusehen. »Gänsebraten isst doch eigentlich jeder gern, was?« Und er hatte die Tüte in seiner Hand ein bisschen geschüttelt.

Die Landwirte der Umgebung trugen gerne und ohne Hemmungen zu jeder Gelegenheit ihre Mitbringsel überall hin, auch ins Pastorat – Eier, Suppenhühner, Schnitzel, Brennholz, Schmalz und Sauerfleisch, Setzlinge, Kisten voller Tomaten, Äpfel oder Rosenkohl, selbst gebrautes Bier, eingelegte Gurken, Chutneys, Soßen, Marmeladen, meterlange Gladiolen, Butterkuchen und vor allem Kürbisse. Womöglich gab es in den Gärten der Bauernhäuser extra Areale, in denen Bestechungskürbisse gezogen wurden.

»Es sei denn, man ist Vegetarier.«

»Das bist du nicht. Oder?«

Wenn sie jetzt genickt hätte, wäre die Sache für ihn klar gewesen. Dann hätte er einen Feind vor sich. Ohne zu zögern, würde er vom großzügigen Gänsebraten-Verschenker zum drakonischen Brot-für-die-Welt-Produzenten mutieren und sie erbarmungslos mit auswendig gelernten Lobbyisten-Phrasen zu zermürben versuchen.

»Keine Sorge. Wir sind auf deiner Seite. Aber wir dürfen einfach bei der Kreditbewilligung nicht mehr so frei entscheiden. Es gibt inzwischen sehr viele Vorgaben, an denen wir nicht vorbeikönnen.« Der Chef würde ihr hoffentlich dankbar sein, dass sie hier so geschickt den Boden für eine Ablehnung der unsinnigen Gasanlage bereitet hatte. Er würde es einfach auf die Vorgaben schieben können.

»Ach, das ist doch Humbug.« Der Ärger hatte Thomsen im Gesicht gestanden. »Bis neulich noch war Otto Detlefsen für mich und meine Anträge zuständig. Ein Anruf, und ich wusste, wo ich stand. Sag deinem Chef, dass ich mir eine andere Bank suche, eine, in der es einen Otto gibt, wenn das noch lange dauert.«

Er war ein paar Schritte auf sie zugegangen und sah nun weder charmant noch großzügig aus. Iulia hatte unauffällig die Pumpe aus dem Fahrradkorb genommen. Sie war aus Plastik und leicht, beinahe biegsam. Trotzdem fühlte es sich gut an, etwas in der Hand zu halten, das man notfalls irgendwo hineinstoßen konnte.

Der Wind vom Mittag war hier, in Lones Haus, nicht zu spüren. Der Regen fiel rauschend auf die Velux-Fenster des Arbeitszimmers. Eine Weile stand Iulia vor dem CD-Regal und betrachtete das spanische Album von Joan Baez, auf dessen Cover die Sängerin einen Arm so hebt, dass sich ein Schatten in der Achselhöhle bildet, auf den Iulia früher ewig gestarrt hatte, um herauszufinden, ob die Haut dort rasiert war oder nicht. Das erste Lied war *Gracias a la Vida.* Iulia schloss die Augen und hatte das Gefühl, Lones Stimme zu hören.

Auf dem Schreibtisch lag die Mappe mit den Briefanfängen. Sie nahm sie in die Hand, aber ihr fehlte der Mut, den Deckel aufzuklappen und Lones Handschrift zu lesen. Ihr fehlte an diesem Tag die Kraft für nicht weitergeführte Anfänge. Gleichzeitig kam ihr das, was diese Mappe enthielt, zu wichtig vor, um sie ins Regal zurückzustellen und zu vergessen. Vielleicht würde sie das nächste Mal, wenn sie hier war, hineinsehen können.

Sie ging ins Badezimmer, um sich die Hände zu waschen. Mit Lones Bürste kämmte sie sich die Haare. Im Spiegel betrachtete sie ihr Gesicht. Vom Radfahren im Regen war ihr Make-up verwischt. Die angeblich wasserfeste Wimperntusche hatte braune Schatten unter ihren Augen hinterlassen. So musste sie Thomsen gegenübergestanden haben – im Regencape, mit Eulenaugen. Wer konnte so jemanden ernst nehmen? Sie wusch sich das Gesicht. Vorsichtig strichelte sie mit Lones Stift ihre Augenbrauen nach, was ihr sofort einen düsteren Ausdruck verlieh. Mit Lones schwarzer Wimperntusche wirkten ihre Augen auffällig geschminkt. Sie beide sahen einander so wenig ähnlich. Und Iulia kannte die Antwort des Spiegels, hätte sie ihn nach der Schönsten im Land gefragt. Sie selber war nur in diesem Moment die Schönste hier. Denn Schneewittchen war weit weg hinter den sieben Bergen.

Natürlich hatte Thomsen ihr nichts antun wollen. Es war die Garage gewesen, das dämmerige Licht, der versperrte Weg, der eine an sich harmlose Begegnung in etwas verwandelt hatte, für das man eine Luftpumpe in der Hand halten wollte. Frauen hatten immer Angst. Und Männer wussten, wie man ihnen Angst machte. Thomsen hatte es jedenfalls gewusst. Er war auf sie zugekommen, mit gerunzelter Stirn, und hatte dicht neben ihr mit einem Ruck die Tüte aufgerissen. Darin lag eine geköpfte, gerupfte Gans.

»Na?«, hatte er gesagt. »Die kann man doch am nächsten Sonntag schön knusprig braten, da duftet das ganze Haus. Möcht mal sehen, wer da nur danebensitzen und Kartoffelbrei essen will.«

»Für Braten ist bei uns mein Mann zuständig. Und dein Antrag wird nicht schneller bearbeitet, wenn du Gänse verteilst.«

»Manchmal bin ich richtig froh, dass ich da draußen zwischen den Feldern wohne. In meiner Welt jedenfalls scheißt man auf Vorgaben. Man kennt sich, und man weiß Bescheid. Und bei uns kochen immer noch die Frauen.«

»Gott sei Dank.«

»Ganz genau.« Thomsen war lauter geworden. »Einem Gänsebraten, den ich zubereitet habe, willst du ganz sicher nicht im Dunkeln begegnen.«

Danach waren ihre Beine zittrig gewesen. Sie war ins Pastorat gegangen, während sie gleichzeitig versucht hatte, ihre Stiefmutter anzurufen, und dort, direkt an der Garderobe, hatte die frigide Chorleiterin gesessen und irgendwelche Noten studiert.

Sie hatte aufgeschaut, als Iulia durch die Tür gekommen

war, hatte ihren Gesichtsausdruck schnell in den Griff bekommen und gesagt: »Ich hab einen Termin, aber Pastor Richter telefoniert noch.«

Iulia hatte freundlich gelächelt und genickt, in diesem Moment hatte Monika abgenommen und ihr Ohr mit einem Redeschwall bedacht. Lones Zustand: unverändert, immerhin nicht schlechter, alle Organe noch im Einsatz – Antibiotika und Oberarzt sei Dank –, noch immer auf dem Weg über irgendeinen Berg oder vielleicht auch nicht auf dem Weg, vielmehr ein Gewitter abwartend, das durchzog, bevor es weitergehen konnte, weiter den Berg hinauf, der bewältigt werden musste. Inzwischen hatte Monika schon wieder einen ganzen Schal fertig gestrickt.

»Was hast du heute vor?«

»Ich dachte, ich suche noch mal in Lones Haus nach einer Patientenverfügung oder so was«, hatte Iulia geantwortet. »Vielleicht gibt es ja wenigstens eine Notiz irgendwo.«

»Glaubst du das?«

»Und ich guck die Post durch. Nicht, dass da irgendeine Steuervorauszahlung fällig ist.«

»Wenn du meinst. Damit kennst du dich besser aus.«

»Ich komme morgen. Ganz bestimmt.«

»Ich bin ja hier, Iuli-Kind.«

Und sie hatte den Autoschlüssel geholt, hatte sich um die halb ausgestreckten Beine der frigiden Chorleiterin herumgedrückt und war ohne Umwege zu Lones Haus gefahren. Vor allem, um sich einen Kaffee zu machen.

Jetzt war der Becher fast leer. Sie trank die letzten Schlucke, während sie wieder nach unten ging. Sie spülte die Kaffeekanne ab. Sie spürte das Koffein, trotzdem war jede Bewegung so anstrengend, als müsste sie gegen einen Widerstand kämpfen. Sie kam sich vor wie in einem Albtraum. Weit weg in einer kargen grauen Landschaft stand ihre Schwester. Sie hatte ihr den Rücken zugewandt. Würde sie weitergehen, bis sie außer Sichtweise wäre, oder sich umdrehen und zurückkommen? Iulia wollte zu ihr, aber die Beine waren ihr schwer wie Blei. Sie hatte Wackersteine im Bauch.

Als Nächstes sah sie die Post durch – wieder nur Altpapier –, und öffnete den Umschlag von der Versicherung, der noch von ihrem letzten Besuch auf dem Tisch lag: ein Angebot für Absicherung bei Arbeitsunfähigkeit. Mit der Küchenschere bearbeitete sie den Karton, den sie aus dem Carport geholt hatte, und bog die Papplaschen auseinander. Zwischen Kugeln aus Maisstärke fand sie ein ganzes Sortiment an Fläschchen und Trinklernbechern mit verschiedenen Griffen und Aufsätzen, dazu eine Karte mit der Bitte um Feedback. Sie trug den Karton hoch ins Arbeitszimmer und begann, die Behälter auszupacken. Reihte sie am Boden auf und betrachtete die taillierte Form der Babyflasche, die das Halten mit den kleinen Händen erleichtern sollte, fühlte das Material des Saugers, das fest und durchsichtig war, schnupperte an den gebogenen Plastikgriffen des Lernbechers – er roch giftig.

Dann öffnete sie die Schubladen der Hebammen-Kommode. Nacheinander nahm sie alles, was darin lag, in die Hand, schaute es sich genau an, versuchte zu verstehen, wozu es gut war, und legte es dann zu den anderen Dingen auf dem Boden. Die Funktion der kleinen Schalen mit dem Loch in der Mitte begriff sie nicht, die Pumpen hingegen waren ihr inzwischen vertraut. Sie las sich die Inhaltsstoffe auf den Packungen und Röhrchen durch, prägte sich die Namen der ätherischen Öle und Duftmischungen ein: *Damaszenerrose, Damm-Massageöl, Andere Umstände, Lass los* oder *Vorfreude*. Sie fand Tüten mit Frauenmantel-, Himbeerblätter- und Fencheltee, diverse Salben gegen Hämorrhoiden, Dehnungsstreifen, Schnupfnasen, verschiedenste Binden, Wickel, Pflaster und Kompressen, Watte, Wolle und Netzhöschen. Es nahm kein Ende. All die Tiegelchen und Pröbchen, all die Pipetten und Thermometer, all die Behälterchen mit Pulvern und Globuli.

Am Ende saß auch sie auf dem Fußboden, um sie herum eine Landschaft aus Hebammen-Krimskrams, rätselhaft, peinlich, abgründig und rührend. Ihr war schwindelig. Wozu waren diese Dinge gut? Maren wüsste es. Kristin wüsste es. Lone wüsste es. Warum nicht sie? Aber Aaron war auch ohne das alles groß geworden und wohlgeraten. Bei seiner Geburt war die Hebamme die unwichtigste Person im Raum gewesen, sobald der Arzt gekommen war. Noch unwichtiger als sie selbst.

Sie rappelte sich auf und zog wahllos ein paar Bücher aus dem Regal. Während sie darin blätterte, bekam sie Sehnsucht nach der anderen Welt, in der ihre Schwester sich täglich bewegt hatte, der Zeitfalte, dem Kaninchenloch, nach diesem Unwahrscheinlichkeitsland, in dem alle Regeln, die sie kannte, nichts wert waren.

Der Regen rauschte noch immer. Iulia schlug ein Buch ganz am Anfang auf und begann zu lesen.

Irgendwann piepte ihr Telefon. Sie sah nach, wer ihr eine Nachricht geschrieben hatte. Natürlich war es Niels. *Wo bist du? Warst du überhaupt zwischendurch zu Hause? Ist alles okay?*

Sie zögerte einen Moment, dann schrieb sie zurück: *Bin bei Lone, alles okay.*

Sofort die Antwort: *Das machst du gut, Goldmarie. Geht es Lone besser? Grüß Monika.*

Mach ich, schrieb sie zurück, dann steckte sie das Telefon wieder ein, öffnete ihre Handtasche und begann, inmitten der Hebammenlandschaft hockend, alles, was ihr sinnvoll erschien, einzupacken.

16 | Slip Slidin' Away

Zwei Mal fuhr Iulia an dem Haus vorbei, bis sie begriff, dass hinter den hohen Tannen tatsächlich ein Grundstück lag. Man fand es nur, wenn man die Nummer der umstehenden Häuser berücksichtigte und die passende Lücke suchte. Nana Østergaard Jensen gehörte dem Namen nach zur dänischen Minderheit, sie wohnte in einem winzigen Dorf, das ohne erkennbaren Grund mitten in der Landschaft entstanden war, nicht einmal eine Kirche schien es zu geben.

Iulia parkte das Auto an der Straße und holte die Liste der Spezialkundinnen aus der CD-Hülle, um sich zu vergewissern, dass die Adresse stimmte. Sie hatte die halbe Nacht am Laptop im Gästezimmer verbracht, um die Bedeutung von Begriffen zu erforschen, die ihr bei der Lektüre in Lones Haus begegnet waren. Nun konnte sie auch die Buchstabenkombinationen entschlüsseln, sie beherrschte den Code: Schwangerschaftswochen, Messungen, Diagnosen, Kindslagen, Auffälligkeiten. Sie konnte erkennen, dass Nanas Kind bereits geboren war, zwei Termine standen dabei, ein errechneter und ein tatsächlicher. Zwei Wochen war das Kind jetzt auf der Welt.

Nach dem Bankvormittag hatte das inzwischen übliche Stiefmutter-Telefonat an der Garderobe stattgefunden – alle Organe noch am Start, der Oberarzt nach wie vor bärig, wenn auch etwas unentspannter angesichts der Situation, der neue Schal sollte für Aaron sein, sie, Monika, werde die Stellung halten, solange es nötig war. Iulia hatte an Caesars Schlacht gedacht. Die Soldaten hielten die Stellung, während die Frauen im Niemandsland auf ihr Ende warteten. Nach dem Gespräch hatte ihre Hand geschmerzt, so fest hatte sie dabei das Telefon umklammert. Immerhin war Lone nicht weiter von ihr weggegangen. Sie sah die graue Albtraumlandschaft vor sich. Ihre Schwester hatte sich noch nicht wieder umgewandt, um zurückzukommen. Iulia fühlte die große Lähmung, den Findling, kaum konnte sie ihren Körper dazu bringen, sich wieder in Bewegung zu setzen.

In der Küche hatte sie einen Zettel von Niels vorgefunden, beschwert von dem Schnapsglas mit Wasserrand, in dem wieder frische Gänseblümchen standen:

Schaue vor der Kirchenratssitzung bei dem traurigen Afghanen vorbei, heute Abend koche ich dir was Schönes. Pass auf dich auf! Und vergiss nicht: Du bist behütet auf deinem Weg.

Sie nahm einen Kugelschreiber und schrieb darunter:

Pass auf dich selber auf! Und: *Möge die Macht mit dir sein.*

Aaron schrieb eine Textnachricht, die besagte, dass er zu seinem Freund Mattis gehe, um sich mit ihm über Namibia auszutauschen, zum Abendessen sei er zurück, dazu ein winziges Bild von einer Palme auf einer kleinen gelben Insel, das sie selbst mit Brille kaum erkennen konnte.

Sie musste das Auto umrunden, um ihre prall gefüllte Handtasche vom Beifahrersitz heben zu können, so schwer war das Ding. Hinter den Tannen, auf einem Rasen, der eher ein Moosteppich war, stand ein Häuschen – der Putz so grün und grau, dass man sofort Lust bekam, einen Hochdruckreiniger darauf anzusetzen. Und danach die Fensterrahmen von der abblätternden Farbe zu befreien und zu streichen, ebenso die Haustür. Der Eindruck des Hauses wäre sofort ein ganz anderer gewesen, und das mit wirklich wenig Aufwand. Seine Bewohner nahmen sich heraus, diesen geringen Aufwand nicht zu betreiben.

Ganz sicher würde Iulias Tasche an diesem Ort Gutes bewirken können.

Beim Anblick eines solchen Hauses hätte ihre leibliche Mutter die Ärmel hochgekrempelt und sich mit grimmiger Freude an die Arbeit gemacht. Sie hatte ein Faible für unterprivilegierte Familien gehabt. Der Mann, zu dem sie weiterzog – wie Mary Poppins, die dorthin ging, wo sie gebraucht wurde –, war verwitwet gewesen, allein mit drei Kindern. Sie hatte sofort gesehen, dass sie dort mehr zu geben haben würde als die Zubereitung dreier Mahlzeiten am Tag und die Versorgung mit Feierabendbier. Sie hatte die Familie auf der Faschingsfeier der Arbeiterwohlfahrt getroffen, bei der sie ehrenamtlich die Getränkeausgabe betreute, und mit geübtem Auge deren Bedürftigkeit erkannt.

Iulias Mutter hatte sehr daran gelitten, dass die Menschen so egoistisch waren. Wo blieb die Demut? Wer half den Armen, den Verlassenen, denen, die sich nicht selber helfen konnten? Es hatte für sie nichts Schöneres gegeben, als Gutes zu tun. Und ab und zu ein schäbiges Haus zu putzen, bis Freundlichkeit und Hygiene über Gier und Schmutz triumphierten.

Eine Klingel fand Iulia nicht, also klopfte sie. Niemand öffnete. Sie ging ums Haus herum, und dort, im hinteren Garten, lagen im Schatten eines Schäferwagens eine Frau und ein Baby auf einer Decke. Auf der einen Seite begrenzte ein langes Kissen den Platz für das Kind, auf der anderen Seite der Körper der Frau. Beide schliefen. Die Haut des Babys war heller, eine Abstufung des Hauttons seiner Mutter, der dunkel war wie gebeiztes Holz. Sie lagen Nase an Nase, und in Iulias Kopf tauchte ein Bild auf – das des schlafenden Menschleins, das Aaron einmal gewesen war, in einem Gitterbettchen liegend, viel zu weit unten, sodass sie sich über das Geländer hatte beugen und ihren Oberkörper in das Bett hatte hineintauchen müssen, um ihre Hand auf seinen kleinen, warmen Bauch zu legen.

Sie erschrak, als aus dem Schäferwagen ein Mann stieg. Er trug kurze Hose und T-Shirt. Auf seinem Kopf der Ansatz einer Glatze, dafür umso mehr Haare am Kinn. Er blinzelte gegen das Sonnenlicht und schien überhaupt nicht erstaunt, Iulia in seinem Garten vorzufinden. Vorsichtig stieg er über die ruhenden Körper und kam auf sie zu.

»Moin«, sagte er und reichte ihr eine raue Hand.

»Tut mir leid«, sagte sie. »Ich habe vorne geklopft, aber es hat mich niemand gehört.«

»Das ist hier so. Wer was von uns will, muss sich schon trauen, einen Umweg zu machen.«

Die Frau auf der Decke erwachte gleichzeitig mit dem Baby. Sie rappelte sich auf, nahm es in den Arm und strahlte Iulia an, als sei sie bei geheimen Vorbereitungen für eine irre Weihnachtsüberraschung ertappt worden. Das Kind zappelte und gab Laute von sich, dann wandte es sich der Mutter zu und wurde ruhig. Diese setzte sich in den Schneidersitz, Iulia konnte ungefähr auf Hüfthöhe ein Stück ihrer dunklen, glatten Haut sehen, und nur daran erkannte sie, dass sie offenbar ihre Kleidung verschoben hatte, damit das Baby trinken konnte.

»Ich bin die Schwester von Lone. Sie kann nicht selber kommen, weil sie …« Iulia schluckte hörbar, und es war ihr unangenehm.

»Wir haben es auf dem Anrufbeantworter gehört«, sagte die Frau. Sie hatte einen Akzent.

»Ich wollte mal sehen, ob ich Ihnen an Lones Stelle irgendwie helfen kann.« Iulia hob die schwere Tasche ein wenig in die Höhe.

Der Mann runzelte die Stirn. »Aus der Tatsache, dass du mich so förmlich ansprichst, schließe ich, dass ich dich jetzt besser nicht in meine starken Arme schließen sollte.

Obwohl das gerade echt mein Impuls ist. Sag: Wie geht es Lone?«

»Sie ist noch nicht über den Berg.«

Die anderen schwiegen und warteten, dass sie weitersprach.

»Meine Stiefmutter ist bei ihr. Ich dachte, es ist besser, ich schau nach ihren Frauen. Das würde sie doch sicher wollen.«

»Aber sie wird es schaffen. Über den Berg. Nicht wahr?«

»Das ist zur Zeit leider nicht ganz klar.«

Iulia fing den Blick der Frau auf und sah, dass diese verstand, was sie da sagte.

»Ich hol uns mal was zu trinken.« Der Mann ging in das grünliche Haus und tauchte kurz darauf wieder auf, in einer Hand zwei Flaschen. »Magst du Bier?«

Iulia hatte Durst. Sie war weit weg von zu Hause, weit weg von all den Gemeindeschäfchen, ihren Blicken und ihrem Getuschel: Herr Richter, neulich hat Ihre Frau am helllichten Tag Alkohol getrunken.

»Du bist also Lones Schwester«, sagte der Mann. »Und hast du auch einen Namen?«

»Iulia.«

Er stieß seine Flasche gegen ihre, das Gesicht dabei ernst und verschmitzt zugleich – ein unheiliges Ritual. Der erste Schluck war so erfrischend.

»Schön, dich kennenzulernen. Ich bin Nana«, sagte die Frau. »Und er heißt Jürgen. Er ist nicht unhöflich, sondern nur müde. Du könntest übrigens auch einfach eine Weile im Schäferwagen übernachten, Jürgen.«

»Nie im Leben. Sonst verpass ich noch was.«

Er beugte sich hinunter und küsste seine Frau auf die beeindruckenden Haare. Sie sahen aus wie dünne braune Wollfäden, die zu Kordeln gedreht waren.

Nana zog ihre Kleidung zurecht und stand von der Decke auf.

»Ich mach jetzt meine Runde. Willst du mitkommen, Iulia?«

Kurz darauf trafen sie sich auf dem Bürgersteig vor den Tannen. Nana hatte ein blau gestreiftes Tragetuch umgebunden, in dem ihr kleiner Sohn fast nicht zu sehen war. Nur die Füßchen schauten heraus. In einer Hand trug sie eine große Tasche.

»Kann er atmen?«, fragte Iulia.

»Na sicher«, sagte Nana. »Durch die Nase. Du nicht?«

Sie schritt voran, die Dorfstraße entlang, hob grüßend die Hand, wenn sie jemanden in einem der Gärten entdeckte. Iulia spürte die neugierigen Blicke, die Augenpaare, die ihnen folgten, aus dem Inneren der Häuser ebenso wie ganz offen über Zäune und Hecken hinweg. Es war das Gleiche wie mit den Schäfchen bei ihr zu Hause, und vermutlich hatte Nana sich genauso daran gewöhnt wie sie selbst. Wer mit so einer Hautfarbe, solchen Haaren und einem derart eingepackten Baby hier entlanglaufen wollte, der musste sich entweder gewöhnen oder abhauen.

Das Baby im Tuch war ganz ruhig, aber als Iulia aus einem günstigen Winkel in den kleinen Ausschnitt schaute, den der Stoff freiließ, begegnete sie einem Blick aus einem dunkelblauen Neugeborenenauge.

»Euer Name steht auf Lones Liste. Ich nehme an, ihr wart zur Geburt nicht im Krankenhaus?« *Euch* zu sagen, war leichter, als einfach zu duzen.

»Dahin hätten mich keine zehn Pferde bekommen. Allein diese Geschichte mit den Babys, wegen der Lone da weg ist, hat mir gereicht. Krankenhäuser sind für Kranke. Willst du was von der Geburt hören? Ich erzähle wahnsinnig gern davon. Eigentlich wollten wir in die Ostsee. Eine Meeresgeburt. Weißt du? Alles Leben auf diesem Planeten kommt aus dem Wasser, daher sollte eine Geburt auch dort stattfinden. Aber ich kann dir sagen, die Ostsee ist selbst im Hochsommer nicht gerade warm. Und in diesem Jahr gab es so viele Quallen … Lone hatte dann die Idee, einen Geburtspool aufzustellen, weil mir das Wasser so wichtig war. Aber im Haus gab es keinen Platz, so ein Ding ist ja schon ein kleiner Swimmingpool, also haben wir ihn in den Garten gestellt. Und dann kam Morten tatsächlich in einer dieser Sternschnuppennächte. Kannst du dir das vorstellen? Ich hab im Garten unter der Milchstraße im Wasser ein Kind auf die Welt gebracht. Ich könnte heute noch ausflippen vor Glück, wenn ich daran denke.«

»Und was hättest du bei Regen gemacht?«

»Dann wär es eben anders abgelaufen. Und auch das wäre schön geworden, da bin ich sicher.«

Am Rand des Dorfes, direkt am Wald, bogen sie in eine Einfahrt ab, an deren Ende ein kleines Backsteinhaus lag. Nana klopfte an die Tür, laut und eindringlich. Sie warteten, aber nichts regte sich. Schließlich hockte Nana sich hin, holte aus ihrer Tasche einen Laib Brot, der in ein Geschirrhandtuch gewickelt war, und legte ihn neben die Haustür auf den Treppenabsatz.

»Ich glaube, sie schläft«, sagte sie. »Gerlinde ist über neunzig. Ich schicke später jemanden vorbei, um nachzusehen, ob alles in Ordnung ist.« Sie blickte sich um und entdeckte die Mülltonnen an der Hecke. »Die müssen nach vorne.« Und schon hatte sie den Griff der einen Tonne gepackt und begonnen, sie die Einfahrt hinunterzuzerren.

Iulia holte die zweite Tonne und folgte ihr.

»Und Lone war die ganze Zeit bei euch, in dieser Sternschnuppennacht?«, fragte sie, als beide Tonnen nebeneinander an der Straße platziert waren.

»Natürlich. Sie war immer da, wenn wir sie brauchten. Sie hat mich gerettet, weißt du.«

»Und was du vorhin gesagt hast, über die Babys, derentwegen sie im Krankenhaus aufgehört hat …«

»Ich kenne nur Gerüchte. Stand ja auch in keiner Zeitung. Und Lone selbst hat nie davon erzählt. Aber es spricht doch Bände, wenn eine Hebamme, die sich auskennt, einen nicht bequatscht, ins Krankenhaus zu gehen, oder? Mehr muss ich eigentlich gar nicht wissen.«

Iulia dachte an die Briefanfänge in der Mappe auf Lones Tisch. Wer würde ihr etwas darüber erzählen können, welche Rolle ihre Schwester bei alldem gespielt hatte? In diesem Moment bewegte sich das Baby und gab leise Töne von sich. Nana schob die Stoffbahnen beiseite und hob das Kind aus dem Tragetuch. »Ich glaub, ich binde ihn mir besser auf den Rücken, falls ich heute noch mehr Mülltonnen ziehen muss. Hältst du ihn mal?«

Zuerst wich Iulia einen Schritt zurück. Dann atmete sie tief durch und nahm das Kind. Wie ein kleines, warmes Paket hielt sie Morten im Arm. Es war das erste Mal seit Aarons Babyzeit, dass sie einen so kleinen Menschen hielt. Sie spürte ein intensives Ziehen am Bauch, dort, wo die Haut eigentlich taub war, einen Phantomschmerz. Das Baby blickte zu ihr auf, und sein spezifischer Duft erreichte ihre Nase und vermischte sich mit dem Geruch der Mülltonnen und dem fremden Aroma, das von Nanas Haaren ausging, die neben ihr auf dem Boden hockte und das Tuch zu einer Art Beutel faltete.

Dorthinein legte Nana den Kleinen und schwang ihn sich mit einer raschen Bewegung, die Iulia ziemlich riskant vorkam, über die Schulter auf den Rücken. Während sie das Tuch um ihren Leib wickelte und verknotete, sagte sie eindringlich: »Wenn ich eins von Lone gelernt habe in der Schwangerschaft, dann, dass die Natur ihren eigenen Rhythmus hat. Deine Schwester hat sich noch nicht entschieden. Ihr müsst ihr Zeit lassen. Ihr müsst die Geduld aufbringen, abzuwarten, statt um jeden Preis zu handeln und Entscheidungen zu erzwingen. Und dazu ist ein Krankenhaus leider nicht der beste Ort.«

Sie nahm die Tasche auf und setzte sich wieder in Bewegung, zurück Richtung Dorf. Iulia stolperte neben ihr her und ließ sie ihren Vortrag halten. Es war ihr ja offenbar ein Bedürfnis. Das Bier, das Iulia ziemlich schnell auf nüchternen Magen getrunken hatte, machte ihren Kopf leicht.

»Lone weiß genau, was sie tut, ihr müsst ihr vertrauen. Sie wird eine Entscheidung treffen, wenn sie so weit ist. Entweder für das Leben oder für das Sterben. Aber wenn sie sich für das Sterben entscheidet …«, Nana blieb für einen Moment stehen und berührte Iulias Schulter, »dann müsst ihr sie gehen lassen. Verstehst du das? Sie will euch nicht im Stich lassen, also musst du hin und ihr sagen, dass es für dich okay ist, was auch immer sie entscheidet. Es ist nicht jedermanns Sache, ein Leben mit Einschränkungen zu führen.«

Jetzt konnte Iulia nicht länger den Mund halten. »Du meinst, sie stirbt nicht, aus Rücksicht auf uns?«

»So ungefähr.«

»Das ist mir zu einfach.«

»Du magst es lieber kompliziert, was?«

Anders als Monika, die viel davon hielt, Probleme anzupacken, statt zu jammern, hatte Iulias Mutter am liebsten über alles geredet, immerzu geredet. Über Egoismus und Gier und über Bedürftigkeit und Not, damit Iulia einen ordentlichen Eindruck davon bekam, wie gut es ihr eigentlich ging. Und meistens hatte sie am Ende gesagt: »Das ist alles viel zu kompliziert für dich, meine Süße, ich sollte dich damit besser gar nicht belasten.«

»Meine Stiefmutter glaubt, wenn sie nur genug betet, wird Gott schon die richtige Entscheidung treffen«, sagte Iulia.

»Auch wenn wir Gott aus dieser Sache komplett raushalten, ergibt sich im Zusammenhang betrachtet ein größeres Bild. Und in diesem Bild sind am Ende alle Entscheidungen gleich gut.«

»Gott lässt sich da leider nur schwer raushalten.« Iulia seufzte. »Mein Mann ist Pastor.«

Nana blieb vor dem nächsten Haus stehen. Eine ältere Frau kam aus der Tiefe des Gartens und begrüßte sie. Nana stellte die Tasche ab und holte einen Eierkarton und eine Papiertüte heraus, die irgendein Obst zu enthalten schien.

»Brauchst du noch was?«, fragte sie. »Ich habe heute eine Helferin dabei.«

»Jemand müsste mal wieder Holz machen, der Herbst kommt schneller, als man denkt«, sagte die Frau. »Aber nicht heute. Heute ist es zu heiß.«

»Ich komme in den nächsten Tagen vorbei«, sagte Nana. »Holz mache ich gern.«

»Wo hast du denn den Kleinen heute?«

Nana drehte sich um, damit die Frau den Tuchrucksack sehen konnte. Morten war eingeschlafen.

»Wenn ich ihn so trage, kann ich sogar Holz hacken.« Sie winkte der Frau zum Abschied, nahm die Tasche auf und war schon wieder auf dem Weg.

»Um Gottes willen«, sagte Iulia, als sie wieder auf dem Bürgersteig liefen. »Du kannst doch kein Holz hacken. Offiziell bist du noch im Wochenbett.«

»Hast recht. Ich schicke Jürgen. Auch wenn ich Holz echt besser kann als er«, sagte Nana. »Bist du denn auch in der Kirche?«

»Das ist doch irgendwie jeder. Und außerdem bin ich Pastorenfrau.«

»Ist das verpflichtend? Ich finde jedenfalls, wir Menschen sind von Natur aus keine Herdentiere, und deshalb sollten wir auch keinem Leithammel folgen. Wenn jemand sich hinstellt und sagt, er wisse den Weg zu Erleuchtung oder innerem Frieden oder zu Gott, und er werde einem gerne dabei behilflich sein, diesen Weg zu gehen, dann hat dieser Mensch ein Produkt anzubieten, und er wird dafür sorgen, dass die Nachfrage niemals abreißt. Ein Guru hat kein Interesse daran, dass seine Anhänger das Gleiche wissen wie er, denn dann wenden sie sich von ihm ab. Oder werden selber Guru, vertreiben das gleiche Produkt und machen ihm Konkurrenz.«

»Mein Mann hat keine Anhänger, die Erleuchtung suchen. Aber immerhin hat er ständig Nachschub an Konfirmandinnen.«

»Das ist ja so ähnlich.«

»Bist du eigentlich verheiratet?«, fragte Iulia. »Mit Jürgen?«

»Mich kann man nicht heiraten. Dafür stehe ich nicht zur Verfügung. Aber Jürgen ist großartig, der darf gerne bei mir bleiben, wenn er es aushält.« Sie schaute Iulia von der Seite an. »Jede soll es machen, wie sie mag. Ich kann nur die alte Geschichte der Kikuyu nicht vergessen, die meine Mutter mir erzählt hat. Früher, so hieß es, da hatten die Frauen die Macht. Aber die Männer wollten sie ebenfalls haben. Da haben sie einfach alle Frauen geschwängert, und während die Frauen niederkamen, haben sie die Macht an sich gerissen. Ich bin einfach ein bisschen auf der Hut, verstehst du?«

Sie überquerten die Dorfstraße und bogen in einen Nebenweg ein. Die Häuser waren klein und alt, eine Siedlung aus den Sechzigerjahren.

»Ich war übrigens mal mit einem Guru unterwegs«, sagte Nana. »Wir haben meditiert, Mantras gesprochen, heilige Speisen gegessen, geschwiegen und gefastet, wir haben gesungen und uns an den Händen gefasst. Wir haben Räucherstäbchen abgebrannt und alte Schriften gelesen, und immerzu hat der Typ Geschichten erzählt. Wir haben unsere Fehler gesucht und ihnen abgeschworen. Wir haben Heilige verehrt. Es war herrlich. Aber dann hab ich mich in einen Mann verliebt, einen Bayern, und der hat mich mitgenommen in die Kirche seines Heimatdorfs, und dort machten sie genau das Gleiche. Da habe ich begriffen, dass all diese Sachen unheimlich nützlich sein können für ein erfülltes Leben. Gemeinschaft und Geschichten und Meditieren mit Räucherstäbchen oder Weihrauch – das ist alles wirklich super. Aber dazu brauche ich weder einen Papst noch einen Guru. Ganz im Gegenteil. Stell dir eine Welt vor, in der niemand über dir sitzt und dir sagt, was du brauchst.« Sie begann, *Imagine* zu summen. »Fummelst du Morten mal seinen Hut auf?«

Iulia nahm einen kleinen gelben Sonnenhut, den Nana ihr aus der Tasche reichte, und setzte ihn vorsichtig auf das Köpfchen, ohne den Kleinen aufzuwecken. Der Anblick dieses Kindes, das so fest an den Körper seiner Mutter gebunden war, die es summend und mit solcher Selbstverständlichkeit trug, als wäre es noch immer ein Teil von ihr, verursachte in Iulia eine nervöse Unruhe. Durfte man Babys überhaupt überallhin mitnehmen? Sie sich auf den Rücken binden und dann bei so einer Hitze anderer Leute Mülltonnen herumschieben? Die Fahrgeschäfte in ihrem Kopf sprangen an, schickten Gedankenfetzen im Kreis herum und lenkten sie ab von dem, was Nana neben ihr erzählte.

Sie verteilten weiter Obst, Brot und Eier, versorgten eine urlaubsbedingt verlassene Katze, bekamen ein Glas Marmelade und einen Beutel mit Babykleidung zugesteckt.

Iulias Mutter wäre begeistert gewesen. Oder vielleicht gerade nicht. Sie liebte es, Gutes zu tun, aber das hier, Nanas Variante, war viel zu leicht. Das, was sie hier tat, schien sie überhaupt keine Kraft zu kosten, weder das Geben noch das Nehmen. Als Iulia zehn Jahre alt gewesen war, hatte ihre Mutter beschlossen, den Vater mit den drei Kindern zu heiraten. Sie erinnerte sich an eine Bemerkung von Lone, eigentlich ein Scherz: »Und wie passt das jetzt zu deiner Mary-Poppins-Theorie?«

Was hatte Iulia geantwortet? Wahrscheinlich: »Solche Kinder brauchen eben Stabilität.«

Aber jetzt, da sie darüber nachdachte, kam ihr das alles vor wie eine hübsche Erklärung, die ein Kind sich selbst erzählte, das man im Stich gelassen hatte. Als Justus gekommen war, hatte sie jedenfalls gewusst, was von ihr erwartet wurde. Sie hatte ihn gewickelt und geschaukelt, den Kinderwagen geschoben und Gläschen aufgewärmt, ihn gefüttert und alles für ihn aufgelesen, was er von sich warf. Wenn man sie fragte, ob alles in Ordnung sei, hatte sie genickt und gelächelt. Aber sie war von sich selbst tief enttäuscht gewesen. Wer einem kleinen Geschwisterkind gegenüber so fühlte wie sie, dem fehlten offenbar die Demut und der Willen zu helfen und Gutes zu tun. Sie war genauso egoistisch wie alle anderen, und sie war froh gewesen, dass ihre Mutter es nie erfahren musste.

Als das Haus hinter den hohen Tannen wieder in Sicht kam, stießen sie auf einen weißhaarigen Mann, der auf dem Bürgersteig hockte und Moos und Löwenzahn aus den Kantsteinritzen kratzte.

»Pass auf, dass du später wieder hochkommst«, sagte Nana. »Wie geht es deinem Rücken?«

»Geht so«, sagte der Mann und drehte mühsam den Kopf in ihre Richtung. »Muss Montag zum MRT.«

»Wie kommst du hin?«

»Weiß ich noch nicht.«

»Ich frag nachher Gisela, ob die ihr Auto braucht. Dann könnte Jürgen dich fahren. Der ist den ganzen Tag da.«

»Das wär natürlich nicht schlecht«, sagte der Mann.

»Ich organisier das und sag dir Bescheid. Und jetzt schön weitermachen. So ein gepflegter Bürgersteig ist ja wohl das Wichtigste, nicht?«

»Jaja, mach dich nur lustig. Du mit deiner Bruchbude«, murmelte er.

Als sie weitergingen, sagte Nana zu Iulia: »Weißt du, was das Tolle an meiner Bruchbude ist? Sie kostet fast nichts. Der Besitzer ist heilfroh, dass da jemand drin wohnen will. Wir zahlen nur die Nebenkosten, und statt der Miete renovieren wir ein bisschen und reparieren, und im Winter heizen wir die Feuchtigkeit aus den Wänden.«

»Du hilfst hier einfach allen, oder?«

»Helfen? Nein, nein, das ist nicht helfen.«

Nana hob grüßend die Hand und rief einer Frau zu, die in einem Garten auf der Terrasse saß: »Möchtest du mal wieder Eier haben, Elli?«

»Gern«, rief die Frau zurück.

»Ich bringe dir morgen welche, wenn ich meine Runde mache. Die Viecher legen zur Zeit wie verrückt. Könntest du nachher mal bei Gerlinde vorbeischauen? Nur zur Kontrolle?«

Und zu Iulia sagte sie: »Hühner anzuschaffen war eine sehr gute Idee. Wir haben immer was zum Tauschen da. Elli leitet die Volkshochschule, und sie lässt mich manchmal den Brennofen benutzen, wenn der Töpferkurs den gerade nicht braucht. Nächstes Jahr will Jürgen vielleicht Bienen halten, dann haben wir auch noch Honig.«

Eine Gardine bewegte sich, als sie vorbeigingen. Ein Kind schaute ihnen hinterher. Ganz offensichtlich hatte Iulia sich vorhin geirrt. Die Blicke, die auf Nana lagen, waren ganz andere als bei ihr – keine Schäfchenblicke.

»Da ist ja meine Bruchbude.« Sie waren zurück an den Tannen. »Das war ein gutes Timing heute. Ich wette, Morten hat jetzt unglaublich Durst.«

»Ich mache mich auf den Weg«, sagte Iulia. Sie musste dringend ihre Gedanken sortieren. »Gib Bescheid, wenn du was von Lones Sachen brauchst. Globuli oder so was. Eine Pumpe. Ich habe den Schlüssel zu Lones Haus, ich kann dir alles Mögliche besorgen.«

»Sag mal: Möchtest du vielleicht Pflaumen haben? Wir kommen gerade gar nicht gegen an, so viele sind es in diesem Jahr. Deine Schwester hat auch immer was mitgenommen. Eigentlich haben wir Lone hauptsächlich mit Himbeeren bezahlt.«

»Ursprünglich bin ich gekommen, weil ich dachte, ich könnte *dir* irgendwas geben.«

Aus dem Garten hörte man Hämmern und Sägen, das Baby auf dem Rücken war jetzt wach und guckte mit großen, blanken Augen.

Nana sah sie aufmerksam an. »Wer sagt denn, dass ich nichts von dir bekommen habe?«

17 | Nana

Nana wurde in Dänemark geboren. Ihre Mutter war aus Kenia gekommen, als Au-pair in eine Familie voller problematischer Kinder und ohne ein Wort Dänisch zu können. Sie brachte sich selber bei, Kartoffelbrei und Heringssalat zuzubereiten, und nutzte ihre wenige freie Zeit, um Kontakte zu Männern zu knüpfen. Das war ohne Internet eine logistisch herausfordernde Angelegenheit, aber es gelang ihr, vor Ablauf ihres Visums einen Mann zu finden, der sie heiraten wollte. Sie hatte kein Konzept von Liebe und Leidenschaft, alles, was sie sich wünschte, war ein guter Mann, einer mit Herz und Verstand und grundsätzlicher Vorstellung von Höflichkeit. Dass Nanas Vater sie abgöttisch liebte, nahm sie verwundert, aber gelassen hin. Während Nana aufwuchs, sprach ihre Mutter mit ihr ein Kauderwelsch aus Dänisch, Englisch, Suaheli und Kikuyu, und vielleicht lag es daran, dass Nanas Gehirn sich niemals auf eine Sicht der Dinge festlegen konnte. Es war ihr schier unmöglich, bei einer Meinung zu bleiben. Sie nahm die Welt wie durch ein Kaleidoskop wahr.

Und sie erkannte bald, dass all die Regeln, die um sie herum aufgestellt wurden wie Wände, nur der Versuch der Leute waren, sich in dieser komplexen Welt zurechtzufinden. Wie bei Tieren, die ihren Kindern Verhaltensweisen beibrachten, die ihnen selbst geholfen hatten, Feinden zu entkommen. Flieh sofort, wenn du eine Bewegung wahrnimmst! Stell dich tot, wenn jemand dich berührt! Nana brauchte diese Regeln nicht.

Als sie Station in Deutschland machte und Jürgen kennenlernte, der sie ähnlich abgöttisch zu lieben schien wie ihr Vater ihre Mutter liebte, fand sie, es sei an der Zeit, ein Kind in die Welt zu setzen. Eines, das so sein würde wie sie selbst, eines, das sie nichts lehren würde, gar nichts. Sie würde es nur aufwachsen lassen und begleiten, es schützen und ihm beistehen, aber niemals mit einer Regel belästigen, die verhinderte, dass es eigene Erfahrungen machte. Jürgen verstand sie. Er fand die Vorstellung, einen ganzen Haufen kleiner Nanas in die Welt zu setzen, großartig. Er vermutete, so ein Nana-Haufen könnte etwas Entscheidendes anders machen als der Rest der Menschen. In jedem Fall wusste er einfach, dass sein Kind nicht so aufwachsen sollte wie er selbst. Er hatte zu viele Stunden allein in seinem Zimmer gesessen, zu viele sinnlose und ungerechte Strafen aushalten müssen, und alles nur, um ihn zu etwas zu erziehen, das er schon von Anfang an gewesen war.

Zu Beginn ihrer Schwangerschaft bemerkten sie beide nicht, in welche Falle sie getappt waren. Sie waren viel zu aufgeregt und glücklich, um sich über all die Richtlinien zu wundern, die wie Leitplanken rechts und links der schnurgeraden Straße der unbedenklichen Schwangerschaft aufgestellt worden waren: dass das Alter des Embryos nach der Größe bestimmt wurde, obwohl auf dem Monitor der zuständigen Maschine der winzige Seepferdchen-Körper nichts weiter war als eine Art Wolke ohne klare Konturen. Und ein Geburtstermin in den Mutterpass eingetragen wurde, der viel zu früh war, weil eine kleine runde Scheibe ihn so orakelt hatte, nachdem der Arzt Nana nach ihrer Periode gefragt hatte. Der Einwand, dass ihr Zyklus üblicherweise nicht achtundzwanzig Tage dauerte und sie den Zeitpunkt der Zeugung sehr wohl genau datieren konnten, denn sie hatten bei Vollmond miteinander geschlafen, wie sie es immer taten, und ganz sicher nicht vier Tage früher, wie die kleine runde Scheibe es behauptete, wurde beiseitegewischt. Es fing an, sie zu nerven, als der Arzt sie zu einer Nackenfaltenmessung drängen wollte, indem er ihnen Unverantwortlichkeit vorwarf. Es irritierte sie, als der Nüchternzuckertest drei Mal wiederholt wurde und zwei Mal davon unauffällig war, aber trotzdem ein Risikoeintrag in den Mutterpass erfolgte. Sie wurden verzweifelt, weil Nana abwechselnd angeblich zu schnell oder zu langsam zunahm. Sie hörten Sätze, die sie bestärken sollten, sie aber nur wütend machten. Darüber, dass dunkelhäutige Frauen leichter gebären könnten und hinterher schneller wieder auf den Beinen wären. Dass der Vorteil eines Dammschnitts auch darin bestehe, dass man hinterher beim Zusammennähen darum bitten könne, die Vagina gleich ein bisschen enger zu machen. Und als Nana und Jürgen, ohne nachzudenken, erzählten, dass sie eine Hausgeburt planten, fuhr man die schweren Geschütze auf. Plötzlich hatte sie alle riskanten Indikationen, die man haben konnte. In ihrem Mutterpass wurde vermerkt, dass sie keinesfalls den errechneten Geburtstermin überschreiten dürfe, ein Kaiserschnitt sei angeraten, mindestens aber eine Einleitung am ersten Tag des Übertragens. Da half es nicht, dass sie wieder und wieder betonte, der Termin sei falsch berechnet, und sie spürte eine Schwäche in sich, die sie nicht von sich kannte. Denn die Regeln, die sie für sich selbst als nichtig ansah, waren womöglich überlebenswichtig für ihr Kind. Wie durfte sie also widersprechen?

Sie wurde sehr müde. Sie schlief immerzu, ihr Appetit verschwand, Jürgen musste sie zum Essen überreden, der Arzt verordnete Vitaminpräparate und Eisen, aber davon wurde ihr schlecht. Sie war sich sicher, dass mit ihrem Kind etwas nicht in Ordnung war, und kein Ultraschall, keine Blutabnahme, kein CTG konnte sie vom Gegenteil überzeugen. Jürgen hörte sich um und schleppte verschiedene Expertinnen an, die sich Nanas annahmen. Sie versuchten, mit energetischem Wasser, Halsketten mit Halbedelsteinen, Akupunktur, Homöopathie, Reiki und Aura Soma Nana wieder ins Leben zurückzuholen, aber es half meistens nur für ein oder zwei Tage, dann legte sie sich wieder ins Bett.

Bei einem Vorsorgetermin brach sie schließlich zusammen. Ein CTG sollte frühzeitige Wehen ausschließen, und sie begab sich in den Nebenraum und ließ sich auf den Liegesessel fallen. Die Assistentin suchte lange auf ihrem Bauch herum und verkündete schließlich, sie könne keine Herztöne finden. Nana hatte es gewusst, alles war zu Ende, Gott sei Dank, vielleicht konnte ihr Leben jetzt irgendwie wieder anfangen. Dann fand die Assistentin die Herztöne endlich doch, und da war es Nana schon beinahe lästig, dass es noch Hoffnung gab. Später, bei der Untersuchung, fand der Arzt das Kind zu klein. Sie war nicht überrascht. Er machte für einen Doppler-Ultraschall einen Termin im Krankenhaus, vermaß ihren Gebärmutterhals, untersuchte ihre Beine auf Krampfadern, machte ihr Vorhaltungen wegen ihrer trägen Lebensführung und ermahnte sie, unbedingt Fleisch zu essen. Er reagierte äußerst irritiert auf ihre Bemerkung, es sei doch ohnehin alles egal, und verkündete, er werde in Nanas Mutterpass einen Vermerk hinterlassen, sie sei psychisch instabil und gefährdet, an einer postpartalen Depression zu erkranken, sie solle nach der Geburt unbedingt beobachtet werden – es sei nur zu ihrem Besten. Und da gab sie dem Impuls ihrer Knie nach und ließ sich zu Boden sinken. Sie legte sich aufs Linoleum, drehte sich auf die Seite und umfasste ihre Beine.

Der Arzt schickte seine Assistentin ins Wartezimmer, wo Jürgen in einer Zeitschrift blätterte. Sie wies ihn an, Nana sofort ins nächste Krankenhaus mit psychiatrischer Abteilung zu bringen.

Es war die Frau am Empfangstresen, die Jürgen in dieser Situation zu sich winkte. »Ich rufe jetzt jemanden an, der Ihnen vielleicht helfen kann«, sagte sie. »Aber das dürfen Sie dem Chef unter keinen Umständen erzählen. Behaupten Sie einfach, Frau Fabricius sei schon länger Ihre Hebamme. Der Chef hasst sie.«

Jürgen verstand nicht ganz, worum es ging. Die Empfangsfrau sagte ins Telefon: »Wir haben hier wieder eine Patientin, der es nicht gut geht.«

Er wartete neben Nana, die auf dem Fußboden lag und sich weigerte aufzustehen. Nach zwanzig Minuten öffnete sich die Tür, und Lone kam herein. Sie gab Nana die Hand, als sei es völlig normal, in einer Arztpraxis auf dem Linoleum zu liegen, verabreichte irgendwelche Tropfen und half ihr auf die Beine.

Später in Nanas und Jürgens Haus setzte Lone sich auf ein Kissen und ließ Nana erzählen. Hörte sich all die Sorgen an, die Zweifel und die hilflose Wut, die ihr wie zäher Brei durch die Adern flossen und sie lähmten. Lone schaute in den Mutterpass und lächelte spöttisch. Sie horchte mit dem Hörrohr die Herztöne des Babys ab und tastete nach der Lage. Sie notierte sich das Datum der Zeugung, bestimmte den Geburtstermin neu, führte Nanas Hand über den Bauch und erklärte, welchen Teil des Babys sie gerade fühlen könne. Auf jede Frage hatte sie eine Antwort, und mit jeder Antwort ging es Nana besser.

In den Wochen bis zur Geburt fand sie ihr Selbstvertrauen wieder, Jürgen konnte kaum glauben, wie schnell sie wieder die Alte wurde. Es war, als hätte ein Dämon sich ihrer vorübergehend bemächtigt, und Lone hatte ihn ausgetrieben. Aber womit? Kurz vor dem neu errechneten Termin liehen sie sich einen Geburtspool. Sie waren voller Ideen und fiebrig vor Freude.

Morten kam in einer warmen, sternklaren Augustnacht in Nanas und Jürgens Garten zur Welt. Alles an ihm war wunderbar, und nachdem die Plazenta geboren worden war, wickelte Lone sie, ohne die Nabelschnur zu beschädigen, in ein Tuch, genau wie Nana es sich gewünscht hatte, und legte sie neben Vater, Mutter und Kind auf den Liegestuhl.

18 | A Heart In New York

Niels hatte es Iulia immer freigestellt, ob sie in den Gottesdienst kommen wollte oder nicht, aber es war klar, was man von ihr erwartete. Und so wusch sie sich auch an diesem Morgen die Haare, wählte die passende Kleidung, frühstückte, so gut es ging, damit ihr Magen nicht während eines Gebets laut knurrte, und sah nach Aaron. Sobald die Glocken läuteten, machte sie sich auf den Weg.

Der eigenartige Stillstand der Welt, der mit der Nachricht von der Sepsis begonnen hatte, hielt an. Iulia hatte mehrmals mit ihrer Stiefmutter gesprochen, die offenbar gar nicht damit rechnete, dass sie zu ihr ins Krankenhaus kam. Jede Bewegung strengte Iulia an. Essen, kauen, schlucken erforderte Willensstärke. Schrille Geräusche ließen sie zusammenzucken. Sie ließ ihr Handy nicht aus den Augen, selbst vor dem Gottesdienst stellte sie es nicht in den Flugmodus.

Wie immer schaute sie in der Sakristei vorbei, um Niels viel Erfolg zu wünschen. Sie klopfte, das gehörte sich so, trat ein, ohne seine Antwort abzuwarten, und fand ihn auf dem Boden sitzend vor, die Beine angewinkelt, die Füße in der Luft von den Händen umfasst, dabei aus tiefster Kehle brummend. Ihm direkt gegenüber saß die Chorleiterin in gleicher Pose und brummte.

»Was wird das denn?«, fragte Iulia.

»Bärensitz«, sagte die Chorleiterin knapp und brummte weiter.

»Für die Stimmbänder«, stieß Niels hervor.

Iulia winkte ab und ging.

An diesem Sonntag sollte es eine Taufe geben, weshalb die Kirche noch etwas besser gefüllt war als sonst. Iulia hatte sich vorgenommen, die Beckenbodenübungen auszuprobieren, von denen sie in der *HappyBuddha*-Zeitschrift gelesen hatte. Ansonsten mochte sie Taufen. Niels konnte zu diesen Anlässen die ganze Palette seiner Fähigkeiten zeigen. Bei Ritualen wie diesen wurde er zum archaischen Hohepriester, und er taufte stets mit all der ihm zur Verfügung stehenden Autorität. Aus seinem Mund klang der Taufbefehl nicht wie eine hübsche Möglichkeit, sondern wie ein echtes Gebot.

Auf dem Weg zu ihrem Platz in der ersten Reihe sah sie Salinger mit gefalteten Händen sitzen und noch etwas weiter Torben Thomsen, in Anzug und Krawatte. Dazwischen die beiden Zumba-Ehefrauen.

Die Schäfchen grüßten, und Iulia nickte und lächelte nach rechts und links und war froh über ihre gewaschenen Haare. Als das Orgelvorspiel einsetzte, flüchtete sie sich auf ihren Platz und versuchte, unauffällig die wechselseitige Nasenatmung zu praktizieren, um ihr Unbehagen über all das hier in den Griff zu bekommen. Dann hatte Niels in seiner ganzen Pracht und Herrlichkeit seinen Auftritt, und sie hielt es nicht länger aus. Sie stand auf und ging.

Sie ging direkt zu Aaron, der noch immer im Bett lag. Sie wollte zu jemandem, mit dem sie Witze machen konnte. Außerdem musste sie den Ablauf seines Geburtstags mit ihm besprechen. Es würde ihr guttun, etwas zu organisieren. Auf dem Boden standen ein leerer Teller mit Krümeln und ein Glas mit Milchschaumresten. Aaron lag auf dem Bauch und blickte konzentriert in einen Atlas.

»Findest du nicht, du solltest mal anfangen, die neuen Medien zu nutzen, so wie alle Teenager dieser Tage?«, fragte sie. »So langsam mache ich mir Sorgen.«

»Ich halte viel vom gedruckten Wort«, sagte er. »Es ist nicht einfach durch einen großen Stromausfall auszuradieren.«

»Da kannst du dich mit deinem Vater zusammentun. Der hält auch viel vom gedruckten Wort.«

Aaron schaute weiter in den Atlas, der schon einige Jahre alt war. Inzwischen hatten sich Grenzen verschoben, Systeme verändert.

»Was schaust du dir an?«

»Südliches Afrika. Ich will rausfinden, ob es einen Zusammenhang gibt zwischen der Art und Menge der Bodenschätze und der Geburtenrate.«

»Du schaust, ob da, wo es Gold gibt, auch mehr Babys geboren werden?«

»Ach, Mama«, sagte er. »Du kannst gerne weiter so tun, als hättest du einen IQ unter der Raumtemperatur, um die Dinge nicht sehen zu müssen. Aber das ändert nichts an den Tatsachen.«

Sie sah auf ihn hinab. Auf ihren Sohn mit seinen strohblonden Haaren und den dunklen Augen, dieser umwerfenden Kombination, die aus ihren und Niels' Genen entstanden war. Da lag er, nur bekleidet mit Boxershorts, muskelbepackt und selbstbewusst, und sie konnte in seinen Gesichtszügen für einen Moment das kleine Kind wiederfinden, das er einmal gewesen war.

Sie bückte sich und nahm Teller und Glas an sich. »Wünschst du dir eigentlich etwas anderes als den üblichen Marmorkuchen zum Geburtstag? Irgendein besonderes Essen? Und sag mir demnächst mal, was ich für die Feier mit deinen Homies besorgen soll.«

»Homies«, sagte er und schnaubte. »Wo hast du denn das Wort her?«

»Du könntest die Getränke sogar selber besorgen, hast du dir das mal überlegt? Jesus predigte um vier: Wer sechzehn ist, kauft selber Bier.«

Aaron beugte sich wieder über den Atlas und murmelte: »Aber Petrus wandte ein: ›Geburtstag feiern muss nicht sein.‹«

»Aaron«, sagte Iulia und hob tadelnd den Zeigefinger. »Du wirst sechzehn. Das ist eine Zäsur im Leben. Sweet sixteen. Das feiert man, ob man will oder nicht. Sag mir einfach, was du brauchst.«

»Es ist in Ordnung, Mama. Ehrlich. Ich hab alles, was ich brauche.«

An Iulias achtem Geburtstag hatte ihre Mutter einen Tortenboden gekauft und Erdbeeren daraufgelegt. Mit Sprühsahne hatte sie den Rand verziert, Iulia hatte ihr dabei helfen dürfen. Als jedoch am Nachmittag ihre Freundinnen gekommen waren, war ihre Mutter nicht da gewesen, wie an fast allen Tagen der letzten Wochen. Iulia hatte gar nicht erst nach ihr gesucht. Nach der Arbeit hatte ihr Vater Würstchen warm gemacht, Brezelschnappen mit ihnen gespielt und sie seine Werkzeugkiste benutzen lassen. Ihre Freundinnen fanden ihn großartig.

Iulia hatte schon im Bett gelegen, als ihre Mutter nach Hause gekommen war. Sie wartete eine Weile, dann stand sie auf, um ihr zu sagen, dass sie noch wach lag und man ihr gute Nacht sagen konnte. Im Flur zur Stube hörte sie die Stimmen. Sie blieb stehen und lauschte.

»… was du da tust«, hatte sie ihren Vater poltern hören. »Du bist ja nicht mal am Geburtstag deiner Tochter hier.«

»Und?«, hatte ihre Mutter gefragt. »Hat sie mich gebraucht? Hat es nicht geklappt? Ist sie unglücklich? Nein. Sie ist acht Jahre alt, sie weiß, wie man Teller auf den Tisch stellt und Kuchen serviert.«

»Kinder brauchen eine Mutter«, rief ihr Vater.

»Und sie hat eine«, sagte ihre Mutter. »Andere haben das nicht.«

»Aber du kannst doch nicht für alle Waisenkinder dieser Welt die Mutter sein. Du musst Iulis Mutter sein, sonst nichts.«

»Wenn alle so denken würden wie du, wäre die Welt ein dunkler Ort«, sagte ihre Mutter. »Und schrei nicht so. Wer schreit, hat unrecht. Schläft sie eigentlich schon?«

Rasch und möglichst lautlos war Iulia zurück in ihr Bett geeilt. Und tatsächlich war wenig später die Tür aufgegangen, und ihre Mutter hatte sich zu ihr gesetzt und die Nachttischlampe angeknipst.

»Wie war die Feier, hat euch der Erdbeerkuchen geschmeckt?«

»Ja.« Iulia hatte nur krächzen können.

»Du bist schon so groß, mein Liebes, und du kommst so gut klar. Ich bin sehr stolz auf dich. Du hast deine Gäste bewirtet und schön gefeiert.«

Iulia hatte genickt.

»Andere Kinder können das nicht so gut. Die brauchen noch ganz viel Hilfe bei allem. Du hast doch alles, was du brauchst. Da kannst du mich auch eine Weile mit anderen Kindern teilen, nicht wahr? Verstehst du: Hier kann ich einfach nicht sein, wer ich bin.«

Iulias Stimme schien endgültig verschwunden. Sie hatte erneut genickt. Ihre Mutter hatte ihr einen Kuss auf die Stirn gegeben. »Du bist ein gutes Mädchen. Du machst deinem Vater keinen Ärger. Ja?«

Und wieder hatte sie genickt. Am nächsten Morgen war ihre Mutter nicht mehr da gewesen. Es hatte einige Tage gedauert, bis sie ihre Stimme wieder ganz normal hatte benutzen können.

»Wenn ich mit der Schule fertig bin, gehe ich nach Namibia«, sagte Aaron und setzte sich auf. »Als Ranger oder so was.«

Iulia sah offenbar so überrascht aus, dass er seinen Arm ausstreckte und ihr eine Hand aufs Gelenk legte. Schwer und warm. Beruhigend und zugleich zu Boden drückend.

Frauen wurden ja so leicht hysterisch, wenn man sie nicht rechtzeitig festhielt.

»Ich bin jemand, verstehst du?«, sagte er. »Ich ganz allein. Mein Leben soll nicht von irgendwelchen Umständen bestimmt werden. Ich will selbst entscheiden, wie es läuft. In Namibia fange ich ganz neu an, da bin ich nicht der Sohn von Pastor Richter, da bin ich nur ich, aus eigener Kraft. Das wird großartig. Jetzt guck nicht so. Wer geboren werden will, muss eine Welt zerstören.«

»Wer hat das denn behauptet?«

»Hermann Hesse.«

Iulia entschied sich für geordneten Rückzug. Beim Hinausgehen entdeckte sie im Regal ein Glas, aus dem Aaron offenbar einen seiner grünen Smoothies getrunken hatte. Es sah aus, als hätte man es in Entengrütze getaucht. Sie stellte es in das Macchiato-Glas, um es mit nach unten zu nehmen.

»In ein Jugendzimmer zu gehen ist wie ein Einkauf bei Ikea«, sagte sie. »Man will nur mal gucken und geht mit mindestens drei Tellern und vier Gläsern wieder raus.«

Aaron lachte, genau wie sie es gehofft hatte.

Am Abend saß sie im Bett und blätterte zum hundertsten Mal in der Zeitschrift mit dem Zen-Bäcker. Sie las die Werbetexte der Anzeigen und arbeitete die Kontaktgesuche durch. Niels war den ganzen Nachmittag und Abend verschwunden gewesen. Sie hatte die Steuerunterlagen zusammengestellt und die Gemeindefinanzen zu Ende geprüft. Sie hatte mit Monika telefoniert, die vollstes Verständnis dafür gezeigt hatte, dass sie sich um ihren vernachlässigten Haushalt kümmern musste, es sei heute auch schon mehrmals Besuch da gewesen, und außer geduldigem Warten, Beten und Stricken gebe es ohnehin nichts zu tun. Alles war Iulia langsam von der Hand gegangen. Jede Aktivität brauchte doppelt so viel Zeit. Ihre

Arme schmerzten. Was sollte sie tun, wenn Lone ausgerechnet heute ihre Entscheidung traf? Sie hatte noch nicht mal alle Namen auf der Liste abgearbeitet. Am Ende hatte sie mehrere Stunden damit zugebracht, zu recherchieren, was Hebammenleistungen wie die, die den Spezialkundinnen zuteilwurden, üblicherweise kosteten. Hatte Lones ungefähre Arbeitszeit dagegengerechnet, die Fahrtkosten überschlagen, den Mietspiegel in Lones Gemeinde geprüft und am Computer eine ordentliche, wenn auch grob geschätzte Aufstellung von den Einnahmen und Ausgaben ihrer Schwester gemacht. Bezahlungen in Himbeeren hatte sie unberücksichtigt gelassen. Das Ergebnis war beunruhigend.

Es machte sie nervös, dass sie seit heute Morgen noch nicht wieder mit Niels hatte sprechen können. Sie war noch nie gut im Warten gewesen.

Monatelang hatte sie gehofft, dass ihre Mutter wieder zurückkommen würde. Natürlich hatte sie gewusst, dass Mary Poppins weiterzog, von Familie zu Familie, wo immer Kinder Hilfe brauchten, aber hoffen durfte man schließlich trotz allem. Dass ihr Vater sich selbst eine andere Geschichte erzählte als die eines hilfsbereiten Kindermädchens, hatte sie eines Abends erfahren.

Er war damals zu ihr ans Bett gekommen, sie hatte noch nicht geschlafen. Auch er hatte die Nachttischlampe angeknipst. Und er hatte ihr Haar gestreichelt und so weich und freundlich geguckt, wie nur er es konnte.

»Iuli-Kind«, hatte er gesagt. »Ich weiß, dass du auf sie wartest. Aber warte nicht mehr. Deine Mutter ist nicht frei, sie kann nicht zurückkommen, und alles ist wieder wie vorher. Ich verstehe es ja auch nicht richtig. Ich glaube, im Grunde hat es mit ihrem eigenen Vater zu tun. Es ist nie ein gutes Zeichen, wenn sich jemand kurz vor Kriegsende das Leben nimmt.«

Iulia musste verständnislos geguckt haben, denn er

stupste ihr an die Nase und sagte: »Vermutlich war das ein schlimmer Finger, dein Großvater.«

»Und das macht, dass sie sich lieber um die anderen Kinder kümmert?«, hatte sie misstrauisch gefragt.

Er hatte geschnauft. »Ich glaube, sie kümmert sich eher um ihren Vater.«

Gegen halb zehn kam endlich Niels zurück und zog Iulia ohne lange Vorrede auf seine Bettseite, schließlich war Sonntag. Und nur, weil einer von ihnen kommentarlos den Gottesdienst verlassen hatte, musste sich nicht das ganze Leben ändern.

Durch das geöffnete Fenster drang kühle Luft herein, sie spürte es im Nacken. Es tat gut, der Tag war fürchterlich heiß gewesen. Niels zog ihr das T-Shirt über den Kopf, faltete es zusammen, und sie sagte:

»Glaubst du, dass Menschen sich entscheiden können, ob sie leben oder sterben wollen, wenn der Moment gekommen ist?«

Er griff nach ihrem linken Fuß und bog das Bein so zurecht, dass er ihn auf seine Knie legen konnte. Dort begann er, ihn zu massieren.

»Ich sage mal so. Ich glaube, dass Gott einen Plan hat mit uns. Und das heißt nicht, dass wir kein Mitspracherecht hätten.«

Iulia dachte an die Worte, die Niels am Morgen bei der Taufe gesprochen haben musste: *im Namen des Vaters*. »Also ist es wie mit dem sprechenden Hut bei Harry Potter.«

»Ich weiß mal wieder nicht, wovon du redest. Von dem Film?«

»Letztlich entscheidet Gott, und das, was wir *freien Willen* nennen, ist nur ein eng begrenzter Raum, in dem er uns von der Leine lässt, damit wir uns nicht unmündig fühlen?« Sie drehte sich halb auf der Bettkante herum, damit sie ihm den rechten Fuß aufs Knie legen konnte.

Niels zog an ihren Zehen, zwei von ihnen knackten.

»Und was ist, wenn jemand nicht zu sich kommt, weil er zu schwach zum Leben ist, aber auch nicht stirbt? Lässt Gott sich dann einfach nur etwas Zeit mit seiner Entscheidung?«

»Ich vermute, es geht ihm in dem Fall eher um die anderen. Die bei Bewusstsein sind.«

»Heißt das, Gott lässt Lone zappeln, damit wir noch etwas erledigen können?«

»Iulia.« Niels benutzte seine sanfte Pastorenstimme, er ließ ihren Fuß los und umfasste stattdessen ihr Gesicht mit seinen Händen, mit diesen warmen, starken Pastorenhänden. Er sah ihr in die Augen. »Du weißt doch, dass wir den Zeitpunkt des Todes nicht selbst bestimmen. Keiner von uns. Selbst wenn die Ärzte gar nichts mehr tun können und jede Therapie einstellen, steht der Zeitpunkt noch lange nicht fest. Wir müssen begreifen, dass wir da nichts zu entscheiden haben. Ist das nicht auch ein schöner Gedanke?«

Zwischen seinen Händen hervor sagte Iulia: »Manchmal glaube ich, das, was du als schönen Gedanken bezeichnest, ist immer nur die Behauptung, es gäbe einen Sinn, auch wenn wir ihn nicht sehen können. Du glaubst, du bist ein Sinn-Fachmann, aber deine ganze Expertise besteht darin, einfach immer einen Sinn zu verkünden. Das ist nicht Expertentum, das ist Lobbyismus.«

Er drückte sie sanft auf den Rücken und zog ihr die Unterhose aus. Er betrachtete ihre Brüste, als überlegte er, was er mit ihnen anfangen könnte, dann entschied er sich dafür, sein Gesicht direkt auf ihren Venushügel zu legen.

»Wo warst du denn den ganzen Nachmittag? Ich habe ein paar kichernde Konfirmandinnen wegschicken müssen, die vor deiner Bürotür rumgelungert haben«, sagte Iulia.

Draußen gingen Menschen vorbei, man hörte ihre Stimmen, verstand aber nicht, was sie sagten.

»Ah, die wollten bestimmt die Deko abholen für die Theaterprobe. Wir haben eine Telefonzelle gebastelt, als Bühnenbild, die Seitenteile stehen noch in meinem Büro.«

»Psalm 2081: *Jegliches hat seine Zeit. Für die Konfirmanden aber sollst du alles geben, denn sie werden dich lieben, als ob dir die Sonne aus der Rückseite scheint.*«

»Weißt du eigentlich, dass unsere Gemeinde im letzten Jahr fast keine Kirchenaustritte hatte? Ich kann nicht sagen, dass mich das nicht auch ein bisschen stolz macht. Da geht man doch wieder mit Schwung an die Arbeit«, sagte er kaum verständlich gegen ihren Unterbauch. Es kitzelte, und Iulia spürte die Wärme seines Atems.

»Wenn mit uns früher im Konfirmandenunterricht der Pastor Telefonzellen gebastelt hätte, wären vielleicht auch mehr von uns in dem Verein geblieben.« Iulia streichelte ihm über den Kopf.

»Eben.«

»Herr Paster«, sagte Iulia. »Diese Mädchen lungern nicht umsonst vor Ihrem Büro herum. Sie sollten nicht nur das Fenster, sondern auch die Türen fest verschließen. Ich kenne mich aus mit kichernden Mädchen. Ich war mal selber eines.«

»Soso, Sie waren also auch mal ein kicherndes Mädchen.« Er hob das Gesicht und schaute zu ihr hoch. »Was habe ich denn Ihrer Meinung nach zu befürchten, wenn ich die Tür so fahrlässig unverschlossen halte?«

»Das möchte ich nicht sagen, Herr Paster. Ich führe nur ungern solche Worte im Mund. Aber steht nicht schon in der Bibel: *Verschließe dein Haus und halte gut Vorrat, wenn die Weiber zu Hyänen werden?*«

»Doch, doch, gute Frau, das steht bei Schiller 6, Vers 25. Aber dort steht auch: *Der Meister darf die Form zerbrechen.*«

Er stemmte sich hoch und schob sich über sie.

»Sehen Sie, Herr Paster«, sagte Iulia, nahm die Brille ab und zwinkerte. »Ich verstehe die Bibel oft nicht. Was hat das miteinander zu tun?«

»Gar nichts. Ich wollte nur zeigen, dass ich auch *Die Glocke* zitieren kann, wenn es drauf ankommt.«

Er küsste sie. Sein Körper lag schwer auf ihren Beinen.

»Und wo warst du nun heute?«

»Ich war den ganzen Tag eingespannt, tut mir leid.«

Sein Gesicht wanderte herum und küsste sie, an der Schulter, am Arm. Dieses ganze Geküsse war ihr zu viel, sie war ja bereit, mit ihm zu schlafen – es war schließlich Sonntag.

»Aber du schreibst sonst immer Zettel und hinterlässt Gänseblümchen.«

»Du hast gewusst, dass es manchmal Zeitprobleme geben könnte, als du einen Pastor geheiratet hast.«

»Das ist es ja«, murmelte sie. »Ich habe damals keinen Pastor geheiratet, sondern einen etwas schluffigen Dozenten für Althebräisch.«

»Und du? Warst du bei Lone nach dem Gottesdienst?«

Sie antwortete nicht. Konnte es sein, dass er nicht bemerkt hatte, dass sie gegangen war? Oder wollte er bloß nachsichtig mit ihr sein? Sie wusste nicht, was von beidem sie bedenklicher fand. Er stand auf und nestelte an seinem Gürtel. Sie hatte ein Déjà-vu, das sofort wieder vorbei war. Niels trug immer Gürtel. Teure aus Leder mit schweren metallenen Schnallen, und sie schob seine Hand beiseite und half ihm. Dabei dachte sie, dass dieser Gürtel eine Art Vorhängeschloss darstellte, falls die Weiber tatsächlich zu Hyänen wurden. Vielleicht war das sein einziger Zweck.

Knapp zwölf Jahre alt war sie gewesen, als ihre Mutter wieder geheiratet hatte – den Vater der Kinder, denen sie eine Mutter sein wollte. Iulia hatte lange nichts von ihr gehört, die anfänglichen Wochenendbesuche waren schon eine ganze Zeit lang eingeschlafen, zum Geburtstag waren Päckchen oder Karten gekommen, und alle paar Monate war ihrer Mutter eingefallen, dass sie wieder einmal miteinander telefonieren könnten.

Aber jetzt war eine Einladung gekommen, eine offizielle, und in der hatte gestanden, dass ihre Mutter und der andere Mann demnächst standesamtlich heiraten würden, ganz alleine. Abends würden sie dann feiern und sich über Iulias Anwesenheit freuen. Irgendwas an der Einladung war problematisch gewesen, sie hatte es sofort am Gesichtsausdruck ihrer Stiefmutter gesehen. Die hatte ihre Stirn in Falten gelegt und den Mund verzogen und dann sogar noch die linke Hand gegen ihre eigene Wange gehalten. Aber nichts gesagt. Deshalb trieb Iulia sich am Abend unauffällig im Flur herum, als ihr Vater Monika dabei zusah, wie sie den kleinen Justus badete. Sie hörte das Platschen des Wassers, das Quietschen ihres Bruders, die gurrenden Laute ihrer Stiefmutter, und nach einer Weile saß Justus offenbar zufrieden in der Wanne, sodass Monika das Thema anschneiden konnte, auf das Iulia lauerte.

»Ausgerechnet an dem Samstag«, sagte sie. »Da will man einmal weggehen, ein einziges Mal, und dann wird es wieder nichts.«

»Wir besorgen einen Babysitter«, sagte Iulias Vater.

»Da weint Justus doch wieder nur den ganzen Abend, das kennst du doch. Ich könnte nicht ruhig im Konzert sitzen, wenn ich wüsste, dass er weint. Und Lone kann das nicht allein mit ihrem Arm.«

Lone hatte sich wenige Tage zuvor den Unterarm gebrochen, bei irgendeiner Sportübung in der Schule. Sie musste sich nun mehrere Wochen lang mit der linken Hand die Zähne putzen, und ans Gitarrespielen war noch länger nicht zu denken.

»Und wenn wir es absagen?«, sagte Iulias Vater.

»Darauf wird es hinauslaufen. Aber wirklich – da hat man einmal im Leben Konzertkarten ergattert, die üblicherweise für uns Normalsterbliche nicht zu bekommen sind, und ausgerechnet diesen Tag sucht deine Ex-Frau sich aus, um zu heiraten. Das ist doch eine Verschwörung.«

»Sie hat das einfach im Gefühl, so war sie schon immer.«

»Und das arme Kind. Für Iuli wäre es viel besser, sie würde sich endlich ganz aus ihrem Leben raushalten.«

»Das sage ich ihr seit Jahren. Du tust dem Mädchen keinen Gefallen, sage ich, aber sie will nicht auf mich hören. Ich sage ihr, die Kleine hat jetzt eine neue Familie, die kommt nur ganz durcheinander und weiß nicht, wo sie hingehört. Immerhin sind es jetzt meistens nur noch Briefe, von denen erholt sie sich relativ schnell.«

Justus platschte und quiekte, und Iulia hörte, dass Monika das Bad für beendet erklärte und ihn raushob und abrubbelte, während er lautstark protestierte. Sie verschwand rasch in ihrem Zimmer. Doch sobald Justus schlief, ging sie zu ihren Eltern ins Wohnzimmer, wo die beiden vor dem Fernseher saßen. Monika hatte ihre Füße hochgelegt, ihr Vater trank sein Feierabendbier.

»Ich werde nicht zu dieser Hochzeit gehen«, verkündete sie. »Ihr geht zu eurem Konzert, ich passe auf Justus auf. Ich will gar nicht zu dieser blöden Hochzeit. Was soll ich da?« Und sie war stolz auf sich selbst, auf ihre Entscheidung, ihre Loyalität.

Am späteren Abend dann, allein in ihrem Zimmer im Bett, hatte sich die Schwärze der Nacht auf sie gesenkt wie eine Decke, die sie ersticken wollte. Sie hatte nur mühsam Luft bekommen. Sie wollte Licht machen, aber ihr Arm gehorchte ihr nicht, er hing wie ein schwerer, toter Gegenstand an ihr, die Schwärze drückte sie nieder und erlaubte ihr keine Bewegung. Die Tränen waren ihr in die Augen gestiegen, hatten die Höhlen geflutet und waren übergelaufen.

Ihre Mutter würde einen anderen Nachnamen haben, sie würde endgültig nicht mehr zu ihr gehören. Iulias Familie war hier, ihr Platz war hier, sie musste aufhören, sich aufteilen zu wollen. Es war richtig, was Monika im Badezimmer gesagt hatte: Es wäre besser, wenn ihre Mutter sich aus ihrem Leben heraushalten würde. Aber ihr Vater hatte nicht recht gehabt, sie kam nicht durcheinander, sie wusste, wo sie hingehörte. Warum also tat es jetzt so weh? Sie verlor nichts, was sie nicht schon längst verloren hatte.

Da hatte es leise geklopft, und die Tür war einen Spalt aufgegangen. Lone. Iulia war es peinlich, dass sie weinte, aber Lone hatte sich neben das Bett gehockt und ihre Hand genommen, ohne etwas zu sagen. Iulia hatte sich umgedreht und das Gesicht im Kissen vergraben. Und dann war es richtig losgegangen – sie weinte so sehr, dass es sie schüttelte. Lone hielt ihre Hand in ihrer, in der, die nicht eingegipst war, und irgendwann hörte Iulia, dass sie leise sang. Es war das Konzert im Central Park von Simon & Garfunkel, beim ersten Song hatte Lone angefangen und sich nach und nach durch das ganze Konzert gearbeitet.

»And my words don't make a dime's worth of difference …« hatte sie gesungen, und Iulia hatte geweint und geweint, und irgendwann, bei *Old Friends*, war sie schließlich erschöpft eingeschlafen.

Danach waren die Tränen verbraucht gewesen, und sie hatte nie wieder geweint.

Niels hing über ihr und arbeitete, er schwitzte, er trieb alle Anspannung des Tages auf den Gipfel, damit sie sich entladen konnte. Iulia sah seine zusammengepressten Lippen, seine verkniffenen Augen, die Nasenflügel waren geweitet, auf seiner Stirn konnte sie Schweißperlen erkennen. Dann hielt er inne. Er öffnete die Augen und sah sie an. Und sie erkannte die Angst. Was immer es war, das er heute erlebt hatte, er war nicht der gewesen, der er hatte sein wollen, und nun musste er ihr und sich etwas beweisen. Sie aber, mit ihrem Jahrmarkt im Kopf, war zu weit weg gewesen.

Sie legte ihm eine Hand in den Nacken, und sein Mund verzog sich flehentlich.

»Ist alles okay? Geht es dir gut?«, flüsterte er.

Sie lächelte, sagte: »Alles in Ordnung, Lieber, du machst das toll«, und mit einer kräftigen Drehung ihrer Hüfte warf sie ihn ab und kehrte die Rollen um. Sie saß auf ihm und bewegte sich, er schloss die Augen und ließ sie machen. Er ergab sich. Und sie, Iulia, die kleine Goldmarie, spürte, dass sie keine Angst mehr hatte. Nicht vor ihm und seinem Urteil, vor seiner Missbilligung oder seinem herablassenden Lob. Ihre Schwester schwebte über dem schwärzesten Abgrund, den man sich vorstellen konnte – warum sollte sie sich also vor etwas fürchten wie der gehobenen Augenbraue von Pastor Richter.

19 | Kodachrome/Maybellene

Der Fänger im Roggen hatte keinen guten Tag. Er rauschte verspätet durch den Schalterraum und rief zur Begrüßung: »Jetzt lächeln Sie doch mal, Frau Eckhardt-Richter.« Florian hatte Kopfweh. Er hoffe inständig, murmelte er, dass Iulia irgendeine rasch wirkende Tablette in ihrer Tasche habe, wie alle Frauen, die er kenne. Sie holte ihm, was er brauchte. Er verzog sich in seine Schreibtischecke und blickte blass in Richtung Bildschirm.

Iulia stellte die Kaffeemaschine an. Auch sie hatte keinen guten Tag. War pünktlich um fünf aus dem Schlaf hochgeschreckt, hatte besonderen Kaffee aus einer besonderen Tasse bekommen – als Soundtrack gab es dazu *Lady in Red*, gepfiffen von Pastor Richter persönlich –, und hatte sich schon den ganzen Morgen gefühlt, als sei ihr Leben eine Komödie für ein Publikum mit ziemlich schrägem Humor.

Eine Frau mit zwei Kindern im Schlepptau betrat die Bank, Iulia straffte den Rücken. Die Kinder waren so klein, dass sie direkt vor dem Schalter nicht mehr zu sehen waren.

»Ich möchte Bargeld von meinem Konto abheben«, sagte die Frau.

»Wir haben vorne auch einen Automaten.«

»Der geht gerade irgendwie nicht. Und ich hab heute früh auch schon im Supermarkt gestanden und konnte den Kindern keine Cornflakes kaufen, weil die Karte nicht funktionierte.«

»Dann geben Sie mir mal bitte Ihre Kontonummer.«

Die Frau fummelte eine Bankkarte aus ihrem Portemonnaie. Die hielt sie Iulia hin, damit sie Nummer und Namen ablesen konnte. »Sagen Sie mir noch Ihr Geburtsdatum?«

»Zwanzigster Achter Neunzehnhundertneunundachtzig.«

Iulia gab die Daten in den Computer ein und sah sofort den Vermerk. »Es tut mir leid, aber Ihr Konto ist offenbar gepfändet worden. Man hat Sie darüber schriftlich informiert.«

»O Gott«, sagte die Frau. Die Kinder waren jetzt wieder zu sehen. Sie liefen zu den Sesseln und dem kleinen Beistelltisch, neben dem ein Wasserspender stand.

Die Frau beugte sich etwas vor, damit sie nicht so laut sprechen musste. »Ich habe seit einiger Zeit die Post nicht mehr geöffnet. Es ist einfach alles zu viel, verstehen Sie? Ehrlich, ich wusste das nicht mit dem Konto. Sind Sie verheiratet? Dann passen Sie bloß auf. Mein Mann und ich haben getrennte Konten, da war ich vorsichtig. Aber irgendwie hat der Mistkerl es hingekriegt, dass überall, wo er seine verdammten Schulden hat, mein Konto angegeben ist. Und jetzt, wo er sich aus dem Staub gemacht hat, wird es immer schlimmer. Ich bekomme seine Rechnungen und Mahnungen, und er meldet sich seit Wochen überhaupt nicht mehr.«

»Tut mir sehr leid, das klingt schlimm«, sagte Iulia.

»Gibt es irgendwas, das Sie tun können, damit ich wieder an mein Geld komme?«

»Leider nein.«

Die Frau richtete sich auf. Sie sah sich nach den Kindern um, die Wasser in spitze Becher zapften, die wie Partyhütchen aussahen. Sie wandte sich wieder Iulia zu und straffte die Schultern.

»Was muss ich tun? Mit wem muss ich sprechen, damit das geradegebogen wird?«

»Es tut mir leid«, sagte Iulia wieder. »Ich kann da wirklich nichts machen. Aber die Kirche hat einen Fonds für solche Fälle, wissen Sie davon?«

»Verstehen Sie, ich möchte keine Almosen«, sagte die Frau. »Ich habe Geld, ich komme nur nicht dran. Ich möchte einfach wissen, was ich jetzt tun muss. Es muss da doch ein Prozedere geben. Ich rede mit irgendeiner zuständigen Person, schildere, was los ist, und das Konto wird freigegeben. Oder ich unterschreibe irgendeine verdammte Erklärung, dass das nicht meine Schulden sind. Oder ich bekomme eine Art Dispo, bis alles aufgeklärt ist, so was muss es doch geben.«

»Es tut mir leid.« Iulia kam sich vor wie eine Schallplatte mit Sprung. Wie viel Bargeld hatte sie in ihrem eigenen Portemonnaie dabei? Für Cornflakes würde es reichen.

Die Frau wischte sich über das Gesicht. Massierte sich den Nacken. Legte eine Hand an die Stirn.

Auf Florians Tisch klingelte das Telefon. Er kam angewatschelt. »Der Chef will dich sehen. Umgehend. Soll ich hier übernehmen? Das ist ja ein Wahnsinnszeug, das du mir da gegeben hast. Ich bin wieder vollkommen fit.«

Iulia seufzte. »Hat er gesagt, ich soll Kaffee mitbringen?«

»Kinder, werft die Becher in den Müll, wir gehen«, sagte die Frau mit müder Stimme.

»Warten Sie«, rief Iulia. Aber worauf sollte sie warten?

Sie wäre der Mutter am liebsten hinterhergelaufen, um ihr Geld auszuzahlen, irgendwelches.

»Der Chef …«, sagte Florian.

Als sie Salingers Büro betrat, blickte der auf, als sei er schwer beschäftigt.

»Frau Eckhardt-Richter, was ist denn das für ein Zettel, den Sie mir da geschrieben haben? Ich habe Sie gebeten, einmal über den Kreditantrag unseres geschätzten Thomsen drüberzugucken, aber doch nicht, mir einen Zettel zu schreiben.«

Heute wollte Salinger nicht mit ihr in der Sitzgruppe Platz nehmen, er blieb hinter seinem Schreibtisch, und Iulia setzte sich in den Besucherstuhl.

»Ich habe gedacht, es ist nützlich für Ihre Entscheidung, meine Einschätzung zu kennen«, sagte sie.

»Aber doch nicht so.« Salinger war sichtlich verärgert. »Das ist ja ein ganzer Aufsatz.« Er schaute auf die Unterlagen vor sich. »Was soll denn das zum Beispiel heißen – *die Kinder noch sehr klein.*«

»Ich dachte, genau solche Hinweise brauchen Sie von mir.«

»Ich verstehe ja, dass Sie als Frau immer auf die Kinder schauen. Aber es ist schließlich auch ein Junge dabei.«

»Der ist zwei Jahre alt.«

»Haben Sie sich den Hof mal angesehen? Da ist alles picobello, ich war neulich eingeladen. Da sind definitiv genügend helfende Hände.«

»Das sind alles Lohnarbeiter.«

»Menschen, die bezahlt werden, machen die bessere Arbeit.«

»Das habe ich früher auch geglaubt.«

»Wir waren auf derselben Seite. Sie haben doch verstanden, warum wir als kleine regionale Bank die Landwirtschaft aktiv unterstützen müssen. Übrigens hat Torben Thomsen mir erzählt, dass Sie ihn nicht besonders zuvorkommend behandelt haben, als er neulich hier vorbeigeschaut hat.«

»Hat er Ihnen auch eine Gans angeboten?«

»Ich weiß nicht, worauf Sie mit dieser Bemerkung hinauswollen. Ich kaufe ohnehin regelmäßig Geflügel bei Familie Thomsen«, sagte Salinger. »So oder so bitte ich Sie, in Zukunft diese Meinungsmitteilungen auf Zetteln zu unterlassen. Und wenn Thomsen das nächste Mal in die Filiale kommt, schicken Sie ihn sofort zu mir nach oben. Ist das klar?«

»Er hat nicht *hier* vorbeigeschaut, sondern in meiner Garage. Und das auf dem Zettel, wie Sie es nennen, ist meine ehrliche Einschätzung zur Kreditvergabe. Genau wie Sie bedaure auch ich, dass der persönliche Ermessensspielraum dabei inzwischen so eingeschränkt wurde. Und ich sehe, dass Sie versuchen, mit dem verbleibenden Spielraum möglichst großzügig umzugehen. Das sind ja Traumkonditionen, die Sie vorschlagen.«

»Die letzten Jahre waren schwierig, und die Hitze in diesem Jahr macht es den Landwirten besonders schwer. Biogas ist eine sichere Sache, in so eine Anlage kann man quasi alles schmeißen. Biogas ist bio, das heißt, es ist nachwachsend, und die Hühner produzieren ja sicherlich auch eine Menge Bio.«

»Der Betrieb hangelt sich seit Jahren von Folgekredit zu Folgekredit, er beschäftigt Lohnarbeiter, die Größe der Äcker ist reichlich knapp, die Hofnachfolge ist unklar, in unmittelbarer Umgebung gibt es drei weitere private Biogasanlagen, Thomsen ist Anfang vierzig, seine Frau ist Multiallergikerin. Er ist einfach nur ein sturer Hund, der seinem Vater eins auswischen will, nachdem der endlich nicht mehr mitreden kann.«

»Das ist manchmal eine gute Ausgangssituation. Wissen Sie, wenn Sie mit so einem Kleinkram ankommen, sind Sie nicht besser als der Computer, der bloß auf die Zahlen schaut. Ich habe mir da wirklich mehr versprochen.«

Salinger wandte sich auf seinem Drehstuhl halb ab, als könnte er ihren Anblick nicht länger ertragen.

Sie verstand es ja. Der Chef langweilte sich. Es war nichts los in seiner Bank, er war im Grunde ein Niemand. Nun wollte er wenigstens Robin Hood sein, Beschützer der Waisen und Landwirte.

Als keine weitere Verabschiedung mehr kam, schloss sie leise die Tür zum Chefbüro hinter sich und eilte die Treppe hinunter. Im Beratungsraum waren keine Kunden, nur am Geldautomaten standen mehrere Leute und warteten. Iulia sog den Bank-Geruch durch ihre Nase ein, aber es schien sich etwas daran verändert zu haben. Er beruhigte sie nicht. Er war fremd und künstlich. Sie fühlte sich fehl am Platz, als gehörte sie nicht hierher. Florian winkte ihr von seinem Schreibtisch aus zu.

»Warum willst du eigentlich BWL studieren?«, fragte sie und lehnte sich an seinen Tisch. »Willst du ein Superheld werden, der Landwirte rettet?«

»Lass mich bloß in Ruhe. Das wird doch nur wieder eine dieser pseudophilosophischen Diskussionen über die Bösartigkeit des Kapitalismus. Ich sehe es an deinem Gesicht. Du siehst aus, als würdest du hier am liebsten Benzin ausschütten und eine Zigarette fallen lassen.«

Iulia seufzte.

»Wir sind gut in dem, was wir hier tun, allen voran du«, sagte er. »Du witterst jedes Problem auf hundert Meter Entfernung. Man arbeitet dort, wo man sich auskennt, jeder hat seinen Platz in der Welt, und deiner ist hier, in der Bank.«

»Aber was, wenn ich mich verändert habe?«

»Menschen verändern sich nicht«, sagte Florian. »Und jetzt lass mich weiter so tun, als würde ich arbeiten. Da vorne hat sich ein Stau gebildet, weil eine alte Schachtel am Einzahlautomaten versucht, Bargeld in den Kartenschlitz zu stecken. Geh hin und tu, was du am besten kannst.«

Inzwischen sah man sogar dem Vorgarten ihres Elternhauses an, dass Monika selten da war. Alles war ein kleines bisschen zu hochgewachsen, ein kleines bisschen zu dicht, ein kleines bisschen zu ungejätet, wie eine überreife

Frucht, die einfach niemand erntete. Noch etwas länger und der Fäulnisprozess würde einsetzen.

Ein gut gelaunter Vater in Unterhose mit Bierflasche in der Hand öffnete die Tür.

»Ave, Papa. Du hast mich gerufen, und hier bin ich. Bereit, dir deine Socken zu waschen.«

»Salve, Tochter, Salve. Komm rein. Nett, dass du extra kommst.«

Direkt nach der Arbeit hatte sie wie inzwischen immer ihre Stiefmutter angerufen, noch bevor sie die Küchentür erreicht hatte. Niemand hatte abgenommen. Sie hatte es bei ihrem Vater versucht.

Und es gab gute Nachrichten.

Lones Blutwerte hatten sich normalisiert, die Krise war überstanden. Jetzt wollten sie eine Tracheotomie machen, was immer das war. Und wenn es so weiterging, würden sie demnächst sogar einen Aufwachversuch wagen. Es war ein Wunder. Aber was wusste sie denn schon.

Nichts. Gar nichts. In Iulia war eine Kälte und Starre, wo doch eigentlich Jubel und Erleichterung hätten sein sollen. Wenn sie auf den Wanderungen mit ihrem Vater andere Bergsteiger vom Gipfel hatte herabklettern sehen, hatten sie klein und ungeschickt gewirkt, und sie hatte es stets als entmutigend empfunden. Diese Leute hatten ihr Ziel erreicht, sie hatten es geschafft, und doch sahen sie aus wie winziges Ungeziefer auf einem riesigen, desinteressierten Leib. Und auch sie, die beiden so unterschiedlichen Wanderer mit ihren Butterbroten und ihrer Fotokamera, waren nicht besser, es war egal, ob man nach oben oder nach unten stieg, der Berg war nicht zu bezwingen. Er tolerierte lediglich die krabbelnden Existenzen, die sich am Ende erschöpft und triumphierend auf die Schultern klopften. Für wen hielten sie sich eigentlich?

Lone hatte sich nicht für das Sterben entschieden. Das war doch eine großartige Nachricht. Sie kämpfte weiter, kämpfte sich zurück ins Leben, hatte sich umgewandt und sich auf den Weg zurück zu ihr gemacht. Es würde einen Aufwachversuch geben, Monikas Gebete wurden erhört. Eines Tages würde Lone die Augen aufschlagen. Und dann? Was würde sie sein?

»Und das alles, obwohl Monika die ganze Zeit danebensteht und aufpasst«, sagte ihr Vater. »Ich sage ihr ständig: Ein bewachter Topf kocht nicht. So können die dort doch ihre Arbeit gar nicht ordentlich machen. Wenn ich früher unter einem Waschbecken gehangen und ein Rohrstück ausgetauscht habe, war das Schlimmste immer die neugierige Hausfrau, die danebenstand und zuguckte. Da macht man selbst als Profi Fehler.«

Iulia fragte sich, was eine Tracheotomie war. Und was es mit dem Austauschen von Rohrstücken zu tun hatte. War es eine Operation? Dann war es sicher besser, wenn sie heute nicht zu Lone fuhr. »Wie läuft es bei euch? Wie geht es deinem Fuß?« Das Sprechen war mühsam. Ihr Kopf forderte so viel Aufmerksamkeit.

»Platt«, sagte er. »Aber mach dir bloß keine Gedanken. Hier ist alles bestens. Kein Grund zur Sorge. Du hast wirklich genug um die Ohren ...«

Hier hatte sie aufgehorcht. »Soll ich kommen, Papa?«

»Äh, ja, bitte, Iuli-Kind. Ehrlich gesagt herrscht gerade totales Chaos, und Justus benimmt sich wie ein Kleinkind.«

Und hier war sie nun, im Haus ihrer Eltern, in dem es nach verschwitzten Füßen roch. Der Belag, der beim letzten Mal auf allem gelegen hatte, war noch deutlicher hervorgetreten. Die Unordnung schien aus den Ecken zu kriechen wie eine geheime Invasion. Die Sofakissen waren zerknautscht, eine Decke hing auf den Boden. Benutztes Geschirr stand auf dem Wohnzimmertisch. Die Zimmerpflanzen ließen ihre Blätter hängen. Auf dem Boden ein kleines Muster aus Kaffeeflecken.

»Also, was ist los?« Sie machte innerlich bereits eine

Liste: zuallererst Lüften, dann Wäsche waschen, Flecken ausreiben, Blumen gießen …

»Odi et amo«, sagte er. »Ich liebe deinen Bruder, aber er bringt mich langsam um den Verstand. Guck bloß mal in den Kühlschrank. Kein Wunder, dass seine Freundin ihn rausgeschmissen hat.«

Er zog sie am Arm und humpelte voran. Er trug eine Art orthopädischen Schuh, sodass er ohne Krücken gehen konnte, allerdings war auf diese Weise das eine Bein länger als das andere. Iulia folgte ihm in die Küche, wo er mit triumphierender Geste den Kühlschrank öffnete. Darin lagen in mehreren Stapeln Tetra Paks mit Pflanzenmilch. Ganz oben präsentierte sich eine bunte Parade angebrochener Gläser mit Brotaufstrichen, rot und grün und bräunlich, einer war beinahe neongelb. Es roch seltsam. Wortlos deutete ihr Vater auf das Gemüsefach, in dem kleine Schüsseln standen, jeweils mit einer Untertasse als Deckel. Sie hob eine der Abdeckungen an, und sofort wurde ihre Nase von einem Geruch angefallen, der an alte Socken mit Knoblauch erinnerte.

»Der Junge stinkt aus allen Poren nach dem, was er isst«, sagte ihr Vater hinter ihr. »Und alle paar Tage fällt ihm ein, dass das, was er gekauft hat, doch böse ist. Dann schmeißt er alles weg und kauft was Neues. Er glaubt, dass sich hinter allen Firmen Nestlé verbirgt und dass das Zeug aus dem Bioladen extra für Leute wie ihn von dubiosen Großkonzernen produziert wird. Er hat mit seiner komischen politischen Gruppe neulich einen Hühnerhof besichtigt und festgestellt, dass sie dort fünf verschiedene Arten von Eiern verkaufen. Von glücklichen Hennen mit Außengelände und eigenem Bauwagenstall, von traurigen Hennen in Ställen mit Bodenhaltung, von konventionellen Käfighennen, von Biohühnern und von Hühnern mit Spezialbehandlung, die weder frei laufend noch bio, aber irgendwie besonders sind, sodass man auf die Packungen schreiben kann, dass die toller seien als andere. Und seitdem ist er geradezu paranoid. Glaubt niemandem mehr und isst nur noch das stinkende Zeug, aber wenn keiner guckt, dann klaut er mir die letzte Tiefkühlpizza. Denkt er, das merk ich nicht? Denkt er, ich bin so tüddelig, dass man mir einfach erzählen kann, dass da keine mehr war?«

»Wenn man dich so reden hört, kann man sich das schon fragen.«

»Keine Sorge. Bei mir ist alles paletti.«

»Aber erzähl mir bloß nicht, du wüsstest nicht genau, wovon Justus redet. Du hast den Leuten doch reihenweise *Spezialzeug* aufgeschwatzt. *Ich hab da genau das Richtige für Sie* war dein Standardsatz, als du noch im Geschäft warst.«

Er lachte. »Das hab ich wohl erzählt, was?«

»Jeden Abend. Und danach bist du auf die römische Provinzialpolitik umgeschwenkt, die das großartige Prinzip von *divide et impera* lange vor Machiavelli zur Perfektion getrieben hat.«

»Immerhin hast du was fürs Leben gelernt, nicht wahr?«

In diesem Moment trat Justus ins Bild, ebenfalls nur mit einer Unterhose bekleidet. Allerdings handelte es sich in seinem Fall um ein weniger ausgeleiertes Modell als bei ihrem Vater, mit eng anliegenden Beinansätzen, deutlich zeichneten sich seine Genitalien ab. Iulia hatte wenig Lust, ihn zu umarmen, und hob zur Begrüßung die Hand.

»Du bist zu Hause? Bist du krank?«

»Ja«, sagte er. »Bin ich. Meine Ärztin meint, ich habe eine vorübergehende Anpassungsstörung. Wegen der Trennung und allem.«

»Wohl eher wegen Mangelernährung.« Ihr Vater deutete anklagend auf den Kühlschrank. »Dieses stinkende Zeug, das du immer isst, kann einen ja nur krank machen.«

»Das ist Hummus«, rief Justus. »Das ist supergesund, und wenn du auch mal so was essen würdest und nicht immer nur Salamipizza, wäre dein verdammter Fuß schon längst verheilt. Das ist doch unnatürlich, dass der so lange braucht für das bisschen Mittelfußknochen. Wahrscheinlich hast du längst einen unentdeckten Diabetes und ein so zerschossenes Immunsystem, dass deine Selbstheilungskräfte sich ein für alle Mal verpisst haben.«

Die Augen ihres Vaters funkelten böse. »Es ist jedenfalls kein Wunder, dass deine Freundin dich rausgeschmissen hat. Wahrscheinlich hat dein Essen bei ihr auch immer die Bude derartig vollgestunken, dass sie am liebsten im Büro eingezogen wäre. Wenn das die Art ist, wie du und deine Leute die Welt retten wollen, dann verstehe ich, dass ihr bis heute nicht vom Fleck gekommen seid. Im Übrigen verlange ich, dass du nachher losgehst und mir die Pizza ersetzt.«

»Solange ich derjenige bin, der hier einkauft, entscheide ich, was im Kühlschrank ist«, fauchte Justus.

»Und solange du das Geld dafür aus meinem Portemonnaie klaust, wird gekauft, was ich will«, blaffte ihr Vater.

»Ich klau nicht, ich nehme mir bloß deinen Anteil.«

»Wer ungefragt an die Brieftasche eines anderen geht, ist ein Dieb, nichts weiter.«

Während die beiden einander in Unterhosen gegenüberstanden und sich wie die Ochsen gegenseitig anbrüllten, drehte Iulia sich um und ging in den Keller, um eine Ladung Wäsche anzuwerfen.

Der Name ihres Bruders bedeutete *der Gerechte*, und ihr Vater war nie müde geworden, darauf hinzuweisen. Es war Justus vermutlich gar nichts anderes übrig geblieben, als ein Gerechter zu werden. Er war in eine Familie hineingeboren worden, die auf mehreren Ruinen aufgebaut worden war – er musste ahnen, dass jede Idylle auf etwas Kaputtem stand. Iulia selbst war nach der Tochter des Augustus benannt, inklusive der antiken Schreibweise, und sie hatte Justus lange um seinen Anfangsbuchstaben beneidet.

Als sie wieder nach oben kam, saßen die beiden Männer friedlich nebeneinander vor dem Fernseher, halb nackt und mit frischem Bier. Sie hatten eine DVD eingelegt, einen Film über Pompeji, das erkannte Iulia mit einem Blick. Die Zebrastreifen aus großen Steinblöcken kannte sie, seit sie denken konnte. Menschen in Tunika und Toga liefen umher, im Hintergrund sah man den Vesuv bereits bedrohlich rauchen.

Ihr Vater hatte den lädierten Fuß demonstrativ auf einem Hocker abgelegt.

»Diese Römer«, sagte er, ohne den Kopf in ihre Richtung zu drehen, und zeigte auf den Bildschirm, auf dem die Überreste einer öffentlichen Latrine zu sehen waren. »Neben diese Dinger haben sie Wäschereien gebaut. Die konnten dann kostenlos die Pisse der Leute nutzen, wegen des Ammoniaks. Eine echte Win-win-Situation. Warum kommt man heute nicht mehr auf so was?«

»Weil man keine Sklaven zum Saubermachen öffentlicher Toiletten mehr hat«, sagte sie.

»Jaja. Du hast immer was zu meckern.«

»Ich trink noch einen Kaffee, dann muss ich los«, verkündete Justus.

»Bist du nicht krankgeschrieben?«, fragte Iulia.

»Das ist ein Treffen der Gruppe. Und man ist nie zu krank für politische Arbeit.«

Ihr Vater lachte auf, und sie wusste nicht, ob er sich über Justus amüsierte oder über die alten Römer und ihre Einfälle.

»Habt ihr beschlossen, die Hennen in den Geflügelbetrieben gewerkschaftlich zu organisieren und bei einer Revolution zu unterstützen?« Iulia ärgerte sich sofort, dass sie überhaupt etwas gesagt hatte. Sie spürte, wie ihr Bruder sich innerlich aufrichtete. Sich auf die Hinterbeine stellte wie ein Bär, sein Organismus bereitete die Rede vor, die er gleich aus seinem Mund sprudeln lassen würde, die Rede, die sie niederdrücken würde, wenn sie sich nicht wappnete, sie spürte Müdigkeit in sich aufwallen wie Sahne in einer Tasse schwarzen Tees. Und los ging es:

»*Geflügelbetrieb*«, sagte Justus verächtlich. »Allein, dass du solche Begriffe verwendest. Nicht nur, dass du in der dreckigsten Branche der Welt arbeitest, du wohnst auch noch freiwillig dort, wo die Bürgermeister großkotzige Schweinemastbauern sind, und du machst dich über mich lustig, wenn ich mir Gedanken mache, wie ich die Welt ein kleines Stück besser machen kann, während Leute wie du die Maschinerie der Hässlichkeit am Laufen halten …«

Justus redete immer weiter, er wollte sie totreden. Etwas Animalisches ergriff von ihr Besitz, ein Impuls, ihrem Bruder an die Gurgel zu gehen und ihn ein für alle Mal zum Schweigen zu bringen. Sie holte tief Luft. Und dann fiel sie ihm einfach ins Wort. Es war ganz leicht.

»Du hast vergessen, mir vorzuwerfen, dass ich mit einem Vollstrecker der Institution verheiratet bin, die Opium fürs Volk verkauft. Und pass auf, wenn du dir gleich deinen Kaffee machst. Der ist zwar fair gehandelt, allerdings von einer Firma, die auch konventionellen Kaffee verkauft. Du solltest dir gut überlegen, ob du ihn zu dir nimmst. Sonst bist du mitverantwortlich dafür, wenn ich demnächst neuen kaufe, und ich werde mich vermutlich wieder für diese Sorte entscheiden, weil sie so ein gutes Preisleistungsverhältnis hat, und ich als Bankerin kann nun mal nicht aus meiner Haut. Ich finde es so toll von dir, dass du dich fragst, wie die Eier ins Supermarktregal kommen. Aber ich fände es noch toller, wenn du dich fragen würdest, wie die Wäsche in deinen Schrank gelangt. Ist dir wirklich nicht aufgefallen, dass die Hauselfen und Heinzelmännchen schon immer alles erledigt haben, wenn du geschlafen hast? Du redest und redest, und ab und zu guckst du dir eine Legebatterie an, und dann beklagst du den Zustand der Welt, aber währenddessen stehen jeden Morgen Leute auf, waschen Wäsche und versorgen Babys, holen Kälber auf die Welt, fahren ihre Nachbarn zum Arzt und sitzen an Krankenhausbetten.«

Justus sah auf einmal so betroffen aus, dass sie innehielt. Stumm blickte er sie an. Zum ersten Mal schien er sie wirklich zu sehen. Und in seinem Blick lag etwas, das man beinahe für Respekt halten konnte. Für einen Moment hörte man nichts als die sonore Stimme des Kommentators aus dem Fernseher.

»Es geht los«, rief ihr Vater aufgeregt. »Kinder, setzt euch aufs Sofa. Jetzt kommt die Asche.«

20 | Lone

4. Versuch

Die Mitteilungen kamen immer in den frühen Morgenstunden, so wie die Polizei bei einer Razzia. Sie kamen nicht regelmäßig, nur alle vier Tage ungefähr, aber sie kamen immer früh. Lone, die ihr Mobiltelefon stets in Hörweite behielt, wurde an diesem Morgen von dem Signal geweckt, das ihr den Eingang einer Nachricht anzeigte, und obwohl sie wusste, dass es wieder nur eine dieser sinnlosen digitalen Botschaften war, schaute sie nach. Die Frauen riefen an, wenn es dringend war.

You are the sunshine of my life, las sie. Mehr nicht. Eine Gedichtzeile fiel ihr ein: *Nichts Schönres unter der Sonne, als unter der Sonne zu sein.* Von wem war das? Sie löschte die Nachricht, ohne eine Sekunde darüber nachzudenken. Es würde wieder aufhören, es hörte immer wieder auf. Früher hätte es sie beunruhigt, von einem Mann mit solchen Sätzen geweckt zu werden, von jemandem, der ihr weder verriet, wer er war, noch woher er ihre Nummer hatte. Inzwischen wusste sie einfach, dass es auch diese Sorte gab.

Trotzdem war ihr nicht mehr nach Schlafen zumute. Sie stand auf, wusch und kämmte sich. Seit gestern Mittag hatte sie nichts mehr gegessen, und ihr Magen knurrte. Sie musste auf einen besseren Mahlzeitenrhythmus achten, wenn sie gesund bleiben wollte. Die schlaflose Nacht, die Marens Geburt für sie bedeutet hatte, musste irgendetwas verschoben haben, ihr Körper vergaß in solchen Fällen die Tageszeit. Das kannte sie von früher, aus dem Schichtdienst. Manchmal hatte sie frühmorgens solchen Appetit auf einen deftigen Eintopf gehabt, dass sie sich zum Frühstück, noch bevor die Sonne über den Horizont gekrochen war, den Inhalt einer Dose aufgewärmt hatte. In den Schränken fand sie nichts, was sie hätte essen wollen. Baguette und Käse, das wäre jetzt das Richtige. Dazu schwarzer Kaffee und Musik von Jacques Brel. Am Stadtrand gab es eine Bäckerei, die auch am Sonntag früh öffnete und frisches Baguette verkaufte, sie war schon oft dort gewesen.

Voller Vorfreude und mit knurrendem Magen setzte sie sich ins Auto und fuhr los. Das erste Licht erhellte den Himmel sonderbar und magisch. Sie spürte eine Wonne in sich – *nichts Schönres unter der Sonne, als unter der Sonne zu sein*. An diesem Tag hatte sie keine Termine, gab keine Kurse, nachher würde sie bei Maren vorbeischauen, sie hatte ihr versprochen, eine Milchpumpe mitzubringen. Maren war Tandemstillen gewöhnt, es konnte sein, dass der Milcheinschuss ihr zu schaffen machen würde. Lone war gern dort. Nachdem sie Maren von ihrer älteren Kollegin quasi übernommen hatte, waren sie so etwas wie Freundinnen geworden. Maren merkte sich sogar ihren Geburtstag und hatte ihr schon einmal eine Kleinigkeit geschenkt. Und Lone hatte Lulu und Mimi auf die Welt geholfen und jetzt auch dem Junior. Sie würde auch ein Baguette für die Kinder mitbringen, oder Kuchen.

Rechts und links stand der Mais mannshoch. Dahinter das Licht wie eine Reflexion, es sah aus, als läge hinter den Feldern das Meer, ein riesiger Spiegel, der den Schein an den Himmel projizierte. Hinter ihr, auf schnurgerader Straße, tauchte ein anderes Auto auf, ein schwarzer Wagen, sie konnte die Marke nicht erkennen. Sie fuhr nicht schnell, es hatte keinen Sinn, die Bäckerei zu erreichen, bevor sie öffnete, aber der Wagen überholte nicht. Er passte sich ihrem Tempo an. Sie beschleunigte leicht. Es gab keinen

Grund, sich zu wundern. Ihr Telefon piepte. Statt einer Nachricht hatte jemand ihr ein Herz geschickt. Sie schob eine CD in die Anlage und tippte mehrmals auf die Vorlauftaste. Sie suchte ein bestimmtes Lied, das ihr früher stets gute Laune gemacht hatte. Die schnellen, perkussiven Akkorde der Rhythmusgitarre setzten ein, bevor Paul Simon zu singen begann: »When I think back on all the crap I learned in Highschool …« Augenblicklich fühlte Lone sich wie damals als Teenager, als sie mit ihrer Schwester zusammen die Songbooks durchgearbeitet hatte. Die Musik versetzte sie zuverlässig zurück in dieses Lebensgefühl.

Wahrscheinlich hatte es damals schon längst angefangen, das ewige Verfolgtwerden. Sie war lediglich zu naiv gewesen, um es zu bemerken. Man sah ja stets nur das, was man für möglich hielt. Die erste Begegnung mit einem dieser Männer – viele Jahre später – hatte ihr dann auch tatsächlich ordentlich Angst gemacht. Es war in der Stadt gewesen, in der Fußgängerzone, und ihre Schwester hatte sie gerettet. Sie war von Schaufenster zu Schaufenster geschlendert, gelegentlich war sie in ein Geschäft hineingegangen und hatte etwas anprobiert: Stiefel, Hüte, Sonnenbrillen.

Irgendwann war ihr aufgefallen, dass sie beobachtet wurde. Ein Mann, groß und kräftig, ein bulliger Typ, erschien mehrmals in ihrem Blickfeld, wenn sie sich umdrehte. Sie ging eine Zeit lang weiter, drehte sich wieder um. Als sie ihn im Strom der Menschen in der Fußgängerzone entdeckt hatte, blieb sie stehen und betrachtete das Fenster eines Sportgeschäfts. Der Mann wurde langsamer, blieb ebenfalls stehen, er machte nicht den Versuch, sich unauffällig zu benehmen. An einem Drehständer betrachtete sie die Postkarten mit Sprüchen, die man Leuten zu runden Geburtstagen schenken konnte – dämliche Bemerkungen über das Alter neben Bildern von chinesischen

Faltenhunden oder Schildkröten. Der Mann wurde erneut langsamer, er schien sie anzublicken. Lone ließ ihn vorbeigehen. Sie ging um den Drehständer herum, auf dieser Seite enthielten die Postkarten Liebesbotschaften, die Bilder zeigten Ballons, herzförmige Kieselsteine oder flauschige Nagetiere. Sie atmete erleichtert aus, als der Mann einfach weiterging, ohne sich umzusehen – falscher Alarm.

Allerdings tauchte er kurz darauf wieder auf, und diesmal musste er extra zurückgekommen sein. Sie floh in eine Boutique, in der laute Musik spielte und Jugendliche haufenweise T-Shirts auseinanderfalteten und zerknüllt wieder zurücklegten. Lone hielt sich einige Minuten in dem Laden auf, bis sie sich erneut auf die Straße wagte. Der Mann stand an der Apotheke gegenüber und hatte den Ausgang im Blick, aus dem Lone gerade trat. Sie bekam Angst. Sie wusste, dass sie in der Fußgängerzone einigermaßen sicher war, aber ihr Auto stand in einem Parkhaus, und auf dem Weg dorthin gab es dunkle Ecken. Mit klopfendem Herzen eilte sie in eine Bäckerei, bestellte sich einen Cappuccino und ging damit zu einem der Bistrotische. Mit dem Rücken zur Straße. Sie ließ sich Zeit, um den Cappuccino zu trinken, dann fragte sie nach der Toilette. Sie hatte gehofft, einen Hinterausgang zu entdecken, wie es ihn hier in den meisten Ladengeschäften geben musste, schon allein, um irgendwelche Mülltonnen zu erreichen. Aber sie wurde enttäuscht. Selbst das Fensterchen in der Damentoilette bestand aus Glasbausteinen, die man nur leicht kippen konnte.

Was für Möglichkeiten hatte sie? Sie konnte Leute bitten, sie zum Auto zu begleiten. Aber was, wenn der Mann sie heimlich verfolgte und sich ihre Nummer notierte, herausfand, wo sie wohnte, und irgendwann vor ihrer Haustür auftauchte? So etwas passierte ständig in Fernsehkrimis. Sie würde die Polizei rufen müssen und hier in der Bäckerei auf sie warten.

Aber da draußen liefen Hunderte von Menschen herum, sie war zur besten Einkaufszeit in einer Bäckereifiliale in der Fußgängerzone einer norddeutschen Großstadt. Wer, um Himmels willen, brauchte denn an so einem Ort die Polizei? Und was sollte sie ihnen sagen, damit sie ihr glaubten? Dass sie aussehe wie eine Frau, die man gern vergewaltigen würde? Sie trug ein kurzes Brokatkleid in Rot und Gold, dazu eine hautfarbene Strumpfhose, ihre Wildlederstiefel gingen fast bis zum Knie. Ihre Jacke war ein kleines Stückchen länger als der Kleidersaum, sodass es für alle, die sie von hinten sahen, der Fantasie überlassen war zu erraten, was sie unter der Jacke trug. Dieses Outfit war ein Fehler gewesen, das war ihr jetzt klar. Sie hatte sich wunderbar sexy gefühlt, als sie es am Morgen angezogen hatte. Die Stiefel hatten Absätze und klackten hörbar bei jedem Schritt auf dem Boden, es war eine Freude gewesen, die Treppe hinunterzulaufen. Jedes Mal, wenn sie sich heute in einem Schaufenster gespiegelt hatte, war sie zufrieden gewesen. Das Kleid war wahrlich kein Schnäppchen gewesen, es hatte einen kleinen Einnäher im Nacken mit dem Namen eines Designerlabels, und sie hatte sich nicht nur sexy, sondern auch als jemand mit gutem Geschmack gefühlt. Und nun, wenige Stunden später, hatte sie aufgrund dieses teuren, auffälligen Outfits auf einmal Angst, die Polizei zu rufen.

Dann wusste sie plötzlich, was zu tun war. Sie ging zur Bäckertheke, wartete brav, bis sie an der Reihe war, und fragte höflich, ob sie einmal telefonieren dürfe, es sei ein Notfall.

Und Lone in ihrer Schönheit wurde nicht abgewiesen und zu einem öffentlichen Apparat geschickt. Das war die andere Seite der Medaille. Sie folgte der Verkäuferin in den Flur hinter dem Verkaufsraum, dort hing ein Telefon an der Wand. Iulia war Gott sei Dank zu Hause.

Wieder zurück im Café bestellte Lone sich einen weiteren Cappuccino. Während sie vorsichtig einen Löffel Zucker in den Milchschaum rührte, spürte sie plötzlich jemanden neben sich. Sie blickte auf und sah in das Gesicht des Mannes.

Als Iulia schließlich verschwitzt und außer Atem in die Bäckerei stürmte, war Lone in ein intensives Gespräch vertieft. Der Mann war völlig harmlos, ein Opfer seiner Projektionen, und doch hatte sie das Gefühl nicht loswerden können, um ihr Leben zu reden. Iulia zu sehen war eine Erlösung gewesen.

»Da bin ich«, hatte sie gekeucht. »Wovor musst du gerettet werden?«

»Vor mir«, hatte der Mann gesagt, an dessen Namen Lone sich nach all den Jahren nicht mehr erinnerte.

»Tut mir leid.« Damit hatte sie sowohl den Mann als auch ihre Schwester gemeint. Sie hatte ihre Jacke angezogen, um zu gehen.

»Darf ich dich wenigstens mal anrufen?« Der Mann hatte verzweifelt geklungen.

Draußen hakte Lone sich bei ihrer Schwester ein und ließ sich wegbringen. Sie war noch nicht in Sicherheit.

»Was war denn los?«, fragte Iulia. Aber Lone zog sie weiter.

»Das erzähle ich dir im Auto. Ich glaube nicht, dass er uns jetzt noch folgt, was meinst du? Siehst du ihn?«

»Der schien doch ganz nett zu sein. Und du warst auch freundlich zu ihm. Was hat er dir getan?«

»Er hat mich verfolgt. Wirklich lange. Irgendwann war ich so weit, die Polizei zu rufen, aber dann bist du mir Gott sei Dank eingefallen.«

»Leider hatte ich keine Zeit, meinen Superheldenanzug anzuziehen.«

»Ich hatte solche Angst, aber wie hätte ich das erklären sollen? Es ist ja nichts wirklich Gefährliches passiert. Und man kann doch wegen so was nicht die Polizei rufen.«

»Wegen was? Was wollte er denn von dir?«

»Mich heiraten«, sagte Lone. »Er hat behauptet, ich sei die Frau seiner Träume, und er habe sich auf der Stelle in mich verliebt.«

»Und hast du Ja gesagt?«

Sie hatte Iulia gegen den Oberarm geboxt und endlich lachen können.

Danach waren noch andere gekommen, die sie vom Fleck weg hatten heiraten wollen. Der Ehemann einer Kollegin war ihr nach einem gemeinsamen Abendessen bis vor die Haustür gefolgt, um ihr zu versichern, er würde für sie, ohne zu zögern, seine Familie verlassen. Die wahnsinnigsten Gerüchte hatten im Krankenhaus über sie kursiert, in die Welt gesetzt von einem Oberarzt, der sich abgewiesen fühlte. Und wenn bei einem Hausbesuch bei einer Schwangeren ein Verwandter zugegen war oder ein Nachbar vielleicht, dann war es leicht für ihn, ihre Telefonnummer herauszufinden und ihr romantische Nachrichten mit Stevie-Wonder-Zitaten zu schicken.

Kam es ihr nur so vor, oder hielt der Wagen hinter ihr immer den gleichen Abstand ein? Es war schwierig, auf diesen schmalen Landstraßen zu überholen. Aber bei jedem Blick, den sie in den Rückspiegel warf, schien das schwarze Auto hinter ihr weder näher gekommen zu sein noch sich weiter entfernt zu haben, egal wie schnell sie fuhr. Diese verfluchten geraden Straßen, es gab keine Ausweichstellen, keine Seitenwege, sie konnte nicht abbiegen, konnte nicht entkommen. Wenn sie rechts ranfuhr, konnte es sein, dass der Wagen vorbeifuhr und die Sache endlich ausgestanden war. Aber was, wenn er ebenfalls hielt? Und was, wenn er sich direkt neben sie stellte, sodass sie in der Falle säße? Sie beschleunigte. Der Wagen hielt den Abstand. Sie konnte den Fahrer nicht sehen, das Licht der aufgehenden Sonne brach sich an der Windschutzscheibe und blendete sie. Ihr Herz klopfte heftig, Blut rauschte ihr in den Ohren. Art Garfunkel sang mit hoher, klarer Stimme. Jetzt erschien der Sonnenball über den Maispflanzen, seine Strahlen stachen direkt in ihre Augen. Lone trat aufs Gas. Sie drückte das Pedal ganz durch. Das Auto flog dahin. Der schwarze Wagen im Rückspiegel entfernte sich. Als sie wieder nach vorne schaute, sah sie gerade noch den Traktor. Er war wie aus dem Nichts aufgetaucht.

21 | Bridge Over Troubled Water

Iulias Nacken war verspannt und machte das Sitzen im Auto höchst unbequem. Sie fuhr durch Maisfelder, vorbei an Knicks und winzigen Hainen – kaum zu glauben, dass dieses Land irgendwann einmal komplett bewaldet gewesen war. Beim täglichen Anruf an der Garderobe hatte sie Monika erreicht. Die hatte geweint, sodass Iulia ihre Worte kaum hatte verstehen können. Der Grund war offenbar eine Mischung aus Erleichterung und Erschöpfung, die letzten Tage waren schlimm für sie gewesen.

Menschen weinten, das war normal. Aber es musste immer einen geben, der nicht weinte, damit die anderen es konnten. Iulia hatte ihr zugehört, beruhigende Worte gemurmelt und gleichzeitig den Berg in sich gespürt, hoch, massiv, unmöglich zu bewältigen mit ihren müden Füßen. Lone hatte sich gegen das Sterben entschieden, aber niemand wusste, was es für sie bedeutete, zu leben. Sie lag dort, von Monika bewacht wie ein Topf mit Wasser, der nicht kochen wollte. Sie wartete. Und vielleicht wartete auch Gott.

Aaron hatte Training in der Kletterhalle gehabt, Iulia hatte ihn hingebracht, und, sobald er ausgestiegen war, die CD-Hülle aus der noch immer prall gefüllten Handtasche auf dem Beifahrersitz gezogen. Sie hatte Lones Liste entfaltet.

Die wenigen Abkürzungen hinter dem letzten Namen verrieten ihr, dass die Frau sich noch ganz am Anfang einer Schwangerschaft befand. Bestimmt würde sie Bedarf an Massageöl, Aufbaupulver oder einer Duftmischung gegen Übelkeit haben. Sorgfältig hatte Iulia die Liste in die Hülle zurückgelegt und diese zwischen die Hebammen-Utensilien geschoben.

Das Korn war bereits abgeerntet, zwischendurch brachte ein Blühstreifen Farbe in die Eintönigkeit. Dann Pferdekoppeln, riesige Kuhställe, Biogasanlagen, die wie gigantische Brüste in den Himmel zeigten, eine Allee, Bahnschienen, ein Bachlauf und endlich ein kleines Dorf, in der Mitte eine Kirche, ein Feuerwehrgerätehaus und ein Löschteich. Direkt daneben wohnte Vera Steinhöfel.

Dieses Haus war so wundervoll normal, dass Iulias nervöses Herz sich leicht mit ein paar tiefen Atemzügen beruhigen ließ. Hier würde ihr nichts Außergewöhnliches begegnen. Der Vorgarten war gepflegt und praktisch, die Fassade sauber, neben der Tür stand ein Holzbrett, aus dem das Wort *Willkommen* gesägt worden war. Dieses Haus passte in die Welt, in der Iulia sich auskannte.

Während sie mit der linken Hand auf die Klingel drückte, streckte sie unauffällig den rechten Arm, winkelte die Hand an und beschrieb damit kleine Kreise, um ihren Nacken zu entspannen. Sie setzte die schwere Tasche auf dem Boden ab, faltete ihre Hände hinter dem Rücken und zog die Schulterblätter nach unten. Das alles half nicht. Sie ließ langsam das Kinn Richtung Brust sinken, als die Tür geöffnet wurde. Sofort riss sie den Kopf wieder hoch.

»Guten Tag, ich bin die Schwester von Lone Fabricius. Es gibt etwas, das ich Ihnen sagen möchte, ich weiß nicht, ob Sie schon …« Iulia ärgerte sich, dass sie sich ihre Worte nicht vorher überlegt hatte.

»Ich habe die Nachricht auf dem Anrufbeantworter gehört«, sagte die Frau. »Ich wollte ihr erzählen, was bei mir los ist, und dann das. Ich kann es kaum fassen. So etwas Fürchterliches.«

»Ich wollte mal nachsehen, ob ich irgendwas für Sie … für dich tun kann. Du stehst auf ihrer Liste.«

»Ach, das ist ja nett«, sagte die Frau, und es klang aufrichtig. Iulia dachte, dass *nett* genau das Wort war, das für alles hier passte. Ein nettes Haus, ein nettes Begrüßungsschild, ein nettes Dorf und eine nette Frau. Aaron sagte oft: »Nett ist die kleine Schwester von scheiße.« Aber damit hatte er unrecht, und vielleicht würde er das auch noch begreifen. *Nett* war in Wirklichkeit eine Beschreibung für das langfristig Aushaltbare.

Aber die nette Frau bat sie nicht herein, sondern wartete ab. Iulia fiel auf, dass sie keine Frage formuliert oder ein Vorhaben angegeben hatte. Sie hatte gesagt, sie wolle »mal nachsehen«, mehr nicht. Also fuhr sie fort: »Ich habe Hebammensachen dabei, vielleicht brauchen Sie … vielleicht brauchst du etwas? Oder stör ich gerade ganz schrecklich?«

Die Frau zögerte. Offenbar rang sie mit ihrer Nettigkeit. Dann hob sie das Kinn und sagte: »Ja, leider. Du störst gerade ein bisschen. Ich finde es trotzdem gut, dass du vorbeischaust.«

»Dann komm ich einfach ein andermal«, sagte Iulia. Sie spürte ihre Enttäuschung wie eine dunkle Welle im Inneren schwappen. Sie wollte nicht weg von der netten Frau in dem netten Haus, die es schaffte, sie wegzuschicken, ohne dass es gemein klang. Dies war der letzte Name auf der Liste, er war ihre letzte Chance, das Kaninchenloch hinabzurutschen, in die fremde, wunderbare Welt ihrer Schwester. Sie lächelte freundlich und wandte sich zum Gehen.

»Warte mal«, sagte die Frau. »Hast du gesagt, du hast Hebammensachen dabei?«

»Ja. Ich habe Lones Vorräte geplündert.« Iulia hob die Tasche an.

»Hast du auch Eisen?«

»Ich bin mir nicht sicher. Aber so schwer, wie das Ding ist, halte ich das für nicht unwahrscheinlich.«

»Dann komm rein«, sagte die Frau und stieß die Tür weit auf. »Und wenn du gut schwere Sachen tragen kannst, darfst du mir gleich mal helfen.«

Im Garten hinter dem Haus, der an eine Kuhweide grenzte, spielten zwei Kinder in einer Sandkiste, vielleicht zwei und vier Jahre alt. Iulia grüßte, die Kinder winkten zutraulich. Vera – sie hatte sich mit festem Händedruck vorgestellt – trug eine Holzschachtel und einen Spaten. Iulia schleppte eine Plastiktüte voller Wurzelwerk hinterher, aus der ein bereits recht stattlicher Birnbaum ragte.

»Setz ihn bitte hier ab«, sagte Vera. »Und würdest du stattdessen das mal kurz halten?« Sie drückte ihr das Kästchen in die Hand und begann, mit dem Spaten in einem bereits ausgehobenen Loch herumzukratzen. »Ich weiß gar nicht, wie ich den Baum hierherbekommen hätte ohne dich. Wahrscheinlich hätte ich ihn ziehen müssen. Tragen ist gerade echt unmöglich.« Dann richtete sie sich auf, stützte sich auf den Spaten und rief: »Kinder, wollt ihr dabei sein?«

Die beiden im Sandkasten rappelten sich auf, schon allein das sah so lustig aus, dass Iulia grinste. Dann kletterten sie über die Umrandung, was offenbar gar nicht so leicht war. Ein Bein musste hinübergeschwungen werden, danach das andere, es war so ähnlich, wie wenn man ein Pferd bestieg. Tatsächlich blieb das eine Kind auch einfach rittlings sitzen und tat gar nichts mehr.

»Marlene«, rief Vera und fing wieder an, im Loch herumzuschaben. »Kannst du deiner komischen Schwester mal helfen, zu Ende zu klettern, bitte?« Und leiser, nur für Iulia gedacht: »Die bleibt da einfach sitzen, wenn ihr das zu schwierig ist. Einmal hab ich es drauf ankommen lassen und nicht geholfen, da hat sie tatsächlich fast eine

Viertelstunde so dagehockt. Ich weiß nicht, ob das eine gute oder eine richtig bescheuerte Eigenschaft ist. Was meinst du?«

Die Kinder kamen angewackelt. Iulia hielt noch immer das Kästchen. Es war klein, nicht viel größer als die Packungen mit angeblich britischen Minztäfelchen, die Niels sich gelegentlich am Abend gönnte. Sollte hier eine Art Beerdigung stattfinden? Hamster oder Wellensittich war Iulias Tipp, wenn man die Maße der Schachtel bedachte.

Veras Stimme klang ganz sanft, als sie den Spaten weglegte, sich hinhockte und leise sagte: »Marlene, möchtest du es reinlegen?«

»Warum ist Papa nicht hier?«, fragte das Kind. Es hatte rechts und links am Kopf, genau über den Ohren, kleine, abstehende Zöpfe. Die Schwester war so pausbäckig, dass man unwillkürlich vermutete, sie habe den Mund voll. Beide hatten rote Wangen, wie angemalt, und überhaupt sahen sie aus, als sollte man sie am besten in Dirndl stecken und für Postkarten fotografieren. Nette Kinder.

»Papa möchte lieber nachher, wenn er von der Arbeit kommt, alles angucken. Wenn es fertig ist. Er weint so ungern, hat er gesagt.« Bei diesen Worten begannen Vera selbst Tränen übers Gesicht zu laufen. Sie legte ihre Arme um die beiden und drückte sie an sich. Iulia kam ein unangenehmer Verdacht. Stumm reichte sie der Kleinen die Kiste, als diese die Hand ausstreckte. Vorsichtig wurde die Kiste in das Erdloch gelegt.

»Willst du noch ein Kuscheltier mit reintun?«, fragte Vera. »Das hattest du dir doch vorgenommen.«

Das Kind schüttelte wortlos den Kopf.

»Geht ihr wieder spielen?«, fragte Vera dann, und die Tränen liefen ihr über die Wangen und tropften auf ihre Tunika, sie machte nicht einmal den Versuch, sie wegzuwischen. Die Mädchen fassten sich an den Händen – Iulia traute ihren Augen kaum – und hüpften davon, zurück zur Sandkiste. Iulia konnte sehen, wie die größere Schwester der kleineren über die Umrandung half.

»Jetzt kannst du den Baum draufsetzen«, sagte Vera. »Ich möchte, dass die Wurzeln aufliegen.«

Iulia zog das Band auf, sodass sie den Baum aus der Plastiktüte heben konnte. Dann hievte sie ihn in das Loch, direkt auf das Kästchen. Vera hielt den Stamm gerade, Iulia übernahm den Spaten und schippte Erde drum herum. Am Ende drückte sie alles mit den Schuhen fest, es sah sehr professionell aus.

Vera streichelte den Baum, und ihr Gesicht sah so kummervoll aus, dass Iulia es kaum aushielt.

»Das wäre erledigt«, sagte Vera. »Jetzt mach ich uns einen Tee, und du guckst bitte mal in deiner Tasche, ob du irgendein Eisenpräparat mithast. Ich bin schon ganz wacklig auf den Beinen. Hast du zufällig auch Surfbretter dabei?«

»Was bitte?«, fragte Iulia.

Sie gingen gemeinsam zum Hintereingang des Hauses.

»Diese riesigen Wochenbettvorlagen, Lone nennt die so. Ich hatte eine Packung da, aber die ist bald leer. Ich schreib nachher meinem Mann, dass er welche besorgen soll und auch irgendwelches Eisenzeug, falls das, was du mithast, nicht reicht. Trinkst du schwarzen Tee?«

»Nur, wenn es wirklich nicht stört. Ihr habt hier ja offenbar einen Trauerfall in der Familie.«

»Den haben wir schon länger.«

»Wer wurde denn da gerade beerdigt?« Sie hoffte so sehr, dass es ein Hamster war.

»Krümelchen. Kein Herzschlag mehr in der vierzehnten Woche.«

Iulia verspürte den Drang, sofort das Weite zu suchen. Sie hatte gedacht, sie würde hier wieder ein Familienstillleben auf dem Sofa vorfinden, frisch geborene, gesunde

Kälbchen oder zufriedene Väter, die ihr Bier anboten. Gerne auch ein paar Wehwehchen und kleine Sorgen. Sie hätte ihre Handtasche zücken und helfen können. Aber das hier ging zu weit. Sie wollte nichts wissen von Beerdigungen. Doch gerade als Iulia nach einer guten Ausrede suchte, fing Vera an, hin und her zu wanken. Sie ging ein paar wackelige Schritte über die Veranda und hielt sich am Rahmen der offenen Hintertür fest.

»Uiuiui«, sagte sie, und Iulia hatte eine Blitzerinnerung an Samson, den riesigen Zottelbären aus der Sesamstraße. »Ich sollte mich besser hinsetzen. Könntest du den Tee machen? Du findest alles in der Küche, steht einfach da. Danke dir.«

Vorsichtig machte Vera ein paar Schritte, dann ließ sie sich mit einem tiefen Seufzer auf der Verandastufe nieder, gleich neben der dicken Tasche.

Iulia ging ins Haus, das auch von innen bemerkenswert nett war. Sobald sie sich außer Sichtweite wähnte, stellte sie sich gerade hin, atmete tief ein und aus und konzentrierte sich auf den Boden unter ihren Füßen. Sie war ein Baum.

Es dauerte, bis sie sich in der Lage fühlte, den Wasserkocher anzustellen. In der Küche hingen die Tassen an Haken unter dem Schrank. Sie fand eine Kanne mit einem tiefen Siebeinsatz, in den sie Tee abmaß. Ein malziger Duft breitete sich aus, als sie das kochende Wasser eingoss.

Mit zwei Tassen ging sie hinaus zu Vera, die wieder etwas frischer wirkte. Die Mädchen hatten inzwischen angefangen, die Steinplatten rund um ein Gartenhäuschen mit Kreide zu bemalen. Sie hockten auf den Knien und sprachen miteinander, vermutlich erzählten sie sich, was sie da malten, denn zu erkennen war es für Uneingeweihte eher nicht. Iulia erinnerte sich an Aarons frühere Kunstwerke, an die Vorsicht, mit der sie seine Bilder kommentiert hatte. Wenn sie nicht gleich erkannte, was er zu malen versucht hatte, war das mitunter ein großes Drama gewesen. Er hatte es nicht leiden können, ein Kind zu sein.

Iulia deutete auf die malenden Mädchen. »Die können sich ja total gut beschäftigen, die beiden.«

»Das ist sehr ungewöhnlich«, sagte Vera. »Ich glaube, es geht ihnen nicht gut. Sie sind wirklich viel zu ruhig. Es ist ja auch nicht so, dass sie nicht begreifen, was hier los ist.«

»Der Tee hat jetzt sicher lange genug gezogen«, sagte Iulia schnell. »Ich hole ihn. Wenn du willst, kannst du inzwischen in der Tasche nachsehen, ob du irgendwas gebrauchen kannst. Da ist auch so ein Aufbaupulver. Schau einfach alles durch.«

Kurz darauf kam sie mit der Teekanne wieder, Vera hatte inzwischen kleine Probepackungen auf der unteren Verandastufe aufgereiht. »Darf ich auch was nehmen, das für die Mädchen passt?«, fragte sie. »Wir haben im Moment nur ein Einkommen, und diese Pflegeprodukte für Kinder sind ja wirklich unfassbar teuer. Aber wahrscheinlich kann ich demnächst wieder was dazuverdienen.«

»Was machst du beruflich?«, fragte Iulia und setzte sich. Sie goss ihnen beiden Tee ein.

»Ich bin Fotografin.« Vera pustete in die Tasse. »Ha! Das wird reinknallen«, sagte sie zufrieden. »Vier Monate ohne schwarzen Tee.« Sie nahm einen Schluck und lächelte. Sie weinte nicht mehr und war auch nicht mehr so blass. »Weißt du, ich hätte schon seit Wochen wieder Tee und Kaffee trinken können, ist ja dann auch egal, wenn das Baby im Bauch nicht mehr lebt, aber es hat mir einfach nicht geschmeckt. Entweder war der HCG-Wert noch zu hoch oder es war was Psychisches. Egal, jetzt habe ich wieder richtig Lust drauf, das ist die Hauptsache.«

Iulia überlegte, wie sie diplomatisch nachfragen konnte, denn eigentlich war ihr nach Brüllen zumute: Du hast mehrere Wochen lang gewusst, dass dein Baby tot ist?

»Also«, sagte sie gedehnt, »dein Körper dachte noch, du bist schwanger, richtig? Wie lange ist die vierzehnte Woche denn her?«

»Vier Wochen«, sagte Vera.

»Vier Wochen?«

Die Mädchen hoben die Köpfe und schauten irritiert in Iulias Richtung.

»Ja.« Vera trank noch einen Schluck und seufzte wohlig. »Manchmal dauert es eben, bis man sich umgestellt hat. Ich war jedenfalls total froh, dass es Lone gab, als die Nachricht kam. Das ist schon ein ziemlicher Klopper, muss ich sagen. Da denkt man, die zwölfte Woche ist vorbei, juhu, jetzt kannst du es endlich rumerzählen. Und in den Elternforen im Internet schreiben alle, dass jetzt die schöne Phase der Schwangerschaft losgehe, keine Übelkeit mehr, lustige Kindsbewegungen, dazu eine tolle Libido und glänzendes Haar, *die junge Mutter leuchtet geradezu von innen,* hab ich doch tatsächlich gelesen.« Sie stellte die Tasse ab und lehnte sich zurück, um die Beine ausstrecken zu können.

Iulia ließ ihre Fingerspitzen an den Schläfen kreisen in der Hoffnung, ihre Gedanken etwas zu bremsen. Wieso hatten die zuständigen Menschen Vera so viel Zeit gewährt? Wie hatte sie das geschafft? Bei Aarons Geburt war der Operationssaal schneller vorbereitet gewesen, als Iulia ihren Einspruch hätte formulieren können.

»Und dann gehst du zum Ultraschall, und es ist kein Herzschlag mehr da. Einfach so. Aber jetzt ist es hier im Garten, das Krümel, und ich hatte vier Wochen Zeit, Abschied zu nehmen.« Sie lachte resigniert. »Man sollte meinen, dass es leichter ist, das alles. Schließlich ist es kurz vorher nur ein Haufen Zellen, die sich fröhlich teilen. Eigentlich ist es nur eine Möglichkeit, die da zu Ende geht, mehr nicht. Man sollte meinen, dass man darum kein solches Gewese machen müsste. Wir alle haben ständig Möglichkeiten vorbeiziehen lassen müssen. Mittlerweile ist man fast daran gewöhnt.«

Iulia wollte fragen: Wie hast du das gemacht? Wie hast du es geschafft zu sagen, was du wolltest? Aber so etwas konnte man nicht fragen, sie kannten einander ja kaum.

»Ich weiß nicht«, sagte sie stattdessen. »Ich glaube, es waren bei mir gar nicht so viele Möglichkeiten. Die, die sich mir geboten haben, konnten sich auch verwirklichen.«

»Sicher?«

Die Mädchen standen auf und kamen zu ihnen. Schon an ihrer Körperhaltung konnte man sehen, dass sie etwas im Schilde führten. Die Größere schob die Kleinere nach vorn, und die sagte etwas, das Iulia nicht verstand.

»Ja, dürft ihr«, sagte Vera freundlich. »Ausnahmsweise. Und nachher gehen wir noch mal zusammen raus, ja?«

Die Mädchen nickten, standen für einen Augenblick brav und lächelnd da, und Iulia fragte sich, ob das eine Angewohnheit von Kindern war, deren Mutter professionell fotografierte. Ihr Lächeln war schelmisch, sie wirkten stolz darauf, dass sie eine gute Gelegenheit erkannt und ausgenutzt hatten, für was auch immer. Dann stürmten sie wie auf Kommando los, hüpften über die Teekanne, wichen den Probepäckchen aus und verschwanden im Haus, Iulia hatte das Gefühl, einen Luftzug zu spüren, wie Fahrtwind, mit einem feinen, kaum wahrnehmbaren Aroma von Kreide und Sand.

»Sie wollen fernsehen und dabei Kekse essen«, sagte Vera. »Das dürfen sie normalerweise tagsüber nicht, und schon gar nicht gleichzeitig. Diese Vollkornkekse schmecken fürchterlich, aber solange sie nichts anderes kennen, sind sie zufrieden. Vielleicht ist es bei dir wie mit den Vollkornkeksen, Iulia? Du kennst die Möglichkeiten gar nicht, und deshalb bist du zufrieden.«

»Woher willst du wissen, dass mein Leben nicht nach Eclairs schmeckt?«

Vera deutete auf den Ring an Iulias Hand. »Weil du eine verheiratete Frau bist, die vermutlich Kinder hat. Für uns gibt es keine Eclairs. Und wenn du es glaubst, hast du eben einfach zu lange keine Eclairs probiert.«

»Das klingt fürchterlich.«

»Ist es aber nicht«, sagte Vera. »Vollkornkekse sind einigermaßen gesund, man wird alt, wenn man sich von ihnen ernährt, und sie lassen jede Menge Luft nach oben – denn neben ihnen schmeckt jeder normale Keks großartig. Ein Vollkornkeksleben ist der beste Garant dafür, ab und an echte Freude empfinden zu können und nicht allzu tief zu fallen, wenn es mal schlechter kommt.«

Iulia schwieg. Die Sonne stand schon deutlich niedriger am Himmel, das Licht wirkte goldener. Sie dachte an Aaron, der bald sechzehn wurde, und daran, dass er dieses Ereignis nicht feiern wollte. Wer lebte, fand das meistens selbstverständlich, und vielleicht war es richtig, den eigenen Geburtstag nicht zu feiern. Vielmehr sollten sie und Niels den Geburtstag ihres Sohnes feiern.

»Vielleicht hast du recht«, sagte sie nachdenklich. »Man sucht etwas im Leben, und wenn man es findet, greift man zu, und das ist eben nicht immer Liebe oder irgendein ewiger Höhenflug. Ich wollte immer eine möglichst stabile Beziehung haben, damit keiner von uns auf die Idee kommen könnte, wegzugehen. Das ist das Schlimmste. Wenn einer weggeht und die anderen einfach zurücklässt.«

»Klingt, als würdest du dir selbst nicht trauen.«

»Hast du gemerkt, wie dein Baby gestorben ist? Ich meine, gab es irgendeinen Aufruhr?«

»Nein, überhaupt nicht«, sagte Vera und strich sich durchs Haar. »Ich weiß, was du meinst. Wir hatten früher einen Hund, einen Golden Retriever, und als der später ganz schlimm Krebs hatte, mussten wir ihn einschläfern lassen. Ich wollte unbedingt dabei sein und seinen Kopf halten. Und dann hat er eine Spritze bekommen, aber statt einfach einzupennen, hat er ganz fürchterlich gezuckt und geruckelt. Es war schrecklich. Wenn man so was einmal gesehen hat, glaubt man niemandem mehr, der sagt, Sterben sei friedliches Einschlafen. Aber beim Krümel war da einfach irgendwann gar nichts mehr. Keine Bewegungen.«

»Das muss so unfassbar schlimm sein«, sagte Iulia. »Gerade gab es ihn noch, und dann nicht mehr.«

»Weißt du«, Vera lehnte ihren Kopf gegen den Verandapfosten, »das Schwierigste ist, dass es einem so unwahrscheinlich vorkommt. Sterben ist heutzutage die Ausnahme geworden. Üblich ist Überleben. Wenn man sich die Leute um einen herum so anguckt und sich fragt, wie es wäre, wenn sie vor zweihundert Jahren gelebt hätten … Marlene hatte letztes Jahr eine Blinddarmentzündung, die wäre jetzt tot. Meine Schwiegermutter hat Diabetes, mein Patenonkel hatte Darmkrebs, unsere Nachbarin zwei Häuser weiter hatte eine Hirnhautentzündung, und mein Mann hat keine Schilddrüse mehr – die wären alle nicht mehr am Leben. Aber wir leben eben jetzt, und wir sind es nicht mehr gewohnt, dass Leute einfach sterben, bevor sie uralt und bettlägerig sind. Da ist der Tod eines Babys im Bauch, wo es alles hat, was es braucht, einfach nicht zu glauben, irgendwie.«

Iulia dachte über Veras Aufzählung nach. Aaron wäre nicht mehr am Leben, und sie wahrscheinlich auch nicht. Niels hatte als Kind eine Leberquetschung gehabt, nachdem er sich den Griff seines Fahrrads in den Bauch gerammt hatte. Und Lone. Wäre sie nicht genau jetzt im Krankenhaus, angeschlossen an diverse Apparate, ernährt und mit Antibiotikum versorgt, sie wäre längst tot.

»All diese Menschen, die du aufgezählt hast, leben nur, weil sie rechtzeitig beim Arzt oder im Krankenhaus waren«, sagte sie.

Vera schaute zum Birnbaum.

»Wir haben das Angießen vergessen. Schleppst du noch eine Kanne Wasser für mich?«

Der Jahrmarkt in Iulias Kopf wurde so laut, dass sie sich an die Stirn fasste. »Vera«, sagte sie. »Weißt du, warum Lone aufgehört hat, im Krankenhaus zu arbeiten?«

22 | Vera

Was Vera liebte: alle wichtigen Menschen um sich zu haben. Ihren Mann, ihre Kinder, am besten auch ihre Eltern. Aber die lebten noch immer in der alten Heimat und kamen viel zu selten zu Besuch. Als Fotografin war sie daran gewöhnt, flexibel zu sein. Man musste eine Balance finden zwischen Anpassung an die Situation und eigener Standhaftigkeit. Die Perspektive war ausschlaggebend, man musste sehr bei sich sein, um ein wirklich gutes Foto zu machen. Musste seine Gefühle kennen und sich nicht beirren lassen von den Schwingungen, die um einen herum Einfluss nehmen wollten. Sie wusste, dass das Leben unsicher war, dass jederzeit alles vorbei sein konnte, was man kannte, und dass man diese Balance – Anpassung und Standhaftigkeit – niemals aus den Augen verlieren durfte.

Als Vera sechs Jahre alt war, gerade eingeschult, fiel die Mauer, und ihre Eltern, die sich bis dahin immer ausgekannt hatten, trauten auf einmal den eigenen Fähigkeiten nicht mehr. Sie versuchten, ihre Angst zu verbergen, aber dafür mussten sie Abstand halten. Vera würde die Angst spüren können, wenn sie zu nahe herankam. Und weil ihre Eltern nicht zu denen gehörten, die einfach dasaßen und abwarteten, bis andere über sie entschieden, zogen sie los und versuchten, sich zu orientieren. Ihre Jobs waren nicht mehr sicher, ihre Qualifikationen wenig wert, aber sie wollten ihren Platz finden und außerdem etwas gegen die Angst tun. So kam es, dass Vera viel allein blieb. Sogar dann, wenn ihre Eltern zu Hause waren. In der Schule war die große Verunsicherung genauso zu spüren, Freundschaften hielten nicht, die Bücher, mit denen sie Lesen lernte, erzählten von einer Welt, die es gar nicht mehr gab, und die Lehrerinnen wussten nicht, was sie auf die Fragen ihrer Schüler antworten sollten. Es gab kein Ja oder Nein mehr, nur noch Vielleicht.

Als Vera irgendwann, nach dem, was sie im Nachhinein ihre Lehr- und Wanderjahre nannte, einen Mann fand, der zu ihr passte, und mit ihrer ersten Tochter schwanger wurde, beschloss sie, ihr Kind niemals allein zu lassen. Sie würde ihm beibringen, frei von Ballast zu leben, um jederzeit verkraften zu können, dass die Welt um einen herum bröckelig wurde. Sie würde ihm erklären, dass Geld, Besitz und Versprechungen ihren Wert verlieren konnten, aber sie würde ihrem Kind auch zeigen, worauf man sich immer würde verlassen können: auf die nahen Menschen. Konnte man nicht buchstäblich alles ertragen, wenn man füreinander da war? Sie hoffte es jedenfalls. Einen Beweis dafür hatte sie nicht, nur ein Gegenbeispiel.

Der Mann baute mit ihr ein Haus, das Kind war nah bei ihr, sie passte gut auf, dann kam ein zweites, und auch das hielt sie nah bei sich und brachte ihrer älteren Tochter bei, die Schwester als etwas enorm Wichtiges zu begreifen. Über die dritte Schwangerschaft freute sie sich vor allem deshalb, weil sie dachte, dass ihre Kinder nun noch einen mehr haben würden, der zu ihnen gehörte.

Sie warteten, ihr Mann und sie, bis sie es den beiden Schwestern erzählten. Sie kannten die Statistik. Aber es war die dritte Schwangerschaft, es war bisher alles gut gegangen und fühlte sich richtig an, und außerdem musste Vera sich immer, wenn eines der Mädchen den Klodeckel offen gelassen hatte, sofort übergeben, sodass die Älteste anfing, sich ernsthaft Sorgen zu machen. Also hielten sie es nicht durch zu warten und erzählten es den beiden. Das neue Geschwisterkind bekam den Namen Krümel, allerdings mit neutralem Artikel davor: das Krümel, darauf bestanden die Schwestern oder vielmehr die ältere der beiden, tatkräftig unterstützt von der jüngeren, die des Sprechens noch nicht allzu mächtig war.

Nach zwölf Wochen platzten Vera und ihr Mann beinahe, es war ja sogar schon zu sehen. Sie wurde in dieser Schwangerschaft viel schneller rund. Die Mädchen durften es den Großeltern erzählen, dass ein Krümel unterwegs war, und endlich, endlich konnte Vera sich auch freuen. Sie merkte den Unterschied, denn eigentlich hätte sie behauptet, sich zuvor schon gefreut zu haben, aber als die zwölfte Woche geschafft war, spürte sie ein warmes, jubelndes und zappeliges Glück in sich, das die freudigen Gefühle der vergangenen Wochen zu flüchtigen Befindlichkeiten degradierte.

In der vierzehnten Woche dann war auf dem Ultraschall beim Krümel kein Herzschlag mehr zu finden. Der Fötus war auffällig klein, er hatte schon länger aufgehört zu wachsen. Irgendetwas war nicht richtig gelaufen. Der Begriff, den der Gynäkologe benutzte, war *Missed Abortion*, eine Fehlgeburt ohne Geburt sozusagen, der Körper der Mutter hatte noch nicht bemerkt, dass das Baby gestorben war, oder reagierte einfach langsam. So viele Wochen lang hatte Vera sich davor gefürchtet, dass sie Blut in ihrer Unterwäsche finden würde, dass wehenartige Bauchschmerzen einsetzen könnten. Aber am Ende hatte das Baby ganz still und heimlich einfach aufgehört zu sein.

Der Arzt schickte sie ins Krankenhaus, um eine Ausschabung vornehmen zu lassen. Allein diese Worte taten Vera weh, als würde man sie schlagen. Ihr Mann fuhr sie direkt in die Klinik, wo er mit den Mädchen die ausgestellten Bilder ansah, auf dem Spielplatz saß und in der Cafeteria Kakao trank, während sie auf der Station wartete. Ein weiterer Ultraschall wurde gemacht, eine freundliche, sachliche Ärztin erklärte ihr den Ablauf. Sie würden einen

Termin für die Operation machen, sie könne noch heute das Vorgespräch mit dem Anästhesisten führen, wenn sie ein bisschen Zeit mitgebracht habe. Sie würde dann an einem der nächsten Vormittage frühmorgens zum vereinbarten Termin nüchtern zur OP erscheinen, und wenn alles glatt über die Bühne ginge, könnte sie gleich danach wieder nach Hause, als wäre nichts gewesen.

Der Gesichtsausdruck der Ärztin, als Vera fragte, ob sie hinterher das Baby würde mitnehmen können, war unbeschreiblich. Sie hätte gern ihre Kamera dabeigehabt. Offenbar war das ein eher unübliches Anliegen. Veras Tante hatte ihre Gallensteine mitnehmen dürfen, also musste es doch Regelungen zu diesen Dingen geben. Sie hatte gelesen, dass ein Fötus, der mehr als fünfhundert Gramm wog, wenn er auf die Welt kam, beim Einwohnermeldeamt eingetragen werden konnte, aber davon hatte die Ärztin noch nie etwas gehört, und außerdem war sie sicher, dass das, was sie aus Vera herausholen würden, ganz bestimmt keine fünfhundert Gramm wiegen würde. Sie hielt es auch nicht für sinnvoll, es zu wiegen, wie Vera vorschlug, aber sie wollte ihr gern etwas für die strapazierten Nerven verschreiben. Jetzt, wo man keine Rücksicht mehr auf die Schwangerschaft nehmen müsse, dürfe sie so einiges verordnen. Und dann fiel der Ärztin auch noch der Schleifenbaum ein, der im Innenhof hinter der Station stand. Dort könne Vera als Andenken an das verlorene Kind eine Schleife anbinden.

Vera musste sich zurückhalten, der Ärztin keinen kräftigen Faustschlag zu verpassen.

Vor einiger Zeit hatte sie einen Artikel gelesen, in dem es um die Risiken einer Ausschabung ging und darum, dass bestimmte Komplikationen bei weiteren Schwangerschaften auftreten konnten – Placenta Praevia, Gebärmutterhalsschwäche, Vernarbungen. Als sie danach fragte, wurde die freundliche Ärztin augenblicklich noch freundlicher.

Sie kenne das schon, diese Patientinnen, die irgendwo etwas gelesen hätten. Das sei natürlich verunsichernd, sie verstehe es ja. Sanft streichelte sie Veras Arm. Sie solle sich doch nicht mit solchen Sorgen belasten, Ärzte wüssten schließlich, was sie täten, und diese Art von Eingriff sei nun wirklich Routine. Es tue nicht gut, sich jetzt auch noch den Kopf zu zerbrechen, sie solle lieber versuchen, sich auf das Schöne zu konzentrieren, das die Welt zu bieten habe. Ganz abgesehen davon sei es natürlich unverantwortlich, die Operation weiter hinauszuschieben. Sie könne schließlich – schwupps – an einer Infektion sterben oder verbluten, sie sehe übrigens auch schon ganz geschwächt aus, vielleicht sollte sie sich besser sofort stationär aufnehmen lassen. Es gehe jetzt um sie – die Ärztin streichelte unbeirrt weiter – und nicht um eine defekte Frucht.

Vera nickte, aber sie verstand nicht. Sie hatte zwei Geburten hinter sich gebracht, beide ohne Probleme, ja sogar ohne die prophezeiten unerträglichen Schmerzen. Sie war dabei keineswegs unter ärztlicher Aufsicht gewesen, sondern in einem Geburtshaus, das inzwischen hatte schließen müssen, weil die Hebammen sich nicht mehr versichern lassen konnten. Zwei Schwangerschaften und Geburten hatte ihr Körper absolviert und dabei genau gewusst, was zu tun war. Er hatte die Zeiträume gekannt und ihr Signale gegeben. Hatte sie rechtzeitig gewarnt, und nie war es hektisch geworden. Sie hatte ihrem Körper vertraut. Und nun betrog er sie so. Verheimlichte ihr, dass das Baby bereits nicht mehr lebte, und mutete ihr damit unglaubliche Risiken zu, und das offenbar schon seit geraumer Zeit. Sie wollte sich zusammenreißen und zu dem Anästhesisten gehen, aber sie konnte nicht.

Stattdessen suchte sie ihren Mann und die Mädchen und fuhr mit ihnen nach Hause.

Vera weinte erst, als die Mädchen im Bett waren. Sie wollte nicht, dass das Baby aus ihrem Bauch einfach rausgeholt wurde, egal ob tot oder lebendig. Sie wollte es nicht hergeben, man sollte es ihr nicht aussaugen, vielleicht würde es dabei kaputtgehen, und dann würde es im Müll landen. Sie wusste, dass es für das Baby keinen Unterschied machte. Sie wusste, dass sie nicht klar dachte, dass das, was sie noch im Bauch hatte, kein Baby in dem Sinne war, und es am Ende völlig egal war, wo jemand landete, zu Erde würden sie doch alle werden, und an jemanden denken konnte man schließlich auch irgendwo, an einem Ort des Gedenkens, wenn es sein musste auch einem verdammten Schleifenbaum. Sie versuchte, vernünftig zu sein.

Vor vielen Jahren, nach einem One-Night-Stand während ihrer Ausbildung, hatte sie geglaubt, schwanger zu sein. Sie hatten verhütet, mehr oder weniger, und jetzt, da sie älter war und sich intensiver mit ihrem Zyklus auseinandergesetzt hatte, wusste sie, dass sie damals längst jenseits des Eisprungs gewesen war. Aber ihre Regel war nicht pünktlich gekommen, und sie hatte sich gesorgt. Hatte Freundinnen gefragt, wo und wie sie eine Abtreibung vornehmen lassen könnte. Das Internet war noch wenig mehr als ein virtuelles Branchenbuch gewesen, sie hatte mit echten Menschen sprechen müssen, wenn sie etwas erfahren wollte. In diesen wenigen Tagen, in denen eine Abtreibung für sie unausweichlich erschienen war, hatte der Gedanke daran für Vera kein Problem dargestellt. In ihrem Bauch war nichts weiter als ein winziger Haufen Zellen gewesen, noch weit entfernt davon, ein Mensch zu sein. Natürlich hatte sie dann doch ihre Tage bekommen, zusammen mit einer dicken Grippe, die möglicherweise für die Unregelmäßigkeit im Zyklus verantwortlich gewesen war. Und sie hatte eine schlimme Zeit verbracht mit Fieber, Schüttelfrost, Unterleibsschmerzen und schweißtreibenden Expeditionen zum Badezimmer, um Tampons zu wechseln, sodass sie eines ganz sicher wusste: Nie wieder würde sie einen One-Night-Stand haben, wenn das die Strafe war.

Und jetzt war das Krümel tot, und sie fühlte sich, als würde man ihr ein Kind wegreißen wollen. Als würde sie als Mutter versagen, wenn sie dieses Kind nicht beschützte, das tot und ohne jemals eine Sekunde lang Bewusstsein für die eigene Existenz gehabt zu haben in ihrer Gebärmutter herumtrieb. Dass Menschen so waren, ganz genau so, das hatte sie als Fotografin schon immer fasziniert. Sie hatte versucht, diese Widersprüche einzufangen, war auf der Suche gewesen nach diesen starken, archaischen Gefühlen, die sich in den Augen der Menschen finden ließen, wenn man genau hinsah und im rechten Moment auslöste. Aber selber so etwas zu erleben, so einen irrationalen Schmerz, so einen Drang, nur dem eigenen Gefühl zu gehorchen und die Vernunft und alle ihre personifizierten Vertreter als Feinde zu betrachten, das war etwas anderes. Das war nicht faszinierend, sondern verstörend.

Ihr Mann nahm sie in den Arm, und sie wehrte sich nicht, auch wenn sie Angst hatte vor dem, was er sagen würde. Was würde sie tun, wenn er sich auf die Seite der Feinde schlug?

Er hielt sie, fest und freundlich. Er urteilte nicht, das spürte sie. Er war ein guter Mann, der sein Bestes gab. Mehr konnte man nicht verlangen. Wie sollte er nachvollziehen können, wie es ihr ging?

»Wir könnten Lone anrufen«, sagte er leise.

Dass sie nicht selbst darauf gekommen war!

Lone hatte bei den letzten beiden Schwangerschaften die Nachsorge übernommen, und sie war auch noch lange nach den üblichen acht Wochen vorbeigekommen, wenn Vera ein Problem hatte. Man durfte sie jederzeit anrufen, von ihr gab es immer guten Rat. Sie würde wissen, was zu tun war. Und wenn Lone für eine Operation plädierte, würde Vera auf sie hören, fest versprochen.

Das aber tat Lone nicht. Stattdessen kam sie noch am Abend und hörte sich alles an, was Vera zu sagen hatte, und allein das tat so gut. Sie hörte sich auch die Gedanken mit den Zellhaufen und dem Bewusstsein an und schwieg dazu. Sie hörte zu, als Vera ihr von den Risiken erzählte, die sie angeblich gerade einging, weil sie nicht umgehend und sofort den zuständigen Anästhesisten aufgesucht hatte. Sie hörte zu, als Vera den Verrat ihres Körpers beklagte, und sie hörte sich alle Widersprüche an, ohne sie zu kommentieren. Dann sagte sie, das, was die Alternative zur Operation sei, trage die Bezeichnung *Kleine Geburt*, und sie sei bereit, Vera und ihren Mann dabei zu unterstützen, sofern diese ihrem Körper wieder Vertrauen schenke und seine Signale ernst nehme. Es könne allerdings ein bisschen dauern.

Und es dauerte.

Als vier Wochen später endlich Blutungen begannen und fast gleichzeitig ein Wehenschmerz einsetzte, am Abend, während Vera und ihr Mann eine amerikanische Krimiserie ansahen, war sie bereit für den Abschied von ihrem Krümel, genau wie ihr Körper es war. Sie rief Lone an, zur Sicherheit, aber sie wusste über alles Bescheid, war instruiert, worauf sie achten musste.

Auf dem Anrufbeantworter hörte sie von dem Unfall, sie hatte jedoch kaum Zeit, diese Nachricht zu begreifen. Sie verstand nur, dass Lone nicht kommen konnte. Ihr Mann war bei ihr und hielt ihre Hand, sie war nicht allein. Sie saß auf der Toilette und schaute immer wieder nach, was da aus ihr herausgekommen war, um nur ja nicht das kleine Klümpchen zu verpassen, das ihr Kind war. Sie fand es in den frühen Morgenstunden, fischte es heraus und legte es in das Kästchen, das sie bereits vor Wochen besorgt hatte. Am nächsten Morgen schauten sich die Mädchen das Krümel an und staunten, wie seltsam es war – und wie perfekt.

IV

23 | Fifty Ways To Leave Your Lover

Die Wohngegend war nobel, aber nicht abgehoben. Einfamilienobjekte, ein Streifen Reihenhäuser, alle fünfzig Meter eine Straßenlaterne, alle zweihundert ein Abfalleimer, abgesenkte Kantsteine vor jeder Ausfahrt, sodass der Bürgersteig einer sanften Hügellandschaft glich. Vor dem Haus gab es einen weiß gestrichenen Zaun und einen Parkstreifen von drei Autolängen. Iulia hielt hinter einem bulligen Auto mit gewaltigem Kühlergrill. Sie stellte ihren Sitz weit nach hinten, um es ein bisschen bequemer zu haben, während sie wartete. Die Sonne war aufgegangen und beleuchtete das Dach des weißen Hauses mit den vertikalen Fensterlinien – modernes dänisches Design. Die Rouleaus im oberen Stockwerk waren noch geschlossen.

Am Vorabend hatte sie sich allein in einer dunklen Küche wiedergefunden. Sie hatte damit gerechnet, einen warmen, von Essensduft geschwängerten Raum zu betreten, freundlich dafür gerügt zu werden, dass sie so spät kam, eingesogen zu werden von der Familienwelt, die Niels gestaltete und beherrschte, sie hatte sich darauf eingestellt, ihre Gedanken und Gefühle tief in sich einschließen zu müssen, um nach außen hin die Iulia sein zu können, die sie an diesem Abend zu sein hatte. Nur kurz zuvor hatte sie geholfen, einen Fötus namens Krümel zu beerdigen.

Sie hatte dagestanden in der Dunkelheit und eine wunderbare Erleichterung gespürt, dass sie einen Aufschub bekommen hatte von der Pastorats-Idylle. Einen Moment zum Durchatmen zu haben, war im Grunde das Beste, was das Leben zu bieten hatte. Wenn es etwas gab, um das Gott zu bitten sich wirklich lohnte, dann war es dies. Warum betete die Gemeinde nicht jeden Sonntag: Vater unser im Himmel, unser tägliches Brot gib uns heute und gewähre uns eine Pause von allem, was unser Leben ausmacht, indem Du uns einen Moment der Ruhe bescherst, wenn wir es am wenigsten erwarten?

Aaron war noch nicht zu Hause, Niels vermutlich noch in seinem Büro, er würde gleich anfangen zu kochen, den Tisch zu decken, ihr Anweisungen zu geben, wie sie den Salat zupfen sollte, damit er optimal zerkleinert war. War sie zu früh? Vielleicht war die Uhr, die sie verschluckt hatte, kaputtgegangen. Sie hatte Licht gemacht und war leise in den Flur getreten. Hatte kurz geklopft und die Tür zum Büro geöffnet, um den Kopf hineinzustecken.

»Herr Paster«, sagte sie. »Wo bleiben Sie denn? Der verlorene Sohn kehrt gleich heim, und wir haben den Ochsen noch nicht geschlachtet.«

Zuerst sah sie Niels gar nicht, weil sie ihn hinter seinem Schreibtisch vermutete. Er lag jedoch bäuchlings am Boden, und auf ihm saß die Chorleiterin. Sie blickte Iulia direkt in die Augen, stand dann in aller Ruhe auf und trat einen Schritt zur Seite, damit auch Niels sich aufrappeln konnte.

Der klopfte sich Staub von der Hose und zog das Oberhemd glatt. Dann wandte er sich zur Chorleiterin: »Wir sind hier auch fertig jetzt, oder?«

Sie nickte. »Sag einfach Bescheid, wenn du mich wieder brauchst.«

Sie lächelte freundlich, als sie an Iulia vorbei in den Flur trat. Die stand da wie ein begossener Pudel.

Niels löschte das Licht am Schreibtisch.

»Was war das denn?«, fragte sie steif.

»Das war die Chorleiterin.«

Er drückte sich an ihr vorbei, und sie folgte ihm in die Küche.

»Aber was hat sie mit dir gemacht?«

»Massiert«, sagte er. »Das wirkt Wunder für die Stimme. Holst du mal die Hühnchenstücke aus dem Wirtschaftsraum? Die hab ich mariniert.«

Das Essen war, wie immer, gut gewesen, auch wenn Iulia kaum etwas davon am Findling vorbeibrachte. Sie hatte versucht, sich mit Aaron zu unterhalten, aber der hatte nicht viel Lust zu reden gehabt, und sie hatte auch nicht vor, von ihrem Tag zu erzählen. Also redete Niels. Er sprach über das Theaterstück der Konfirmanden, über Frau Schilling, die wegen ihrer Spinnenphobie ein Moskitonetz über ihrem Schreibtisch aufgehängt hatte. Das Kirchenbüro mit seinem uralten Reetdach gehörte nun mal den Spinnen, die Frau Schilling dort lediglich tolerierten, und offenbar hatte ein größeres Exemplar vor einiger Zeit mitten auf ihrem altmodischen Telefon gesessen. Sie hatte es erst bemerkt, als der Apparat klingelte, und natürlich hatte sie nicht abnehmen können. Weil sie aber eine pflichtbewusste Frau war, hatte sie sich eine Lösung einfallen lassen, nie mehr sollte eine Spinne verhindern, dass sie einen Anruf entgegennahm. Außerdem redeten die Afghanen seit Tagen von *Kirchenasyl*, immer wieder schickten sie Abgesandte zu Niels, wohlmeinende Schäfchen, die ständig versuchten, seine Haltung dazu herauszuhören, ohne ihn direkt zu fragen. Aber direktes Fragen habe noch nie hoch im Kurs gestanden in diesem Landstrich, sagte er, tatsächlich sei wohl davon auszugehen, dass wirklich niemand hier diese Kunst beherrsche. Sie werde den Menschen seit Generationen buchstäblich abtrainiert. Statt geradheraus zu sagen, worum es wirklich gehe, betätige sich jeder als Zeichendeuter und Gedankenleser. Besonders die Frauen.

»Dann will ich mal versuchen, ob ich es trotzdem schaffe, ganz direkt zu fragen«, sagte Iulia.

Niels hatte die Gabel abgelegt und sie angesehen, als wäre er überrascht von ihrer Anwesenheit.

»Warum hat die Chorleiterin dich massiert?«

»Weil sie es gut kann.« Er hatte den Kopf hin- und herbewegt, um seinen Nacken zu dehnen.

»Die frigide Chorleiterin?«, hatte Aaron gefragt, der jetzt doch aufmerksam geworden war.

»Ich glaube, wir sollten uns ein anderes Attribut für sie einfallen lassen.«

Niels hatte geseufzt. »Verspannungen sind schlecht für die Stimme. Alle Sängerinnen können massieren. Ich muss demnächst im Radio sprechen, und du weißt, wie oft ich dieses Problem mit dem Frosch im Hals habe.« Wie zur Bekräftigung musste er sich räuspern.

»Warum kann Miss Piggy eigentlich nicht bis siebzig zählen?«, hatte Iulia gefragt.

Aaron hatte in sich hineingelacht und gemurmelt: »Frosch im Hals.«

»Deine Witze waren auch schon mal besser«, hatte Niels gesagt und sich noch mehr Essen aufgetan.

Wie immer in letzter Zeit war Iulia am frühen Morgen hochgeschreckt, kurz bevor die Dämmerung einsetzte. Durch einen Spalt zwischen den Vorhängen sah sie deutlich eine perfekte Mondsichel.

Neben ihr im Bett lag Niels, er hatte sich abgewandt und schlief auf der Seite, sie konnte seinen Atem hören. Sie wusste, ohne es sehen zu können, dass er den Mund leicht geöffnet hatte, und sie wusste auch, dass auf seinem Gesicht ein so kindlicher Ausdruck lag, dass es kaum zu ertragen war. Vielleicht wurde er im Schlaf zu jemand anderem. Zu dem, der er wirklich war. Ein unsicheres, schüchternes Kind, das sonntags den Talar überzog und so tat, als sei es ein Hirte und Bescheidwisser.

Sie wusste, sie sollte wütend sein. Schließlich fühlte er

sich offenbar sicher und glaubte, er könnte alles haben. Ganze Armeen von Chorleiterinnen könnten ihn massieren, ihm Übungen zeigen, nackt mit ihm in der Sakristei tanzen und ihn bewundern und anhimmeln, denn zu Hause hatte er seine Vollkornkeksfrau, auf deren Loyalität er sich schon allein deswegen hundertprozentig verlassen konnte, weil sie aus Verhältnissen stammte, die es ihr unmöglich machten zu gehen. Es war schwer, auf jemanden wütend zu sein, der schlief.

Iulia stand auf und trat ans Fenster. Sie schob die Gardinen ein Stück beiseite und sah, dass gleich über den Dächern die Venus strahlte und ein neuer Tag sich ankündigte. Sie würde Augenringe haben, nachher in der Bank.

Leise ging sie die Treppe hinunter ins Gästezimmer und rollte die Isomatte aus. Auf dem Laptop suchte sie den YouTube-Kanal einer der texanischen Yogalehrerinnen und wählte ein Video mit dem Titel *Yoga for Focus and Clarity*. Ihr Körper war noch nicht ganz wach, doch sie wollte jetzt keine Nachsicht üben. Dem Chaos in ihrem Kopf musste Einhalt geboten werden. Sie brauchte Focus and Clarity und zwar möglichst schnell.

Nach einer halben Stunde gab sie auf. Der Himmel war inzwischen licht geworden, langsam wagten sich die Farben hervor. In der Küche hatte sie einen Zettel hinterlassen: *Konnte nicht schlafen, fahre zu Lone. Bis später*. Sie hatte gehofft, dass die Erwähnung von Lones Namen genug war, um keine weiteren Fragen aufkommen zu lassen.

Die Sonne erreichte gerade den Giebel, als die Tür des dänischen Hauses sich öffnete. Till überquerte den Vorplatz, den Iulia nicht als Garten bezeichnet hätte. Sie stieg aus, und direkt am Zaun trafen sie aufeinander.

»Iulia?«, sagte Till. Er musste in Gedanken gewesen sein, wenn er sie nicht vorher bemerkt hatte. »Was machst du denn hier?«

»Ich muss mit dir reden.«

»O Gott, ist es Lone?«

»Nein, nein, der geht es unverändert. Ich muss was von dir wissen.«

»Und ich muss meinen Bus erwischen. Komm doch ein andermal vorbei, dann kannst du mich alles fragen«, sagte er und klopfte ihr auf die Schulter.

»Es geht um die Babys«, sagte sie schnell und hielt ihn am Jackenärmel fest.

Für einen Augenblick wurde Till steif, sein Blick verfinsterte sich. Aber vielleicht bildete sie sich das auch nur ein, denn im nächsten Moment war er wieder verbindlich.

»Du sprichst in Rätseln«, sagte er. »Und genau für so was hab ich jetzt echt keine Zeit. Tut mir leid.« Sanft löste er den Stoff seines Ärmels aus ihren Fingern und setzte sich in Bewegung, eilte mit großen Schritten den Bürgersteig entlang. Iulia lief ihm hinterher.

»Till! Vor fünf Jahren hat Lone in der Klinik aufgehört und sich selbstständig gemacht. Davor sind drei Babys gestorben. Ich will wissen, ob es einen Zusammenhang gibt.«

Er beschleunigte seine Schritte, tat, als hätte er sie nicht gehört. Das alles war vollkommen lächerlich.

»Jetzt warte doch mal«, rief sie. Ihre Bankschuhe klackerten über das Pflaster. An der Bushaltestelle hatte sie ihn eingeholt. »Ich muss das wissen. Ich muss das verstehen. Hilf mir dabei, Till!«

Er blickte unruhig auf seine Armbanduhr, dann die Straße hinunter. »Lone hatte einfach keine Lust mehr auf das Krankenhaus. Das ist hammerhart geworden, für jeden von uns. Viel zu wenig Personal. Sie hat immer gesagt, dass jede Frau eine Eins-zu-eins-Betreuung brauche unter der Geburt, und so etwas geht eben nicht in einem Klinikbetrieb. Deshalb ist sie gegangen. Und weil sie nicht mehr mit mir in einem Haus arbeiten wollte. Alles klar?«

»Und die Babys?« Iulia war außer Atem.

Der Bus tauchte am Ende der Straße auf.

»Ich weiß nicht, was du meinst.«

»Die Babys, die krank wurden und gestorben sind …«

Der Bus drosselte seine Geschwindigkeit und hielt vor ihnen, zischend entwich Luft, als er sich hydraulisch absenkte und die Türen sich öffneten.

»Tut mir leid, da musst du jemand anderen fragen«, sagte Till. Er hob beide Hände in einer Geste der Entschuldigung, drehte sich um die eigene Achse und stieg in den Bus.

»Ich will aber dich fragen«, rief Iulia.

Die Türen des Busses schlossen sich. Sie konnte sehen, dass er sich dort drinnen nicht einmal die Mühe machte, einen Sitzplatz zu suchen. Er hob den Arm, um sich an einem der Griffe festzuhalten, die von der Decke hingen.

Iulia schlug mit der Hand gegen die geschlossene Tür, genau in dem Moment, als der Bus anfuhr.

»Du Feigling.«

Zurück am Auto zögerte Iulia. Sie zitterte vor Anspannung. Sie schaute auf das Haus mit dem weißen Zaun, über den gepflasterten Vorplatz mit den geschmackvoll platzierten Pflanzenkübeln. Die Fassade war in Weiß und Schwarz gehalten, die Fenster aufrecht stehende lang gezogene Rechtecke, vermutlich war alles bestens isoliert. Da flackerten die Kerzen nicht bei geschlossenen Fenstern, und es drohte auch nicht an jeder Außenwand der Schimmel. Ein enorm pflegeleichtes Haus – man ging hinein, man hielt sich darin auf, man ging wieder hinaus. Dieses Haus und die Frau und das Kind darin waren Tills neues Leben. Womöglich gab es einen kleinen, gescheckten Hund, der fröhlich mit dem Schwanz wedelte, wenn er von der Schicht in der Klinik nach Hause kam. Und sicher gab es auch einen Weinkeller und einen Hobbyraum, einen dänischen Kaminofen und eine helle, erfreuliche

Zukunft. Währenddessen lag Lone in ihrem gläsernen Sarg von Dunkelheit und Schmerz umgeben, und es kam Iulia so vor, als gäbe es zwischen diesen beiden Szenarien einen beinahe kausalen Zusammenhang, den sie nicht greifen konnte.

Iulia hatte ihrer Schwester geholfen, die Sachen zu packen, als sie sich von Till getrennt und die Haushälfte angemietet hatte.

Lone und Till hatten ein paar Jahre lang gemeinsam in einer Stadtwohnung gelebt. Weit genug vom Krankenhaus entfernt, dass beide auf dem Nachhauseweg das, was sie während ihrer Schichten erlebten, hinter sich lassen konnten, aber nah genug, um sich noch im Dunstkreis der Klinik zu befinden, mit der sie beide wie an unsichtbaren Schnüren verbunden schienen. Die Wohnung hatte einen typischen Altbaucharme gehabt: knarzende Dielen, prunkvolle Erkerfenster und eine unpraktische Raumaufteilung. Im Treppenhaus hatte es ein geschwungenes Holzgeländer gegeben, das so glatt und kurvig war, dass man am liebsten darauf rutschen wollte. Sie hatten einen Kachelofen, den sie so gut wie nie benutzten, weil sie dank der Schichtdienste selten gleichzeitig zu Hause waren. Und hatten sie beide frei und waren ausgeschlafen und ohne Verpflichtungen, flohen sie hinaus in die Welt, um etwas zu erleben. Iulia hatte sich oft ausgemalt, dass die Verrentung nach solch einem Alltag ein echter Schock werden würde.

Sie selbst war immer froh gewesen, wenn sie Lone hatte besuchen können, ohne Till und seiner Männlichkeit zu begegnen. Er hatte einschüchternd auf sie gewirkt. Es gab da eine Aura um ihn, die Iulia auf eigentümliche Art schrumpfen ließ.

In dieser Altbauwohnung hatte es nach Rasierwasser gerochen und auch ganz leicht nach Abfluss. Jedenfalls viel zu wenig nach Lone für ihren Geschmack. Manchmal war sie mit Aaron gekommen, der auf dem Boden spielte, puzzelte oder seine farbenfrohen Grundschulhausaufgaben machte, während sie sich unterhielten. Aaron hatte Till geliebt und sich gefreut, wenn er endlich aus dem Krankenhaus gekommen war. Till war nie irgendwo mit leeren Händen aufgetaucht. Er verstreute seine Gunst und sein Geld unter die Menschen wie Vogelfutter im winterlichen Garten. Das war herrlich, aber es degradierte alle um ihn herum zu bedürftigen Vögeln. Für Aaron war er ein perfekter Onkel, der kaufte, was immer der Junge sich wünschte, der mit spitzbübischem Lächeln Kellnerinnen bestach, um einen besseren Tisch, einen schnelleren Service oder auch nur eine freundlichere Verabschiedung zu bekommen, der immer Ja sagte, wenn man ihn um etwas bat, der nie meinte, ein Eintritt für den Freizeitpark sei unangemessen hoch, auf dem Weihnachtsmarkt nie von Wucherpreisen sprach und sich auch für kein noch so zweifelhaftes Vergnügungen zu schade war. Anders als Niels war Till die Qualität der Dinge völlig egal. Auch hatte er immer wundervolle Pläne, und dass er die meisten davon nie verwirklichte, fiel dem Jungen gar nicht auf. All die Reisen, die er plante, die Ausflüge, die er ihm versprach, die Anschaffungen, die er demnächst tätigen wollte – Aaron unterschied nicht zwischen dem, was Till mit ihm erträumte, und dem, was er wirklich in die Tat umsetzte.

Beim Auszug hatten Iulia und Lone alles Hab und Gut in Kisten verpackt, viel war es nicht gewesen. Lone hatte Till gebeten, sich währenddessen länger woanders aufzuhalten, aber entweder hatte er ihrer Bitte nicht weiter nachkommen wollen oder sie waren einfach zu langsam gewesen, jedenfalls hörten sie irgendwann den Schlüssel im Schloss, die Tür wurde aufgestoßen und blieb hängen – die Sicherheitskette verhinderte, dass sie sich weiter als einen Spaltbreit öffnete. Die Tür ging wieder zu, der

Schlüssel drehte sich, sie wurde erneut aufgestoßen. Dann noch ein Versuch. Schließlich klingelte es.

Lone blickte zu Iulia und schüttelte den Kopf, um ihr zu signalisieren, dass sie nicht öffnen würde. Erneut ein Klingeln, dann schob sich eine Hand durch den Türspalt. Die Finger tasteten den Rahmen ab, suchten nach der Kette, und Iulia wusste nicht, ob sie lachen oder sich fürchten sollten bei diesem Anblick.

»Lone Fabricius, mach die Tür auf, verdammt«, hörten sie. »Warum hast du die Kette vorgelegt? Mach auf, ich muss aufs Klo. Das ist doch bescheuert.«

Lone zog eine Grimasse.

Aber sie ging hin, schob die Tür zu – die Finger konnten sich gerade noch in Sicherheit bringen – und entriegelte die Kette.

Herein kam Till. Mit ihm wehte eine Alkoholfahne in die Wohnung, und er tapste wie ein Bär und wankte hin und her. Aber es war nicht nur der Alkohol, der ihn aus dem Gleichgewicht brachte, das sah Iulia. Er war verletzt, getroffen, ein tragischer Liebhaber, dem gerade eine gewaltige Lücke ins Leben gerissen wurde. Sie verstand ihn nur allzu gut. Schließlich würde er Lone verlieren.

»Soll ich dir ein Glas Wasser holen?«, fragte sie.

»Ja, Iulia«, sagte er und lehnte sich erschöpft an die Wand. »Hol mir ein Glas Wasser, bitte.«

Da hatte Lone sie am Arm gepackt. Iulia erinnerte sich auf einmal ganz genau. Was hatte sie von ihr gewollt? Sie daran hindern, dem armen Mann ein Wasser zu holen? Iulia hatte sich unauffällig befreit, oder vielleicht hatte Lone im gleichen Moment bereits losgelassen, womöglich hatte sie selber nicht gewusst, was das eigentlich sollte.

In der Küche suchte Iulia ein großes Glas und ließ Leitungswasser hineinlaufen. Vom Flur her hörte sie die Stimmen der beiden.

»Du solltest doch erst heute Abend wiederkommen«,

sagte Lone. »So war die Abmachung. Du weißt genau, dass dir das zu viel ist. Was willst du hier? Mir noch einmal vor Augen führen, was für ein schlechter Mensch ich bin? Noch ein bisschen schöner leiden als bisher schon?«

»Ich wohne hier. Und wenn du gehst, dann will ich das genauso mitbekommen wie alles andere. Ich will sehen, wie du packst, ich will sehen, wie du die Tür hinter dir schließt.«

»Du tust gerade so, als würde ich dich gegen deinen Willen verlassen. Aber wir sind uns doch einig gewesen. Warum muss einer von uns denn unbedingt das Opfer sein?«

»Weil es so ist. Weil in einer Beziehung mit dir immer der andere das Opfer ist.«

»Wieso sagst du das?«

»Du kommst aus einer Welt, in der Liebe keine Währung ist«, sagte Till. »Du kennst Abhängigkeit und Absicherung, das ist es, was nach deinen Erfahrungen eine Familie zusammenhält, und wenn es nicht Iulia gegeben hätte, dann wärst du jetzt in einer zufriedenen Zweckbeziehung mit jemandem, der die gleichen Maßstäbe ansetzt wie du. Aber deine Schwester hat dir gezeigt, dass du liebenswert bist. Sie hat dich so gemocht, wie du warst, in einer Zeit, in der du dachtest, das sei nicht möglich. Seitdem bist du verwirrt. Du suchst diese Art von Liebe, du sehnst dich danach, aber du kannst sie nicht geben, und du findest sie nicht. Also ja, ich bin ein Opfer, wenn du so willst. Ich kann nicht mit dir zusammen sein, weil du mich nicht liebst. Aber ich kann es auch nicht ertragen, dass du gehst.«

Vielleicht war er doch betrunkener, als Iulia angenommen hatte.

Sie wartete mit dem Glas in der Hand. Sie wollte Lones Antwort hören, eine von ihren wunderbaren, treffenden Erwiderungen, die sie Männern zu geben pflegte, die ihr das Leben erklären wollten. Doch es blieb still auf dem Flur. Iulia bekam eine Gänsehaut. Sie wusste, dass Lone dort vor der Küchentür ganz allein war, auch wenn Till bei ihr stand. Sie konnte die Einsamkeit, die ihre Schwester umgab, so deutlich spüren, als sei es ihre. So war es also, Lone zu sein. Es war kaum zu ertragen.

24 | The Boxer

Sie hatte den Geruch von Putzmitteln erwartet, von Raumerfrischern, Kaffee, Duschgel. Tatsächlich roch Tills Haus vor allen Dingen nach Essig.

Iulia hatte gerade das Auto aufgeschlossen, es blinkte, als sie das elektronische Schloss entriegelte. Sie hatte sich vorgebeugt, um einzusteigen, als sie jemanden rufen hörte: »Hallo, Hallo.«

In der offenen Tür des dänischen Hauses hatte eine Frau gestanden und ihr zugewinkt.

Ein kleiner geschecker Hund war nicht zu sehen, dafür eine Reihe gerahmter Fotos von Gräsern in Großaufnahme, eine Kommode in hellem Kiefernholz, auf der überhaupt nichts lag, ein Regal mit verblendeten Einheiten, hinter denen vermutlich teure Schuhe lagerten, für jede Gelegenheit ein Paar. Iulia trug Bankkleidung an diesem Morgen, und sie verspürte eine Welle der Solidarität mit dieser Frau und ihren geordneten Schuhen, die sich als Gabriele vorgestellt hatte. Der Nachname war nicht Tills, Iulia hatte ihn sofort wieder vergessen. Sie trug flache Filzpantoffeln an den Füßen, mit denen sie über die weißen Fußbodenfliesen voraus ins Wohnzimmer schlurfte.

Iulia war nicht ganz klar, was sie hier zu suchen hatte.

»Ich wollte eigentlich mit Till sprechen«, sagte sie. »Aber der ist mir abgehauen.«

»Er muss seinen Bus erwischen«, sagte Gabriele, hob eine Zeitung vom Sofa und legte sie in einen Zeitungsständer. »Geht es um Lone?«

Iulia blieb im Türrahmen stehen. »Woher weißt du das?«

»Sie sind ihre Schwester«, sagte Gabriele. »Ich kenne Sie von Fotos.« Sie deutete auf das Sofa, und Iulia setzte sich. »Till hat jede Menge Fotos von Lone, einen ganzen Karton voll, und auf einigen sind Sie auch mit drauf. Sie haben einen kleinen Sohn.«

»Der kleine Sohn wird demnächst sechzehn«, sagte Iulia.

»Das geht so schnell, nicht wahr? Sagt man jedenfalls. Möchten Sie was trinken?«

Sie nickte.

»Kaffee, Tee, Wasser?«

»Kaffee, bitte.«

»Eine gute Wahl. Wir haben so eine Maschine«, sagte Gabriele. »Die weiß, wie man Kaffee macht. Da kann nichts schiefgehen. Wenn ich es machen sollte, käme wahrscheinlich irgendwas Ungenießbares heraus. Ich kriege gerade einfach gar nichts auf die Reihe.«

Aus irgendeinem Zimmer hörte Iulia ein Baby greinen. Sie horchte. Gabriele schien nichts zu merken, sie schüttelte noch rasch ein Kissen auf einem Sessel auf, verschob eine Topfpflanze und schlurfte in die offene Küche.

»Ihr Baby weint«, sagte Iulia. Es fühlte sich falsch an, Gabriele zu siezen, aber sie wollte nicht unhöflich sein und passte sich an.

Gabriele blieb wie angewurzelt stehen. Sie drehte sich langsam zu ihr um und sah aus, als würde sie selber gleich losheulen.

»Schon wieder? Ich muss da hin, bin gleich zurück. Lassen Sie sich doch bitte von der Maschine einen Kaffee machen.«

In der Küche war alles aufgeräumt und sauber, auf dem Tresen prangte ein Kaffeevollautomat. Hinter der zweiten Schranktür, die Iulia öffnete, fand sie eine Tasse, weiß und von stilvoll-funktionellem Design. Sie stellte sie unter die Düsen der Maschine und drückte einen Knopf. Das Display begrüßte sie mit einer digitalen Einblendung und ließ sie auswählen, welche Kaffeevariante sie gerne hätte. Sie nahm die simpelste, ignorierte alle weiteren Auswahlmöglichkeiten – Brühstärke, Milliliterangabe, Wassertemperatur – und drückte auf *Okay*. Es ratterte, als sich das Mahlwerk in Gang setzte, dann zischte es, zuerst schoss Wasserdampf hervor, schließlich plätscherte Kaffee in die Tasse. Es klang wie das Geräusch von Marens Milch während des Pumpens.

Aus dem Obergeschoss greinte es jetzt lauter, das Weinen kam näher, die Treppe herunter, den Flur entlang. Mit einem Säugling im Arm betrat Gabriele die Küche. Er hatte ein rotes, verzerrtes Gesicht, die Mutter sah dagegen richtig grau aus, ihr Blick war unbeteiligt, ihre Arme ruckelten das Baby wie automatisch, ihr Mund zischte »sch-sch-sch«.

»Was hat es denn?«, fragte Iulia mitfühlend.

»Wenn ich das wüsste«, sagte Gabriele und brach in Tränen aus.

Wenig später hatte Iulia Mutter und Kind auf dem Sofa im Wohnzimmer drapiert. Es sah längst nicht so idyllisch aus wie bei Maren, aber immerhin schon etwas entspannter als im Stehen. Sowohl Gabriele als auch das Baby hatten aufgehört zu weinen, das Kleine saugte hektisch an einem Schnuller. Iulia war kurz zum Auto gegangen und hatte ihre Handtasche vom Beifahrersitz geholt. Die stand jetzt auf dem Sessel, während sie darin herumwühlte, um das Kümmelöl zu finden, das gegen Bauchweh helfen sollte.

»Ich hätte vorhin keinen Kakao trinken sollen«, sagte Gabriele, »dabei mag ich eigentlich gar keinen Kakao, aber ich dachte, der ist besser als Kaffee. Und dieser ewige Tee schmeckt mir überhaupt nicht mehr. Wenn ich gewusst hätte, dass alles, was ich tue, sage oder esse, mein Kind zum Heulen bringt, hätte ich es lieber nicht bekommen.«

»Ich glaube, darüber sind alle anfangs überrascht. Die erste Zeit ist schwer.«

»War es bei Ihnen auch so?«

»Es ist nur eine kurze Phase, und die fällt mit einigem Abstand kaum noch ins Gewicht.«

Gabriele wirkte vollkommen anders als auf dem Foto der Geburtsanzeige, die sie auf Lones Anrichte gesehen hatte. All das Freudige, Verschmitzte, Leuchtende war verschwunden. Sie wirkte, als wäre sie krank, schleichend und unheilbar. Fast meinte Iulia, es auch riechen zu können. Trotzdem war Gabriele eine schöne Person. Sie hatte blondes Haar, allerdings nicht so hell wie ihr eigenes, mit einem leichten Rotstich. Sie trug es zum Pferdeschwanz gebunden, ihre großen blauen Augen kamen so zur Geltung und die gerade, schmale Nase. Wenn es ihr gut ging, musste sie die Art Frau sein, die zu einem charismatischen Chirurgen passte, klug und stark und auf eigenen Füßen stehend. Eine, die es aushielt, sich OP-Geschichten nach Feierabend anzuhören, die klarkam, wenn ihr Mann lange Schichten und Wochenenddienste hatte, die kein Anhängsel war, sondern eigene Pläne im Leben hatte. Jetzt aber war sie krank, erschöpft oder gebrochen.

Iulia legte alles, was im Weg war, auf den hellen Holztisch. Gabriele beugte sich vor und nahm die CD. Sie betrachtete das Cover.

»Die ist kaputt«, sagte sie. »Wozu hat man das in der Hebammentasche? Ist das Baby-Beruhigungs-Musik?«

»Das hat etwas mit Lone zu tun.«

»Wie geht es ihr denn? Ich wollte sie besuchen, aber ich komme einfach nicht aus dem Haus mit dem Kind. Ich schaffe es nicht mal zum Bäcker.«

»Kennen Sie Lone denn?« Iulia hatte das Kümmelöl

gefunden und fing an, die Sachen vom Tisch wieder einzupacken.

»Ich war Assistenzärztin, als sie noch in der Klinik gearbeitet hat, Innere Abteilung. Wir kannten uns vom Sehen. Aber ich kenne alle Geschichten, alle Fotos, alle Eigenschaften, die guten und die schlechten – Till kann nicht aufhören, von ihr zu reden.«

»Das muss schmerzhaft sein.«

»Es ist sinnlos, mit einer Lichtgestalt konkurrieren zu wollen, vor allem, wenn sie aus der Vergangenheit stammt und damit unangreifbar geworden ist.«

»Sollen wir dem Kleinen den Bauch massieren?«, fragte Iulia.

Wortlos reichte Gabriele ihr das Baby.

So hatte sie es nicht gemeint, aber sie nahm es, und augenblicklich sackte Gabrieles Körper auf dem Sofa in sich zusammen, ein Ballon, aus dem die Luft entwich. Iulia stellte die Tasche auf den Boden, legte das Baby auf die Sitzfläche des Sessels und hockte sich davor. Vorsichtig löste sie die Druckknöpfe zwischen den Beinchen, damit sie die Kleidung hochschieben konnte. Sie gab ein paar Tropfen Öl in ihre Handflächen und rieb sie aneinander, damit sie warm wurden. Das Baby wand sich und ruderte mit den Armen. Behutsam legte Iulia ihm eine Hand auf den Bauch und ließ sie gegen den Uhrzeigersinn kreisen. Sie warf einen Blick zum Sofa und stellte fest, dass Gabriele eingeschlafen war.

Das Kind, das laut Geburtsanzeige Valentine hieß, entspannte sich unter Iulias Berührung, und nach einer Weile zog sie es wieder an und nahm es hoch. Das Gesicht an ihrer Schulter, mit einer Hand den Hinterkopf stützend, ging sie mit dem Baby durchs Wohnzimmer und in die Küche. Dort nahm sie vorsichtig einen Schluck von ihrem Kaffee und wanderte weiter. Sie lief auf und ab, auf und ab, während Gabriele auf dem Sofa schlief. Ihre Schuhe zog sie aus, damit sie nicht so laut klapperten. Das Baby hatte seinen geöffneten Mund auf ihre Schulter gelegt und produzierte einen nassen Fleck auf ihrer Bankbluse. Es war sehr still, das Haus musste wirklich gut isoliert sein. Die Kaffeemaschine ratterte kurz und schaltete in den Stand-by-Modus um.

Ein Blick auf die Uhr zeigte ihr, dass es Zeit war, zur Bank zu fahren. Aber was sollte sie dort? Kontofragen beantworten? Heute verspürte sie überhaupt keine Sehnsucht nach diesem Ort. Das Baby in ihrem Arm machte leise, gurrende Geräusche, und sie brachte es nicht übers Herz, Gabriele aufzuwecken und ihr das Kind in den Arm zu drücken. Außerdem wusste sie etwas über Lone.

Irgendwann bekam das Kleine offenbar wieder Bauchweh. Es zog die Beine an, wand sich, fing an zu weinen. Bei diesem Geräusch saß Gabriele plötzlich kerzengrade auf dem Sofa.

»Valentine«, rief sie. »Ich bin hier.«

Iulia reichte ihr das Baby, und Gabriele begann sofort, es wie automatisch zu ruckeln. Iulia dachte an Maren. Daran, wie sich Frieden über den ganzen Raum gesenkt hatte, wie Ruhe, Entspannung und Oxytocin sich gegen alles andere durchgesetzt hatten.

»Vielleicht solltest du sie stillen«, sagte sie.

Da brach Gabriele erneut in Tränen aus. »Davon kriegt sie doch nur wieder Bauchweh. Hätte ich bloß keinen Kakao getrunken.«

»Ich könnte ein Fläschchen machen«, bot Iulia an.

»Nein, nein, Stillen ist das Beste.«

Iulia zog eine Packung Taschentücher in Reichweite. »Hast du vielleicht ein Stillkissen?«

»Oben«, sagte Gabriele und schnäuzte sich laut.

Iulia eilte die Treppe hinauf. Im oberen Stockwerk war der Essiggeruch noch stärker, hinter der ersten Tür befand sich ein Badezimmer. Sie spähte durch einen Spalt hinein, die Tür ließ sich nicht ganz öffnen, weil sich eine Babybadewanne aus Plastik dahinter verkeilt hatte. Der nächste Raum war ein Kinderzimmer, eingerichtet in Cremeweiß und einem zarten Fliederlila, ein Gitterbettchen mit einem Himmel aus Stoff, ein runder Frotteeteppich mit farblich passenden Punkten, von der Decke hing ein Mobile mit Feen aus Seide. Nichts an diesem Zimmer deutete darauf hin, dass es benutzt wurde. Der dritte Raum war das Schlafzimmer, und der Geruch, der Iulia von hier entgegenschlug, ließ sie augenblicklich durch den Mund atmen. Sauer und scharf roch es, ungelüftet, nach Schweiß und getragener Kleidung, Plastikwindeln und Urin. Das Bett war zerwühlt, auf dem Boden lagen Handtücher, die zusammengelegte Wäsche stapelte sich vor den Schranktüren. Die Schubladen einer hölzernen Wickelkommode standen offen, Strampelanzüge und Strumpfhosen hingen heraus, ein Mülleimer war so voll, dass der Deckel wie ein Hut auf den oben liegenden Windelpäckchen saß. Zerknüllte Taschentücher in rauen Mengen auf dem Boden, neben dem Kissen und auf dem Nachttisch zeigten die Bettseite von Gabriele an. Das Stillkissen – eine mit Kügelchen gefüllte, anderthalb Meter lange Wurst – hing über den Bettrand. Iulia nahm es, schloss die Tür und eilte wieder nach unten.

Dort ruckelte Gabriele noch immer das weinende Baby. Widerstandslos ließ sie sich zurechtsetzen und das Stillkissen auf den Schoß legen. Sie ließ sich das Baby abnehmen und in die passende Position bringen, wo es sofort ruhig wurde, den kleinen Kopf vorstieß, den Mund öffnete und wie ein blindes Kätzchen nach der Milch suchte.

Gabriele schaute ihr Kind an, erstaunt und skeptisch, während ihre Hand ganz automatisch das geraffte Oberteil beiseiteschob. Sofort dockte das Baby an, Iulia konnte angestrengte Schlucklaute hören. Die Atmosphäre im

Raum blieb unverändert, nur der Geräuschpegel hatte abgenommen.

»Sie hatte wohl ziemlichen Hunger«, sagte Iulia.

»Den hat sie immer.«

»Wenn sie satt ist, massieren wir sie noch mal mit dem Kümmelöl. Das hat ihr gutgetan.«

»Ist die von Lone?«, fragte Gabriele und wies mit dem Kinn auf Iulias Handtasche neben dem Sessel.

»Das ist nur die Vertretung«, sagte Iulia. »Die echte Hebammentasche hat den Unfall nicht überstanden.«

»Till sagt, es komme einem Wunder gleich, dass Lone noch lebt. Gott sei Dank ist sie einen Volvo gefahren. Er will uns jetzt auch einen kaufen. Er geht jeden Tag zu ihr, wenn er es einrichten kann. Haben Sie … hast du ihn dort noch gar nicht getroffen?«

Das Baby wandte sich von Gabriele ab, ein Rinnsal Milch lief ihm aus dem Mundwinkel. Gabriele zog ihr Oberteil zurecht und bettete das Kind um.

»Till sagt, du bist diejenige, die Lone am besten kennt. Was also soll er dir erzählen, was du nicht selber weißt?«

Iulia warf einen Blick auf ihre Armbanduhr. Noch konnte sie es schaffen, einigermaßen pünktlich zur Bank zu kommen. Sie blieb sitzen.

»Das ist es ja gerade. Ich kenne meine Schwester überhaupt nicht. Ich laufe herum und rede mit Leuten, und erfahre ständig Dinge, die ich noch nicht wusste. Ich kenne nur eine einzige Perspektive in dieser Geschichte. Ich hatte gehofft, Till könnte mir etwas sagen über die Gründe, weshalb sie die Stelle in der Klinik aufgegeben hat.«

»Das war wegen der Babys«, sagte Gabriele. »Oder vielmehr wegen der Sachen, die danach kamen.«

»Du warst dabei?« Iulia beugte sich vor.

»Hab ich das vorhin nicht gesagt? Ich bin so vergesslich, das gibt es gar nicht. Ich war Assistenzärztin auf der Inneren.«

»Was ist passiert?«

In diesem Moment weinte das Kind auf, dann hörte man deutlich, wie es in die Windel machte. Gabriele seufzte.

»Ich erzähl es dir, wenn du mitkommst, während ich sie wickle.«

Auf dem Weg nach oben sagte sie: »Till meint, es hat sie damals fuchsteufelswild gemacht, dass die Klinik das Ganze unter den Tisch kehren wollte.«

»Hat sie eigentlich wirklich von sich aus gekündigt?«

»Ja. Es gab noch einen Zusammenstoß mit der Presse, den habe ich allerdings nicht aus erster Hand mitbekommen. Aber alle haben hinterher davon geredet, wir fanden sie so tough. Ich meine, es war unheimlich wichtig, dass nichts an die Öffentlichkeit kam, da hingen unsere Jobs dran, verstehst du? Vertrauen ist die Basis für die Arbeit in einem Krankenhaus, wenn etwas auch nur aussieht wie ein Fehler, kann das Konsequenzen haben. Lone war eine Heldin. Sie hat das offenbar anders gesehen. Danach ist sie jedenfalls gegangen.«

Sie hatten das Schlafzimmer erreicht. Gabriele trug das Baby durch die Unordnung und legte es auf dem Wickeltisch ab. Es fing sofort an zu weinen.

»Es tut mir leid, hier sieht es schlimm aus.« Mit einer Hand versuchte sie, das Kind auszuziehen, mit der anderen wedelte sie ihm vor dem Gesicht herum, um es abzulenken. Mit dem Knie stieß sie die offen stehenden Schubladen der Wickelkommode zu.

»Bitte erzähl niemandem von dieser Unordnung.« Sie machte eine Bewegung, als würde sie über ihren Lippen einen Reißverschluss zuziehen. »Ich lasse normalerweise keinen hier rein. Du bist die Ausnahme. Wir Frauen müssen zusammenhalten, nicht wahr? Es geht ja auch niemanden etwas an, wie es in meinem Schlafzimmer aussieht. Ich lasse schon immer die Vorhänge geschlossen, wegen der Nachbarn. Es wird so viel geredet. Und auf einmal steht das Amt auf der Matte, nur aufgrund von Gerüchten. Man kennt das. Und es ist wirklich nicht so, dass ich nicht klarkäme …«

Während sie redete, liefen ihr schon wieder die Tränen. Sie bückte sich, um eine Packung Feuchttücher aufzuheben, die heruntergefallen war. Das Baby weinte und wand sich, es strampelte mit den Beinen und ruderte mit den Armen, und dann rollte es zur Seite. Es hatte so viel Schwung, dass es mühelos den kleinen Rand der orangefarbenen Plastikunterlage überwand und über die Kante kippte. Es ging so schnell, dass Gabriele sich noch nicht einmal wieder aufgerichtet hatte. Reflexartig streckte Iulia die Hände vor und fing das Baby auf.

25 | Old Friends/Bookends Theme

Vielleicht war dies die Stelle. Auf beiden Seiten Maisfelder, mannshohe Pflanzen, die das erste Tageslicht schluckten. Dort eine Stichstraße, die ersten zwanzig Meter asphaltiert, danach nur noch ein lehmiger Wirtschaftsweg. Die Treckerspuren mochten uralt sein, vielleicht aber waren sie von genau dem Sonntagmorgen, von genau dem Traktor, der von hier auf die Landstraße abgebogen war und wenig später einen Volvo am Heck kleben hatte. Nur der Fahrer des Traktors und Lone wussten, was geschehen war. Und vielleicht war alles auch ganz woanders passiert.

Erst war Iulia durch ein Urstromtal gekommen, rechts und links Pferdekoppeln, ab da führte die Straße schnurgerade durch die Felder. Ein Geruch von feuchter Erde und Grün war von draußen ins Auto gedrungen. Bald schien der Mais immer näher zusammenzurücken, als wollte er Iulias Auto zusammenquetschen, es zermalmen mit seinen dicken grünen Stängeln. War es Macbeth, dem die Vernichtung prophezeit worden war, wenn die Bäume sich auf ihn zubewegten? Sie zwang sich, langsamer zu fahren.

Diese Stelle hätte es jedenfalls gewesen sein können. An dieser Stichstraße. Wenn sie anhielt, ausstieg, genau schaute, würde sie vielleicht Bremsspuren finden, Scherben, verbogene Blechteile.

Das Hebammobil war silbern gewesen, breit und behäbig. Lone war unangekündigt mit dem Auto bei ihr aufgetaucht. Iulia hatte gerade im Gästezimmer auf dem Bett gelegen und nach der progressiven Muskelentspannung einen Körperscan gemacht, als sie ihre Schwester von draußen rufen hörte. Niels war unterwegs, in der Seniorenwohnanlage wahrscheinlich oder zu irgendeiner Sitzung des Kirchenrats. Aaron hatte damals beinahe jeden Nachmittag irgendeine Sportsache gehabt – Handball, Hockey, Leichtathletik. Das Klettern hatte er erst später entdeckt und alles andere dafür hintangestellt.

Lone rief, statt zu klingeln, wahrscheinlich ahnte sie, wo ihre Schwester sich befand. Vielleicht hatte die Uhr in Iulias Inneren laut genug getickt. Sie war aufgestanden, hatte ihr durchs Fenster zugewinkt und war hinausgegangen. Sie hatten sich umarmt, und Iulia hatte dabei heimlich den Lone-Geruch eingesogen, diese vertraute Zimtnote.

Lone trug Jeans mit Schlag am Saum, dazu eine fusselige, lange Strickjacke, die ihr bis zu den Knien reichte. Ihre Haare waren offen und in der Mitte gescheitelt, eine große Sonnenbrille mit hellen Gläsern saß auf ihrer Nase, sie sah aus wie ein Mannequin aus den Siebzigern. Ihre Wangen glühten vor Aufregung.

»Das ist mein neuer Arbeitsplatz«, sagte sie und zeigte mit feierlicher Geste auf den silbernen Wagen. »Willst du eine Runde mitfahren?«

Iulia musste noch einkaufen, ihre Schwiegereltern hatten sich fürs Wochenende selbst eingeladen. Niels hatte bereits angefangen, an seiner Predigt zu arbeiten, extra für sie – er wollte sie mit dem Ausspruch von Khalil Ghibran einleiten: *Deine Kinder sind nicht deine Kinder*. Iulia hoffte, mit wiederholter progressiver Muskelentspannung das Wochenende einigermaßen unbeschadet zu überstehen. Und sie hoffte auch, dass Aaron, der die ersten vorpubertären Launen zeigte, in den kommenden Tagen mit den Großeltern von Testosteronschüben verschont bliebe. Von hier draußen konnte sie in der Nachmittagssonne sehen, dass die Fenster des Pastorats auf der Westseite dringend geputzt werden mussten. Ein Wunder, dass noch keines der Schäfchen ihren Mann darauf hingewiesen hatte.

»Was für eine Frage. Natürlich will ich«, sagte sie. »Aber nicht zu lange«, fügte sie rasch hinzu. »Ich muss noch die Brote aus dem Ofen holen und die Apfelbäume schütteln.«

Sie stieg auf der Beifahrerseite in den Volvo, nahm die schwarze Tasche vom Sitz und stellte sie nach hinten. Lone setzte sich hinters Steuer und sagte: »Ich nenne es das *Hebammobil.*«

Durch die Straßen, an der Bank vorbei, am Friedhof, Kirchenbüro, Supermarkt und an Aarons früherem Kindergarten – und hinter dem Ortsschild begannen die Felder. Es war wohl Frühling gewesen, der Raps hatte geblüht. In der Anlage eine CD von Joni Mitchell, die mit melancholisch gebrochener Stimme zu Big-Band-Begleitung sang. Das Auto roch nach Polsterreiniger, und als Lone das Fenster ein Stück herunterließ, wehte ein feiner Geruch nach Tieren herein, als gäbe es Schafe in der Nähe.

»Dann machst du dich jetzt also tatsächlich selbstständig.« Iulia lachte kopfschüttelnd.

»Dieses Auto ist alles, was ich brauche«, sagte Lone. »Und natürlich mein Hörrohr.«

»Und ein paar Kundinnen oder wie nennt man die bei dir?«

»Die Frauen werden schon kommen. Ich werde Kurse geben, die braucht es immer. Und für die Nachsorgen gibt es schon lange zu wenig Hebammen in der Gegend. Ich habe eine Kollegin, die sich zur Ruhe setzt, die hat mir versprochen, dass sie mich ein paar Frauen als ihre Nachfolgerin vorstellt. Die Leute hier auf dem Land sind treue Seelen.«

»Wird das finanziell denn klappen?«

»Das sehen wir dann.«

»Hast du keinen Businessplan?«

Lone lachte ausgelassen.

Iulia sah sie von der Seite an. Man musste doch wenigstens einmal durchrechnen, ob es für die Miete reichen würde. Und die Versicherungen.

Lone drehte die Musik lauter, Joni Mitchell sang: »Well, something's lost, but something's gained in living every day …«, und sie improvisierte eine zweite Stimme.

Die Rapsfelder erstreckten sich bis zum Horizont, die Knicks waren, nachdem man sie im Winter auf den Stock gesetzt hatte, noch nicht wieder so üppig und hoch gewachsen wie im Sommer, man konnte weit blicken, so weit. Und der Himmel leuchtete strahlend blau.

»Dieses Auto ist eine Investition«, sagte Lone, als das Lied zu Ende war. »In ein besseres, richtigeres Leben. Eines, in dem man seine Entscheidungen nur vor sich selbst verantworten muss. Verstehst du?«

Iulia hatte gelächelt und genickt und dabei gedacht, dass es wohl das Beste wäre, die Fenster zu putzen, solange das gute Wetter anhielt. Sie hatte einen großartigen Abzieher, einen mit Teleskopstab, Niels hatte ihn für sie besorgt – ein Tipp von einem Schäfchen mit Putzerfahrung. Vielleicht sogar zuerst die Fenster und dann der Einkauf. Wann musste sie Aaron abholen?

»Du hörst mir überhaupt nicht richtig zu«, sagte Lone. »Mensch, Eckhardt, das ist wichtig für mich.«

»Doch, doch, Fabricius, ich hör dir zu. Alle hören dir doch immer zu. Aber manchmal erzählst du was, und dann singst du plötzlich, und dann kaufst du dir ein Auto und bist auf einmal selbstständig. Und wenn ich etwas frage, heißt es nur: Das sehen wir dann. Wie soll ich da wissen, was wichtig ist und was nicht?«

Und wenn es so wichtig war, warum wirkte es dann improvisiert? Warum wirkte es, als ob Lone vor etwas davonliefe?

Es war, als hätte Lone ihre Gedanken gehört. »Ich habe einfach erkannt, was ich nicht mehr brauche. Und was ich nicht mehr brauche, lasse ich los. Ich bewege mich vorwärts. So lange, bis ich an einen Ort gelange, der mir entspricht. Dann werde ich frei sein.«

Iulia antwortete nicht. War das denn wirklich Freiheit? War es nicht viel mehr so, dass sie sich immer weiter einschränkte, weil ihr irgendetwas nicht passte? Mal waren es zu viele Männer, jetzt war es ein angeblich richtigeres Leben. Es mochte ja sein, dass ihre Schwester am Ende an einen Ort gelangte, der ihr entsprach. Aber für Iulia klang es so, als sei dieser Ort ziemlich klein.

Inzwischen wusste sie es besser. Sie hatte ja nicht geahnt, dass Lones Ort in einer Zeitfalte existierte, am Grunde eines Kaninchenlochs, und dass er groß und vielgestaltig war wie kein anderer.

Sie hatten sich danach so oft getroffen, hatten geredet und gelacht und sich wohl miteinander gefühlt. Sie hatten einander geholfen und unterstützt, wenn es nötig war. Aber diese Fahrt durch die Rapsfelder kam Iulia im Nachhinein vor wie der Anfang eines Risses. Kein Streit hatte sie auseinandergetrieben, keine Kränkung – nur Schweigen war zwischen sie getreten, und das merkte man eben erst, wenn das Reden und das Lachen und das Helfen aufhörte. Wenn Stille hörbar wurde.

Sie fand weder Scherben noch Blechteile. Sie inspizierte den schmalen Streifen auf beiden Straßenseiten, wo zwischen langen Gräsern Disteln und Rainfarn blühten. Zwischen den Maispflanzen taten sich schnurgerade Gassen auf, schattig und kühl. Iulia berührte die langen dunkelgrünen Blätter, die massiven Stängel, die jungen Kolben, aus denen oben das helle Maishaar herausschaute, sie machte einen Schritt aufs Feld, dann noch einen. Einen Fuß vor den anderen setzend, rechts und links die Pflanzen beiseitedrückend, ging sie eine der Gassen entlang, so weit, bis sie die Straße nicht mehr sehen konnte. Um sie herum war nichts als Grün, ordentlich in Reihen gepflanzt, und doch undurchdringlich wie ein Urwald. Die Sonne ging irgendwo am Horizont auf, die Pflanzen standen so hoch, dass sie nicht über sie hinwegblicken konnte. Sie musste sich merken, aus welcher Richtung sie gekommen war. Ab und zu knickte Iulia eine Pflanze und markierte den Rückweg zum Auto. Sie ging noch tiefer in den Urwald hinein und legte sich schließlich auf die Erde.

Hier war es trockener als erwartet. Es hatte viel zu wenig geregnet in diesem Jahr, die Erde war hart und bröckelig, aber kühl. Der Geruch von Lehm, Staub und dem vegetativen Grün mischte sich mit einem metallischen Aroma, vielleicht von irgendeinem Dünger. Die Blätter der Maispflanzen über ihr wirkten schwarz vor dem Morgenhimmel, wie Schattenspiele. Es war sehr still, eine Krähe krächzte, leichter Wind erzeugte ein raunendes Rauschen. Iulia tastete nach der Erde, nahm, ohne hinzusehen, einige Brocken und zerdrückte sie, zerkrümelte, zermahlte sie zu Staub.

Hier war Lone. In der grünen Undurchdringlichkeit der Maisreihen erspürte Iulia etwas von ihrer Schwester, etwas, das sie einatmen, in sich aufnehmen konnte. Wie ein Geist, der wiederkehrte, war ein Teil von ihr im Boden, in den Pflanzen und auch im fahlen Zartrosa des Sommerhimmels kurz vor Sonnenaufgang. Hier fühlte Iulia sich der Wahrheit nah. Viel näher, als sie es mithilfe von Polizeiberichten und Zeugenaussagen hätte sein können. Der Teil, den niemand erzählen konnte, der Lone-Teil, würde für immer ausgespart bleiben. Es sei denn, *sie* übernahm das Erzählen.

In der Bank war an diesem Morgen alles wie immer – der vertraute Geruch, die gedeckten Farben, der dicke Teppich –, aber sie kam sich wie ein Fremdkörper vor. Es schien eine Ewigkeit her zu sein, dass sie sich hier sicher und aufgehoben gefühlt hatte. Wie in einem anderen Leben.

»Du hast da was am Rücken«, sagte Florian. »Dreh dich noch mal um.«

»Macht nichts.« Iulia ging zu ihrem Schreibtisch.

»Ist das Erde?«

»Wahrscheinlich.« Sie startete den Computer.

»Da ist auch was davon in deinem Haar.«

»Ist doch egal, wie ich von hinten aussehe.« Es gefiel ihr, die eigene Stimme zu hören. Sie klang fest.

Der Vormittag wurde erstaunlich geschäftig, ein Fehler am Einzahlautomaten sorgte für Turbulenzen, ein junger Mann hatte angeblich achthundert Euro eingezahlt, aber der Automat hatte nur einhundert Euro verbucht. Er wurde einmal wöchentlich von einer externen Firma geleert, und der junge Mann war besorgt, ob bis dahin alles nachvollziehbar bleiben würde. Gemeinsam sahen sie sich die Aufnahmen der Überwachungskamera an, und dort war deutlich zu sehen, wie er ehrfürchtig und glücklich mit dem Daumen das Bündel der Scheine auffächerte, bevor er es ins Fach des Automaten legte. Es war nicht das erste Mal, dass das Ding Schwierigkeiten machte. Außerdem brauchten die üblichen Rentnerinnen Hilfe bei Überweisungen, Daueraufträgen oder Rückbuchungen. Iulia erledigte alle Aufgaben gewissenhaft. Und als es ruhiger wurde, setzte sie sich endlich an ihren Computer und begann zu tippen.

Sie blickte auf, weil die Tür aufglitt und Torben Thomsen hereingestiefelt kam. Sie wollte aufstehen, aber er winkte ihr nur zu und ging am Tresen vorbei zur Treppe, direkt zum Chef.

Sie las, was sie geschrieben hatte, fand zwei Schreibfehler, prüfte alles ein weiteres Mal – Datum, Betreff, Anrede – und druckte den Brief dann aus. Sie nahm das Blatt aus dem Drucker, setzte ihre Unterschrift darunter und steckte es in einen Umschlag.

Es war beinahe Mittag. Mit dem Umschlag in der Hand ging sie durch die Zwischentür, durchquerte die Küche und stellte im Vorbeigehen die Kaffeemaschine aus, deren Warmhalteplatte verwaist vor sich hin glühte. Sie stieg die Treppe nach oben, klopfte bei Salinger und trat nach seiner Antwort ein. Es war stickig in dem Raum, die Fenster waren geschlossen und die Lamellen der Rouleaus so eingestellt, dass das Sonnenlicht draußen blieb. Es roch nach Kaffee und Gülle.

»Frau Eckhardt-Richter«, rief der Fänger im Roggen begeistert. »Sie haben uns gerade noch gefehlt hier oben. Kaffee, Kekse und Verträge sind doch nur halb so schön ohne die Anwesenheit einer Frau. Sie machen unser erfolgreiches Treffen hier erst komplett. Frau Eckhardt-Richter hat deinen Antrag ebenfalls geprüft, Thomsen, und ein paar sehr hübsche Anmerkungen dazu gemacht.«

»Ich möchte Ihnen nur schnell etwas geben, Herr Salinger«, sagte sie und registrierte Thomsens Blick auf ihren Hintern, als sie ihrem Chef den Umschlag reichte. Hoffentlich war da noch ein Rest Erde hängen geblieben, sodass es für ihn etwas Besonderes zu gucken gab.

»Was ist es denn Schönes?«, fragte Salinger.

»Meine Kündigung.«

Er lachte in Thomsens Richtung und schlitzte den Umschlag mithilfe eines Brieföffners auf, dem das Logo der Bank in den Griff graviert war.

»Und was ist es wirklich? Hoffentlich nicht wieder einer Ihrer *Zettel.*« Dabei zwinkerte er Thomsen zu.

Iulia sagte nichts und wartete ab, bis Salinger ihren Brief gelesen hatte. Als er den Blick hob, war seine Stirn gerunzelt, er sah aus, als wollte er sie gleich ohrfeigen wie ein ungezogenes Kind.

»Das geht gar nicht so holterdiepolter, Frau Eckhardt-

Richter. Und dass Sie für so einen Kinderkram hier in ein wichtiges Meeting platzen, ist ausgesprochen respektlos.« Er steckte den Brief zurück in den Umschlag. »Wir sprechen später in aller Ruhe darüber. Und jetzt gehen Sie bitte.«

Aber Iulia blieb stehen. Thomsen nahm sich einen Keks und biss mit einem knirschenden Geräusch davon ab. Er hatte sich in seinem Besuchersessel zurückgelehnt und sah sich das Theaterstück an, das Salinger und sie aufführten.

»Später bin ich aber leider nicht mehr da, Herr Salinger«, sagte sie. »Und falls es Schwierigkeiten gibt, sagen Sie bitte der Zentrale, man kann sich gerne bei mir melden. Dann werde ich den Herren und Damen dort meine Gründe genauer erläutern. Sie besprechen doch gerade seinen Kreditantrag, oder?« Dabei deutete sie mit dem Kinn in Thomsens Richtung.

Der fing jetzt an zu husten und nahm hastig einen Schluck vom Kaffee. Salinger biss die Zähne zusammen, sie konnte sehen, wie seine Kiefergelenke mahlten.

»Wenn es Ihnen lieber ist, können wir auch einfach sagen, ich nehme meinen Resturlaub, bis die Kündigung durch ist«, sagte Iulia. »Ich würde Ihnen jedenfalls nicht raten, mich aufzuhalten.«

26 | Lone

5. Versuch

Lone hätte sich einen Kaffee machen sollen gegen die Müdigkeit, die nach so einem Besuch oft wie ein Schlag in die Magengrube einsetzte und sie regelrecht von den Beinen holen konnte, wenn sie nicht aufpasste. Aber sie wollte nach Hause. Und so lang war die Fahrt ja auch nicht.

Doreen hatte sie gegen vier Uhr nachts angerufen, und obwohl sie gar nicht zuständig war für diese Dinge, hatte Lone an ihrer Stimme gehört, dass es besser war, wenn sie zu ihr fuhr. Doreens Tochter hatte einen Fieberkrampf gehabt. Wer so etwas zum ersten Mal mitmachte, flippte aus, und auch wenn Lone Doreen schon am Telefon gesagt hatte, sie solle Ruhe bewahren, einen Notarzt rufen und ansonsten abwarten, war sie aufgestanden und so schnell wie möglich aufgebrochen. Sie würde für diesen Besuch keine Rechnung stellen können. Menschen wie Doreen riefen immer zuerst die Person an, der sie blind vertrauten, wenn es um ihre Kinder ging. Es war egal, dass sie in dieser Situation kaum etwas würde ausrichten können, alles, was sie tun konnte, war da sein und mit ihr auf den Arzt warten. Sie hatte es nicht übers Herz gebracht, ihr das zu verweigern.

Es war ihr allerdings überhaupt nicht leichtgefallen. So schlaftrunken hatte Lone sich schon lange nicht mehr gefühlt, wenn sie hinter dem Steuer saß. Anscheinend wurde sie langsam zu alt für ständige Unterbrechungen ihres Tiefschlafs. Bei Doreen angekommen, hatte sie eine von Panik gelähmte Mutter vorgefunden, das im Fieber schlafende Kind auf dem Schoß, dem sie vor fast einem Jahr vollkommen ungeplant – auch das kam vor – auf die Welt geholfen hatte. Doreens Freund hatte die junge Mutter alleingelassen, und seitdem rief sie Lone an, sobald ihr irgendetwas mit dem Kind nicht richtig vorkam. Wer konnte schon allein einschätzen, wie ernst oder banal eine Krankheit war, wie dringend eine Auffälligkeit abgeklärt werden musste?

Auf der Station im Krankenhaus waren sie immer mindestens zu zweit in einer Schicht gewesen, und das war gut so, man konnte sich abstimmen, gegenseitig rückversichern. Aber niemand hatte mit ihr hier draußen arbeiten wollen, als sie sich selbstständig gemacht hatte. Vielleicht zu Recht. Das Ganze war ihr tatsächlich finanziell über den Kopf gewachsen. Dabei zahlte sie nicht einmal die vorgeschriebene Versicherung für Hausgeburtenbetreuung. Die kostete so unfassbar viel, dass sie es niemals würde wieder reinholen können. Eigentlich hatte sie vorgehabt, die Frauen zahlen zu lassen. So ein Modell war möglich, jede Geburt wurde einzeln versichert, und die Kundinnen übernahmen die Kosten. Aber die Frauen hatten ja selber nichts. Wie konnte sie einer vom Klinikaufenthalt traumatisierten Frau die Hausgeburt verwehren, nur weil sie nicht genug Geld besaß? Das war der Fluch derjenigen, die etwas gelernt hatten. Es nicht anzuwenden, war schlicht unmöglich, es wäre unterlassener Hilfeleistung gleichgekommen.

Doreen hatte nicht den Notarzt gerufen. Sie hatte lieber auf Lone gewartet, bang und dumpf, mit kaltem Schweiß auf der Stirn.

Lone hielt ihr das Telefon hin.

»Nein«, rief Doreen. »Keinen Krankenwagen. Sag du mir, was ich machen soll.«

»Ich sage dir, du sollst Eins-eins-zwei wählen«, sagte Lone ruhig. »Ein Fieberkrampf ist normalerweise nichts

Schlimmes, aber du solltest es abklären lassen. Ein paar Stunden Beobachtung im Krankenhaus, schauen, wie das Fieber sich entwickelt.«

»Ich will das nicht, Lone. Gib ihr doch welche von deinen Kügelchen. Ich kann einfach nicht ins Krankenhaus mit ihr. Die haben was gegen Alleinerziehende. Was, wenn sie mir die Kleine wegnehmen?«

Lone hatte sich neben Mutter und Kind gesetzt, ganz nah, hatte Doreen den Arm um die Schultern gelegt und gewartet, bis das Zittern vorüber war. Dann hatte sie selbst den Notruf gewählt.

Jetzt knurrte ihr Magen heftig, aber er würde sich noch etwas gedulden müssen. Erst musste sie schlafen, es gab da eine eindeutige Hierarchie in der Dringlichkeit ihrer Bedürfnisse. Sie musste aufpassen, dass ihr die Augen nicht zufielen. Wenn die Sonne es erst über den Horizont geschafft hatte, würde es leichter werden. Dieses Dämmerlicht war besonders hinterhältig.

Sie hoffte, dass zum Rückbildungskurs später noch Frauen auftauchen würden, die sich bisher nicht angemeldet hatten. Die Gemeinde hatte die Raummiete erhöht, sie würde ihre Preise anheben müssen, aber bei den laufenden Kursen musste alles bleiben, wie es war. Es würde knapp werden diesen Monat. Und es würde auch im nächsten Monat kaum reichen. Dazu all die Anfragen, die sie nicht annehmen konnte, egal, ob für Vor- oder Nachsorge oder für Hausgeburten, sie hatte ja nur zwei Hände, und sie konnte nur das abrechnen, was die Krankenkasse übernahm, und es war fast immer zu wenig. Alles andere lief sozusagen ehrenamtlich. Waren die Babys endlich da, wurden die Mütter der Welt egal. Und eine Stunde länger bei einer Frau zu sein, ihr einen Tee zu machen und ihr die anderen Kinder für eine kleine Weile vom Leib zu halten, damit sie in Ruhe stillen konnte, ließ sich nicht als Präventionsmaßnahme gegen postpartale Depression abrechnen.

Sie war bei Doreen geblieben, bis ein Krankenwagen vor der Tür gehalten hatte. Sie war bei Doreen geblieben, während die beiden Sanitäter die Kleine untersuchten. Es hatte ohnehin keinen guten Moment gegeben, in dem sie sich einen Kaffee hätte kochen können. Als die Sanitäter befanden, dass alles so weit normal war, und wieder losfahren wollten, war Lones Auftritt gekommen. Mit aller Autorität, die sie hatte aufbringen können, war sie den beiden in den Weg getreten und hatte darauf bestanden, dass sie Mutter und Kind zur Beobachtung mit in die Klinik nahmen. Doreen war in keinem guten Zustand. Sie brauchte aufmerksame Menschen um sich, die noch eine Weile das Kind im Blick behielten, die vielleicht ein EEG machten, das Fieber überwachten und da waren, sollte ein weiterer Krampf folgen. Nicht alle Infekte waren harmlos. Lone würde es nicht zulassen, dass jemand etwas übersah. Niemals.

Natürlich war damals niemand schuld gewesen, dass die Säuglinge sich in der Klinik infiziert hatten. Man desinfizierte ja immerzu gegen alles an, was da herumkroch. Mehr war nicht zu machen. Zwei Gebärzimmer waren betroffen, vier Babys hatten sich angesteckt. Dass es so spät bemerkt worden war, hatte Lone natürlich beunruhigt, aber das war nicht das Schlimme gewesen. Zu begreifen, dass alle um sie herum – die anderen Hebammen, die Ärzte und sogar Till – bereit gewesen waren, für die Klinikleitung zu lügen, so zu tun, als wüssten sie von nichts: Das war der echte Schock gewesen.

Auf der Neo hatten die Pflegekräfte den Eltern nicht sagen dürfen, dass es eine Verbindung zwischen den Erkrankungen der Kinder gab. Alles sollte als reiner Zufall abgetan werden, und das war gar nicht schwer. Ein früher Blasensprung mit aufsteigender Infektion, Keime im Geburtskanal der Mutter – es gab genügend Möglichkeiten für Neugeborene, sich zu infizieren, die nichts mit der Klinikumgebung zu tun hatten.

Lone allerdings glaubte nicht, dass man die Menschen vor der Wahrheit beschützen musste, weil sie falsche Schlüsse ziehen würden. Sie redete mit den Eltern vor jeder Geburt über die Risiken, und die bewiesen meist ein erstaunliches Maß an gesundem Menschenverstand. Dass die Mütter hormongesteuert und überemotional reagierten, war schlicht ein Mythos, sie waren im Gegenteil klar und bei sich, sie waren Expertinnen ihres Körpers und hatten nur verlernt, sich selber so zu sehen. Ein Krankenhaus, das im Ganzen – nicht nur die hasenfüßige und profitorientierte Leitung – davon ausging, dass die Menschen zu dumm waren, die Vorgänge zu begreifen und die Nutzen und Risiken bei der Wahl ihres Geburtsorts sorgfältig abzuwägen, war kein guter Platz für sie. Lone konnte nicht ausweichend antworten, wenn man sie direkt fragte, oder gar lügen. Nicht wenn es Eltern waren, die um das Leben ihrer Kinder bangten.

Und dann waren drei der Kinder gestorben. Eine Mutter war mit einer Journalistin aufgetaucht, und Lone war in die Zwickmühle geraten. Wo war die Sprecherin der Klinik in diesem Moment gewesen? Warum hatte Lone nicht daran gedacht, einfach den Kommentar zu verweigern? Alles, was sie in diesem Moment wusste, war, dass es nicht ratsam war, auf dem Kreißsaalflur, nachdem man mitten im Dienst überrumpelt worden war, einer fremden Journalistin irgendwelche Skandalhäppchen hinzuwerfen. Andererseits hatte die Mutter danebengestanden und geweint, sie hatte ein Recht darauf gehabt, die Wahrheit zu kennen. Für das Krankenhaus ging es um viel in dieser Sache. Und für die Mutter? Um alles.

Lone hatte sich falsch entschieden, dort auf dem Flur. Sie hatte mitgelogen. Und alle waren einverstanden gewesen. Alle hatten sie dafür gelobt.

Der Entschluss, sich selbstständig zu machen, war richtig gewesen, in jeder Hinsicht. Und auch wenn in einer

Welt, in der Männer wenig zu sagen hatten, ebenfalls nicht alles gold war, so war es doch für sie deutlich angenehmer, sich dort aufzuhalten. Jedenfalls wurde sie seit fünf Jahren nicht mehr von Kollegen angebaggert, und niemand versuchte, ihr die eigene Arbeit zu erklären. Ihr Leben war zumindest in diesem Bereich wohltuend still geworden. Und auch wenn einige der Frauen anfangs wie üblich auf ihr Äußeres reagierten, so war sie im Laufe der Jahre als freie Hebamme manchen von ihnen doch so nahegekommen, dass es sich fast wie Freundschaft anfühlte.

Das musste genug sein. Mit niemandem würde sie in diesem Leben noch einen solchen Grad an Verbundenheit erreichen wie mit ihrer Schwester. Mit der konnte sie allerdings seit Längerem auch nicht mehr über die Dinge reden, die sie umtrieben. Es hatte nicht nur damit zu tun, dass Iulia viel zu sehr mit eigenen Problemen beschäftigt war. Das meiste aus ihrem Hebammenalltag hätte sie vermutlich auch gar nicht hören wollen. Und darüber hinaus gab es eine Schweigepflicht. Seit sie frei arbeitete, musste sie so gut wie alles mit sich allein ausmachen. Und hatte Iulia sie je etwas dazu gefragt? Außer, ob sie einen Businessplan habe oder ihre Versicherung zahlen könne?

Wann ging diese verdammte Sonne endlich auf? Ihre Augen gaukelten ihr alles Mögliche vor, gerade eben hatte sie geglaubt, ein kleines Tier wäre vor dem Auto über die Straße gehuscht, jetzt zuckte sie zusammen, weil eine Maispflanze so seltsam menschenähnlich winkte. Vor Kurzem erst hatte sie rechts ranfahren und sich eine Weile sammeln müssen, weil im Morgengrauen ein umgestürzter Baum mit heller Rinde wie eine nackte Frauenleiche im Straßengraben ausgesehen hatte.

Die Müdigkeit ließ die Ränder ihres Gesichtsfelds flimmern, sie hatte das Gefühl, wie durch ein Fernglas zu schauen, und ein kleinerer Abschnitt der gerade zurückgelegten Strecke fehlte in ihrem Bewusstsein. War das schon der Sekundenschlaf? Sie hätte wirklich noch einen Kaffee trinken sollen. Immer die gleichen Fehler. Immer sich selbst vergessen. Vielleicht konnte es nur so gehen in diesem Beruf, vielleicht musste man sich selbst vergessen können, aber die allgemeine Müdigkeit war stärker geworden in letzter Zeit. Irgendwann musste sie ihr nachgeben, keine Frage, aber noch nicht jetzt, sie konnte sich keine Pause erlauben. Wenn sie ausfiel, waren diese Frauen ganz allein.

Doreen war mit dem Kind schließlich in den Krankenwagen eingestiegen, weil Lone es durchgesetzt hatte. Aber sie hatte gebettelt, Lone möge sie begleiten. Es hatte auch nichts dagegengesprochen, abgesehen von ihrer unendlichen Erschöpfung. Ihre Kurse begannen erst am späten Vormittag. Und Doreen hatte so verloren ausgesehen, so bedürftig und von der Welt im Stich gelassen.

Lone aber hatte schlichtweg Angst bekommen. Auf einmal hatte sie sich davor gefürchtet, aufgefressen zu werden. Dass Doreen sich ein Stück von ihr einverleiben könnte, wenn sie noch länger in ihrer Nähe bliebe. Sie hatte sich schützen müssen. Oder nicht? Es war gemein gewesen, Doreen allein fahren zu lassen, aber die Angst, versehrt zu werden, war so groß geworden, dass sie ihr hatte nachgeben müssen. Sie hatte sich nie vollständig gefühlt, seit ihr Vater nicht mehr bei ihnen hatte leben können, aber jetzt fühlte sie sich auch noch zunehmend angenagt, ausgesaugt. Die Frauen bedienten sich an ihr, als wäre sie ein Plätzchenteller.

Durch die Maisreihen fielen die ersten Sonnenstrahlen auf die Windschutzscheibe, es war gleißend hell. Wie gut. Vielleicht konnte die Sonne sie heilen. Sie musste nur hineinfahren in diese Strahlen, sich ganz von ihnen erfüllen lassen, dann würde die Kraft zurückkehren. Sie würden die bleierne Erschöpfung vertreiben. Für einen Moment hatte Lone das Gefühl, nichts wahrzunehmen außer Licht.

27 | 59th Street Bridge Song (Feelin' Groovy)

Die Abstiege vom Gipfel hatte Iulia fast noch mehr gefürchtet als die Aufstiege. Das Foto war gemacht, der Blick auf die andere Seite hatte sich erledigt, die große Herausforderung, die ihr Vater gesucht hatte, war bewältigt worden. Und auch wenn jeder Wanderer wusste, wie anspruchsvoll langes Bergabgehen sein konnte, waren ihre Abstiege vor allem eine lästige, beschwerliche, langweilige Angelegenheit gewesen, die sie hinter sich hatten bringen müssen, ganz ohne das Gefühl von Abenteuer. Der Weg war bekannt – sie nahmen stets den gleichen Steig wie nach oben –, und Iulia, die hinter ihrem Vater ging, konnte ihm auf den Hut gucken, weil er mit seinem üblichen Vorsprung stets ein Stück tiefer wanderte als sie. Der Hut hatte Schweißränder gehabt, war von der Sonne auf lächerliche Art ausgeblichen, sodass die Knickfalten dunkler geblieben waren. Staub und Schmutz hatten sich darauf gesammelt, und sie erinnerte sich an eine Wanderung, während der sie die ganze Zeit auf Vogelkot hatte starren müssen. Oft hatten sie nichts mehr zu trinken gehabt, und wer glaubte, am Berg gäbe es zahlreiche Quellen, der war noch nicht oft oberhalb der Baumgrenze gewandert.

Es war ein merkwürdiger Tag. Sie erreichte Monika auf dem Mobiltelefon und ertrug deren Tränen und Schluchzen und danach einen Bericht über den kompetenten, bärigen Oberarzt, der, wie er behauptete, einen Platz in einer Rehaeinrichtung klarmachen konnte, wann immer er wollte. Vorausgesetzt, ein Aufwachversuch wäre erfolgreich. Monika klang wie ein verliebter Teenager.

Niels war in einem Trauergespräch, als Iulia nach Hause kam, so konnte sie ihm nichts von ihrer Kündigung erzählen. Sie gab dem Drang nach, ein paar Dinge in Ordnung zu bringen. Rief eine Freundin an, um sich eine Dreiviertelstunde lang deren Sorgen anzuhören, trug eine Kiste mit Weihnachtsschmuck auf den Dachboden, die seit dem letzten Fest neben dem Kleiderschrank im Schlafzimmer gestanden hatte, räumte die Spülmaschine aus. Im öffentlichen Teil des Hauses gingen die Türen, Iulia verpackte ein paar der Geschenke, die sie bereits für Aarons Geburtstag besorgt hatte. Dann ging sie in den Garten, um dort weiterzumachen.

Sie fand Aaron, der mit einem etwa gleichaltrigen Jungen auf dem Rasen saß und Mineralwasser trank. Während sie unter der Hecke Löwenzahn und Giersch ausrupfte, verabschiedete sich der Gast und ging.

»War das einer deiner Homies?«, fragte sie und zog an einer Löwenzahnwurzel.

»Nee«, sagte Aaron. »Das war einer der Trauerleute von Papa. Der hat es einfach nicht mehr ausgehalten, ich hab ihn im Flur gefunden. Total fertig von all dem Trubel und Gerede. Die haben eine Beerdigung geplant und über seinen Opa gesprochen, als wüssten sie überhaupt nichts. Dann hat er wohl doch den Mund aufgemacht und irgendwas gesagt, und da haben ihn alle angeguckt und nicht gewusst, wovon er redet, und dann ist er gegangen. Ich hab ihm zugehört und ihm was zu trinken gegeben. War doch okay, oder?«

»Das war mehr als okay, Aaron. Das war ausgesprochen nett von dir.«

»Aber der Typ hat vielleicht genervt, sag ich dir.«

»Trotzdem war es das Richtige.«

»Ich weiß nicht.« Aaron schaute zum Himmel, als sei dort eine dauerhaft gültige Antwort auf die Frage nach dem richtigen Handeln zu finden. »Wie kann es das Richtige sein, wenn es mich nervt?«

Iulia gab es auf, dem Löwenzahn beizukommen.

»Du hast eine ziemlich interessante Auffassung von gesellschaftlichen Kosten-Nutzen-Rechnungen. Ganz abgesehen von Kants kategorischem Imperativ, den ich für bedenkenswert halte, gibt es in dieser Familie ja auch noch eine Partei, die ernsthaft die These von der erlösenden Kraft der Nächstenliebe vertritt.«

»Aha«, sagte Aaron. »Nerve deinen Nächsten wie dich selbst, oder was? Darin ist Pastor Richter tatsächlich Experte.«

»Trotzdem bestellst du immer den gleichen Eisbecher wie er.«

Er grinste. »Von diesen Dingen hat mein Vater einfach Ahnung.«

»Das ist wahr. Kann sein, dass er nervt, aber im Grunde ist er ein guter Typ.«

»Klingt uncool, wenn du versuchst, cool zu sein.«

»Ich bin nur freundlich und spreche in deiner Sprache mit dir.«

»Weißt du was? Ich beherrsche auch deine.«

Sie schaute ihren Sohn an. Ihren schönen, witzigen Sohn mit seiner überwältigenden Ernsthaftigkeit. Sie hatte ein dringendes Bedürfnis, ihm jetzt und hier etwas mitzugeben auf seinem Weg. Sie erinnerte sich an das, was ihre Mutter gesagt hatte, bevor sie verschwunden war: *Mach deinem Vater keinen Ärger*.

»Dann sag ich es eben anders: Niels ist ein besonderer Mensch. Er hat hohe Ansprüche, auch an sich selber. Aber eines darfst du dir merken, was immer auch passiert: Es ist erlaubt, deinem Vater Ärger zu machen.«

»Keine Sorge, das krieg ich schon hin.« Aaron stand auf. »Ich muss los. War nett, mit dir zu reden, Mama.«

Er rauschte davon. Seine Energie, seine Vorfreude und sein kindlicher Egoismus wehten wie ein Schweif hinter ihm her, Iulia konnte es als Luftzug durch den Garten spüren. Für Aaron war die Zukunft ein herrliches Abenteuer, in das aufzubrechen er kaum erwarten konnte. Er würde nicht zu Hause sitzen und warten, dass jemand kam und ihn abholte in das Leben, das eigentlich für ihn gedacht war. Er würde sich nicht in einen Brunnen stürzen, Brote aus dem Ofen holen und fremde Bettwäsche ausschütteln in der Hoffnung, die Liebe seiner Mutter dadurch gewinnen zu können. Er hatte die Liebe seiner Mutter längst. Denn nur darum ging es, oder nicht? Wer wollte schon mit Gold überschüttet werden, es war ein kläglicher Ersatz.

Langsam richtete sie sich auf und durchquerte den Garten. Das alte Pastorat schaute sie an, aber sie spürte, dass es nicht missbilligte, was es sah.

Ein Fenster öffnete sich, und Niels streckte den Kopf heraus. »Ich hab gleich eine Stunde frei. Hättest du Lust, dir mal meine Radiopredigt anzuhören?«

Statt in seinem Büro wartete er im Gesprächsraum auf sie. Es überraschte sie nicht, dass auch die frigide Chorleiterin dort war und mit ihm gemeinsam Grimassen schnitt.

»Setzt euch, dann kann ich anfangen«, sagte er. »Und sagt mir hinterher ehrlich, was ihr denkt, ja? Es ist wichtig, dass das, was ich erzähle, allgemein verständlich ist, es muss viele Leute erreichen, auch die, die sich normalerweise keine Gedanken machen. Ich will, dass es richtig gut wird.«

»Und vor allem ohne Räuspern«, sagte die Chorleiterin.

Er strahlte sie an. Dann nahm er eine Mappe vom Tisch und setzte seine Lesebrille auf.

»Halt«, sagte die Chorleiterin und hob die Hand. Iulia

konnte den Duft von Weichspüler riechen. Irgendetwas daran verursachte ihr ein Stechen in den Nebenhöhlen.

»Du solltest deinen Talar tragen«, sagte die Chorleiterin. »Das verleiht dir Autorität.«

»Aber der ist im Radio doch gar nicht zu sehen«, sagte er.

»Man hört ihn«, sagte die Chorleiterin mit gespitzten Lippen, und die beiden fingen an zu lachen.

Iulia massierte sich die Nasenwurzel mit zwei Fingern. Niels verließ den Raum und kam kurz darauf mit seinem Ersatztalar wieder, der im Schlafzimmer im Schrank verwahrt war. Der Ersttalar hing in der Sakristei. Er zog ihn über und stellte sich erneut in Position.

»Füße fest auf den Boden«, sagte die Chorleiterin. »Zwerchfellstütze. Ruhig und gleichmäßig atmen. Deine Stimme kann das.«

Er fing an, und tatsächlich waren in seiner Stimme eine Wärme und Geschmeidigkeit, die Iulia selten hörte. Mit so einer Stimme konnte man jeden Quatsch verkaufen. Und genau das versuchte Niels auch.

Hebräer 11, Vers 1 war sein Thema, sie spürte ein Kribbeln in den Zehen, das ihr langsam von den Füßen her die Waden hinaufkroch, während er sprach. »*Es ist aber der Glaube eine feste Zuversicht dessen, was man hofft, und ein Nichtzweifeln an dem, was man nicht sieht.* Was ist das eigentlich für eine ungeheuerliche Idee von Paulus? Was wird denn da von uns verlangt?«

Er hatte die Übersetzung der Lutherbibel genommen. Vielleicht waren die anderen Übertragungen zu schwer zu begreifen. Iulia kannte die Stelle, sie hatte sie vor langer Zeit als Konfirmationsspruch ausgewählt. Hatte Niels das vergessen?

Ohne das übliche Räuspern und die belegte Stimme sprach er über den Glauben auf einer philosophischen Ebene, darüber, dass das Denken irgendwann im Glauben mündete, dass es sozusagen die bessere Art zu denken war. Iulia kannte diese Idee von ihm. Und auch hier, wie bei allem, meinte er mit der besten Art diejenige, welche dem menschlichen Geist am ehesten zupasskam. Er hatte keinen Sinn für blindes Glauben, das sozusagen gegen alle Widerstände anglaubte, und entsprechend konnte er sich selbst kasteienden Mönchen, Märtyrern und von Gott geprüften Seelen, von denen es in der Geschichte der christlichen Kirche so wimmelte, wenig abgewinnen. Er wollte glauben, weil er entschieden hatte, dass Glauben angebracht war. Und ganz sicher nicht aus Mangel an Alternativen oder gar Angst.

Was sollte das denn heißen – Glauben ist ein Nichtzweifeln an dem, was man nicht sieht? Niels stellte es so dar, als sei es eine besondere Fähigkeit, dem Zweifel mit Glauben zu begegnen, das Unerforschliche zu akzeptieren. Für Iulia hingegen klang es eher so, als wollte da jemand einen Blankoscheck ausgestellt bekommen.

Dazu versuchte er, seine Ideen in einfache Worte zu verpacken, in kleine, handliche Kapitel, für jeden Tag der Arbeitswoche eines. Er wrang Paulus' Botschaft aus wie einen nassen Lappen, damit alle wenigstens ein bisschen benetzt werden konnten von seinen Ansichten. Hatte er irgendetwas zu sagen, das Iulia nicht einfach erraten konnte? Sie hätte jetzt zu gern gehört, was Nana darüber dachte.

Vorsichtig sah sie die Chorleiterin an. Sie hing an Niels' Lippen, sah ihn so konzentriert an, dass es zum Lachen war. Sie nickte zu seinen Worten, ihre Hand zuckte unwillkürlich, als ob sie ihm Einsätze geben wollte, und ihre Augen leuchteten, ja wahrhaftig, sie leuchteten, als wäre dahinter ein Licht entzündet. Sie war das perfekte Publikum.

Leise, ganz leise schob Iulia ihren Stuhl nach hinten. Die Chorleiterin schien es kaum zu bemerken, Niels warf ihr einen irritierten Blick zu, sprach aber einfach weiter, während sie auf Zehenspitzen den Raum verließ.

Sie duschte in aller Ausführlichkeit, und diesmal genoss sie es, sich Stück für Stück ihrem Körper zu widmen. Das heiße Wasser strömte auf sie herab und spülte alles Alte und Abgelebte von ihr, und sie verteilte Seife zwischen den Zehen und unter den Armen und überall.

Aber sie wollte nicht unfair sein. Sie musste zu Niels gehen und ihm sagen, dass er seine Sache gut gemacht hatte. Es war ja nicht sein Fehler, dass er sie mit seinen Worten nicht mehr erreichte. Seine Predigt jedenfalls würde fürs Radio genau richtig sein. Er erhoffte sich etwas davon.

In seinem Büro war er nicht, vielleicht waren sie im Gesprächsraum noch nicht fertig mit dem Feedback.

Vorsichtig öffnete sie die Tür. Dort war Niels, allein, die Chorleiterin war offenbar mittlerweile gegangen. Er saß noch immer im Talar auf seinem Stuhl, seine Hand ruhte auf der zugeklappten Mappe vor ihm auf dem Tisch, er wirkte glücklich und erschöpft. Es roch nach Staub und Kunstfaserteppich.

»Das war gut«, sagte Iulia. »Du hast alles richtig gemacht. Wann sind die Aufnahmen?«

»Freitag«, sagte er. Seine Stimme klang wieder rau. »Warum bist du gegangen?«

»Ich weiß nicht. Ich konnte das alles nicht mehr hören. Tut mir leid.«

»Schon gut.« Er bewegte sich unruhig auf dem Stuhl.

»Es liegt nicht an dir. Es ist allein meine Sache.«

»Wir reden später, wenn du willst«, sagte er und schloss für einen Moment die Augen. Iulia wusste nicht, warum er so dasaß, hingegossen wie nach einer langen Anstrengung. War er enttäuscht von sich? Was hatte die Chorleiterin ihm gesagt?

»Ist alles in Ordnung mit dir?«

»Ja«, krächzte er und rutschte mit dem Stuhl herum.

Iulia ließ ihren Blick nach unten wandern. Der Talar reichte bis fast auf den Teppich. Und dort, direkt am unteren Saum, blitzte ein Stück Stoff hervor, karierte Baumwolle.

»Fährst du gleich noch zu Lone?«, fragte er. »Du solltest zu ihr fahren. Jede Minute, die du bei ihr bist, ist wichtig. Du musst deine Ängste überwinden, weißt du?«

Sie lächelte und nickte, wie sie es bei Salinger gelernt hatte, und ging hinaus. Iulia wusste, was für ein Stoff dort auf dem Teppich gelegen hatte, schließlich war sie diejenige, die für Niels die Unterwäsche kaufte.

Es war nicht die gute alte Unruhe, die sie weckte, noch in tiefster Nacht. Es war etwas anderes. Sie erwachte davon, dass sie die Veränderung spürte. Sie war Spezialistin dafür, die Unregelmäßigkeit im Muster zu erkennen, den Fehler zu finden, aber zum ersten Mal war sie selbst die Abweichung. Sie konnte sich bewegen, ihr Kopf war frei, der Findling in ihrem Innern war verschwunden. Sie fühlte sich, als hätte sie hundert Jahre geschlafen, und vielleicht hatte sie das auch. Sie hatte sich nicht an einer Spindel gestochen, sondern nur an einem Satz, den ihre Mutter zu ihr gesagt hatte.

Das dringend gebotene Gespräch mit Niels hatte sie tatsächlich vermeiden können. Als er ins Bett gekommen war, hatte sie, ohne die Augen zu öffnen, gemurmelt, sie sei völlig alle und schlafe schon fast.

Er hatte ihr über das Haar gestrichen und gesagt: »Jaja. Selig sind die Hundemüden, sie werden das Reich der Träume schauen. Bergpredigt, Outtakes.«

Womöglich glaubte er wirklich, dass sie die Unterhose auf dem Fußboden nicht bemerkt hatte. Vollkornkeksfrauen waren schließlich nicht für ihren scharfen Blick bekannt.

Sie schaute auf die Anzeige des Weckers. Es war noch eine ganze Weile bis zum Morgen, aber sie war nicht mehr müde. Sie mochte nicht länger warten. Es gab nichts, worauf sie hätte warten müssen. Es war Zeit, den Abstieg in Angriff zu nehmen, aber anders als bei den Wanderungen mit ihrem Vater würde sie nicht den gleichen Pfad nutzen. Sie würde auf der anderen Seite absteigen, um das Tal jenseits des Berges zu erreichen. Sie konnte es sehen. Sie stand auf dem Gipfel, ganz allein, sie war niemandes Stativ, niemandes Applaudiererin, sie schaute nicht zum Gipfelkreuz hinüber, sondern auf das Land, das zu ihren Füßen lag, das sie erreichen konnte, wenn sie sich aufmachte, und zum ersten Mal verstand sie den Satz, den Lone immer zu sagen pflegte, wenn man sie nach ihren Plänen fragte: »Das sehen wir dann.«

Leise stand sie auf. Sie brauchte nicht viel, das meiste gab es in Lones Wohnung. Die Hosen ihrer Schwester waren zu eng und zu lang für sie, aber die weiter geschnittenen Oberteile sollten passen. Sie musste schließlich nicht mehr aussehen wie eine Bankangestellte. Und auch nicht mehr wie eine Pastorenfrau. Immerhin hatten sie die gleiche Schuhgröße. Leise, leise packte sie Hosen ein, den Laptop, ihre Zahnbürste.

Niels regte sich. Leise, leise schlich sie zum Nachttisch und holte ihre Armbanduhr. Und ihre Brille, die war wichtig.

»Was machst du da?« Daran, dass seine Stimme einigermaßen wach klang, erkannte sie, dass er sie schon länger beobachtet haben musste.

»Ich packe ein paar Sachen zusammen.«

»Aber nur weil man nicht schlafen kann, muss sich doch nicht das ganze Leben ändern.«

»Ich werde eine Weile in Lones Haus ziehen. Bis ich weiß, was ich tun will.«

»Weißt du das denn nicht?«

»Ehrlich gesagt, nein.« Sie stand neben dem Nachttisch, er lag im Bett, nur die Weckeranzeige erleuchtete den Raum.

»Das heißt also, du willst jetzt deine Pubertät nachholen? Die du dir seinerzeit verkniffen hast, um deinen Eltern nicht zur Last zu fallen, während sie sich um deinen kleinen egoistischen Bruder kümmerten?«

»Mit Pubertät kennst du dich ja bestens aus, du als Konfirmanden-Dompteur. Mir hat eben kein Pastor vor dem Einschlafen *Siddhartha* vorgelesen. Wahrscheinlich gibt es also manches nachzuholen.«

»Lass mich raten: Du hast durch langes, ereignisloses Sitzen an Lones Krankenhausbett erkannt, dass das Leben kurz ist, und jetzt denkst du, keine deiner Entscheidungen hast du wirklich selbst getroffen, die Dinge sind dir sozusagen einfach passiert, und folglich weißt du gar nicht, was du wirklich wollen würdest, wenn du wollen dürftest. Richtig?« Sein Tonfall war ungewohnt aggressiv.

»Nicht ganz. Ich habe bisher noch nicht lange und ereignislos an Lones Krankenhausbett gesessen. Aber das hole ich ab heute nach.«

»Und wo warst du dann die ganze Zeit, wenn du nachmittags unterwegs warst?«

»Interessiert es dich oder ist das eine automatisch generierte Pastorenfrage?«

»Du hast recht, hier ist nicht der richtige Ort, um solche Dinge zu besprechen. Das sollten wir ganz in Ruhe tun, bei Tageslicht. Ich nehme mir morgen für dich frei. Vielleicht kannst du ein bisschen früher von deiner Bank nach Hause kommen, um über unsere Ehe zu reden.«

»Es gibt keine Bank mehr, ich habe gekündigt.«

Iulia musste sich bewegen, tätig bleiben, nicht herumstehen und sich von einem liegenden Pastor ausfragen lassen. Es war ihr ein Rätsel, warum es die bessere Position zu sein schien, in karierter Unterhose unter einer Sommerdecke zu liegen, aber Niels machte sie dazu.

»Du hast gekündigt?« Er machte eine dramatische Pause. Sie hörte ihn ein- und langsam wieder ausatmen. »Dann verstehe ich, was hier läuft. Wir befinden uns in einer griechischen Tragödie mit einer großzügigen Prise Freud. Du willst Aaron das Gleiche antun wie deine Mutter dir.«

Sie dachte an die Energie, die ihr Sohn wie einen Kometenschweif hinter sich hergezogen hatte, als er am Nachmittag an ihr vorbeigerauscht war. An seine Pläne und seine wunderbare Ungeduld. »Aaron ist nicht acht Jahre alt«, sagte sie kurz. Sie hob ihre Tasche auf und steckte das Brillenetui hinein.

»Iulia«, sagte Niels, und seine Stimme klang fremd in der Dunkelheit. Sie jagte ihr einen Schauer über den Rücken. »Du bist doch eine vernunftbegabte Person. Wir sind nicht gezwungen, die Geschichte zu wiederholen.«

Zum ersten Mal in ihrem Leben hatte sie keine Angst, laut zu werden. Sie wusste, sie würde schreien können, ohne vor sich selbst zu erschrecken oder sich vor den Konsequenzen zu fürchten. Und weil sie es wusste, konnte sie endlich vollkommen ruhig bleiben.

»Wir kennen die Geschichte doch gar nicht.« Sie zog den Reißverschluss ihrer Tasche zu. »Solange wir nur die eine Seite kennen, bleibt alles Spekulation. Wenn ich eins begriffen habe in den letzten Tagen, dann, dass man nie die ganze Geschichte sehen kann, zu keinem Zeitpunkt.«

Niels setzte sich nun doch auf. Mehrmals räusperte er sich, und als er schließlich sprach, war seine Stimme hart und rau. Er wusste, dass seine warme, schwere Hand sie nicht mehr würde halten können, also versuchte er es mit dem letzten Mittel, das ihm zur Verfügung stand: »Mach dir einmal für einen Moment klar, was du hier gerade tust.«

»Was tue ich denn?«

Er stand auf, stellte sich vor sie. Sie konnte ihn riechen,

sein Parfum, dazu der säuerliche Geruch des sommerverschwitzten Lakens, der auf seine Haut übergegangen war, seinen Atem, so dicht stand er bei ihr. Und er hörte die Stille: Die Uhr, die sie verschluckt hatte, tickte nicht mehr.

»Du machst alles kaputt«, sagte er. »Du zerbrichst das Vertrauen zwischen uns. Und du lässt deinen Sohn im Stich. Wenn du jetzt gehst, kannst du nicht einfach später in dieses Leben, in dieses Haus zurückkehren, und alles ist wie immer.«

Sie sah zu Niels auf, sein Gesicht war ein dunkler Kreis. Wahrscheinlich starrte er sie an, mit dem Röntgenblick, durch den Gott alles sah.

»Wer geboren werden will, muss eine Welt zerstören«, sagte sie.

Für einen Moment war es still zwischen ihnen.

»Wer behauptet das?«, fragte Niels, und Iulia hörte unterdrückte Wut und all die Angst, die sie nur zu gut von sich selber kannte.

Sie legte ihm zärtlich die Hand an die Wange. »Hermann Hesse.«

28 | The Sound Of Silence

Lones Haus empfing sie und ihre Tasche freundlich. Es war daran gewöhnt, dass jemand früh am Morgen die Tür aufschloss und erst einmal tief durchatmete. Es kannte sich aus mit Menschen, die erschöpft waren oder euphorisch oder beides zugleich, und es wusste, was zu tun war. Stille, Ruhe und Geborgenheit zur Verfügung stellen, während der Mensch die Treppe hochging und sich für eine Weile ins Bett legte oder sich – wie dieser hier – an den Schreibtisch setzte und einen Laptop aufklappte. Das Zimmer roch nach Lone, noch immer. Der Stuhl war Lones Stuhl, eingestellt auf ihre Höhe, Iulia kam nur mit den Zehen auf den Boden, aber das machte nichts, sie zog einfach die Füße auf die Sitzfläche.

Als Erstes schrieb sie einen sachlichen Geschäftsbrief an die Zentrale der Bank. Als Zweites machte sie sich daran, eine Eingabe an die Ärztekammer zu formulieren. Fünf Jahre waren keine lange Zeit, wenn es um Menschen ging. In fünf Jahren wuchs kein Gras über den Verlust eines Kindes.

Danach machte sie sich einen Kaffee in der kleinen Stempelkanne, legte eine CD ein und setzte sich erneut an den Schreibtisch. Sie breitete die Briefanfänge aus, die sie in der Mappe gefunden hatte. Leonard Cohens Gesang klang wie das Schnurren einer Katze.

»The sisters of mercy, they are not departed or gone«, sang Iulia leise mit. Sie würde Milch besorgen müssen für den Kaffee. Die Milch in Lones Kühlschrank war inzwischen sauer geworden.

Sie nahm sich den ersten Briefanfang vor.

Liebe Frau Messerschmidt, hatte Lone mit ihren klaren, steilen Buchstaben geschrieben, *ich kann Ihnen nicht sagen, wie fassungslos und traurig ich bin, wie unendlich leid es mir tut, was Ihnen …*

Iulia versuchte gar nicht erst, die Schrift ihrer Schwester zu imitieren.

Liebe Kristin, schrieb sie. *Diese Zeilen stammen von Lone. Es gibt mehrere Briefanfänge dieser Art, und ich denke, es ist in ihrem Sinne, wenn ich jetzt zu Ende führe, wofür ihr offenbar der Mut fehlte.*

Am Krankenhaus fand sie einen Parkplatz in ausreichender Distanz zum Eingang. Das Wetter war ungewöhnlich, ein starker Wind hatte sich erhoben. Die Zeit der Herbststürme wurde oft in diesen Wochen eingeläutet, aber dieser war anders. Kein Regen, keine trübe Dunkelheit, stattdessen schien die Sonne, und der Wind war wie das Blasen eines wild gewordenen Föhns. Sie konnte das durchziehende Tiefdruckgebiet im Kopf spüren, es fühlte sich an, als ballte sich ihr Gehirn zur Faust. Die Autotür wurde ihr beinahe aus der Hand gerissen. Die Haare wehten ihr ins Gesicht, als sie den Parkplatz überquerte. Jetzt bloß nicht innehalten, stur geradeaus gehen und dabei die ganze Zeit leise ein Mantra murmeln: Ein Krankenhaus ist ein sicherer Ort, dir wird dort nichts zustoßen. Die Glastür passieren, die Frau hinter dem Hotelfoyer-Tresen grüßen und forschen Schrittes an ihr vorbeigehen zu den Fahrstühlen. Den Knopf drücken und dem Drang widerstehen, sich sofort die Hände zu desinfizieren. Das Krankenhaus war ein sicherer Ort. Mit dem Fahrstuhl nach oben fahren, hinaustreten, klingeln, warten, durch die Schleuse, den Kittel überziehen, der freundlichen Pflegekraft, die sie abholte, Lones Namen sagen, jetzt wurden die Schritte doch kleiner, es wurde schwerer, die Füße dazu zu bringen, sich zu heben, der Impuls, stehen zu bleiben, eine Entschuldigung zu murmeln und sich umzudrehen, war stark. Für einen Moment überwältigte sie das Bild einer Braunüle, eingesetzt in einen Arm, eine Haut, die ihre eigene sein musste, weiß und gerötet, mit blassen Sommersprossen, so blass, dass man sie nur bei bester Beleuchtung erkennen konnte, ein Pflaster von dunklerer Farbe, gedacht für einen Hautton, der ganz und gar nicht ihrer war, an einer Ecke nicht angeklebt, ein Härchen haftete daran, bildete eine hauchzarte Verbindung zwischen Pflaster und Arm und machte das alles zu einem absurden Werk moderner Kunst. Iulia wollte sprechen, rufen, dass man weggehen, sie in Ruhe lassen solle, aber es fühlte sich an, als hätte sie keine Stimmbänder. Ein würgender Laut entfuhr ihr. Die Pflegerin drehte sich nach ihr um. Dann war es vorbei.

An der Tür angekommen, klopfte sie und trat ein.

»Iulia!«, rief Monika, die natürlich schon da war. Sie war immer schon da, egal, wann man kam. Sie war ein besserer Mensch als Iulia. Die Umarmung tat gut, Monikas Duft über all dem Desinfektionszeug. Die Kittel raschelten, während Iulia sich aus den Armen ihrer Stiefmutter befreite. Sie atmete tief ein, auch wenn die Gerüche in diesem Raum ihr Gehirn fast verrückt machten, und im Ausatmen wandte sie sich dem Bett zu.

Lone lag noch genauso da wie beim ersten Mal, aber sie hatte sich stark verändert. Sie war dicker geworden, wie aufgeschwemmt, irgendwie teigig. Die Sonde war entfernt worden, es blieb das Pflaster auf dem Kopf an der rasierten Stelle. Die Haare waren kurz, aber nicht ungepflegt, die Apparate auf lautlos gestellt, sodass es angenehm ruhig war im Zimmer. Sie hatte keinen Tubus mehr im Mund, dafür hatte man einen Zugang unterhalb des Kehlkopfes gelegt.

»Das sieht etwas gewöhnungsbedürftig aus, aber es ist schonender, so zu beatmen«, erklärte Monika, als sie ihren

Blick sah. Sie zeigte auf einen Bildschirm. »Da siehst du die Sauerstoffsättigung.«

Iulia nickte.

»Natürlich wird sie nicht sprechen können, wenn sie aufwacht. Der ganze obere Bereich ist stillgelegt, da kommt gar keine Luft durch.«

Iulia nickte.

»Erstaunlich, dass du ausgerechnet heute kommst. Als hättest du's gewusst. Dabei hatte ich noch gar keine Gelegenheit, es dir zu sagen. Seit heute früh bekommt sie keine Narkosemittel mehr. Weißt du, was das bedeutet? Natürlich kann es ewig dauern, bis sie aufwacht, mehrere Stunden, einen ganzen Tag. Aber ich werde hier sein. Vielleicht bekomme ich vorher die neuen Socken fertig. Die alten sind ihr zu eng geworden …«

»Wird sie denn aufwachen?«

»Natürlich«, sagte Monika entrüstet.

»Hast du ordentlich gebetet?«

»Ach, du wieder. Nimmst nie etwas ernst. Ich gehe jetzt aufs Klo, ich muss schon seit einer Stunde – all der grüne Tee heute Morgen. Und wenn ich zurückkomme, bringe ich dir einen Stuhl mit.«

»Und Stricknadeln«, sagte Iulia.

Monika tat, als hätte sie nichts gehört, drehte auf dem Absatz um und lief los. Allerdings hatte sie sich nicht weit genug gedreht, vielleicht lag es an der Erschöpfung, die ihre räumliche Wahrnehmung beeinträchtigte, jedenfalls wandte sie sich nicht der Tür zu, sondern machte drei lange Schritte und prallte mit dem Gesicht gegen den grünen Hängeschrank. Das Geräusch war unbeschreiblich, sie fiel nach hinten wie ein Brett.

Sofort war Iulia neben ihr.

»Monika, kannst du mich hören?«

»Natürlich, Iuli-Kind«, murmelte sie. »Was ist passiert?«

Auf Monikas Stirn, mitten durch die Augenbraue, klaffte eine Platzwunde und blutete heftig.

»Du bist gegen den Schrank gelaufen. Ich fürchte, das muss genäht werden«, sagte Iulia. »Bleib liegen.«

»Das muss nicht sein.« Monika tätschelte ihren Arm. »Bring mich einfach zu einem Klo.«

»Nein, ich rufe jetzt jemanden, und du lässt dir helfen.«

»Auf keinen Fall«, rief Monika und begann sich aufzurappeln. Blut lief ihr über die Wange. »Gib mir bitte ein Taschentuch.«

In diesem Moment kam eine Pflegerin ins Zimmer und war mit einer so flinken Bewegung neben ihnen, um Monika zu stützen, dass Iulia sich fragte, ob ein solch effektiver Körpereinsatz Teil der Ausbildung war.

»Sie hat sich am Schrank gestoßen …«, versuchte Iulia zu erklären. Aber das klang viel zu harmlos, beinahe lächerlich.

»Ich nehme Sie besser mal mit, Frau Eckhardt. Das sollte genäht werden.«

»Nein, nein, ich brauche bloß ein Taschentuch. Wirklich. Ich muss hierbleiben. Wir machen gerade einen Aufwachversuch.«

»Ihre Tochter ist doch hier. Und in den kommenden Stunden wird nicht viel passieren. Machen Sie sich keine Sorgen.« Mit kleinen Schritten führte die Pflegerin Monika in Richtung Tür, Blutstropfen markierten ihren Weg.

»Iuli«, rief Monika über die Schulter, während sie sich hinausführen ließ. »Halte du unter allen Umständen die Stellung.«

»Stellung halten. Wird gemacht.« Iulia salutierte.

Schon wieder diese dämliche Formulierung. Caesar, der Kriegsverbrecher, hatte die Stellung gehalten und schließlich die Schlacht um Alesia gewonnen, obwohl das Ersatzheer der Gallier seine Truppen in die Zange genommen hatte. Niemand hatte hinterher mehr über die

Frauen und Kinder geredet, die Opfer seiner genialen Kriegsstrategie gewesen waren. Sie hatte ihn all die Jahre für schlau und willensstark gehalten, weil sie nur seine Version der Geschichte gekannt hatte. Wie lange hatte sie Skrupellosigkeit mit Kraft verwechselt. Hatte all diese selbst ernannten Robin Hoods bewundert, während irgendwo anders, in Zeitfalten und winzigen Dörfern, in Häusern und Ställen echte Arbeit verrichtet und echte Hilfe geleistet wurde. Lone, die Kluge, hatte sich Vollzeit im Kaninchenloch eingerichtet und war all diesen Kraftmeiern ausgewichen. Bis sie eines Morgens nicht mehr ausgewichen war.

Die Tür hatte sich geschlossen. Langsam wandte Iulia sich zum Bett. Sie waren allein. Sie schob den Stuhl nah an ihre Schwester heran und nahm vorsichtig deren Hand. Auf einem Finger steckte das Gerät mit dem roten Licht, das den Sauerstoffwert im Blut maß. Die Haut war kühl, aber nicht anders als sonst. Lone hatte immer kühle Hände. Iulia stellte sich vor, wie ihre Schwester die Hände aneinanderrieb, um sie zu wärmen, bevor sie einer Schwangeren den Bauch abtastete.

»Mach dir keine Sorgen«, sagte Iulia leise, weil es seltsam war, in diesem Zimmer laut zu sprechen. »Ich war bei allen deinen Frauen, und es geht ihnen gut. Bei Maren ist alles in Ordnung, das kannst du dir ja vorstellen. Sie hatte einen Milchstau, aber ich habe ihr eine von deinen Pumpen gebracht …«

Iulia redete und redete. Es war ganz leicht. Sie erzählte vom Junior, der auf dem Sofa gestillt worden war, während seine Schwestern um ihn herumgesessen hatten. Von Kristin und dem Kälbchen, das sie auf die Welt geholt hatten, von Nana, die ihre Selbstsicherheit wiedergefunden hatte, von Vera, die ihr totes Kind geboren und unter einem Birnbaum begraben hatte, so wie sie es sich gewünscht hatte. Sogar von Gabriele erzählte sie, der Frau auf dem Foto in Lones Flur. Ihre Schwester lag da, die Augen geschlossen, und vielleicht hörte sie zu.

Dann schwieg Iulia erschöpft. Sie musste Lones Hand loslassen und aufstehen. Sie ging ein paar Schritte, dabei blickte sie ihre Schwester an, die unbeeindruckt von allem dalag, unerreichbar.

Hatte sie auch so ausgesehen? Hatten Menschen mit ihr gesprochen, ohne sie zu erreichen? Aber sie hatten sie erreicht, sonst würde sie sich nicht erinnern können. Da waren Geräusche gewesen, auch Stimmen. Sie hatte nichts davon begreifen oder einordnen können, sie hatte nicht gewusst, wo sie war, und sie war vor allem nicht ruhig gewesen. War Lone ruhig?

Sie setzte sich wieder. Sie hatte das Gefühl, dass Lones Atem sich veränderte. Sie horchte, blickte auf den Bildschirm, doch alles schien gleich. Sie nahm in sich eine Leere wahr, etwas Schwarzes, Abgrundtiefes, und sie wusste, wusste es ganz genau, dass dies etwas war, was in Lone existierte. Sie fühlte, was Lone fühlte. Sie erkannte die Unruhe. In ihrer Schwester ging etwas vor sich, und sie dachte an Nana, die gesagt hatte, dass Lone sich entscheiden würde.

Iulia atmete tief in den Bauch hinein, so wie sie es neben Sandra der Kuh getan hatte. Sie ließ die Gedanken davonschwimmen wie Blätter auf einem ruhigen Fluss. Sie ging ihre Chakren durch und ließ kräftige Farben sich in ihrem Inneren ausbreiten. Die Dunkelheit in ihr, Lones Dunkelheit, kam ihr allzu bekannt vor. Das Aufwachen war das Schlimmste gewesen. Verwirrung und Angst und nach und nach die Erkenntnis, dass nichts in Ordnung war, wer wollte in so ein Gefühl erwachen?

Lone war damals nicht gekommen. Niels war da gewesen, natürlich. Und Monika war bald aufgekreuzt, und alle hatten sie beglückwünscht und diesen Spruch gesagt: Hauptsache gesund! Aber Lone war es, nach der sie sich gesehnt hatte. Sie hatte sich nur nicht getraut, es zu sagen, vielleicht hätte es die anderen gekränkt.

Wo war Lone gewesen? All die Jahre hatte sie diese Frage stellen wollen, aber es hätte so vorwurfsvoll, so egoistisch geklungen. Außerdem war sie ja da gewesen. Schon am nächsten Tag, sobald sie Zeit gefunden hatte.

»Wo bist du damals gewesen, Lone?«, fragte sie leise. »Bei Aarons Geburt? Wo warst du da?«

Und sie wusste die Antwort im gleichen Moment. Sie wusste es doch, sie hatte es selbst gesehen: Bei ihren Frauen war sie gewesen. Bei Maren und Kristin und Nana und Vera, auch wenn es damals andere gewesen waren. Lone hatte Schicht gehabt, im Kreißsaal, und all diese Frauen hatten sie gebraucht, hatten nach ihr gerufen, nach ihr gegriffen, sie hatte nicht anders gekonnt, als ihnen zu helfen. Iulia hatte mit eigenen Augen gesehen, mit eigenen Ohren gehört, was Lone für sie alle gewesen war. Man konnte als Engel nicht einfach verschwinden. Es sei denn, man fiel ins Koma. Dann hatte man endlich frei.

Iulia erinnerte sich plötzlich, wie es gewesen war, dort im Dunkeln – an das Hinabziehen, dem sie so gern nachgegeben hätte, und den Sog, der sie an die Oberfläche holen wollte, zu all den Menschen, die auf sie warteten. Es war, als würden zwei Kräfte miteinander ringen, und beide waren gleich stark. Jede Entscheidung war ein Fehler. Wer hatte behauptet, dass es besser sei zu leben, als zu sterben? Am Ende schien beides gleich gut zu sein.

Die Tür ging auf, und die Pflegerin schaute herein. Nur der Kopf war zu sehen, die Füße standen noch auf dem Flur.

»Frau Eckhardt-Richter?«, sagte sie, und ihre Stimme klang so freundlich, dass Iulia trocken schlucken musste. »Schwester Miriam hat gerade angerufen. Ihre Mutter hat leider Kreislaufprobleme. Sie wird noch eine Weile liegen müssen, bevor wir sie wieder hochschicken können. Sie lässt ausrichten, Sie sollen unbedingt bei Ihrer Schwester bleiben.«

Iulia wollte wie immer die Verwandtschaftsverhältnisse klarstellen, aber dann ließ sie es sein. War es überhaupt wichtig?

»Das werde ich«, sagte sie. »Haben Sie vielen Dank.«

»Brauchen Sie denn irgendwas? Etwas zu trinken vielleicht?«

»Nein. Ich brauche nichts.«

Schon war der Pflegerinnenkopf wieder verschwunden. Und Iulia horchte dem letzten Satz nach. Sie hatte ihn so oft gesagt, und nie hatte sie sich gefragt, ob er stimmte.

»Als ich klein war, hat meine Mutter an meinem Bett gesessen, und jetzt sitze ich bei dir«, sagte sie leise zu Lone. »Erinnerst du dich, wie du an meinem Bett gesessen hast? Wie du gesungen hast für mich? Ich hatte solche Angst davor, dass du stirbst. Aber noch viel mehr, dass du aufwachst und nicht mehr du selbst bist. Inzwischen habe ich begriffen, dass ich viel zu wenig weiß, um überhaupt beurteilen zu können, wer du bist und was du willst. Ich habe die Hülle vom Central-Park-Konzert gefunden. Aber die CD war nicht mehr da.« Wieder nahm sie Lones Hand. »Hast du sie gehört, als du gefahren bist? Welches Lied lief, als der Unfall passierte? Ich habe versucht, dich zu verstehen, weißt du. Ich habe mich gefragt, warum du so früh am Morgen so schnell unterwegs warst. Warum du den Trecker übersehen hast. Welches Lied war es, Lone? Was hast du gedacht, ganz zuletzt? Hast du gewusst, dass sich ab jetzt alles ändert? Hattest du Angst?«

Leise fing sie an zu singen: »We'd like to know a little bit about you for our files …«

Unglaublich, dass sie alle Wörter noch wusste. Sie wurde mutiger, sie sang an gegen die Unruhe, gegen das Schwarze, Abgründige, gegen die Angst und gegen den

Klang der Stille, die auf dieser betäubten Station in allen Ecken saß und der niemand die Stirn zu bieten sich traute. Nach dem zweiten Lied, *Homeward Bound,* hatte Paul Simon eine kleine Dankesrede gehalten.

»I just wanna thank the Police Department, the Fire Department, and the Parks Commissioner, and Ed Koch …« Iulia konnte auch sie auswendig und sprach sie der Vollständigkeit halber mit. So hatten sie es damals auch gemacht, auf Lones Bett, wenn die Dunkelheit von draußen gegen die Fenster gedrückt und nur die Lampe auf dem Nachttisch geleuchtet hatte, als die Zimmer wie unter Wasser gewesen waren und sie beide wie auf einem Floß.

Zu *Scarborough Fair* hatte Lone die zweite Stimme gesungen. Es war bei allen Songs egal gewesen, ob sie Paul Simons oder Art Garfunkels Part übernahm, ihre Stimme eignete sich für beide, sie hatte jeweils den genommen, der für Iulia schwerer gewesen war.

Iulia sang allein. Ohne Lones Stimme und ohne ihr Gitarrenspiel, aber sie machte die entsprechenden Pausen, lauschte und summte leise. Sie dankte Dave Tofani für sein Saxofon-Solo. Mit dem Finger fuhr sie die Adern auf der Hand ihrer Schwester entlang, drehte sie um und zeichnete die Linien in der Handfläche nach, die Lebenslinie und die Herzlinie. *American Tune* war ihr Lieblingslied.

»Still, tomorrow's gonna be another working day and I'm trying to get some rest. That's all I'm trying, to get some rest.«

Bei *Bridge Over Troubled Water* meinte Iulia beinahe, Lones Stimme zu hören, die sich über ihre schwang, mühelos und klar:

»I'm sailing right behind. Like a bridge over troubled water, I will ease your mind.«

Einen Texthänger hatte sie ausgerechnet bei *The Boxer,* in

der zusätzlichen Strophe, die extra hinzugefügt worden war. Aber sie machte einfach weiter, kleine Fehler waren erlaubt. Hauptsache, sie schaffte das ganze Konzert. Wenn ihr das gelang, würde alles gut werden. Es war Magie. Sie widersetzte sich dem Klang der Stille. Sie sang all die Lieder, die geschrieben worden waren, damit man sie sang. Sie sprach alle Zwischentexte, musste lachen, weil es in diesem Zimmer so skurril war, »Feelin' groovy« zu singen, und musste weinen, als der letzte Song an der Reihe war, *The Sound Of Silence,* und sie sang ihn leiser als die anderen, während ihr die Tränen aus den Augen liefen, endlich, sie sang ihn direkt in Lones Hand, bis ihre Lippen beinahe die Handinnenfläche berührten, bis sie die Lebenslinie berührten, sie sang, und die Angst war nicht mehr da. Was auch immer Lone entschied, es war in Ordnung.

»And the sign said: The words of the prophets are written on the subway walls and tenement halls and whispered in the sounds of silence«, sang sie in Lones Hand und atmete den schwachen, unendlich schwachen Zimtgeruch ein.

Die Stimme war nur in ihrem Kopf, aber Iulia hörte sie deutlich: »Ladies and Gentlemen: Eckhardt and Fabricius.« Ein Flüstern. Lones Stimme im Raum, auch wenn das gar nicht sein konnte.

Sie hob den Kopf und sah, dass ihre Schwester die Augen geöffnet hatte.

29 | Iulia

Es war nicht so, dass Iulia Eckhardt-Richter einfach so schwanger geworden war. Einige Sonntage hatten dafür ins Land gehen müssen. Außerdem hatte die Suche nach dem bestmöglichen Zeitpunkt viel Raum eingenommen. Ihr Mann, Niels, war gerade Seelsorger einer mittelgroßen Gemeinde geworden. Zu Anfang hatte er sich die Aufgabe mit einer Kollegin geteilt, die dann versetzt wurde. Die Landwirte hielten eisern an ihren Ländereien fest, es gab keine Neubaugebiete, langfristig würde ein Pastor reichen, um die Alten unter die Erde zu bringen und die Neuankömmlinge zu taufen. Die Gottesdienste waren allerdings erstaunlich gut besucht, und es wurde mit den Jahren sogar noch besser. Die Gemeinde stand zu ihrem Pastor, das merkte man. Und Niels war ein guter Hirte für diese Herde, er wusste zu führen, wo Führung erwünscht war, und er ließ zu, wo man das Abwenden des Blicks mit Freiheit verwechselte.

Iulia war mit ihrer Ausbildung fertig, sie hatte Bankkauffrau gelernt, und fand eine Stelle in der nächsten Großstadt. Sie zog zu Niels ins Pastorat und pendelte fast ein Jahr lang. Danach war der perfekte Zeitpunkt für eine Babypause gekommen. Eine Weile hatte es noch gedauert, aber irgendwann hatte es geklappt.

Die Schwangerschaft verlief unauffällig. Und machte sich nicht jede Frau Gedanken, ob sie eine gute Mutter sein würde? Ein Pastorat war jedenfalls ein geeigneter Ort, um ein Kind großzuziehen. Es würde Werte vermittelt bekommen, sozusagen frei Haus, und Niels war mehr als qualifiziert, ein Vater und männliches Vorbild zu sein.

Und eigentlich wusste auch sie, wie es ging. Sie musste einfach das Gegenteil von dem tun, was ihre Mutter getan hatte. Sie konnte festhalten an Mann und Kind und Heim, das war im Grunde ganz leicht. Einfach nicht weggehen. Sie würde die Mutter sein, die immer dablieb.

Dass sie zur Entbindung in ein anderes Krankenhaus ging als das, in dem ihre Schwester arbeitete, hatte vor allem logistische Gründe. Es war der kürzere Weg, man konnte einfach die Bundesstraße nehmen und lief nicht Gefahr, dass die Fähre nicht fuhr, die zu nehmen war, wenn man in die Stadt jenseits des Wassers wollte. Das Krankenhaus hatte zudem einen guten Ruf, Niels war das wichtig, es führte die Bezeichnung *stillfreundlich,* hatte eine eigene Neonatalstation und Familienzimmer, in denen man nach der Geburt zu dritt übernachten konnte, ein bisschen wie in einem Hotel mit Sicherheits-Back-up.

Aaron kam nicht zum errechneten Termin, sondern einige Tage später. Iulia stellte sich im Krankenhaus vor, ein Arzt mit struppigem Schnauzer untersuchte sie und machte einen Ultraschall. Er roch so unangenehm, dass Iulia so selten wie möglich einatmete. Sie entdeckte gelbe Verfärbungen an seinen Fingern, womöglich Nikotinspuren, und auch wenn er nicht unfreundlich war, ekelte sie sich vor ihm und seinen Händen. Es war lächerlich, aber sie konnte nichts dagegen tun. Sie wollte nicht, dass er sie berührte. Wie sagte man so etwas, ohne neurotisch zu klingen? Am besten, man sagte gar nichts und riss sich am Riemen. Ließ die Untersuchungen über sich ergehen und stellte sich vor, man wäre ganz woanders, während die behaarten Finger tasteten und drückten. Schloss die Augen und atmete durch den Mund.

Er halte viel von einem Einlauf unter der Geburt, sagte

der Arzt, während er ihren Muttermund betastete. Viele Frauen würden bei den Presswehen die Liege beschmutzen. Er machte einen Abstrich, die Untersuchung dauerte quälend lange. Iulia schämte sich. Sie wollte nichts beschmutzen, aber sie wollte sich auch nicht von diesem Mann die Vor- und Nachteile einer solchen Maßnahme erläutern lassen. Sie war in der gesamten Schwangerschaft nicht so gründlich untersucht worden. Es dauerte Ewigkeiten, bis der Mann wieder seine Hände von ihr nahm.

Zwei Tage später lag sie im Kreißsaal, und die Wehen hatten die Herrschaft übernommen. Sie war vollkommen Körper, sonst nichts. Der Verstand registrierte höchstens, beinahe war es eine Wohltat, so wenig Gedanken haben zu müssen. Wehe im Anrollen, Höhepunkt, atmen, atmen, einige Minuten Pause, Durst, Übelkeit, Wehe im Anrollen und so weiter. Iulia bekam herzlich wenig mit von dem, was um sie herum geschah, und es war ihr auch egal, dass die Hebamme so selten hereinschaute – war es überhaupt die gleiche? Ihr war, als hätte sich ihr eine andere mit Namen vorgestellt, aber sie wusste kaum noch, was real war und was nicht. Sie sah Niels neben dem Bett stehen, auf dem sie sich zusammenrollte, sie sah ihn an der Tür, in der Ecke des Kreißsaals am Fenster, das undurchsichtig war, draußen wurde es dunkel, die Kerze auf dem Beistelltischchen, umgeben von weinrotem Chiffon, sollte Gemütlichkeit verbreiten, aber sie wirkte deplatziert in dieser Umgebung. Iulia versuchte sich aufzusetzen, sich zu bewegen, aber es ging nicht, die Wehen holten sie regelrecht von den Beinen. Die Fruchtblase platzte, danach veränderte sich die Intensität der Schmerzen. Sie hatte mit Niels abgesprochen, dass sie auf eine Betäubung verzichten wollten, um dem Kind den optimalen Start in die Welt zu ermöglichen. Irgendwo hatten sie gelesen, dass es für das Kind nicht gut war, sie wusste nicht mehr genau, warum, und auch jetzt, in der immer stärker werdenden Erschöpfung, schüttelte sie auf die Frage, ob man eine Rückenmarksbetäubung vornehmen solle, nur den Kopf.

Sie wollte das hier spüren, alles, sie wollte dieses Kind auf die Welt bringen und sich nicht drücken vor der Aufgabe, die man ihr gestellt hatte. Sie wurde Mutter, und sie würde nicht den leichten Weg wählen. Wenn Mutterwerden und Muttersein schmerzhaft waren, dann würde sie es ertragen, sie würde nicht weggehen, wenn es zäh wurde, sie würde niemanden im Stich lassen, schon gar nicht dieses kleine Wesen, das in ihrem Innern seinen wilden Kampf kämpfte, um ans Licht zu gelangen. Sie würden diese Sache gemeinsam durchstehen. Dem Kleinen da drinnen machte es auch niemand leichter.

Als nach Stunden der Arzt mit dem Schnauzer und den Nikotinfingern den Kreißsaal betrat, riss Iulia den Mund auf. Sie wollte etwas sagen, aber ihr fehlten die Worte. Der Mann war ein Arzt und wollte helfen. Er tat nur seine Pflicht. Er sah nach dem Rechten, danach würde er wieder gehen. Gleich würde er wieder gehen. Am liebsten hätte sie um Hilfe gerufen, aber das passte ja gar nicht. Sie hätte sich lächerlich gemacht. Keinen Laut gab sie von sich, und ihr Kopf wurde leer. Alles wurde leichter, alles wurde blasser, sie hatte das Gefühl, bald schlafen zu können. Ihre Muskeln erschlafften, ihre Augen rollten in den Kopf.

Warum es einen Kaiserschnitt geben sollte, bekam sie nicht mit. Die Herztöne waren bedenklich – die Herztöne des Kleinen, nicht ihre eigenen, oder? Der Arzt mit dem Schnauzer kam nahe an sie heran, sodass sie ihn riechen konnte, und sprach mit ihr, sie wurde mitsamt dem Bett durch einen Flur geschoben. *Geburtsstillstand*, das Wort verstand sie. Niels lief neben ihr her, sie hörte seine Stimme, seine Pastorenstimme, sie war jetzt die Patientin, er hatte mühelos umgeschaltet vom werdenden Vater zum

Seelsorger, und Iulia erinnerte sich später, dass sie eine bittere Wut verspürt hatte, weil er sich auf die Seite der anderen geschlagen hatte. Auf die Seite der Kümmerer und Operateure, die jetzt ihren Körper als zu bearbeitendes Objekt ansahen, die alles, was Iulia ausmachte, ausschalten wollten, um die Aufgabe zu übernehmen, der sie sich seit Stunden mit aller Kraft widmete. Sie wollte ihnen sagen, dass es nicht nötig war, was sie vorhatten. Sie wusste, dass der Kleine und sie es schaffen konnten. Nur den Arzt musste man wegschicken. Sie konnte kein Kind bekommen, wenn er in der Nähe war.

Sie wollte nicht, dass dies passierte. Aber sie konnte nicht sprechen. In ihr wuchs ein namenloses Entsetzen. Sie konnte nicht sprechen, aber alle sprachen mit ihr. Sie war nichts mehr.

Bevor sie ihr die Maske aufsetzten und sie anwiesen, tief zu atmen, merkte sie, dass ihre Arme festgeschnallt wurden. Sie hatte nichts an als ein Krankenhausnachthemd. Das Licht war zu hell, sie spürte ein Zittern wie ein großes Beben durch ihren ganzen Körper gehen, dann schwand ihr Bewusstsein. Aber sie hörte Geräusche. Wie in einem Traum, an den man sich erst nach dem Aufwachen erinnert, wusste sie später noch, was sie gehört hatte, obwohl sie in dem Moment nicht bei Bewusstsein gewesen war. Sie hörte Reißen, Saugen, Stimmen, Klirren. Zu den Geräuschen kam das Entsetzen, das sich schon vorher, auf dem Weg zum Operationssaal, in ihr ausgebreitet hatte. Eine namenlose Angst, ein tiefer, schrecklicher Abgrund, über dem sie schwebte, eine höllenartige Zwischenwelt, in der sie sich nach Auslöschung sehnte.

Als sie aufwachte, war sie allein. Niemand war da, und sie spürte sofort, dass auch ihr Kind nicht da war. Es war geboren worden, während sie woanders gewesen war, und sie hoffte einfach, dass es lebte, irgendwo hinter diesen Wänden des Aufwachraums, irgendwo in diesem Gebäude, und sie dachte – ein echter Gedanke, einer, der sich greifen ließ: Ich will niemals mehr klagen, über irgendetwas, wenn nur das Kind lebt.

Der Name der römischen Schutzgöttin der Neugeborenen war Levana. Ihr Vater hatte ihr davon erzählt. Im antiken Rom wurde dem Vater das frisch entbundene Baby vor die Füße gelegt. Hob der Mann das Kind auf, erkannte er die Vaterschaft an. Hochheben hieß auf Lateinisch *levare*, daher hatte die Göttin ihren Namen, und die Mütter beteten zu ihr, dass der Vater das Kind hochheben möge. Niels hob Aaron hoch, er hielt ihn im Arm, nachdem man ihn aus Iulia herausgeholt hatte, aber sie selbst konnte es eine ganze Zeit lang nicht. Sie hatte Schmerzen, die Operationsnarbe machte es ihr unmöglich. Tapfer versuchte sie herumzulaufen, so wie man es ihr empfahl, aber es ging nicht, und wenn sie Aaron halten wollte, musste sie jemanden bitten, ihn ihr zu reichen.

Sie schlief kaum, weil die Schmerzen sie wach hielten. Als sie es einer Pflegerin gegenüber erwähnte, sagte diese, es gebe leider keine stillverträglichen Schmerzmittel, und schließlich sei dies ein stillfreundliches Krankenhaus.

Es war, als sei sie vor aller Welt in Ungnade gefallen. Neun Monate lang hatten sich alle um sie bemüht, hatten sie behandelt wie ein rohes Ei, waren um sie herumgewuselt mit Ratschlägen aller Art, aber nun, da ihre Aufgabe erfüllt war – wenn auch unzulänglich, schließlich hatte ein Arzt das Kind geholt –, verdiente sie keine Beachtung mehr. Wäre Niels nicht gewesen, wäre es ihr noch schlechter gegangen. Die Pflegerinnen stellten ihr ein Essenstablett auf den Nachttisch und holten es wieder ab, ohne nachzusehen, ob sie etwas davon zu sich genommen hatte. Die Schmerzen in ihrem Unterleib waren so stark, dass sie nicht an das Tablett herankam, Niels gab ihr den Löffel in die Hand und reichte ihr das Glas. Monika kam und ihr

Vater, irgendwann auch Lone, und sie alle bewunderten das Kind und beglückwünschten sie. Aber zu was?

Vor Kurzem hatte Iulia in der *HappyBuddha*-Zeitschrift gelesen, dass Katzen in der Lage waren, eine Geburt zu unterbrechen, wenn sie sich in Gefahr wähnten. Noch heute war der Bereich um die Kaiserschnittnarbe vollkommen taub. Und noch heute lag sie nachts wach und fragte sich, was sie damals eigentlich falsch gemacht hatte. Es wäre alles anders gekommen, wenn sie hätte sprechen können. Warum nur hatte sie es nicht gekonnt?

—

30 | Late In The Evening (Reprise)

Sie klappte den Laptop zu und drehte die Handgelenke, bis es knackte. Iulia hatte so viel getippt, dass ihr Rücken schmerzte. Die bereits ausgedruckten Teile des Berichts, den sie geschrieben hatte, lagen sorgfältig gestapelt auf dem Schreibtisch, daneben eine Liste, die ihr geholfen hatte, den Faden nicht zu verlieren. *Lone* stand darauf. *Maren, Kristin, Nana, Vera* und *Gabriele*. Aber auch *Till, Aaron* und *Niels*. *Die Bank* stand dort und *Das Pastorat, Die Gottesdienste* und *Papas Kühlschrank*. Alles hatte sie nach und nach durchgestrichen, nur ein letzter Name stand noch darauf.

Sie gähnte und schaute sich im Arbeitszimmer um. Alles sah genauso aus wie immer, sie hatte nichts verändert. Die dicken Aktenordner standen im Regal, in den Kommodenschubladen befanden sich die Schachteln mit Milchpumpen, die CDs standen doppelreihig unter der Anlage. Im Schlafzimmer lag dieselbe Bettwäsche, die inzwischen nur noch schwach nach ihrer Schwester duftete, aber immer noch deutlich genug, dass sie es auch nach mehreren Wochen nicht über sich brachte, sie zu wechseln. Die kleine Stempelkanne mit dem Kaffeesatz stand neben einer leeren Tasse auf dem Schreibtisch. Durch das gekippte Fenster hörte sie einen Rasenmäher brummen. Sie lebte in einem Lone-Museum.

Ihre Schwester war nun schon lange in der Rehaeinrichtung. Dass sie sprechen konnte, war ein reines Wunder. Man durfte auch nicht damit rechnen, dass es klappte, wenn man sie besuchte. Oft saß sie einfach da und wirkte abwesend, befand sich in einer eigenen Welt und ließ niemanden herein. An solchen Tagen blieb Iulia eine Weile und erzählte ihr, was sie schrieb und wie der Herbst sich machte. Die Blätter hingen noch an den Bäumen, so spät in diesem Jahr. Dem ersten warmen Sturm, dem außergewöhnlichen, an dem Tag, an dem Lone aufgewacht war, waren keine weiteren Stürme gefolgt. Die ganze Welt war vergoldet, die schwächer werdende Sonne hüllte alles in sanftes Licht, die Wälder waren gelb und orangebraun. Der nächste anständige Wind würde alles mit einem Schlag entlauben und auch die letzten Kastanien herunterholen. Der Mais war geerntet, und der Blick über die umgestochenen Felder mit ihren glänzenden Schollen während der Fahrt zu Lones Einrichtung war tröstend.

Das alles berichtete sie ihr. Sie las ihr die Karten mit den guten Wünschen der Frauen vor, zeigte Fotos der Kinder, denen sie auf die Welt geholfen hatte. Manchmal kehrte Lone dann zurück, und Iulia wurde mit einem Druck ihrer Hand belohnt, mit ein paar Worten oder einem klaren Blick, der sie wahrzunehmen schien. Über ihren Körper hatte Lone kaum Kontrolle, aber die Ärzte und Physiotherapeuten waren unermüdlich, und wer wusste schon, was die Zukunft an Wundern bereithielt. Lone jedenfalls schien nicht unzufrieden zu sein. Sie lebte ihr Leben, unmöglich zu sagen, ob es ein besseres oder ein schlechteres war als das, welches sie zuvor gehabt hatte.

Am letzten Wochenende hatte sie Aaron mitgenommen. Lone hatte keinen guten Moment gehabt, das war schade für den Jungen, aber auf der Rückfahrt hatten sie beide ein langes und tatsächlich ernsthaftes Gespräch über die Zukunft geführt, und Iulia hatte gemerkt, dass ihr Sohn nach vorne blickte, mit Freude und ohne Angst. Sie hatte recht gehabt, er würde nicht auf sie warten. Und wenn er sie brauchte, dann würde sie da sein, jederzeit und ohne Bedingungen.

Die Chorleiterin war ziemlich schnell nach Iulias Weggang im Pastorat eingezogen, aber niemand wusste, wie fest oder vorübergehend das eigentlich war. Vielleicht mochte Niels einfach nur nicht allein schlafen. Vielleicht hatte er eine neue Vollkornkeksfrau gefunden, eine, die nicht im Gottesdienst einfach ging und die von hinten immer perfekt aussah. Vielleicht war es wichtig für die Schäfchen: Herr Richter, Sie brauchen doch eine Frau im Haus.

Letztlich war alles nur vorübergehend. Auch Iulia würde nicht ewig in diesem Lone-Museum leben können. Für den Augenblick, für die Zeit, in der sie alles sortieren musste, war es eine gute Lösung. Und was danach kam?

»Das sehen wir dann«, murmelte sie, stand auf und streckte sich.

Noch war sie nicht fertig mit dem, was sie schrieb. Sie wusste nicht, was es war – ein Roman, ein Bericht oder einfach nur ein Versuch, alles begreiflich zu machen und das Muster mit seinen Abweichungen vor sich zu sehen. Es war ihr egal, ob es jemals jemand lesen würde. Aber jetzt war sie an einer Stelle angekommen, an der sie nicht weitermachen konnte. Sie hatte über Lone schreiben können, nachdem sie deren Frauen besucht hatte, und wenn sie über sich selbst schreiben wollte, musste sie mit jemandem sprechen, dessen Geschichte sie im Grunde gar nicht kannte. Nur eine Kinderversion, einen notdürftigen Erklärungsversuch, der inzwischen gänzlich seine Gültigkeit verloren hatte.

Sie sog die Luft ein und roch den Treibhausgeruch der Ringelblumen in der Vase auf der Kommode. Es waren die einzigen Pflanzen, die in Lones Garten noch blühten. Calendula: Aus ihren Blüten konnte man Öl herstellen, das gereizte Babyhaut beruhigte.

Im Stehen notierte sie sich auf ihrer Liste eine Adresse. Es war nicht besonders weit zu fahren, höchstens eine Stunde über Land. Sie kannte die Adresse von den Briefen, sie hatte sie oft gelesen und wusste sie seit Jahren auswendig.

Dieser Tag war genauso gut wie jeder andere.

Im Auto legte sie die Liste auf den Beifahrersitz und stellte ihre Tasche daneben.

Sie mussten es anfangs ganz schön eng gehabt haben. Das Haus war ein Reihenhaus – weiß, die Fensterrahmen braun, dahinter gemusterte halbe Gardinen. Iulia hatte nur die Wohnung kennengelernt, die aus den ersten Jahren. Die Tür hatte einen Einsatz aus geriffeltem Glas in der Farbe von schwarzem Tee. Der Vorgarten war klein und bestand aus gemähtem Rasen und einem Plattenweg, ein niedriger Holzzaun grenzte alles zum Bürgersteig hin ab. Eine Zypresse stand dicht an der Hauswand, darunter ragte ein Hundehintern aus Plastik in die Luft. Iulia umklammerte die Tasche. Ihre Füße standen fest auf der Erde, sie war ein Baum.

Die Klingel ein kleines Knöpfchen in einem Messingkreis, daneben ein ovales Schild mit den Namen aller Bewohner – Mutter, Vater und drei Kinder, die inzwischen natürlich nicht mehr hier lebten und sicher längst schon selber Familien hatten. Hinter dem geriffelten Glas wurde ein Schemen sichtbar.

Der Mann, der die Tür öffnete, war lang und hager, hatte eine Glatze und einen weißen, gestutzten Vollbart. Sie hatte Mühe, ihn zu erkennen, er aber wusste sofort, wer sie war.

»Iulia. Endlich.«

»Guten Tag«, sagte sie und atmete tief ein. »Ich möchte gern meine Mutter sprechen.«